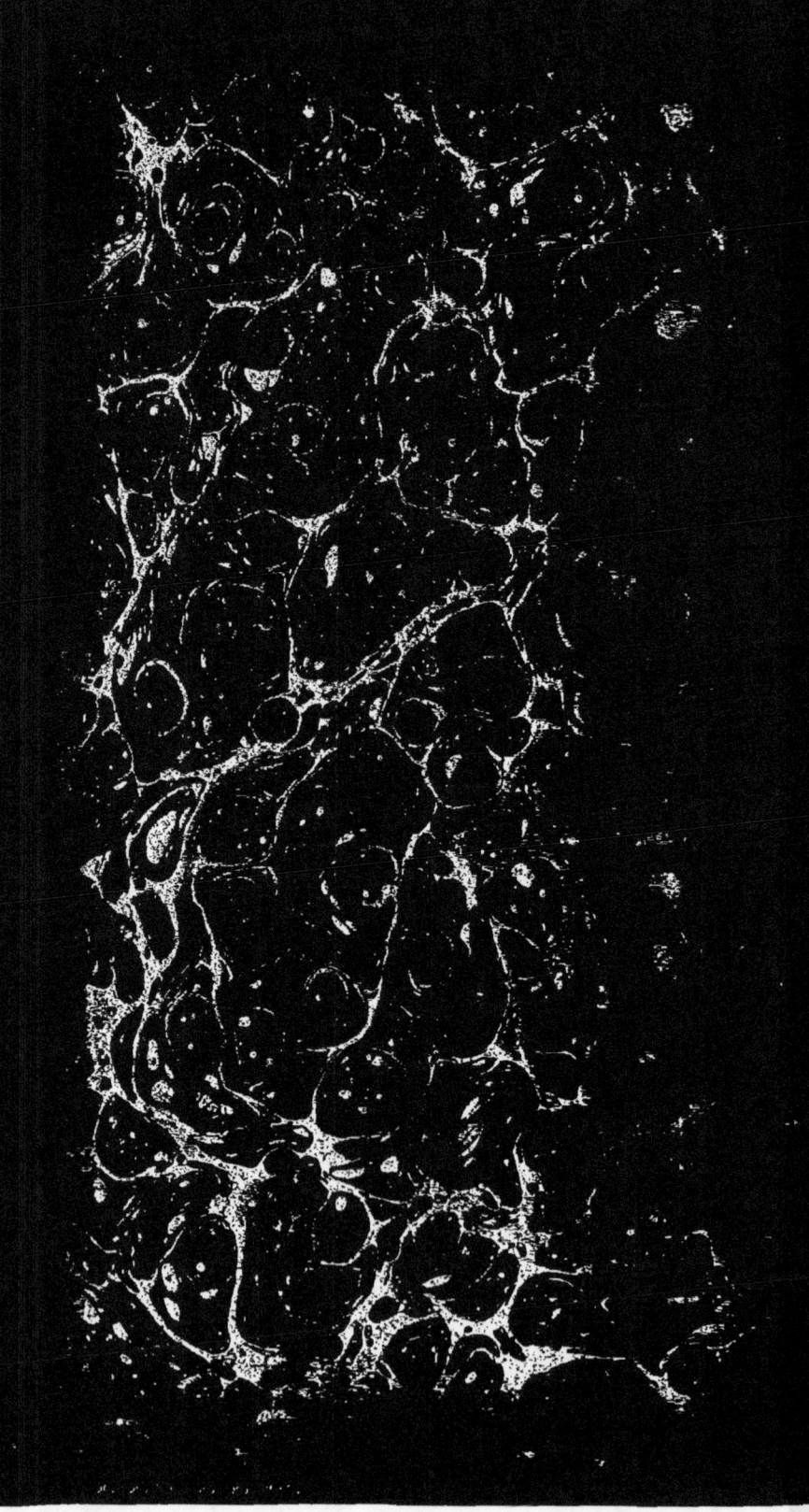

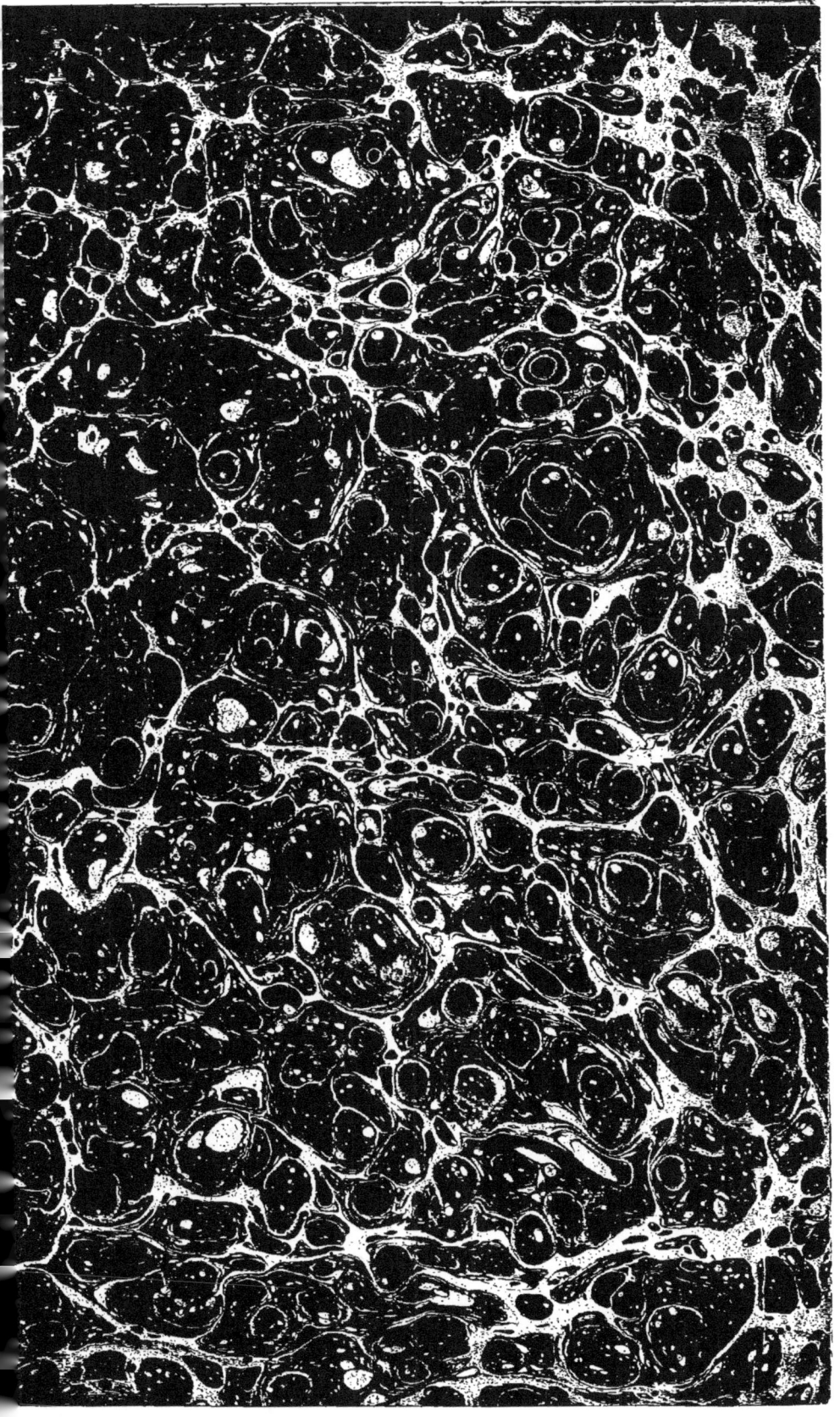

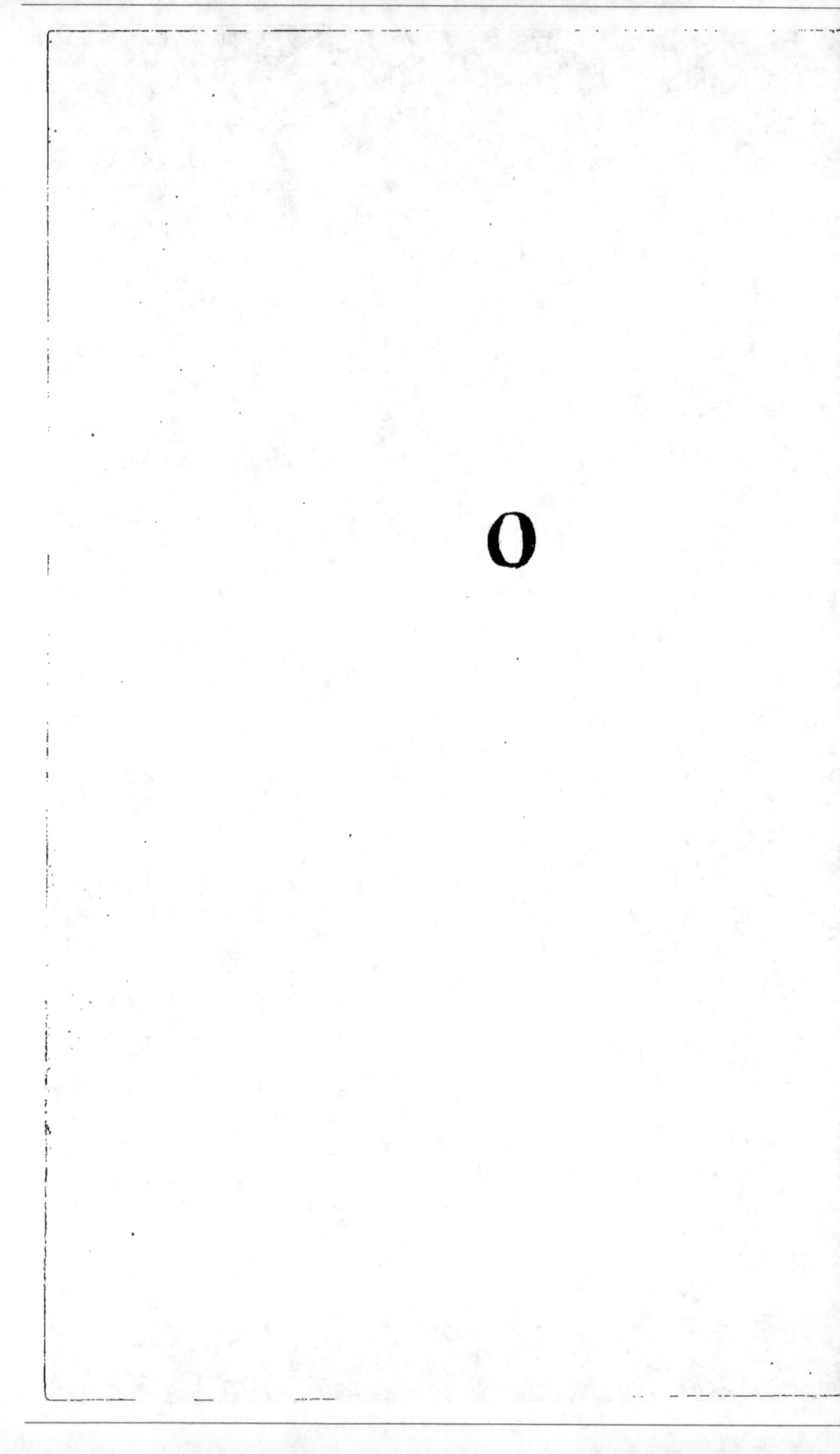

O

56

LES VOYAGES

ADVENTVREVX

DE

FERNAND MENDEZ PINTO.

LES VOYAGES
ADVANTVREVX

DE

FERNAND MENDEZ PINTO.

TRADUIT DU PORTUGAIS

PAR B. FIGUIER.

TOME SECOND.

PARIS,

IMPRIMÉ AUX FRAIS DU GOUVERNEMENT

POUR PROCURER DU TRAVAIL AUX OUVRIERS TYPOGRAPHES.

AOUT 1830.

LES VOYAGES

ADUANTUREUX

DE

FERNAND MENDEZ PINTO.

CHAPITRE LXXXVII.

Comme nous fusmes renuoyez appellans en la ville de Pequin.

Après que nous eusmes passé toutes les aduer-sitez, et tous les trauaux dont i'ay parlé cy-de-uant, nous nous embarquasmes en la compagnie d'autres trente ou quarante prisonniers, qui es-toient comme nous renuoyez de cette Chambre de Iustice, à cette autre souueraine par voye d'appel, pour y estre ou absous, ou condamnez à mort, selon le crime par eux commis, et les peines qu'ils meritoient. Or vn iour auparauant nostre partement, comme nous fusmes embar-quez dans vne Lanteaa, et attachez trois à trois

à vne chaisne fort longue qui nous estreignoit de
tous costez ; ces deux Procureurs des pauures y
arriuerent, et nous pouruoyant premierement de
tout ce qui nous faisoit besoin, comme de vestemens et de viures, nous demanderent s'il nous
falloit quelque chose pour nostre voyage ? A quoy
ayant faict response, que Dieu sçauoit bien
comme quoy nous estions despourueus de tout.
et que si nous ne leur auions point dict encore
les grandes miseres que nous endurions, ce
n'auoit esté que pour les prier alors de conuertir
toute l'ausmone qu'ils auoient à nous faire en vne
lettre de faueur, qui s'addressast aux Officiers de
cette sainte Confrairie de la ville de Pequin, afin
que cela les obligeast à vouloir maintenir nostre
bon droict, à cause (comme ils le sçauoient tres
bien) que nous ne pouuions manquer d'estre
abandonnez par tout ce pays, d'autant qu'il n'y
auoit personne qui sceust nostre nom. Les deux
Procureurs nous oyans parler de cette sorte.
« Ne dites point cela, » nous respondirent-ils,
« car bien que vostre ignorance vous descharge
« enuers Dieu, si est-ce que vous ne laissez pas
« de commettre vn grand peché, pource que plus
« vous serez abbatus dans le monde pour estre
« pauures, et plus vous serez esleuez deuant les
« yeux de sa diuine Majesté. si vous prenez en
« patience la peine à laquelle la chair s'oppose

« tousiours, comme reuesche qu'elle est et in-
« supportable. Car comme l'oyseau ne peut voler
« sans ses aisles, ainsi l'ame ne peut mediter sans
« les œuures. Pour le regard de la lettre que vous
« nous demandez, nous vous la donnerons tres-
« volontiers, attendu qu'elle vous sera grande-
« ment necessaire, afin que la faueur des gens
« de bien ne vous manque point au besoin. » Là-
dessus ils nous donnerent vn sac plein de riz,
ensemble quatre Taeis en argent, et vne couuerture pour nous couvrir ; puis nous ayant grandement recommandez au Chifuu, qui estoit l'Offi-
cier de Iustice qui nous conduisoit, ils prirent
congé de nous en termes pleins de courtoisie, et
s'en retournerent à l'infirmerie de la prison, dont
i'ay parlé cy-deuant, où il y auoit plus de trois
cent malades, voila ce qui nous arriua ce iour-là :
le lendemain si tost qu'il fut iour ils nous enuoyerent la lettre que nous leur auions demandée,
où se voyoient trois cachets de cire verte, les
paroles en estoient telles, « Seruiteurs de ce haut
« Seigneur, miroüer resplendissant d'une lumiere
« incrée, deuant qui nos merites ne sont rien à
« comparaison des siens, nous les moindres ser-
« uiteurs de cette saincte Maison de Tauhinarel,
« fondée en faueur de la cinquiesme prison de
« Nanquin, auec de veritables paroles du respect
« que nous vous deuons, nous faisons sçauoir à

« vos tres-humbles personnes, que ces neuf Es-
« trangers qui vous rendront cette lettre, sont
« des hommes d'vn pays et d'vne terre fort esloi-
« gnée, dont les corps et les biens ont esté si
« impitoyablement et si cruellement traictez par
« la fureur de la mer, que suiuant leur rapport,
« de nonante-cinq qu'ils estoient, eux seuls ont
« eschappé du naufrage, la tempeste et la tour-
« mente les ayant iettez sur le bord des Isles de
« Tautaa, en la coste de l'ense de Sumbor, et de
« Fanjus. Ainsi tous sanglants qu'ils estoient, et
« couuerts de playes, comme nous l'auons veu
« de nos propres yeux, mendians leur vie d'vn lieu
« à l'autre à ceux que la charité obligeoit de leur
« donner quelque chose, comme c'est la cous-
« tume des gens de bien. Mais cependant le mal-
« heur voulut pour eux, que sans aucune sorte
« de Iustice ny de raison ils furent pris par le
« Chumbin de Taypor, et enuoyez à cette cin-
« quiesme prison de Fanjau, où d'abord ils furent
« condamnez à auoir le foüet; ce qui fut incon-
« tinent executé par les ministres du bras cour-
« roucé, comme il se peut voir par le rapport
« qui en a esté faict en leur proces. Mais depuis
« comme par vne cruauté desreglée on leur a
« voulu coupper les deux poulces, ils ont eu re-
« cours à leurs larmes, et en faueur de ce sou-
« uerain Seigneur au seruice duquel nous sommes

« employez, ils nous ont prié de leur estre se-
« courables. A quoy voulant remedier inconti-
« nent, les voyant reduits à vne si grande neces-
« sité, nous auons là-dessus formé nostre plainte
« par vne requeste, à laquelle a esté respondu
« en la Chambre du Lyon couronné, Que la mi-
« sericorde n'auoit point de lieu où la Iustice
« perdoit son nom. C'est pourquoy poussez d'vn
« vray zele à l'honneur de Dieu, nous auons de-
« rechef eu recours à la Chambre des vingt-qua-
« tre de ceux de l'austere vie ; lesquels portez
« d'vne saincte deuotion se sont incontinent
« assemblez au son d'vne cloche, en la saincte
« maison du remede des pauures ; et pour l'ex-
« treme desir qu'ils ont tesmoigné auoir de secou-
« rir ceux-cy, ils ont maudit toute la grande
« Chambre et tous les Iuges Criminels, afin que
« cette premiere rigueur n'eust aucun pouuoir
« sur le sang de ces malheureux : Comme en
« effect le succes en a esté conforme à la miseri-
« corde d'vn si grand Dieu. Car ces derniers
« Iuges reuoquans la premiere sentence des au-
« tres, ont renuoyé la cause en cette ville de Pe-
« quin, auec amendement en la seconde instance,
« comme vous pouuez voir par la procedure qui
« en a esté faicte. A cause de quoy, Messieurs
« et humbles freres, nous vous prions tous au
« nom de Dieu de leur estre fauorables, et les

« assister de ce que vous iugerez leur estre ne-
« cessaire, afin qu'ils ne perissent point dans leur
« bon droict; ce qui seroit vn grand peché, et
« vne eternelle infamie à tous nous autres qui vous
« supplions derechef les ayder de vos aumosnes, et
« leur donner dequoy couurir leur nudité, afin
« qu'ils ne meurent point à faute d'assistance. Si
« vous le faictes aussi, il ne faut point douter qu'vne
« œuure si saincte que vous ferez pour l'amour
« d'eux, ne soit agreable à ce haut Seigneur,
« deuant qui les pauures de la terre prient sans
« cesse, et sont ouys au plus haut de tous les
« Cieux, comme nous le tenons pour vn article
« de foi; en laquelle terre, plaise à ce diuin Sei-
« gneur pour qui nous faisons cecy, nous main-
« tenir iusques à la mort, et nous rendre dignes
« de sa presence en la maison du Soleil, où il est
« assis auec tous les siens. Escrite en la Chambre
« du zele de l'honneur de Dieu, le neufuiesme
« iour de la septiesme Lune, l'an quinziesme du
« siege et du sceptre du Lyon couronné au
« Throsne du Monde. »

CHAPITRE LXXXVIII.

Comme nous partismes de ce lieu pour nous en aller à
Pequin, et des merueilles de la ville de Nanquin.

———

Cette lettre nous ayant esté donnée le lendemain deuant le iour, nous partismes de ce lieu
prisonniers comme nous estions, de la façon que
i'ay desia dict, et continuasmes nostre voyage par
des iournées incertaines, pour raison de l'impetuosité du courant de l'eau qui estoit grand, à
cause de la saison ; enuiron le Soleil couché nous
nous en allasmes ancrer en vn petit village nommé
Minhacutem, d'où estoit natif le Chifuu qui nous
conduisoit, et là mesme il auoit sa femme et ses
enfans ; ce qui fut cause qu'il y demeura trois
iours, à la fin desquels il s'embarqua auec sa famille. Ainsi nous passasmes outre en la compagnie de plusieurs autres vaisseaux, qui s'en alloient sur cette riuiere en diuers endroits de cet
Empire. Or bien que nous fussions tous liez ensemble au banc de la Lanteaa où nous ramions,
nous ne laissions pas neantmoins de voir les villes,

citez et villages qui estoient situées le long de
cette riuiere ; dequoy il me semble à propos de
faire icy quelques descriptions. Pour cet effect ie
commenceray par la ville de Nanquin d'où nous
estions partis. Cette ville est dessous le Nord, à
la hauteur de trente-neuf degrez et trois quarts,
située le long de la riuiere nommée Batampina,
qui signifie, *Fleur de poisson.* Cette riuiere selon
ce qu'on nous en dict alors, et que i'ay veu depuis, vient de Tartarie, d'vn lac appellé Fanostir,
à neuf lieuës de la ville de Lançame, où tient sa
Cour la pluspart du temps Tamburlan Roy des
Tartares. De ce mesme lac, qui a vingt-huict
lieuës de long, douze de large, et vne grande profondeur, prennent leur source les plus grandes
riuieres que i'ay veuës. La premiere est celle-cy
appellée Batampina. qui passant par le milieu de
cet Empire de la Chine, en longueur de trois
cent soixante lieuës s'engolfe dans la mer par
l'ense de Nanquin à trente-six degrez ; la seconde
appellée Lechune pousse son courant auec vne
grande impetuosité le long des montagnes de
Pancruum, qui separent le pays de Cauchim et
l'Estat de Catebenan, borné du Royaume de
Champaa, à la hauteur de seize degrez ; la troisiesme se nomme Tauquiday, qui signifie *Mere
des eaux.* Elle court le long Nord-oüest, et trauerse le Royaume de Nacataas. pays où la Chine

estoit anciennement située comme ie diray cy-
apres; elle s'engolfe dans la mer en l'Empire de
Sornau, vulgairement appellé Siam, par l'emboucheure de Cuy cent trente lieuës plus bas que
Patane; la quatriesme nommée Batobasoy, descend de la Prouince de Sansim, qui est celle-là
mesme qui fut submergée en l'année 1556, comme
i'espere monstrer ailleurs, et se va rendre dans la
mer par l'emboucheure de Cosmim au Royaume
de Pegu; et la cinquiesme et derniere nommée
Leysacotay trauerse les pays du costé de l'Est,
iusques à l'Archipelago de Xinxipou, qui est limitrophe à la Moscouie, et se rend à ce que l'on
tient, dans vne mer où l'on ne peut nauiger, à
cause que le climat y est à la hauteur de 70 degrez. Or pour reuenir à mon discours, la ville de
Nanquin, comme i'ay desia dict, est située le
long de cette riuiere de Batampina, sur vne montagne assez haute, tellement qu'elle commande
aux plaines qui sont à l'entour. Son climat est un
peu froid, mais grandement sain, et a huict lieuës
de circuit de quelque costé qu'on la considere, trois
lieuës de large, et vne de long. Les maisons n'y
sont que de deux estages, et toutes faites de
bois. Mais quant à celles des Mandarins elles sont
basties de terre, et de pierre de taille. Auec cela
elles sont enuironnées de murs et de fossez, où
il y a des ponts faicts de pierre, par où l'on se

donne vne entrée aux portes, où se voyent des
arcades fort riches et de grande despense, auec
diuerses sortes d'inuentions sur les clochers, tous
lesquels bastimens joints ensemble sont fort agreables aux yeux, et representent ie ne sçay quoy de
majestueux. Les maisons des Chaems, des Anchacys, Aytaus, Tutons, et Chumbys, tous Seigneurs qui ont gouuerné des Prouinces et des
Royaumes, ont des tours fort hautes de six à sept
estages, auec des clochers tous dorez, où ils ont
leurs magazins d'armes, leurs garde-robbes, leurs
thresors, leurs meubles de soye, et plusieurs autres choses de grand prix, ensemble vne infinité
de porcelaines fort riches, qu'ils estiment et pri-
sent autant parmy eux que si c'estoit de la pierrerie, à cause que la porcelaine de cette façon
ne sort iamais du Royaume, si bien qu'ils la pri-
sent beaucoup plus que nous ne ferions, à cause
qu'il y a dans les pays des inhibitions et des de-
fenses expresses d'en vendre, sous peine de la
mort, à quelque estranger que ce soit, reserué
aux Perses de Xatamaas, qu'on appelle ordinairement Sophys, lesquels auec permission particuliere en acheptent des pieces fort cher. Les
Chinois nous ont asseuré qu'il y a en cette ville
huict cent mille feux, vingt-quatre mille maisons
de Mandarins, soixante-deux marchez fort grands,
cent trente boucheries chacune de huictante bou-

tiques, et huict mille ruës dont il y en a six cent
qui sont les plus belles et les plus grandes, enuironnées de part et d'autre de balustres de laiton faicts au tour, l'on nous a asseuré qu'il y a
deux mille trois cent Pagodes, mille desquels
sont des Monasteres de Religieux Profez en leur
maudite secte, dont les bastimens grandement
riches et somptueux ont des tours haut esleuées,
où il y a iusqu'à soixante et septante cloches de
fonte et de metail toutes si grandes, que c'est vne
chose espouuentable de les ouyr quand elles sonnent; il y a encore dans cette ville trente prisons
grandes et fortes, chacune desquelles a deux ou
trois mille prisonniers, et vn hostel de Charité esta-
bly exprez pour remedier aux necessitez des pauures, où se voyent encore des Procureurs ordinaires
pour leur deffence, en ce qui touche le Ciuil et
le Criminel; et là se font de grandes aumosnes.
A l'entrée des principales ruës il y a des arcades
et de grandes portes, qui pour l'asseurance d'vn
chacun sont fermées à chasque nuict, et en la pluspart des ruës se voyent encore de fort belles fontaines dont l'eau est extremement bonne à boire.
Dauantage à toutes les Lunes nouuelles et pleines,
en diuers endroits se tiennent des foires generales
où les Marchands s'assemblent de toutes parts,
et là sur tout il y a grande quantité de viures de
toutes les sortes qu'on pourroit s'imaginer, prin-

cipalement des fruicts et de chair. L'on ne sçauroit dire combien est grande l'abondance du poisson qui se pesche dans cette riuiere, principalement de soles et de surmulets, qui sont vendus
tous en vie, et attachez à des ioncs, qu'on leur
passe par les narines, sans y comprendre le poisson de mer fraiz, sec et salé, dont l'abondance y
est infinie. Nous apprismes de quelques Chinois,
qu'il y auoit en cette ville dix mille mestiers pour
accommoder les soyes, que l'on enuoyoit de là
par tout le Royaume. La ville est enuironnée d'vne
muraille grandement forte, faicte de belle pierre
de taille. Le nombre des portes est de cent trente,
à chacune desquelles il y a vn portier, et deux
hallebardiers, qui sont obligez à chasque iour de
rendre compte de tout ce qui est entré et sorty.
Il y a aussi douze Roquetes ou Citadelles à la façon des nostres, ensemble des boulleuarts et des
tours fort hautes, qui neantmoins ne sont munies
d'aucunes pieces d'artillerie. Ces mesme Chinois
nous dirent que cette ville rendoit tous les iours
au Roy deux mille Taeis d'argent, qui valent
trois mille ducats comme i'ay desia dict plusieurs
fois. Ie ne parle point icy du Palais Royal, pour
ne l'auoir veu que par dehors. Les Chinois neantmoins nous en dirent de si grandes choses, qu'elles
sont capables de causer de l'estonnement, c'est
pourquoy ie n'en feray point de mention : car

auparauant que passer outre mon intention est
de raconter ce que nous vismes dans la ville de
Pequin. Ce que ie puis affirmer au vray pour
l'auoir veu ; et toutesfois il faut que i'aduoue, que
i'apprehende d'escrire si peu que i'en diray, non
que cela doibue sembler estrange à ceux qui au-
ront veu et leu les grandes merueilles du Royaume
de la Chine ; mais bien pour ce que i'ay peur que
ceux qui voudront comparer les merueilles qu'il
y a dans les contrées qu'ils n'ont pas veuës, auec
ce peu qu'ils ont veu dans les pays où ils ont esté
nourris, ne mettent en doute, ou possible ne re-
fusent tout à faict d'adjouster foy à ces veritez,
pour n'estre conformes à leur entendement, ny à
leur peu d'experience.

CHAPITRE LXXXIX.

Continuation de nostre voyage iusqu'à nostre arriuée à la
ville de Pacasser, et de la grandeur d'vn Pagode que
nous y vismes.

CONTINUANT nostre route amont cette riuiere
les deux premiers iours, nous ne vismes aucune
ville ny aucun edifice remarquable, hormis seu-

lement vn grand nombre de villages et petits
bourgs de deux à trois cent feux, qui estoient le
long de la riuiere, et qui selon l'apparence de
leurs bastimens sembloient estre loges de pescheurs et de panures gens qui viuoient du trauail de leurs mains. Quant au reste tout ce que
la veuë pouuoit descouurir dans le païs n'estoit
que bois de grands sapins, bocages, forests, et
orangers, ensemble des plaines de bleds, riz,
millets, pains, orges, seigles, legumes, lins, et
cottons, auec de grands enclos de iardins et de
belles maisons de plaisance, qui deuoient ap-
partenir aux Mandarins et aux Seigneurs du
Royaume. Il y auoit aussi le long de la riuiere
vn si grand nombre de bestail de toute sorte,
que ie puis asseurer sans mentir, qu'il n'y en a
pas dauantage en l'Ethyopie, ou au païs du Preste-
Iean; au plus haut des montagnes se voyoient
diuerses maisons de leurs sectes de Gentils, ensemble plusieurs clochers tous dorez, dont l'esclat paroissoit si grand et si magnifique par le dehors, qu'à les voir de loing il n'y auoit rien de si
agreable aux yeux, pour la richesse qui s'y remarquoit, le quatriesme iour de nostre voyage
nous arriuasmes à vne fort bonne ville, qui s'appelloit Pocasser, deux fois plus grande que Can-
tauo, et enclose de fort bonnes murailles de
pierre de taille, ensemble de tours et de boulle-

uarts presque à la façon des nostres, auec vn quay
sur le bord de la riuiere d'enuiron la portée de
deux fauconneaux, fermé de deux rangs de grilles
de fer avec des portes tres-fortes, pour le seruice
d'vn chacun, et pour y descharger les Iuncos et
autres vaisseaux qui y arriuoient et s'y fournis-
soient de toute sorte de marchandises pour les
transporter en diuers endroits du Royaume,
principalement de cuivre, de sucre, et d'alun,
dont il y'en a là tres-grande abondance. Là mesme
au milieu d'vn carrefour, qui est presque au bout
de la ville, se void vn chasteau grandement fort,
qui a trois boulleuarts et cinq tours, en l'vne
desquelles qui est la plus haute, le pere du Roy
tint prisonnier, selon ce que les Chinois nous en
dirent, vn Roy de Tartarie par l'espace de neuf
ans, au bout desquels ils se fit mourir du mesme
poison que luy enuoyerent ses suiets, pour n'estre contraint de fournir la rançon que le Roy de
la Chine leur demandoit pour sa deliurance. Dans
cette ville de Chifuu permit que de neuf que
nous estions il y en eust trois qui demandassent
l'aumosne, accompagnez de quatre hupes armez
de hallebardes, et qui sont comme des Records
parmy nous. Ceux-cy nous menerent tous liez
comme nous estions, par six ou sept ruës, où nous
eusmes d'aumosne la valeur de plus de vingt ducats, tant en habits qu'en argent, sans y com-

prendre la chair, le riz, la farine, les fruicts et autres viures qu'on nous donna; de laquelle aumosne nous en baillasmes la moitié aux quatre hupes qui nous conduisoient, pource que c'estoit la coustume de le faire ainsi. En suitte de cela nous fusmes menez en vn Pagode où le peuple accouroit de toutes parts ce iour-là, pource qu'on y celebroit vne feste fort solemnelle : ce Temple ou Pagode, à ce qu'on nous dict, auoit esté autresfois vne maison Royale, où estoit nay le Roy qui regnoit. Or d'autant que la Royne sa mere estoit morte du mal d'enfant, elle s'estoit faicte enseuelir dans la mesme chambre de son accouchement; à cause dequoy, pour mieux honorer sa mort l'on auoit dedié ce Temple à l'inuocation de Tauhinaret, qui est vne des principales sectes des Payens du Royaume de la Chine. Ce que ie monstreray plus amplement, lors que ie parleray du Labyrinthe des trente et deux loix qu'il y a en iceluy; tous les bastimens de ce Temple, ensemble tous les iardins et parterres qui en dependent, et tous les logis qui se ferment à la clef sont suspendus en l'air sur trois cent soixante piliers, chacun desquels est d'vne pierre entiere presque de la grosseur d'vn muy, et de vingt-sept pieds de hauteur. Ces trois cent soixante piliers sont appellez des noms des 360 iours de l'année, et en chacun d'eux il s'y fait vne feste particu-

liere auec quantité d'aumosnes et de sacrifices
sanglants, le tout accompagné de musique, de
dances et d'autres festes. Or au principal pilier,
qui porte le nom de l'Idole, elle-mesme est en-
chassée fort richement dans vne chasse, au deuant de laquelle est tousiours allumée vne iampe
d'argent. Soubs le chasteau, à sçauoir entre ces
piliers, se voyent huict fort belles ruës, encloses
de part et d'autre des grilles de leton auec des
portes pour le passage des Pelerins, et des autres
qui accourent continuellement à cette feste pour
y gaigner vne maniere de Iubilé. La chambre
d'enhaut où est le tombeau de la Royne, est
faicte en façon de Chapelle, toute ronde, et
depui le haut iusques en bas garnie d'argent, de
plus grands coust en la façon qu'en la matiere
mesme; ce qui paroissoit aisement par la diuersité des ouurages qu'on y remarquoit. Au milieu
se voyoit vne maniere de Tribunal faict en rond,
comme la chambre, de la hauteur de quinze degrez, clos tout à l'entour de six grilles d'argent,
auec les pommes dorées; et au plus haut estoit
vne grosse boulle, sur laquelle il y auoit vn Lyon
d'argent qui soustenoit sur sa teste vne chasse de
fin or, de trois palmes en carré, où l'on disoit
qu'estoient les ossements de cette Royne, que
ces aueugles et ignorants reueroient comme vne
grande relique. Au dessous de ce Tribunal en la

mesme proportion estoient quatre barres d'argent
qui trauersoient la chambre, où pendoient quarante-trois lampes de mesme metail, en memoire
de quarante-trois ans que cette Royne auoit
vescu, et sept lampes d'or aussi en memoire des
sept enfans masles qu'on disoit qu'elle auoit
eus. Dauantage à l'entrée de cette Chapelle, vis
à vis vne croisée qui la fermoit, se voyoient huict
autres barres d'argent, où pendoient encore en
fort grand nombre des lampes d'argent fort
grandes et riches, que ces Chinois nous dirent y
auoir esté offertes par les femmes de Chaems.
Aytaos, Tutoens et Anchacys, qui sont les plus
honnorables du Royaume qui auoient assisté à la
mort de la Royne, si bien que pour memoire de
cet honneur elles y ennoyerent depuis ces lampes, iusques au nombre de cinquante-trois, à ce
qu'on disoit. Hors les portes de tout le Temple,
qui peut estre aussi grand que l'Église des Iaco-
bins de Lisbonne, en six rangs de balustres qui
le fermoient tout à l'entour, estoit vn grand nombre de statuës de Geants de la hauteur de quinze
pieds, faicts de bronze, tous bien proportionnez,
et tenans en main des hallebardes et des massuës, à quelques vnes des haches sur leurs espaules; toutes lesquelles statuës ioinctes ensemble representoient ie ne sçay quoy de majestueux
et de grand. Si bien que la veuë ne se pouuoit
lasser de les regarder.

Parmy ce nombre de statuës, qui se montoit à douze cent, à ce que les Chinois nous affirmerent, il y auoit vingt-quatre serpents aussi de bronze, et fort grands; au dessus de chacun estoit assize vne femme auec vne espée à la main et vne couronne d'argent sur la teste. L'on tenoit que ces vingt-quatre femmes portoient le tiltre de Roynes, pour plus grand honneur de leurs descendants, pour s'estre sacrifiées lors de la mort de cette Royne, affin que leurs ames seruissent la sienne en l'autre vie, comme en celle-cy leurs corps auoient seruy son corps; chose que les Chinois, qui tirent leur extraction de ces femmes, tiennent à tres-grand honneur, mesme ils en enrichissent les tymbres de leurs armes; Au dehors de ces rangs de Geants il y en auoit encore vn autre qui les enfermoit, et qui consistoit en plusieurs arcs de triomphe, tous dorez, où estoient penduës plusieurs cloches d'argent auec des chaisnes de mesme metail, lesquelles sonnant continuellement par le mouvement que l'air leur donnoit, faisoient vn si grand bruit, qu'on ne pouuoit s'ouyr parler. Au dehors de ces arcades il y auoit encore en mesme proportion 2 rangs de grilles de leton qui enfermoient tout ce grand ouurage, où se voyoient en certains endroits limitez des colomnes de mesme metail, et au dessus des Lyons ram-

pans, montez sur des boulles, qui sont les armes
des Roys de la Chine, comme i'ay dit cy-deuant;
aux coins des carrefours il y auoit quatre monstres de bronze, d'une hauteur si estrange, si desmesurée, et si difformes à voir, qu'il n'est pas
possible aux esprits des hommes de se l'imaginer,
tellement qu'il me semble plus à propos de n'en
rien dire; ioinct qu'il faut que ie confesse que ie
ne suis pas capable d'exprimer icy de paroles la
forme en laquelle i'ay veu ces prodiges. Toute-
fois comme il n'est pas raisonnable de tenir ces
choses cachées sans en donner quelque cognoissance, ie diray ce que mon foible esprit en
pourra comprendre. Vn de ces monstres, qui est
à main droicte, à l'entrée du carrefour que les
Chinois appellent le Sergent Glouton de la Creuse
ou profonde maison de la fumée, et qui selon
leurs histoires, est tenu pour estre Lucifer, s'y
void là soubs la figure d'vn serpent de hauteur
excessiue, auec des couleuures fort difformes et
monstrueuses qui luy sortent de l'estomach,
toutes couuertes d'escailles vertes et noires, où
se voyent encore force espines qui ont plus d'vn
pan de longueur tout ainsi que celles des porcs-
espics. Chacune de ces couleuures auoit vne
femme au trauers de sa gueule, auec les cheueux
espars et pendants en arriere, comme grandement effrayée. Le monstre portoit aussi en sa

gueule, qui estoit fort grande et desmesurée, vn
lezard, qui luy sortoit dehors plus de trente
pieds de longueur, et de la grosseur d'vn tonneau,
avec les narines et les maschoires si pleines de
sang, que tout le reste du corps en estoit aussi
ensanglanté ; entre ses pattes ce lezard entrai-
noit vn grand elephant, qui sembloit estre si
oppressé que les trippes et les boyaux luy sortoient hors de la gueule, et tout cecy estoit fait
auec tant de proportion et si au naturel, qu'il n'y
auoit celuy qui ne tremblast de voir vne figure
si difforme, et telle que les hommes n'en auoient
possible iamais imaginé de semblable. Le replis
de sa queuë, qui pouuoit estre de plus de vingt
brasses, estoit entortillé à vn autre semblable
monstre, qui est le second des quatre que i'ay
dit estre au carrefour en figure d'homme, qui a
plus de cent pieds de haut, et les Chinois l'appellent *Turcamparoo*, et disent qu'il est le fils
de ce premier serpent ; outre qu'il estoit fort
laid, il auoit ses deux mains mises en sa gueule,
qui la luy faisoient de la largeur d'vne grande
porte, auec vne rangée de dents horribles qui s'y
voyoient, et vne langue fort noire qui en sortoit
de la longueur de plus de deux brasses ; ce qui
estoit encore vne chose fort effroyable à ceux qui
la regardoient, et qui faisoit fremir le corps :
Quant aux autres deux monstres, l'vn estoit

d'vne figure de femme, nommé des-Chinois *Na-delgau*, de dix-sept brasses de hauteur, et six de grosseur; celluy-cy au milieu de sa ceinture auoit vn visage faict à la proportion de son corps, de plus de deux brasses, qui par les narines vomissoit de gros tourbillons de fumée, et par la gueule quantité d'estincelles de feu, non artificiel, mais veritable, à cause qu'à ce qu'ils disent, au haut de la teste l'on y faisoit continuellement du feu, qui venoit à sortir par la gueule de cette mesme face effroyable qu'il auoit au milieu de sa ceinture. Par cette figure ces idolatres vouloient monstrer qu'elle estoit la Royne de la sphere du feu, qui selon leur creance doit brusler la terre à la fin du monde. Le quatriesme monstre estoit vn homme accroupy, qui soufloit à toute force auec des ioües si grandes et si enflées, qu'il sembloit que ce fust vne voile de Nauire. Ce monstre estoit aussi d'vne hauteur desmesurée, et d'un visage si affreux et si difforme, que ceux qui le regardoient en pouuoient à peine supporter la venë. Les Chinois l'appelloient *Uzanguenaboo*, et disoient que c'estoit luy qui esmouuoit les tempestes sur la mer, qui demolissoit les edifices; à cause dequoy le peuple luy donnoit plusieurs aumosnes, afin qu'il ne luy fist aucun mal; ioint qu'il y en auoit plusieurs qui s'enrooloient en sa Confrairie, et qui luy donnoient vn maz d'argent par

an, qui vaut six sols et vn liard de nostre monnoye, et ce affin qu'il ne leur submergeast leurs
luncos, et ne fist aucun mal à ceux des leurs qui
nauigeoient sur mer; j'obmets vne infinité d'autres abus que leur grand aueuglement leur faict
croire, et qu'ils estiment si veritables, qu'il n'y
en a pas vn d'eux qui ne voulust mourir mille fois
pour les soustenir.

CHAPITRE XC.

Des choses que nous trouuasmes à mont cette riuiere ius-
    qu'à nostre arriuée à la ville de Iunquileu, ensemble
    de ce que nous vismes tant en ce lieu qu'en vn autre
    village plus esloigné.

Le lendemain estant partis de cette ville de
Pocasser, nous arriuasmes en vne autre ville appellée Xinligau, qui est encore fort grande et fort
belle. Là se voyent plusieurs bastimens enclos de
murailles de brique auec de bons fossez à l'entour,
et aux extremitez deux chastaux grandement bien
fortifiez auec des tours et des boulleuarts presque
à nostre mode. Aux portes il y a des ponts-leuis
suspendus en l'air par de grosses chaisnes de fer.

et au milieu de ces mesmes chasteaux est remarquable vne tour à 5 estages, auec force inuentions de peintures differentes.

Les Chinois nous asseurerent qu'en ces 2 tours
il y auoit un thresor qui valoit plus de 15000 Picos
d'argent de rente, que l'on recueilloit en tout
cet Archipelago, lequel thresor le pere grand du
Roy qui regnoit auoit fait mettre en ce lieu, pour
memoire d'vn sien fils qui y estoit né, et s'appelloit Leuquinau, c'est à dire, *Allegresse de
tous.* Ceux du pays le tiennent pour saint, pour
auoir finy ses iours en religion, et là mesme il
est enseuely dans vn temple de l'inuocation de
Quiay Varatel, Dieu de tous les poissons de la
mer, de qui ces miserables aueugles racontent
vne infinité de sottises, ensemble des loix qu'il a
inuentées, et des preceptes qu'il leur a donnez.
Ce qui est veritablement capable d'estonner vn
chacun, comme ie diray plus amplement lors
qu'il en sera temps. En cette ville et en vne autre
qui est à 5 lieuës plus haut, on trauaille à la pluspart des teintures des soyes de ce Royàume, à
cause qu'ils tiennent que les eaux de ce pays-là
font les couleurs beaucoup plus viues que celles
de toutes les autres contrées, et les mestiers de
ces soyes qu'ils disent estre 13000 mille de
nombre, rendent de reuenu au Roy trois cent
mille Taeis par an. Continuant nostre route à

mont la riuiere le iour d'apres enuiron le soir
nous arriuasmes en de grandes plaines où il y
auoit quantité de bestail, comme cheuaux, pou-
lains, vaches et iuments, le tout gardé par certains hommes à cheual qui en faisoient vente aux
bouchers, lesquels le vendent par apres indiffe-
remment comme vne autre chair. Comme nous
eusmes passé cette plaine qui pouuoit contenir
dix ou 12 lieuës, nous arriuasmes en vne ville
appellée Iunquileu, murée de brique, où toutesfois nous ne remarquasmes ny creneaux, ny boulleuarts, ny tours comme aux autres dont i'ay
parlé cy-deuant, mais bien des chardons au haut
des murailles. Au bout du faux-bourg de cette
ville du costé de la riuiere, nous vismes des maisons basties en l'eau sur des pieux fort gros, faites
en façon de magasins, et qui estoient fort vieilles
et ruinées. Au deuant de la porte en vn petit carrefour se voyoit vn tombeau de pierre entouré
de grilles de fer, peintes de verd et de rouge, et
par dessus vn clocher faict de pieces de porcelaines fort fines, dressé sur quatre colomnes de
pierre licée. Sur le haut du tombeau il y auoit
cinq globes, et deux autres qui sembloient estre
de fer fondu, et sur vn des costez de ce tombeau
estoient grauez en lettre d'or et en langue Chinoise,
des mots de cette substance. « Cy gist Tranno-
« cem Mudeliar, oncle du Roy de Malaca, que

« la mort osta du monde auant que s'estre vangé
« du Capitaine Alfonse d'Albuquerque, Lyon des
« voleries de la mer. » Nous nous estonnasmes
tous de voir là cette inscription, et nous enquismes
à mesme temps que vouloit dire cela, à quoy vn
Chinois qui sembloit plus honorable que tous les
autres qui estoient là presents, nous fist cette
response, Il y peut auoir enuiron quarante ans
que cet homme qui est là enseuely, s'en vint icy
pour Ambassadeur d'vn Prince qui se disoit Roy
de Malaca, pour demander secours au fils du Soleil, contre des hommes d'vn pays qui n'a point
de nom, qui estoient venus du bout du monde
par mer, et luy auoient pris Malaca. Cet homme
nous raconta plusieurs autres choses sur ce sujet,
et des particularitez incroyables dont il est faict
mention en vn liure qui en a esté imprimé. Or
d'autant qu'il y auoit desia pres de trois ans qu'il
estoit en Cour, continuant la poursuitte de ce
secours, qui luy estoit desia accordé par les Chaems
du gouuernement, comme l'on en faisoit desia les
preparatifs, sa mauuaise fortune voulut qu'vne
nuict en souppant il fut surpris d'vne apoplexie,
dont il mourut au bout de neuf iours; de maniere que voyant qu'vne mort inopinée l'empor-
toit, extremement affligé de ce que ce qu'il estoit
venu demander n'auoit peu reüssir, il exprima
cet ardant desir de vengeance, par l'inscription

qu'il fit mettre sur ce tombeau où il est enseuely, afin que la posterité sçache ce qu'il estoit
venu faire icy. Apres cela nous partismes incontinent de ce lieu, et continuasmes nostre route à
mont la riuiere, qui de ce costé-là n'est pas si
large que vers la ville de Nanquin; mais le pays
y est aussi plus peuplé de villages, bourgs et iardins, que ne sont tous les autres endroits; car
d'vn iect de pierre à l'autre l'on rencontre tousiours quelque Pagode, ou quelques maisons de
laboureurs, ou gens de trauail : passant plus auant
enuiron deux lieuës, nous arriuasmes à vn grand
carrefour enuironné de grosses grilles de fer, au
milieu duquel estoient debout deux grosses statuës de bronze, appuyées à des colomnes de fonte
de la grosseur d'vn muid, et hautes de 7 brasses,
l'vne d'homme et l'autre de femme, i'vn et l'autre
monstre de 74 pans de hauteur, et auoient les
deux mains dans leurs bouches, les iouës fort
enflées, et les yeux si egarez, qu'ils faisoient peur
à tous ceux qui les regardoient. Celuy de ces
monstres qui representoit vn homme, s'appelloit
Quiay Xingatalor, et l'autre qui auoit la figure
d'vne femme estoit nommé *Apancapatur ;* comme
nous eusmes demandé à ces Chinois l'explication
de ces figures, ils respondirent que le masle
estoit celuy qui auec ces iouës enflées souffloit le
feu d'enfer pour tourmenter tous ces miserables,

qui n'auoient daigné donner l'aumosne en cette
vie ; mais que pour le regard de la femme elle
estoit portiere d'enfer, pour recognoistre ceux
qui luy faisoient du bien dans le monde, les laissant enfuïr dans vne riuiere d'eau grandement
froide, et qui s'appelloit *Ochilenday* où elle les
tenoit cachez, sans que les demons les y tour-
mentassent comme les autres condamnez. A ces
mots vn de nostre compagnie ne put s'empescher
de rire d'vne si grande sottise, et d'vne chose si diabolique ; ce que voyant trois de leurs Bonzes ou
Prestres qui estoient là presents, ils s'en scanda-
lizerent si fort, qu'ils mirent dans la teste du
Chifuu qui nous conduisoit, que s'il ne nous
chastioit si bien que ces Dieux-là s'en tinssent pour
contents et pour satisfaits, de nous voir punis de
la raillerie que nous auions faite d'eux, asseurement l'vn et l'autre tourmenteroit fort son ame,
et ne la laisseroit iamais sortir d'enfer, laquelle
menace espouuanta si fort ce chien de Chifuu,
que sans tarder dauantage ny vouloir escouter
nos raisons, il nous fit tous lier pieds et mains,
et commanda qu'auec vne double corde, l'on
nous donnast à chacun plus de cent coups de
foüet ; ce qui fut incontinent executé auec tant
de rigueur, que l'on nous mist tous en sang, et
depuis nous ne nous mocquasmes iamais plus
d'aucune chose que nous vissions : au temps que

nous arriuasmes là nous y rencontrasmes 12
Bonzes, lesquels auec des encensoirs d'argent
pleins de plusieurs parfums d'aloës et de benjoin,
encensoient ces deux monstres diaboliques, et
disoient tout haut, *Ayde nous ainsi que nous te
seruons* : A quoy plusieurs autres Prestres respondoient au nom de l'Idole auec vn grand bruit,
Ainsi ie te le promets comme bon Seigneur. De
cette façon ils s'en alloient tous en Procession à
l'entour du carrefour, chantant d'vne voix mal
accordée au son de plusieurs cloches de metail
et de fonte qui estoient sur des clochers hors du
carrefour. Cependant il y en auoit d'autres, qui
auec des tambours et des bassins faisoient tant de
bruit, qu'il faut aduoüer que toutes ces choses
ensemble donnoient de l'effroy à ceux qui les
oyoient.

CHAPITRE XCI.

De nostre arriuée en la ville de Sempitay, et de ce qui se
passa entre nous et vne femme Chrestienne que nous
y rencontrasmes.

De ce carrefour que i'ay dit, nous continuasmes nostre voyage encore onze iours à mont

la riuiere, qui en cet endroit est desia si peuplée de citez, villes, villages, bourgs, forteresses
et chasteaux, qu'en plusieurs lieux des vns aux
autres il n'y a pas plus de distance que de la
portée d'vne harquebuze, et ainsi tout autant de
terre que nous pouuions descouurir estoit pleine
de maisons de plaisance, et de temples dont les
clochers estoient tous dorez; ce qui parut vne
chose grandement magnifique à nos yeux, et
dont nous demeurasmes tous estonnez. De cette
façon nous arriuasmes à vne ville nommée Sempitay; et y demeurasmes 5 iours, à cause que la
femme du Chifuu qui nous conduisoit se trouuoit
mal. Là nous prismes terre auec sa permission,
et ainsi enchaisnez comme nous estions, nous
nous en allasmes le long des ruës demandant
l'aumosne, que les habitans nous donnerent
abondamment. Ceux-cy estonnez de voir des gens
faits comme nous s'assembloient entr'eux par
troupes, nous demandans quelle sorte de gens
nous estions, de quel Royaume, et comme s'appelloit nostre pays? A quoy nous respondions
tous conformement à ce que nous auions dit
plusieurs fois, à sçauoir que nous estions natifs
du Royaume de Siam, que nous en allant de
Liampoo à Nanquin la fortune nous auoit priuez
de nos marchandises par vne tourmente; et qu'au
reste encore qu'ils nous vissent en si pauure

equipage , nous ne laissions pas d'auoir esté
autresfois fort riches. Là-dessus vne femme qui
estoit accouruë comme les autres affin de nous
voir, Il y a de l'apparence, dict-elle, en regardant
tous ceux d'alentour, que les choses que les
pauures estrangers nous disent icy sont tres veritables, aussi veritablement c'est dequoy vous
ne deuez pas vous estonner puisque cela est si
ordinaire, qu'il arriue le plus souuent que ceux
qui hantent sur la mer y font leur tombeau ; c'est
pourquoy, mes amis, le meilleur et le plus asseuré c'est d'estimer la terre et de trauailler sur
terre, puis que c'est la matiere dont il a plu à
Dieu nous former. Cela dict, elle nous donna
deux mazes, qui valent chacun six sols et demy
de nostre monnoye, et nous recommanda de ne
plus faire de si longs voyages, puis que Dieu nous
auoit faict la vie si courte. Cela dict, elle se
desboutonna vne manche d'vne juppe de satin
rouge qu'elle auoit vestuë, et nous descouurant
le bras gauche elle nous fit voir dessus vne Croix
empreinte, comme la marque d'vn esclaue. Sur
quoy nous regardant fixement, Y a-il quelqu'vn
de vous, adjousta-elle, qui cognoisse ce signe,
qui parmy les gens qui suiuent le chemin de la
verité s'appelle Croix ? ou bien quelqu'vn de vous
l'a-il point ouy nommer ? Nous n'eusmes pas
plustost veu cela que nous mismes les genoux à
terre auec beaucoup de respect, et respondismes,

les larmes aux yeux, que nous cognoissions bien
cela. Sur quoy s'estant mise à crier, et haussant
les mains au Ciel; *Nostre pere qui es aux Cieux,*
dit-elle, *ton nom soit sanctifié,* paroles qu'elle
profera en langue Portugaise, et pource qu'elle
ne sçavoit pas dauantage de nostre langue, s'estant remise à parler Chinois, elle nous pria tres-
instamment de dire si nous estions Chrestiens?
A quoy nous luy respondismes qu'ouy, et tous
ensemble luy prenant le bras où la Croix estoit
marquée, nous la baisasmes; et pour preuue de
cette verité nous continuasmes tout le reste de
l'oraison Dominicale qu'elle auoit laissé à dire.
Alors comme elle eut appris veritablement que
nous estions Chrestiens, toute baignée de larmes
elle se separa d'auec ceux qui estoient là presents, et nous dict; Venez, Chrestiens du bout
du monde, auec celle qui est vostre vraye sœur
en la foy de Iesus-Christ, ou possible parente de
quelqu'vn de vous, du costé de celuy qui m'a
engendré en ce miserable exil. A mesme temps
elle commença de prendre le chemin de son logis
pour nous y mener, à quoy ne voulurent s'accorder les quatre Hupes qui nous gardoient,
disant qu'il nous deuoit suffire de nous en aller
demander l'aumosne par la ville, ainsi que le
Chifuu nous l'auoit commandé, ou qu'autrement
ils nous rameneroient au vaisseau. Mais ils ne

disoient cela que pour l'interest qu'ils y pretendoient à cause qu'il leur venoit la moitié des
aumosnes qu'on nous faisoit, comme i'ay dit en
vn autre endroit, de sorte qu'ils firent semblant
tout aussitost de nous vouloir ramener au nauire; ce que voyant cette femme, ie vous en-
tends, leur dict-elle, et voy bien que vous ne
voulez rien perdre de vostre droict; aussi est-il
bien raisonnable, puisque vous n'auez point
d'autres profits que ceux-là. A l'heure mesme
elle mit la main à la bourse, et leur donna deux
Tacis d'argent; dequoy ils demeurerent fort contents. Ainsi auec la permission du Chifuu elle
nous mena à sa maison et nous y retint durant
les cinq iours que nous demeurasmes là, nous
faisant continuellement beaucoup de caresses et
nous y traittant auec beaucoup de charité. Là
elle nous monstra vn oratoire, où elle auoit
vne croix de bois doré, ensemble des chandeliers, et vne lampe d'argent. En suitte de cela
elle nous dict qu'elle se nommoit Inez de Leyria,
et son pere Tomé Pirez, lequel du Royaume de
Portugal auoit esté enuoyé pour Ambassadeur
vers le Roy de la Chine; et que pour vne rebel-
lion qu'vn Capitaine Portugais auoit faicte à Can-
ten, les Chinois le prenant pour vn espion non
pour vn Ambassadeur, tel qu'il se disoit estre,
l'auoient arresté prisonnier, et deux hommes

auec luy, d'où il s'estoit ensuiuy que par l'ordonnance de la Iustice cinq d'entr'eux auoient
eu la question, et tant de coups de foüet qu'ils
en estoient morts à l'instant; que pour le regard
des autres ils auoient esté bannis en diuers lieux,
où ils estoient morts mangez des poulx; Que
neantmoins il y en auoit vn encore viuant, qui
se nommoit Vasco Caluo, natif d'vn lieu de nostre
païs nommé Alcouchete. Ce qu'elle confirmoit
auoir ouy dire plusieurs fois à son Pere, non
sans en respandre des larmes à chasque fois qu'il
en parloit; Qu'au demeurant son pere ayant esté
banny en ce lieu, il s'y estoit marié auec sa mere
qui pour lors auoit quelque peu de bien, et
l'auoit faicte Chrestienne, dont l'vn et l'autre
auoit tousiours vescu fort Chrestiennement par
l'espace de 27 ans qu'ils auoient esté ensemble,
conuertissant plusieurs Gentils à la foy de Iesus-
Christ, dont il y en auoit encore plus de trois
cent dans la ville qui s'assembloient tous les Di-
manches dans sa maison pour y faire le Catechisme; sur quoy luy ayant demandé quelles
estoient leurs prieres accoustumées, elle respondit
qu'ils n'en faisoient point d'autres sinon que
toute l'assemblée se mettoit à genoux deuant la
croix, leuant les yeux et les mains vers le Ciel,
et disant : « Seigneur Iesus-Christ, comme il est
« veritable que tu es le vray fils de Dieu, conceu

« par le S. Esprit au ventre de la vierge Marie,
« pour le salut des pecheurs, ainsi pardonne-nous
« nos offences, affin que nous meritions de voir
« ta face en la gloire de ton Royaume où tu es
« assis à la dextre du Tres-haut. Nostre pere qui
« es aux cieux, sanctifié soit ton nom ; Au nom
« du pere, et du fils, et du S. Esprit, Amen. »
Et tous baisans la croix ainsi s'embrassoient les
vns les autres, et apres cela s'en retournoient
chascun chez soy. En suitte de cela elle nous
dict ; que de cette façon ils viuoient tous dans vne
conformité d'amitié mutuelle sans que la haine
eust place entr'eux en aucune façon que ce fust.
A ces choses elle adjousta, que son pere luy auoit
laissé plusieurs autres Oraisons par escrit, que
les Chinois luy auoient desrobées, tellement qu'il
ne luy estoit resté autre chose, à sçauoir, que
ce qu'elle nous auoit dict. A ces paroles nous respondismes, que ce que nous luy auions ouy dire
estoit fort bon, mais qu'auparauant que partir
nous luy laisserions plusieurs autres Oraisons tres-
belles et fort salutaires ; faictes-le donc, nous
respondit-elle, pour le respect que vous deuez à
vn Dieu si bon que le vostre, et qui a tant faict
de choses pour vous, pour moy, et pour tous
generalement. Alors nous ayant faict couurir vne
table, elle nous donna à disné fort abondamment,
et en fit de mesme durant les cinq iours que

nous demeurasmes dans sa maison. Ce que le
Chifuu nous permit en consideration d'vn bon
present que cette Dame enuoya à sa femme,
qu'elle pria tres-instamment de faire en sorte
auec son mary qu'il nous traittast bien, pource
que nous estions hommes desquels Dieu auoit vn
soing particulier, chose que la femme du Chifuu
promit de faire auec beaucoup de paroles de
remerciement et de courtoisie pour le present
qu'elle auoit receu. Cependant durant les cinq
iours que nous fusmes en sa maison par sept
diuerses fois nous fismes le Catechisme aux Chrestiens, dont ils furent tous grandement encouragez, mesme Christofle Boralhe leur fit vn
petit liuret en lettre Chinoise dans lequel il leur
laissa par escript le *Pater noster*, l'*Aue Maria*, le
Credo, le *Salue Regina*, les Commandements de
Dieu, et plusieurs autres Oraisons fort bonnes.
Apres ces choses nous prismes congé des Chrestiens et d'Inez de Leyria, de qui l'on ne pouuoit mettre en doute que ce ne fust vne vraye
Chrestienne selon ce que nous en pusmes iuger
par les coniectures, durant ce peu de temps que
nous fusmes en sa maison. Ces Chrestiens nous
donnerent cinquante Taeis d'aumosnes, qui depuis nous seruirent bien pour remedier à beaucoup d'incommoditez que nous eusmes, comme
ie diray cy-apres; joint que cette mesme Inez de

Leyria nous donna en cachete autres cinquante
Taeis, nous priant fort humblement de nous
souuenir d'elle en nos prieres addressées à nostre
Seigneur, puisque nous voyons aysement combien grand besoin elle en auoit.

CHAPITRE XCII.

De l'origine et du fondement de cet empire de la Chine,
ensemble d'où sont venus les premiers qui l'ont peuplé.

Après nostre partement de la ville de Sampi-
tay, nous continuasmes nostre route par la riuiere
de Batanpina, iusques à vn lieu qui se nommoit
Lequinpau, peuplé de dix ou douze mille feux,
et grandement bien basty, du moins nous le iugions ainsi par apparences ; ioinct qu'il estoit enclos de bonnes murailles, auec leurs coridors à
l'entour. Là tout aupres se voyoit au dehors vne
maison fort longue, ayant au dedans de chasque
costé trente fourneaux, où l'on fondoit quantité
d'argent qu'on y apportoit par charrettes, d'vne
montagne qui estoit à cinq lieuës de là, nommée
Tuxenguim. Les Chinois nous asseurerent qu'en
cette miniere trauailloient continuellement plus

de mille hommes à tirer l'argent, et que le Roy
de la Chine en auoit de reuenu tous les ans enuiron cinq mille Picos. Sur quoy nous furent
racontées plusieurs autres particularitez fort cu-
rieuses que ie n'escris point icy pour euiter la
prolixité. Nous partismes de ce lieu presqu'à
Soleil couché, et arriuasmes le lendemain sur le
soir entre deux petites villes, tant seulement
esloignées d'ensemble d'un quart de lieuë, qui
est la largeur de la riuiere. L'vne se nommoit
Pacano, l'autre Nacau; et encore que toutes
deux fussent petites, elles estoient neantmoins
fort belles et bien murées d'vne belle grande
pierre de taille, ioinct qu'il y auoit force Temples qu'ils nomment Pagodes, tous dorez auec
quantité d'inuentions de clochers, et de giroüettes fort riches et de grande despence; chose
assez belle et agreable à voir. Aussi me semble
t'il n'estre pas hors de propos de rapporter en ce
lieu ce qu'on nous y raconta de ces deux villes,
et que i'oüy dire depuis, affin qu'on sçache par
là l'origine et le fondement de cet empire de la
Chine, dequoy les anciens Escriuains n'ont rendu
aucune raison iusques à maintenant. Il est escrit
en la premiere Chronique des huictante qui ont
esté faictes des Roys de la Chine, chapitre trei-
ziesme, comme ie l'ay oüy dire plusieurs fois.
Que six cent trente-neuf ans apres le deluge il y

eut vn païs qui s'appelloit alors *Guantipocau*, lequel, à ce qu'on en peut iuger par là hauteur du climat où il est situé, doit estre à soixante-deux degrez du costé du Nord, et aboutit derriere nostre Allemagne. En ce pays viuoit en ce temps-là vn Prince appellé Turbano, de qui les terres n'estoient pas de grande estenduë. L'on dict de luy qu'estant ieune garson il eut trois enfans d'vne femme nommée Nancaa, pour qui il auoit vne extreme affection, bien que la Royne sa mere, qui estoit veſue en fut grandement desplaisante. Ce Roy estant sollicité de se marier par les principaux de son Estat, s'en excusoit tousiours, alleguant pour cet effect quelques raisons que les siens ne prenoient point pour estre valables. Au contraire incitez plus fort par sa Mere ils s'obstinerent en leur poursuitte, et le presserent iusques à ce poinct que luy s'en excusant donna bien à cognoistre qu'il ne pensoit à rien moins qu'à cela. Aussi toute son intention estoit de legitimer son fils aisné, qu'il auoit eu de Nancaa, et de luy laisser son Royaume mesme, ce qui fut cause qu'il se mit depuis en religion dans vn Temple appellé Gisou, qui semble auoir esté l'Idole d'vne certaine secte que les Romains ont euë en leur temps et qui est encore à present en cet Empire de la Chine, du Iappon, de Cauchenchina, de Cambaio, et de Siam ; dequoy i'ay veu

plusieurs Temples en ce païs. Cependant ce
Prince ayant declaré que c'estoit là sa derniere
volonté, la Royne sa mere qui estoit vefue pour
lors, et aagée de cinquante ans, n'y voulut point
consentir, disant, que puis qu'il estoit ainsi que
son fils vouloit mourir en cette Religion dont il
auoit fait profession, et laisser le Royaume sans
heritier legitime, elle estoit d'aduis de remedier
à ce desordre. Comme en effet elle se maria tout
incontinent à vn sien Prestre appellé Silau, aagé
de vingt-six ans, et le fit proclamer Roy bien
que plusieurs s'y opposassent. Cela ne fut pas si
tost faict que Turbano en eut aduis, et sçachant
que la Royne sa mere ne s'estoit portée à cela
que pour frustrer son fils de l'heritage qu'il luy
vouloit donner et l'exclore de son testament, il
sortit hors de Religion auec dessein de reprendre
possession de ce qu'il auoit laissé; à quoy il employa toute sorte de trauail et de diligence. Sur
ces entrefaites la Royne, mere du Prince, et Silau auec qui elle estoit nouuellement mariée,
apprehendants que si cette affaire alloit plus auant,
elle ne fust cause de la mort de tous deux, assemblerent secrettement quelques vns de ceux
qui estoient de leur party, qui furent, à ce que
l'on tient, iusques au nombre de trente hommes
de cheual, et quatre vingts de pied. Auec ces
forces ils s'en allerent vne nuict dans la maison

où estoit Turbano, et le tuerent auec les siens.
Toutesfois Nancaa se sauua auec ses trois fils, et
accompagnée de quelques siens domestiques
s'embarqua dans vne Lanteaa de rame, qui est
vn petit vaisseau dans lequel elle fit en sorte de
se sauuer à val la riuiere, en vn lieu qui estoit à
septante lieuës de là, où elle prit terre auec ce
peu de gens qui l'accompagnoient. Là mesme
assistée de quelques autres qu'elle assembla depuis, elle se fortifia dans vne petite Isle, qui estoit au milieu de la riuiere, et qu'elle appella
Pilaunere, qui signifie, *Retraitte des pauures*, en
intention d'y acheuer le reste de ses iours, à
cultiuer la terre et de s'y nourrir du trauail des
siens, pource que, comme il est rapporté dans
le mesme Chapitre, ce lieu n'estoit encore ha-
bité d'aucunes personnes. Or d'autant qu'il y
auoit desia cinq ans qu'elle viuoit en vn estat si
miserable et si pauure, le Tyran Silau, que le
peuple n'aymoit du tout point, apprehendant
que les trois ieunes Princes venans à estre grands,
ne le debusquassent de ce qu'il auoit injustement
vsurpé sur eux, ou du moins qu'ils ne l'inquie-
tassent par des desordres et des leuées de gens
de guerre à cause du droict qu'ils pretendroient
auoir au Royaume, l'on tient qu'il enuoya en
queste apres eux vne flotte de trente lengas de
rames, où, à ce que l'on dict, il y auoit mil et

six cent hommes. Durant que cela se passoit,
Nancaa eut aduis des grandes forces qui s'en venoient fondre sur elle ; S'estant conseillée à
mesme temps touchant ce qu'elle auoit à faire, il
fut resolu de ne l'attendre en aucune façon que
ce fust, pource que ses fils estoient encore enfans, elle vne foible femme, ses hommes en petit
nombre, sans armes, et dépourueus de tout ce
qui leur estoit necessaire pour se defendre contre
vn si grand nombre d'ennemis si bien equippez.
Ayant donc faict la reueuë de ses gens, il se treuua
qu'elle n'en auoit que mille et trois cent, desquels seulement cinq cent estoient hommes, et
tout le reste femmes et enfans, pour laquelle
quantité de gens dans toute la riuiere il n'y auoit
que trois petites Lanteaas, et vne Iangaa, où il ne
pouuoit entrer que cent personnes. Alors Nanca
recognut bien que les vaisseaux n'estoient pas
capables de porter tous les gens qu'elle auoit auec
elle, et pensant au remede qu'elle pouuoit treuuer contre en vne si grande necessité, l'Histoire
dict qu'elle tint encore vne fois conseil, et que
declarant publiquement aux siens l'extreme
crainte qu'elle auoit, elle leur demanda derechef ce qui leur en sembloit ; mais qu'ils s'en
excuserent alors, disant, Qu'à n'en point mentir
ils recognoissoient n'auoir point le ingement assez
bon pour se resoudre en peu de temps sur ce

qu'elle demandoit; ce qui fut cause que selon
leur ancienne coustume les ordonnances furent
iettées au sort, afin que celuy à qui il arriueroit
de pouuoir parler, dist librement ce que Dieu
luy inspireroit. Pour cet effect ils prirent trois
iours de temps, pendant lesquels à force de ieus-
nes, de cris et de larmes, ils demanderent tous
à haute voix secours et faueur au puissant Seigneur, en la main duquel estoit le certain remede
qu'ils pretendoient. Ainsi Nancaa s'estant resoluë
auec les siens de suivre cet aduis, qui pour lors
fut treuué le meilleur de tous, elle fit publier
que sur peine de la mort aucune personne n'eust
à manger qu'vne seule fois durant trois iours,
afin que par cette abstinence du corps l'esprit
fust porté d'vne plus grande attention enuers
Dieu.

CHAPITRE XCIII.

Des autres choses qui s'ensuiuirent de cette affaire lors
que le ieusne fut acheué, et de ce qui fut faict depuis.

Les trois iours de cette abstinence estant passez, l'on ietta cinq fois le sort, et tous les cinq

tomberent sur vn petit garçon aagé de sept ans,
qui s'appelloit Silau comme le Tyran qu'ils re-
doutoient. Ils demeurerent tous confus et tristes,
pour estre asseurez qu'en toute leur armée il n'y
en auoit pas vn autre de mesme nom. Apres qu'ils
eurent faict leurs sacrifices auec toutes les ceremonies accoustumées, de musique, parfums et
senteurs odoriferantes pour rendre graces à Dieu,
ils commanderent au petit garçon de leuer les
mains vers le Ciel, et dire ce qui luy sembloit
estre necessaire pour remedier à vne affliction si
grande que celle où ils estoient. Sur quoy le petit garçon Silau regardant Nancaa, les histoires
font foy qu'il luy dict ces paroles : « O foible et
« miserable femme, maintenant que la tristesse et
« l'affliction te rendent plus troublée et plus con-
« fuse que iamais, pour le peu de remede que
« l'entendement humain te represente, sousmets
« toy par humbles souspirs à la puissante main
« du Seigneur. Esloigne donc, ou à tout le moins
« tasche d'esloigner ton cœur des vanitez de la
« terre, esleuant auec foy et esperance tes yeux
« en haut, et tu verras ce que peut le cœur d'vn
« innocent affligé et poursuivy deuant la Iustice
« de celuy qui t'a creée. Car des l'heure qu'en
« toute humilité tu as declaré au Tout-puissant
« ton foible pouuoir, incontinent du haut des
« Cieux la victoire t'a esté donnée sur le Tyran

« Silau, auec de grandes promesses que le Sei-
« gneur de tous les hommes te manifestera par
« moy, sa moindre fourmy. Voila pourquoy ie te
« commande de sa part que tu embarques dans
« les vaisseaux de tes ennemis, tes enfans, et
« toute ta famille. Alors au confus murmure des
« eaux tu roderas toute la terre, veillant tous les
« ans auec la douleur de ton bras, pource qu'au-
« parauant que tu arriues au bord de la riuiere,
« il se monstrera où pour vne longue demeure
« tu dois poser le fondement d'vne maison dont
« la reputation ira si auant, que la misericorde
« du Tres-haut y sera publiée au siecle des siecles,
« par la voix et le sang d'vn peuple estranger,
« dont les cris luy seront aussi agreables que ceux
« des petits enfans qui sont au berceau. » Cela dict,
l'Histoire rapporte que ce petit enfant tomba par
terre tout roide mort; ce qui fut vne chose de
laquelle Nancaa et tous les siens furent grandement estonnez. Cette mesme Histoire raconte,
et ie l'ay plusieurs fois oüy lire, que cinq iours
apres ce succes vn matin l'on vid descendre à val
la riuiere l'armée des trente Iangas, dont les
vaisseaux estoient fort bien equippez, mais où il
n'y auoit pas vn seul homme. La raison de cecy
au rapport de l'Histoire que les Chinois tiennent
pour tres-veritable, fut que tous ces Nauires de
guerre s'estant joincts ensemble affin d'executer

impitoyablement sur la pauure Nancaa, ensemble
sur ses trois enfans, et sur tous les autres qui
l'accompagnoient, les cruelles et damnables in-
tentions du Tyran Silau ; vne nuict comme cette
flotte estoit à l'ancre en vn lieu qui s'appelloit
Catebasoy, voila qu'on vid s'eleuer sur elle vne fort
grosse nuë, de laquelle se lançant quantité d'es-
clairs et de tonnerres, accompagnez d'une grosse
rauine d'eau, dont les gouttes estoient si chaudes,
que venant à tomber sur ceux qui estoient en-
dormis dans les vaisseaux, elle les contraignoit
de se ietter dans la riuiere, si bien que par ce
moyen ils y perirent tous en moins d'vne heure.
Car l'on tient qu'vne seule goutte de cette pluye
venant à cheoir sur vn corps, le brusloit de telle
sorte qu'elle penetroit iusques au plus profond
de l'os auec vne douleur insupportable, sans que
les vestemens ny les armes mesmes fussent capables d'y resister. Alors la Nancaa prenant cela
pour vn grand mystere, receut cette faueur de
la main du Seigneur auec vne grande abondance
de larmes; tellement qu'elle et les siens l'en remercierent infiniment. Cela faict, apres qu'elle-
mesme, ses trois enfans, et tous les autres de sa
suitte se furent embarquez dans les trente langas
de la flotte, ils s'en allerent à val la riuiere, si
bien qu'emportez par le courant de l'eau, qui à
leur faueur se redoubla (comme le raconte l'His-

toire) au bout de quarante-sept iours ils arriuerent en ce mesme endroict où est maintenant bastie la ville de Pequin. Là elle mit pied à terre
auec tous les siens, en intention d'y establir sa
demeure. Or pource qu'elle apprehendoit que
le Tyran Silau, de qui elle auoit tousiours re-
douté les cruautez, ne s'en vinst fondre sur elle,
l'on dit qu'en ce lieu elle se fortifia le mieux
qu'elle put auec des staccades et des plattes-
formes qu'elle fit de pierres et de fascines, comme
ie diray cy-apres.

CHAPITRE XCIV.

Des fondateurs des quatre premieres villes de la Chine,
et de quelques choses fort remarquables touchant la
grande ville de Pequin.

La mesme Histoire de la Chine raconte, qu'a-
pres que la pauure Nancaa fut descenduë à terre
auec tous les siens, qu'au bout de cinq iours elle
leur fist prester serment, qu'ils recognoistroient
son aisné pour leur Prince legitime, pour mieux
se mettre à couuert de quelques apprehensions
qu'elle auoit tousiours euës, et treuuer quelque

allegement à tant de trauaux qu'elle auoit soufferts par le passé. Or le mesme iour que ce Prince
receut le serment de fidelité de ce peu de vassaux
qu'il auoit, il fist eslection du lieu où il vouloit
que fust bastie la forteresse, ensemble de l'enclos de la muraille. Apres cela, comme on eust
jetté les premiers fondemens, ce qui fut faict
auec beaucoup de diligence, il sortit de sa tente
accompagné de sa mere par qui tout se gouuernoit, ensemble de ses freres, et de quelques-vns
des principaux, auec des vestemens de feste ; en
cette premiere monstre qu'il donna de soy aux
siens, il fist porter deuant luy par les plus nobles,
vne grande pierre où il auoit faict trauailler auparauant; puis arriué qu'il fut aux fondemens qui
estoient desia faicts, il porta la main dessus cette
pierre, et s'estant mis à genoux, il haussa les mains
au Ciel, et dict à tous ceux qui estoient là presens : « Mes freres et mes bons amis, ie vous ad-
« vise que ie donne le nom de Pequin, qui est
« le mien, à cette mesme pierre sur laquelle se
« doit bastir cette nouuelle maison ; car ie desire
« que desormais elle soit ainsi appellée. C'est
« pourquoy ie vous prie tous comme amis, et vous
« commande comme Roy de ne la point nommer
« autrement, afin que la memoire en reste im-
« mortelle à ceux qui viendront apres nous iusques
« à la fin du monde. Par ce moyen il sera mani-

« feste à tous, que le troisiesme iour de la 8 Lune
« de l'année mil six cent trente-neuf, depuis que
« le Seigneur de toutes les choses creées eut
« faict voir à ceux qui viuoient sur terre, com-
« bien il auoit en horreur les pechez des hommes,
« pour lesquels il noya tout l'vniuers, des eaux
« qu'il fist tomber du Ciel pour satisfaire à sa di-
« uine Iustice. Il leur sera, dis-ie, manifesté que
« c'est le nouueau Prince Pequin qui a basty cette
« forteresse, à qui il a donné son nom. Ainsi con-
« formement à la Prophetie que l'enfant mort
« nous en a donnée, il sera publié par tout par la
« voix des peuples estrangers, de quelle façon il
« faut craindre le Seigneur, et luy rendre des sa-
« crifices qui luy soient agreables et iustes. » Voila
ce que dict le Roy Pequin à ses vassaux, et c'est
ainsi qu'on le void encore graué auiourd'huy sur
vn escusson d'argent, attaché à vne arcade d'vne
des principales portes de la ville, appellée *Pom-
micotay*, en laquelle pour memoire de cette Prophetie il y a d'ordinaire vne garde de quarante
hallebardiers auec leur Capitaine, là où en toutes
ies autres il n'y en a que quatre seulement, qui
sont obligez de rendre compte de ceux qui entrent dans la ville et qui en sortent à chasque
iour; et parce que les Histoires font foy que ce
fut au 5 du mois d'Aoust, que ce nouueau Roy
ietta le premier fondement de cette ville : à ce

mesme iour les Roys de la Chine ont accoustumé
de se faire voir au peuple, ce qu'ils font auec tant
de grandeur et de maiesté, qu'il faut que i'aduouë qu'il me seroit impossible d'en pouuoir raconter la moindre partie, tant s'en faut que i'en
puisse descrire le tout. Or à cause des paroles que
dict ce premier Roy, que les Chinois tiennent
pour vne Prophetie infaillible, ses descendans en
apprehendent si fort l'euenement, que par vne
Loy qu'ils ont faite expres, il est defendu sur de
grandes peines, de ne receuoir en ce Royaume
que des Ambassadeurs et des esclaues, mais point
d'autres estrangers. C'est aussi pour cela que lors
qu'il y en arriue quelques-vns, ils les bannissent
aussi-tost d'vn lieu à l'autre, sans leur permettre
de s'establir en aucune part, comme ils le practi-
querent enuers moy et enuers mes huict compagnons. Voila donc comme de cette mesme façon
que i'ay succinctement racontée, fut fondé et peuplé cet Empire de la Chine, par le moyen de ce
Prince appellé Pequin, fils de Nancaa, et l'aisné
de ces trois freres. Quant aux autres deux qui
s'appelloient *Pacan* et *Nacau,* ils fonderent depuis
les autres villes, et leur donnerent de mesme
leurs propres noms. L'on tient aussi que leur
mere Nancaa fonda la ville de Nanquin, qui prist
d'elle le nom qu'elle porte encore auiourd'huy,
et qui est la seconde de cette grande Monarchie.

Les Histoires font foy, que depuis le temps de ce premier fondateur, cet Empire de la Chine s'augmenta tousiours d'vn Roy à l'autre par vne iuste succession iusques à vn certain aage, qui selon nostre supputation fut en l'année du Seigneur mil cent treize ; et tient-on que depuis ce temps-là cette ville de Pequin fut assaillie par ses ennemis, qui s'y donnerent vne entrée, et la demolirent vingt-six fois. Mais comme elle estoit desia grandement peuplée, et ces Roys fort riches, l'on dit que le Roy qui regnoit alors appellé *Xixipan*, y fit vn enclos en vingt-trois ans tel qu'on le void auiourd'huy, et que depuis vn autre Roy nommé *Iumbileytay* son petit fils en fit vn autre huictante-deux ans apres, tellement que tous les deux ensemble auoient de circuit soixante lieuës, à sçauoir trente chacun, dix de longueur, et cinq de largeur. Or il est tres-euident, et ie l'ay leu plusieurs fois, que chascun de ces enclos ou murailles à mille et soixante boulleuarts tous ronds, ensemble deux cent et quarante tours, extremement belles, fortes, larges, et hautes, auecque leurs chapiteaux de diuerses couleurs, qui en rendent la veuë fort agreable. Là se voyoient par tout sur des globes des Lyons dorez, armes des Roys de la Chine, par où il veut donner à entendre *Qu'il est le Lyon couronné au Throsne du Monde.* Hors de ce dernier enclos se void à l'entour vn

fort grand fossé, où il y a plus de dix brasses de
fonds et quarante de large, où se tiennent ordinairement plusieurs barques et batteaux de rame,
couuerts par le haut comme si c'estoient des maisons, et là se vendent toutes les choses qu'on
pourroit s'imaginer, tant prouisions, qu'autres
marchandises de toutes sortes. Cette ville à ce
que les Chinois nous ont affirmé, a plus de trois
cent et soixante portes, en chascune desquelles,
comme i'ay dict cy-deuant, il y a tousiours quatre
hallebardiers qui sont obligez de rendre compte
de tous ceux qui vont et viennent de iour en iour.
Il y a pareillement certaines Chambres où la ville
depute expres des Anchacys et Officiers de Iustice, et où l'on a accoustumé de porter encore les
petits enfans qui s'esgarent parmy la ville, afin
que les peres qui les ont perdus les aillent chercher en ce lieu. Ie remets à parler ailleurs plus
amplement des magnificences et des grandeurs
de cette belle ville, pource que ce que i'en ay
dit maintenant à la haste et comme en passant,
n'a esté que pour faire vne briefue relation de
l'origine de cet Empire, et du premier qui fonda la
ville de Pequin, qui se peut nommer veritablement et auec raison, la capitale de toutes celles
du monde, en ce qui touche la grandeur, la police, l'abondance, les richesses, et toutes les
autres choses que les hommes se peuuent ima-

giner. Ce que i'ay faict encore pour rendre compte
de la fondation et de l'origine de la seconde ville
de ce grand Empire, qui est celle de Nanquin et
des autres deux de Pacan et Nacau, dont i'ay
parlé cy-deuant, et de qui les fondateurs sont
enseuelis en des Temples fort magnifiques et riches, et en des tombeaux d'Albastre verd et blanc,
tous garnis d'or, et dressez sur des Lyons d'argent, auec quantité de lampes tout à l'entour, et
de casselettes pleines de diuerses sortes de parfums.

CHAPITRE XCV.

Quel fut ce Roy des Chinois qui fit bastir la muraille qui
diuise les deux Empires de la Chine et de la Tartarie,
ensemble de la prison qui est annexée à ce grand
enclos.

MAINTENANT que i'ay parlé de l'origine et de la
fondation de cet Empire, ensemble du circuit de
cette grande ville de Pequin, il semble à propos
de traitter le plus succinctement que ie pourray
d'vne autre chose, qui n'est pas moins admirable
que toutes celles dont i'ay faict mention cy-deuant. On lit au cinquiesme liure de la situation

de tous les lieux remarquables de cet Empire, ou
de cette Monarchie (car pour en dire le vray, il
n'est point de si grand nom qu'on ne luy puisse
bien attribuer) qu'vn Roy appellé *Crisnagol Di-
cotay*, qui selon la supputation de ce liure, et la
façon de conter du païs, regna en l'année du Seigneur cinq cent vingt-huict, vint à faire la guerre
contre le Tartare pour quelques differents qu'il
eut auec luy sur l'estat de Xenxinapau, qui se
borne du Royaume de Lauhos, et combatit si
vaillamment qu'il deffit son armée, et demeura
maistre du camp. Ce que voyant le Tartare il
ramassa de plus grandes forces qu'auparauant, par
le moyen d'vne ligue et d'vne alliance qu'il fit
auec d'autres Roys ses amis, par l'assistance desquels huict ans apres il s'en alla derechef attaquer
le Royaume de la Chine où l'on tient qu'il prit
trente et deux villes fort remarquables, dont la
principale fut celle de Panquilor. Alors l'apprehension qu'eut le Chinois de ne se pouuoir deffendre, l'obligea de faire vn traitté de paix auec
luy à certaines conditions, moyennant lesquelles
il se desista du droict duquel il estoit question,
et luy donna de plus deux mille Picos d'argent
pour la paye des estrangers qu'il auoit auec luy.
De cette façon les choses demeurerent paisibles
par l'espace de cinquante-deux ans, selon ce
qu'en dict la mesme histoire. Cependant le Roy

qui regnoit pour lors à la Chine, apprehendant
qu'à l'aduenir le Tartare venant à se liguer auec
d'autres Princes, ausquels il ne pust resister, ne
luy fi t le mesme qu'auparauant, se resolut d'y
faire bastir vne muraille qui seruist comme de
frontiere à ces deux Empires. Pour cet effect
ayant assemblé tous ses Estats generaux, il leur
declara cette sienne resolution, qui fut à l'instant
approuuée, et mesme estimée fort necessaire;
tellement que pour l'assister à venir à bout d'vne
entreprise si importante à son Estat, ils luy donnerent dix mille Picos d'argent, qui valent à nostre
compte quinze millions d'or, à raison de quinze
cent ducats chasque Pico; ioinct qu'outre cela ils
luy entretindrent deux cent cinquante mille
hommes pour y trauailler, dont il y en auoit trente
mille deputez comme officiers, et les autres tous
gens de seruice; apres qu'on eut donc mis ordre
à tout ce qu'on iugea necessaire pour vn si pro-
digieux chef d'œuure l'on commença d'y mettre
la main si bien, qu'au rapport de l'histoire en
vingt-sept ans l'on acheua d'vn bout à l'autre
toute cette grande muraille, laquelle, s'il en faut
croire à cette mesme Chronique, a de longueur
septante Iaos, c'est à dire trois cent quinze lieuës,
à raison de quatre lieuës et demie par chasque
Iao. En quoy ce qu'il y eust d'esmerueillable, et
qui semble exceder la creance des hommes, fut,

que sept cent cinquante mille hommes trauaille-
rent sans cesse à ce grand ouurage, dont le peuple, comme i'ay desia dit, fournit la troisiesme partie, les Prestres et les Isles d'Ainan l'autre tiers.
et le Roy assisté des Princes, des Seigneurs, des
Chaems et des Anchacys du Royaume, le reste
du bastiment. I'ay veu quelques fois, et mesuré
cette muraille qui a six brasses de hauteur et
quarante palmes de largeur dans le plus espais
de la muraille ; Ainsi il y a quatre brasses de front
en hauteur, et par le bas vn talon, en forme de
Terreplain basty à chaux et à sable, et enduit par
le dehors d'vne maniere de bitume ; ce qui le
rend si fort que nuls canons ne le pourroient de-
molir. Au lieu de tours et de boullenarts elle a des
guerites de deux estages flanquées sur des arc-
boutans de charpenterie faicte d'un certain bois
noir, qu'ils appellent Caubesy, c'est a dire bois
de fer, pource qu'il est extremement fort, ioinct
que chasque estançon est de la grosseur d'vne
pippe, et tres-haut, tellement que ces guerites
sont beaucoup plus fortes que si elles estoient
faictes de pierre et de chaux. Or cette muraille
qu'ils appellent *Chaufacan*. qui signifie *forte resistence*, s'estend en hauteur egale iusques à des
montagnes qu'elle va ioindre, qui pour seruir
elles-mesmes de muraille sont escarpées à pointe
de Pic ; ce qui rend toute cette grande machine

plus forte que la muraille mesme, et aiusi il faut
sçauoir qu'en toute cette distance de terre il n'y
a pas dauantage de muraille qu'en contiennent
les espaces qu'il y a de rocher à rocher, si bien
que ces rochers mesmes seruent de deffences et
d'enclos. Où il est à remarquer encore qu'en
toute cette longueur de trois cent quinze lieuës
que contient cette fortification il n'y a pas dauantage de cinq entrées par où passent les riuieres de
Tartarie, qui se forment des impetueux torrens
qui descendent de ces montagnes, et faisant plus
de cinq cents lieuës dans le païs se vont rendre
dans les mers de la Chine et de Cauchenchina.
Il est vray qu'vne de ces riuieres, pour estre plus
grosse que les autres se va rendre par la barre de
Cuy au Royaume de Sournau, appellé vulgairement Siam. Or en toutes ces cinq aduenuës le
Roy de la Chine y tient vne garnison, et celuy de
Tartarie vne autre, en chacune desquelles le
Chinois entretient sept mille hommes, et leur
donne vne grande paye, dont il y a six mille
hommes de cheual, et les autres sont tous gens
de pied; la plus part de ces hommes de guerre
sont estrangers, comme Mogores, Pancrus, Champaas, Coraçones, Gizares de Perse, et autres de
nations differentes, qui sont limitrophes de cet
Empire, et lesquels moyennant les gros gages
qu'ils reçoiuent seruent les Chinois, qui pour en

dire le vray, sont peu courageux pour n'estre
accoustumez à la guerre ; ioinct qu'ils n'ont pas
beaucoup d'armes ny d'artillerie. En toute cette
longueur de muraille il y a trois cent vingt compagnies, chascune de cinq cent soldats, ce qui
faict en tout cent soixante mille hommes, sans y
comprendre les Officiers de Iustice, des gardes,
des Anchacys, des Chaems, et autres telles personnes necessaires au gouuernement, et à l'entretien de ces gens de guerre. Tous ceux-y ioinctes
ensemble, à ce que nous en ont dict les Chinois,
font le nombre de deux cent mille hommes que
le Roy nourrit seulement à cause que la pluspart
sont tous criminels, condamnez aux reparations
et au trauail de cette muraille comme ie diray
plus amplement quand ie viendray à parler de la
prison destinée pour cet effect qui est dans la
ville de Pequin, ce qui est encore vn autre edifice fort remarquable et d'admirable grandeur,
dans lequel il y a continuellement plus de trois
cent mille prisonniers, la pluspart de dix-huict à
quarante-cinq ans, tous destinez à trauailler à
cette muraille. Or entre ceux-cy il y en a plusieurs
nobles d'extraction, grandement riches, et de
qualité, qui pour auoir commis de grands crimes
sont confinez en cette prison pour y terminer
leurs iours, si ce n'est que par vne grace particuliere ils soient condamnez à seruir aux repara-

tions susdites, où ils peuvent auoir leur recours,
conformement aux ordonnances et aux reglemens
de la guerre, qui sont faicts exprez, et approu-
uez par les Chaems, qui en cela et en toute autre
chose ont mesme pouuoir que le Roy, auec vne
Iustice haute, moyenne, et basse. Car ces su-
perintendans des bastimens de cette muraille
peuuent faire grace à qui bon leur semble, sans
que cela depende d'autre que d'eux-mesmes qui
sont douze, et ce iusques à vn million d'or de
reuenu, par vne particuliere commission, et
preeminence de leur office.

CHAPITRE XCVI.

De quelques autres choses que nous vismes pendant le
temps que nous arriuasmes en vn lieu où il y auoit
vne Croix; et la raison pourquoy on l'y auoit mise.

Voulant maintenant raconter ce que i'ay desia
dict cy-deuant, comme nous fusmes partis de ces
deux villes nommées Pacan et Nacau, nous continuasmes nostre route amont la riuiere; et ainsi
prisonniers comme nous estions, nous arriuasmes

à vne autre ville nommée Mindoo, quelque peu
plus grande qu'aucune de celles dont nous estions
partis, en laquelle du costé de terre, à demie
lieuë de la ville il y auoit vn grand lac d'eau
salée, et quantité de salines à l'entour. Les Chinois nous asseuroient que ce mesme lac auoit
flus et reflus comme la mer, et qu'il s'estendoit
plus de deux cent lieuës dans le païs, où il rendoit de reuenu tous les ans au Roy de la Chine,
cent mille Taeis seulement, du tiers que l'on
tiroit du sel; et qu'outre cela la ville luy en rendoit autres cent mille pour les mestiers de soye
tant seulement. Ie ne parle point du camphre,
du sucre, de la porcelaine, du vermillon et du
vif-argent; desquelles choses il y auoit grande
quantité. Plus outre que cette ville de deux lieuës
il y auoit douze maisons fort longues en maniere
de magazins, où vne grande quantité de gens
trauailloient à fondre et purifier le cuivre ; vn
tintamarre que les marteaux faisoient y estoit si
estrange, que s'il y a chose sur la terre qui puisse
representer l'Enfer ce ne doit estre que celle-cy :
et pour recognoistre la cause de cet extraordinaire bruit, nous voulusmes sçauoir d'où il procedoit et vismes qu'il y auoit en chascune de ces
maisons quarante fourneaux, à raison de 20 de
chasque costé, auec quarante grosses enclumes,
sur chascune desquelles huict hommes frappoient

par mesure, et si à la haste que les yeux ne pouuoient presque en discerner les coups, de sorte
qu'en chascune de ces 12 maisons ils y trauailloient trois cent vingt hommes, qui faisoient en
tout dans les 12 maisons huict mille huict cent
quarante ouuriers, outre vn autre grand nombre
de gens qui trauailloient en autre chose particuliere. Alors nous demandasmes combien l'on
pouuoit trauailler de cuivre par an en chascune de ces maisons? et ils nous respondirent
qu'il s'y en fabriquoit cent dix, ou six vingt mille
Picos, desquels le Roy en tiroit les deux tiers à
cause que les mines estoient à luy, et que la
montagne d'où ils les tiroient s'appelloit *Coro-
tum baga*, qui signifie *riuiere de cuivre*, pource
que depuis le temps qu'elle estoit descouuerte,
qui estoit de plus de deux cent ans, elle ne s'estoit jamais tarie, mais qu'au contraire l'on en
treuuoit tousiours de plus en plus : ayant passé
ces 12 maisons enuiron vne lieuë plus auant au
long de la riuiere, dans vn grand carrefour fermé
auec trois rangées de grilles de fer, nous vismes
30 maisons diuisées en cinq rangs, six en chasque rangée, lesquelles estoient aussi fort longues
et parfaictes, auec de grosses tours plaines de
cloches de metal, de fer fondu, et force ouurages
cizelez, ensemble des colonnes dorées, et son
frontispice de pierre de taille ouuragée de quan-

tité d'inuentions. En ce carrefour nous mismes
pied à terre auec la permission du Chifun, qui
nous menoit, à cause qu'il s'estoit voüé à ce Pagode, qui s'appelloit *Bigay Potim*, c'est à dire,
Dieu de cent et dix mille Dieux Corchoo, fungané,
ginaco, ginaca, qui selon leur rapport signifie,
fort et grand sur tous les autres, car vn des aueuglemens qu'ont ces miserables, c'est, qu'il leur
semble que chasque chose particuliere a son Dieu
qui l'a creé, la forme, et luy conserue son estre
naturel; mais que ce *Bigay Potim* les a tous
enfantez par dessous les aisselles, et que de luy
comme pere ils tiennent l'estre par vne vnion
filiale qu'ils appellent *Bija Porentasay;* et dans
le Royaume de Pegu, où i'ay esté plusieurs fois,
i'en ay veu vn autre semblable à iceluy que ceux
du païs appellent *Ginocoginana,* Dieu de toute
grandeur, lequel Temple a esté autresfois basty
par les Chinois lors qu'ils commandoient aux
Indes, ce qui fut selon leur supputation, depuis
l'année de nostre Seigneur Iesus-Christ 1015
iusques à l'année 1072, par lequel compte l'on
verra bien que les Indes ont esté soubs l'Empire
de la Chine, cinquante-neuf ans seulement, parce
que le successeur de celuy qui l'a conquise qui
s'appelloit *Exiuagano,* l'a laissé volontairement,
d'autant qu'il recognoissoit la grande perte du
sang des siens que luy coustoit le peu de proffit

qu'il en retiroit. En ces trente maisons que i'ay
cy-deuant dictes, il y auoit vne grande quantité
d'Idoles de bois doré, et vn autre semblable
nombre, comme d'estain, de cuivre, de leton,
de fonte, et de porcelaine, lequel nombre d'Idoles
estoit si grand, que ie n'oserois me hazarder de
le declarer. Nous n'eusmes point passé dauantage
de cinq ou six lieuës au delà de ce lieu, que nous
vismes vne grande ville, toute destruite et ruynée
qui pouuoit auoir de circuit vne lieuë. Ayant demandé aux Chinois la cause de cette ruyne, ils
nous respondirent que cette ville auoit esté anciennement appellée *Cohilouzaa*, qui signifie
Fleur du champ, autresfois en grande prosperité,
et qu'il y pouuoit auoir cent quarante-deux ans
que ce lieu estoit tombé entre les mains d'vn
estranger, accompagné de quelques marchands
du port de Tanaçarim du Royaume de Siam,
lequel selon ce qui en estoit escrit en vn liure
nommé *Toxefalem,* qui traictoit d'iceluy, il semble auoir esté quelque homme sainct, bien qu'en
ce temps par les œuures qu'il faisoit les Bonzes
l'appellassent Sorcier, à cause qu'en moins d'vn
mois il auoit ressuscité cinq morts, et auoit aussi
faict plusieurs merueilles desquelles tous estoient
grandement estonnez, et qu'ayant aussi plusieurs
fois disputé auec les Prestres il les auoit tous con-
fondus et rendus honteux ; tellement qu'eux

craignans de se reuoir auec luy en autre semblable dispute, firent mutiner les habitans, et
leur mirent dans l'esprit qu'il le falloit faire mourir, sinon que Dieu les chastieroit auec le feu
du Ciel. Suiuant ce conseil ceux de la ville incitez
par vn tel rapport s'en vindrent tous se ietter dans
la maison d'vn pauure tisserand nommé Ioane,
et le tuant auec deux de ses gendres et vn sien
fils qui le vouloient deffendre, ce sainct homme
s'en vint vers eux, et les reprenant de leur entreprise causée par leur mauuais gouuernement,
il leur dict entre autres choses, Que le Dieu de
la Loy en laquelle ils se deuoient sauuer, s'appelloit Iesus-Christ, qui estoit venu du Ciel en terre
pour se faire homme, et qu'il a esté de besoin
qu'il soit mort pour les hommes, et qu'auec
le prix de son precieux sang que pour les pecheurs il auoit espanché en l'arbre de la Croix,
Dieu s'estoit tenu pour satisfaict en sa Iustice, et
luy donnant la charge du Ciel et de la terre, luy
auoit promis qu'à tous ceux qui professeroient
sa Loy auec foy et œuures, il ne leur seroit pas
desnié le guerdon que pour ce on luy auoit promis : Qu'au reste tous les Dieux que les Bonzes
seruoient et adoroient auec sacrifice de sang
estoient faux, et des figures que le diable em-
pruntoit pour les tromper ; ce qu'oyant les Eccle-
siastiques ils entrerent en vne si grande fureur,

que crians vers le peuple ils luy dirent, que maudit seroit celuy qui n'apporteroit du bois et du
feu pour le brusler. Ce qui fut incontinent executé, et tout le feu commençant à s'allumer auec
grande furie, ce sainct homme fit le signe de la
Croix, et dict certaines paroles desquelles ils ne
se souuenoient point, qui depuis auoient esté
escrites, par la vertu desquelles le feu s'estoit
incontinent esteint, et qu'alors le peuple voyant
vne si estrange merueille auoit faict vn grand cry,
disant, « Sans doute le Dieu de cet homme doit
« estre bien puissant, et digne qu'on l'adore par
« tout le monde! » Ce qu'oyant vn des Bonzes
qui estoit principal chef de cette mutinerie, et
voyant que les habitans commençoient à se retirer à cause de ce qu'ils auoient veu, il ietta vne
pierre à ce sainct homme, disant, « Ceux qui ne
« feront ce que ie fais, le serpent de la nuict les
« puisse engloutir dans le feu. » Ausquelles paroles tous les autres Bonzes firent le mesme, de
sorte qu'en ce lieu il fut incontinent assommé de
coups de pierres. Apres cela on le ietta dans la
riuiere, où par vne merueille prodigieuse le courant de l'eau s'arresta sans couler en bas, et ce
par l'espace de cinq iours entiers que ce sainct
corps y demeura; par laquelle merueille plusieurs suiuirent la Loy de ce sainct homme,
desquels il y auoit encore vne grande quantité

en ce pays. Pendant le temps que ce Chinois
nous comptoit cette histoire, nous arriuasmes à
vne pointe de terre, où voulant doubler le cap
nous vismes vne petite place entourée d'arbres,
au milieu de laquelle estoit vne grande Croix de
pierre bien faicte, dont la veuë nous contenta si
fort, qu'il faut aduoüer que ie ne puis exprimer de
parole ce que Dieu nous fit ressentir. Alors nous
mettant tous à genoux deuant nostre Conduc-
teur, nous le priasmes qu'il eust à nous laisser
aller en terre voir ce que ces hommes nous
auoient dict. Mais ce chien de Gentil s'excusa,
disant que nous auions encore loing de là où nous
deuions gister, dequoy nous demeurasmes grandement desconfortez. Mais comme Dieu par sa
misericorde nous voulut faire cette grace, il ordonna quasi par miracle, qu'ayant cheminé pres
d'vne lieuë plus loing à force de rames et à grand
trauail, il prit à sa femme le mal d'enfant, si
bien qu'il fut contrainct de retourner en arriere
au mesme lieu d'où nous estions partis, qui estoit
vn village de trente ou quarante maisons nommé
Xifangau, proche du lieu où estoit cette Croix.
Alors mettant pied à terre il entra dans vne maison où il mit sa femme qui y mourut au bout
de neuf iours en trauail d'enfant. Pendant ce
temps nous allasmes tous au lieu où estoit la
Croix, et nous nous prosternasmes deuant elle

les larmes aux yeux; dequoy les habitans de ce
village demeurerent fort estonnez, et accoururent incontinent au lieu où nous estions, où
ils se mirent aussi à genoux, et leuant les mains
au Ciel, baiserent semblablement la Croix plusieurs fois, disant à haute voix, *Christo Iesu,
Iesu Christo, Maria micau vidau, late impone
moudel*, qui signifie en nostre langue, « Iesus-
« Christ, Iesus-Christ, Marie tousiours vierge l'a
« conceu, vierge l'a enfanté, et vierge a de-
« meuré.» A quoy nous fismes response en pleurant que c'estoit la verité, et alors ils nous demanderent si nous estions Chrestiens? Nous leur
fismes response, qu'ouy, ce qu'ayant tous en-
tendu à nostre grand contentement, ils nous menerent en leurs maisons, et nous y receurent
auec beaucoup d'affection. Tous ceux-cy estoient
Chrestiens, de la race du tisserand, en la maison
duquel le sainct homme auoit demeuré, où nous
leur demandasmes derechef si ce que ces Chinois
nous auoient dict estoit vray, lesquels pour satisfaire à nostre demande nous raconterent l'histoire comme elle s'estoit passée, et d'icelle nous
firent voir vn liure imprimé auquel il estoit traicté
des grandes merueilles que nostre Seigneur auoit
faict voir en ce sainct homme, qu'ils disoient
estre appellé *Matthieu Escandel*, et qu'il auoit
esté Hermite au mont de Sinay; ils disoient aussi

qu'il estoit Hongrois de nation, d'un lieu nommé
Buda. Dans le mesme liure il est dict encore,
que neuf iours apres que ce sainct fut enterré
(ce qui auoit esté faict dans le mesme lieu où ils
estoient alors) la terre de cette ville de Cohilouzaa où il auoit esté massacré trembla tellement,
que pour l'extreme peur qu'en eut tout le peuple, il s'enfuist à la campagne où il demeura sous
des tentes, sans que personne s'osast retirer dans
des maisons. A quoy les Bonzes pour appaiser
vne si grande rumeur du peuple, à cause que
tous ensemble d'vne commune voix disoient,
« Le sang de cet homme estranger demandera
« vengeance de la mort que nos Bonzes luy ont
« donné, pource qu'il nous preschoit la verité. »
Lesquels reprenans le peuple de ce qui leur
disoit, ils s'escrioient qu'ils faisoient vne grande
offense de dire cela : Qu'au reste ils n'eussent
aucune peur, à cause qu'ils demanderoient tous
à Quiay Tiguarem, Dieu de la nuict, qu'il com-
mandast à la terre qu'elle n'eust à passer outre ce
qu'elle auoit faict, et qu'autrement l'on ne luy
feroit plus d'aumosnes. Ces Bonzes seuls s'en
allerent en procession vers cette Idole qui estoit
la principale, sans que personne les voulust suiure, de peur qu'ils auoient d'entrer dans la ville ;
et l'on dict que la mesme nuict d'apres qu'ils entrerent, ces monstres du diable faisant leur sacri-

fice auec parfums odoriferans, et autres ceremonies parmy eux accoustumées, nostre Seigneur
permit par le iuste chastiment de sa diuine Iustice, que comme il estoit enuiron les onze heures
du soir, la terre trembla derechef si fort, que
les temples, les maisons, les murs, et tous les
autres edifices qu'il y auoit dans la ville tomberent bouleuersez par terre, où tous les Bonzes
moururent sans qu'il en eschappast vn seul vif,
et selon ce que le liure dict, ils asseurerent qu'ils
estoient plus de quatre mille, et que la terre
s'entr'ouurant à boüillons il en estoit sorty vne
si grande abondance d'eau qu'elle auoit submergé
toute la ville, et qu'il en estoit demeuré vn lac
creux de plus de cent brasses de fonds. Ils nous
raconterent aussi plusieurs particularitez fort
estranges que nous admirasmes grandement, et
que depuis ce temps-là on appelloit ce lieu *Fiun-
ganorsée*, c'est à dire, *Chastiment du Ciel*, ayant
auparauant esté nommé *Cohilouzaa*, qui signifie
Fleur du champ, comme i'ay desia dict cy-deuant.

CHAPITRE XCVII.

De ce que nous vismes au sortir d'vne ville appellée
Iunquinilau.

COMME nous fusmes hors des ruyues de Fiun-
ganorsée, nous arriuasmes à vne grande ville appellée Iunquinilau, qui est fort riche, pourueuë
abondamment de toutes sortes de choses, peuplée d'vn grand nombre de gens de cheual et de
pied, et où il y auoit plusieurs Iuncos et vaisseaux
de rame. Là nous demeurasmes cinq iours, pource
que nostre Chifuu y voulut faire les funerailles de
sa femme, pour l'ame de laquelle il nous donna à
tous des vestemens et dequoy manger; joinct qu'il
nous deliura du chastiment de la rame, et nous
permit de nous en aller à terre quand nous voudrions, sans auoir ny colliers ny fers, ce qui fut
vn grand allegement pour nous. Estant partis de
ce lieu nous continuasmes nostre route à mont la
riuiere, voyant tousiours de part et d'autre quantité de belles villes fort grandes, et enuironnées
de bonnes murailles auec plusieurs forteresses et
chasteaux le long de la riuiere. Nous vismes aussi
grand nombre de temples dont les clochers estoient

tous dorez, et parmy les champs tant de bestail,
qu'il y en auoit quelquesfois à la distance de six
ou sept lieuës de terre : dauantage sur la riuiere
se voyoient des vaisseaux en si grand nombre,
principalement en quelques ports où se tenoient
des foires, qu'on eust dict d'abord que c'estoit des
villes bien peuplées, sans y comprendre plusieurs
autres plus petits amas de trois cent, cinq cent, six
cent, et mille batteaux, que nous rencontrions à
tous coups des deux costez de la riuiere, dans
lesquels se vendoient toutes sortes de choses
qu'on eust sceu dire. Aussi plusieurs Chinois nous
asseurerent qu'en cet Empire de la Chine, le
nombre des gens qui viuoient sur les riuieres
n'estoit pas moindre que de ceux qui demeuroient dans les villes : et que sans le bon ordre
qu'on mettoit à faire trauailler le menu peuple,
et à contraindre les petites gens à apprendre des
mestiers pour gaigner leur vie, ils se fussent mangez les vns les autres. Où il faut remarquer que
chasque sorte de trafic et de commerce est diuisé
parmy eux en trois ou quatre formes comme il
s'ensuit. Ceux qui se meslent du trafic des canes
dont il y en a quantité en ce pays, y procedent
diuersement, les vns en font couuér les œufs pour
en vendre les poussins, les autres les engraissent
quand ils sont grands pour les vendre morts apres
les auoir salez. Ceux-cy font commerce des œufs

seulement, ceux-là de la plume, et quelques-vns de la teste, des pieds, des gysiers et des boyaux, sans qu'il soit permis à personne d'entreprendre sur la vente de son compagnon sur peine de trente coups de foüet, sans qu'il y aye point d'appel qui les en puisse exempter. De cette mesme façon en ce qui est des pourceaux, les vns les vendent en vie, en gros, les autres morts, et à la liure. Les vns s'employent à les fumer, les autres à vendre les cochons, et quelques-vns ne vendent que le menu des trippes, et le sain doux, ensemble le sang et les fressures. Ce qui s'obserue encore pour ce qui est du poisson; car tel le vend fraiz, qui ne le peut vendre salé ny sec, et ainsi des autres prouisions comme chair, fruits, gibier, venaison, legumes, et autres choses; en quoy l'on procede auec tant de rigueur qu'il y a des Chambres expressement establies, dont les officiers ont commission et droit d'empescher, que ceux qui font commerce de l'vn ne le puissent faire de l'autre, si ce n'est pour des causes iustes et licites, et ce sur peine de trente coups de foüet. Il y en a d'autres aussi qui gaignent leur vie à vendre du poisson en vie, qu'ils tiennent pour cet effect en de grands bacquets tous pleins d'eau, dont ils chargent plusieurs grands batteaux de rame, et ainsi ils le portent vendre en diuerses contrées où ils sçauent qu'il n'y a point de poisson

qui ne soit salé. Il y a encore le long de cette
grande riuiere de Batampina, par où nous continuasmes nostre route depuis la riuiere de Nanquin iusqu'à celle de Pequin, qui est de distance
de cent et huictante lieuës, vu si grand nombre
d'engins à succre, et de pressoirs à vin, et des
huiles faicts de plusieurs sortes de legumes et de
fruicts, qu'on ne void autre chose de part et
d'autre sur le bord de l'eau; ce qui est du tout
admirable à n'en point mentir. En quelques autres
endroicts se voyent aussi en grand nombre plusieurs maisons ou magazins de toutes sortes de
prouisions qu'on sçauroit s'imaginer : ensemble
plusieurs maisons et boutiques où l'on sale et
seiche, et fume toute sorte de venaisons et de
chairs qu'on sçauroit trouuer sur terre; dequoy
il y a des piles fort hautes de jambons, gorets,
lards, oysons, canards, gruës, bitardes, austru-
ches, cerfs, vaches, buffles, chamois, rhinoceros, cheuaux, tygres, chiens, renards, et de tous
autres animaux qu'on sçauroit dire. Tellement
que nous estions si fort estonnez de voir vne merueille si nouuelle et si incroyable, que nous disions quelquesfois entre nous, qu'il n'estoit pas
possible qu'il y eust assez de gens dans le monde
pour pouuoir manger toutes les prouisions que
nous y voyons; nous apperceusmes encore sur
cette mesme riuiere vne grande quantité de vais-

seaux comme des Fustes qu'ils appellent Panou
ras, couuertes de poupe à prouë, de grands rets
faicts en façon de cage, de trois palmes de haut en
bas, elles estoient toutes pleines de canards et d'oysons, que portoient vendre de part et d'autre sur
l'eau ceux qui en faisoient commerce. Quand les
maistres dé ces batteaux veulent faire manger les
oyseaux qu'ils y nourrissent, ils s'approchent de
terre et s'arrestent où la campagne est plus fertile,
et où il y a des marests, puis mettant des planches
à terre, ils ouurent les portes de ces cages, et
frappent à mesme temps trois ou quatre fois vn
tambour qu'ils ont expres, ce qu'ils n'ont pas
plustot faict que tous ces oyseaux, qui sont plus
de six ou sept mille, sortent de la barque auec
vn grand bruict et s'en vont paistre le long de l'eau.
Mais quand celuy qui en est le maistre voit que
ces oyseaux ont assez mangé et qu'il est temps
de les rappeller, il iouë pour la seconde fois du
tambour, au son duquel ils se ramassent et ren-
trent dans le batteau auec le mesme bruict qu'ils
ont faict au sortir d'iceluy : en quoy ce qu'il y a
de merueilleux, c'est qu'ils s'y rendent tous ensemble sans qu'il en manque vn seulement, et
cela faict le maistre du batteau part de ce lieu.
puis quand il void qu'il est temps de les faire
pondre, il se remet à terre. et là où il remarque
que la terre est seiche et de bon herbage, il

ouure les portes de rechef, et se met à ioüer du
tambour, si bien que tout autant qu'il y a de vo-
laille dans le batteau elle sort pour s'en aller pondre. Alors vne heure apres, plus ou moins, que
le maistre iuge que ces oyseaux peuuent auoir
ponnu, il touche de rechef son tambour, et sou-
dain tous ces animaux se rendent à la haste dans
le batteau sans qu'il en reste vn seul comme i'ay
desia dict. Cela faict, deux ou trois hommes en
sortent, et s'en vont à terre auec des paniers à la
main, et là mesme en la place où les canes ont
ponnu ils en recueillent les œufs, et les mettent
dans leurs panniers dont ils en remplissent dix ou
douze. Ainsi ils poursuiuent leur route en ven-
dant tousiours leur marchandise. Or quand ils
voyent qu'ils ont peu de canes, pour les repeu-
pler, ils en vont achepter d'autres à des poüllaliers,
qui ne font autre mestier que d'en vendre, et
ausquels il n'est point permis d'en nourrir comme
à ceux-cy, à cause, comme i'ay desia dict, que
nul ne peut faire marchandise que des choses
dont il a la permission par la maison de ville :
ceux qui gaignent leur vie à nourrir de ces canes
ont tout aupres de leurs maisons certaines mares
où ils nourrissent quelquesfois iusques à dix ou
douze mille de ces canards, les vns plus grands,
et les autres moindres. Or pour faire couuer les
œufs ils ont en certaines Galleries fort longues,

vingt et trente fourneaux tous pleins de fiente,
dans lesquels ils enterrent 200, 300, et 500 œufs
ensemble., puis bouchant l'entrée de chasque
fourneau affin que le fient en soit plus chaud, ils
y laissent là les œufs iusqu'à ce qu'ils iugent à peu
prez que les poussins peuueut estre esclos. Alors
mettant à chasque fourneau vn chappon demy
plumé et blessé à l'estomach, ils le laissent dedans
et ferment la porte : deux iours apres comme ils
sont tous tirez hors de la coque, ils les mettent
en des lieux soubsterrains faicts exprez auec du
son moüillé dedans, tellement qu'ils les laissent
là dix ou douze iours laschez, et ainsi ils s'en
vont d'eux-mesmes dans les mares où ils acheuent
de se nourrir et de deuenir grands, affin qu'ils les
puissent vendre aux marchands de volailles qui
en font trafic en diuerses contrées, et ceux-cy
non plus que les autres dont i'ay parlé cy-deuant
ne les peuuent nourrir, mais les vendre tant seulement sur peine d'auoir le foüet à cause qu'il leur
est expressement defendu d'empieter sur le trafic d'autruy. De cette façon dans les ruës et places
publiques ou autres lieux qui sont comme des
halles où l'on achepte les prouisions de bouche,
s'il arriue à ceux qui vendent des œufs d'oye
d'estre saisis auec des œufs de poulle, et qu'on
ait soupçon qu'ils en vendent, on leur donne
tout aussitost pour punition trente coups de foüet

sur les fesses, sans qu'il soit besoing de les ouyr
en leur iustification, pourueu qu'on les en treuue
saisis; que s'ils veulent auoir des œufs de poulle
chez eux, en tel cas pour n'encourir la peine
portée par l'ordonnance, il faut qu'ils soient à
demy cassez par le haut, affin qu'on voye par là
que ce n'est pas pour les vendre, mais pour les
manger qu'ils les gardent, et ce que l'on dict des
vns s'entend encore des autres à proportion. Pour
le regard de ceux qui vendent du poisson en vie,
il faut qu'ils le mettent en de grands bacquets
d'eau, et qu'il soit attaché à du ionc par les narines, affin que celuy qui veut achepter de ce
poisson et voir s'il luy agrée, le prenne par ce
ionc, et qu'ainsi il ne le salisse point en le ma-
niant. Que si quelques-vns de ces poissons viennent à mourir, alors ils les mettent en pieces et
les salent pour les vendre au prix du poisson salé,
qui est moindre que celuy du poisson fraiz : en
quoy l'on procede si exactement et auec vn si bel
ordre, que nul n'ose sortir des limites qui luy
sont prescriptes et ordonnées par les Conchalis
du gouuernement, qui sont comme les Iuges de
la police, sur peine d'estre aussitost grandement
punis, car en tout ce pays le Roy y est tellement
respecté, et la Iustice si fort redoutée, que pas
vne personne, pour grande qu'elle soit, n'ose-
roit auoir murmuré ny regardé de trauers vn Of-

ficier, quand mesme ce seroit des Huppes du
foüet, qui sont comme les bourreaux et les ser-
gents parmy nous.

CHAPITRE XCVIII.

De plusieurs autres diuerses choses que nous vismes, et
de l'ordre qui s'obserue es villes mouuantes qui se font
sur les riuieres en des vaisseaux attachez l'un à l'autre.

————————

Nous vismes encore le long de cette grande
riuiere par où nous allions, vne grande quantité
de pourceaux et des haridelles sauvages et domestiques, qui auoient pour gardes certains
hommes à cheual; et de l'autre costé plusieurs
trouppes de cerfs appriuoisez que des gens de
pied gardoient, et les menoient paistre. Or tous
ces cerfs estoient estropiez du pied droict afin de
ne s'en pouvoir fuyr, et c'est ainsi qu'ils les es-
tropient quand ils ne sont encore que faons, afin
qu'ils courent moins de danger de leur vie. Nous
vismes encores plusieurs parcs où l'on nourris-
soit quantité de dogues afin de les vendre aux
bouchers; car en ce païs on y mange de toute

sorte de chairs dont on cognoit le prix, et de
quels animaux elles sont par les coupes qu'on en
faict. Dauantage, nous apperceusmes plusieurs
barquasses dont les vnes estoient pleines de cochons, les autres de tortues, grenoüilles, loutres,
couleuures, anguilles, limassons, et lezards.
Car, comme i'ay dict, on y achepte de tout ce
qu'on iuge bon à manger. Or affin que telles
prouisions se donnent à meilleur marché, il est
permis à tous ceux qui en vendent d'en trafiquer
en diverses façons. Il est vray qu'en certaines
choses il y a de plus grandes franchises qu'aux
autres, affin que par ce moyen il ne reste point
de marchandise à vendre; et parce que le suiet
dont ie traitte maintenant me dispense de parler
de tout, ie diray ce que nous y remarquasmes
encore, et dequoy nous fusmes grandement
estonnez, iugeant par là iusques où les hommes
se laissent porter par leurs interests et par leur
extreme auarice. Il faut donc sçauoir qu'en ce
païs là il y a quantité de marchands qui font trafic d'achepter et vendre des excremens humains,
ce qui n'est pas vn si petit commerce entr'eux
qu'il n'y ait plusieurs marchands qui s'y enrichissent, et que l'on tient pour estre fort honnorables.
Or ces excremens seruent pour fumer les terres
nouuellement defrichées, ce que l'on treuue
beaucoup meilleur que le fient dont on vse or-

dinairement. Ceux qui font mestier d'en achepter
s'en vont par les ruës, ioüants de certaines cli-
quettes comme ceux de S. Lazare, par où ils
donnent à entendre ce qu'ils desirent, sans le
publier autrement que par les ruës à cause que
la chose est sale d'elle-mesme; à quoy i'adiouste
que cette marchandise est estimée si bonne
entr'eux, et qu'ils s'en faict vn si grand trafic,
qu'en vn port de mer il y entre quelquesfois en
vne seule marée iusques à deux cent et trois cent
voiles à charger, de mesme qu'en nostre pays de
Portugal on y void entrer des Vrques, ou des
batteaux charger du sel. Quelquesfois aussi la
presse y est si grande qu'il faut qu'en la distribu-
tion de cette belle marchandise les Commissaires
de la police y accourent, et le tout pour fumer
la terre qui en estant fumée porte trois fois l'année en ce païs-là. Nous y vismes encores plusieurs
batteaux chargez d'escorces d'oranges dessechées,
qui dans les cabarets seruent à faire cuire la chair
de chien, pour luy oster la mauuaise senteur,
ensemble l'humidité, et la rendre plus ferme.
Par mesme moyen nous vismes, comme i'ay desia
dict, amont cette riuiere plusieurs Vaucans, Lanteaas, et Barcasses chargées d'autant de prouisions que la mer et la terre en peuuent produire,
le tout en si grande abondance, qu'il faut aduoüer que ie ne sçay par quelles paroles l'expri-

iner. Car il n'est pas possible d'imaginer la grande
quantité des choses qu'il y a en ce païs-là, de
chascune desquelles on y en void iusques à deux
cent ou trois cent vaisseaux, tous remplis, principalement aux foires et marchez qui se tiennent
aux festes solennelles de leurs Pagodes : car alors
à cause du grand nombre de gens qui y accourent
de toutes parts, toutes les foires y sont franches :
les Pagodes sont la pluspart situés sur les bords
des riuieres affin que les marchandises y soient
conduites plus commodement par eau, ou par
charroy, et qu'ainsi l'abondance en soit plus
grande. Or quand tous ces vaisseaux viennent à
se ioindre durant ces foires, on met ordre que
de tous ensemble il s'en fasse comme vne belle et
grande ville. Comme en effect le long de la terre
elle a quelquesfois en longueur plus d'vne lieuë,
et trois quarts de lieuë en largeur. Aussi est-elle
composée de plus de vingt mille vaisseaux, sans
y comprendre les Balons, Guedées et Manchuas,
dont le nombre est infiny pour estre de batteaux
fort petits, et où le peuple fait son negoce en
cette maniere de ville par l'ordonnance du Aytan
de Bitampina, qui est, comme i'ay dict, souuerain
sur tous les 32 Royaumes de cette Monarchie ;
il y a 60 Capitaines, 30 pour le gouuernement
d'icelle, qui ont charge d'y pouruoir à la police,
et d'ouyr les parties, et autres 30 pour la garde

des marchands qui viennent de dehors, affin
qu'ils nauigent en asseurance. Auec cela par
dessus tout cecy il y a vn Chaem, qui en la iurisdiction du ciuil et du criminel a vne Iustice
haute et basse, sans appellation ny opposition
quelconque, pendant les 15 iours que cette foire
dure, ce qui est depuis la nouuelle Lune iusques
à la pleine; c'est plustost pour voir la police,
l'ordre, et la beauté de cette ville qu'on y accourt,
que pour autre chose. Aussi, à n'en point mentir,
pour estre ainsi bastie sur des vaisseaux, elle est
beaucoup plus merueilleuse que tous les edifices
qu'il y sçauroit auoir sur la terre : car là se voyent
deux mille ruës fort longues, et fort droites,
fermées de part et d'autre par des nauires, et la
pluspart de ces vaisseaux couuerts de tapisseries
de soye, et embellis de quantité d'estandars, de
guidons, et de bannieres, ensemble des balustres peints de diuerses couleurs, au haut
desquels se vendent toutes les marchandises
qu'on sçauroit desirer. En d'autres ruës se voyent
encore tout autant de mestiers qu'il y en peut
auoir dans les Republiques, et par le milieu
vont et viennent dans de petites Manchuas ceux
qui ont leur commerce à faire, le tout fort paisiblement, et sans qu'il y ait aucun desordre. Que
si de hazard quelqu'vn est surpris en larrecin, il
est chastié à l'heure mesme, conformement au

crime qu'il a commis. Si tost qu'il est nuict, l'on
ferme toutes ces ruës auec des cordes qui les
trauersent affin que personne n'y passe apres la
retraite sonnée : en chascune de ces ruës il y a
dix ou douze lanternes allumées, qui sont mises
au haut des masts des nauires, affin que par ce
moyen l'on voye tous ceux qui passent, et que
l'on sçache qui ils sont, d'où ils viennent, et ce
qu'ils cherchent, et qu'ainsi le lendemain matin
l'on rende compte du tout au Chaem. Et sans
mentir de toutes ces lanternes ainsi allumées et
ioinctes ensemble de nuict se forme vn obiect le
plus beau et le plus agreable à la veuë qu'on sçauroit iamais s'imaginer : il n'y a point de ruë où il
n'y ait vne cloche et sentinelle, de maniere qu'à
mesme temps qu'on vient à sonner celle du nauire du Chaem, toutes les autres cloches y respondent auec vn si grand bruit de voix qui s'y
entremeslent, que nous demeurasmes comme
pasmez d'ouyr vne chose que les hommes n'ont
possible iamais imaginée, et qui est reglée auec
tant d'ordre ; en chascune de ces rues, les plus
pauures mesmes, il y a des chapelles pour y prier
qui sont faictes sur de grandes barcasses en façon de Galleres, fort nettes et si bien accommodées qu'elles sont la pluspart enrichies de tapisseries d'or et de soye. En ces chapelles sont leurs
Idoles auec leurs Prestres qui administrent les

sacrifices, et reçoiuent les offrandes qui leur
sont faictes, de sorte que les aumosnes leur fournissent abondamment de quoy viure. De chasque
ruë l'on en tire vn homme des plus honnorables,
ou vn marchand des principaux, pour faire le
guet à son tour durant la nuict auec ceux de son
escoüade, qui sont choisis pour cela, sans y comprendre les autres Capitaines du gouuernement,
qui font la ronde en dehors en des ballons fort
bien equippez, affin qu'aucun volleur ne s'e-
chappe de quelque aduenue que ce soit, et pour
cet effect ces gardes crient le plus haut qu'elles
peuuent afin de se faire ouyr. Entre les choses
les plus remarquables, nous y apperceusmes vne
ruë où il y auoit plus de cent vaisseaux chargez
d'idoles de bois doré de diuerses façons, que
l'on vendoit pour les offrir aux Pagodes; ensemble quantité de pieds, de cuisses, de bras, et de
testes, que les malades acheptoient pour les offrir
en deuotion. Là se voyent encore d'autres nauires couuerts de tapisseries de soye, où se representent des farces, des comedies, et autres
ieux, où le peuple accourt pour en auoir le passe-
temps; et en d'autres batteaux se vendent des
lettres de change pour le Ciel; par le moyen de
quoy ces Prestres du diable leur promettent plusieurs merites en grands interests, les asseurant
que sans ces lettres il leur est impossible de se

sauuer en aucune façon que ce soit; pource disent-ils, que Dieu est ennemy mortel de ceux
qui ne font aucun bien aux Pagodes. Là-dessus
ils leur content tant de fables et de mensonges,
que ces malheureux s'ostent quelquesfois le morceau de la bouche pour le leur donner. Il y a encore d'autres vaisseaux tous chargez de cranes
ou de testes de mort que les hommes y acheptent,
affin que quelqu'vn venant à mourir ils les presentent pour offrandes deuant sa tombe; car,
disent-ils, tout ainsi que ce defunct est mis dans
la fosse en la compagnie de ces ossemens et testes
de morts; ainsi son ame doit entrer au Ciel accompagnée des aumosnes de ceux à qui ont
esté ces testes; aussi adioustent-ils, quand le
portier de Paradis verra là vn tel marchand auec
plusieurs valets, il luy fera de l'honneur ainsi
qu'à vn homme qui en cette vie en a esté seigneur. Car s'il est pauure et sans suitte, le portier ne luy ouurira point, comme au contraire
plus il aura de ces testes de mort auec luy, et
plus il sera estimé heureux. L'on void aussi d'autres batteaux où il y a des hommes qui ont vne
grande quantité de cages pleines d'oyseaux tous
en vie; et ceux-cy ioüant de diuers instrumens
de musique, exhortent tout haut le peuple qu'il
ait à deliurer ces pauures captifs qui sont creatures de Dieu. Sur quoy plusieurs accourent en

mesme temps pour donner l'aumosne à ces marchands, et ainsi chascun d'eux donne ce qu'il
veut pour rachepter ces prisonniers que l'on met
hors de la cage, et alors comme ils s'envolent
tout le peuple se met à crier parlant à l'oyseau,
Pichau pit anel-catan vacaxi, qui signifie, *va-t'en
dire à Dieu comme nous le servons çà bas.* A l'imitation de ceux-cy il en a d'austres, qui en des
nauires ont des grands pots tous pleins d'eau, où
il y a quantité de petits poissons en vie, qu'ils
prennent sur la riuiere auec certains filets dont
les mailles sont fort menuës; ceux-cy comme les
vendeurs d'oyseaux inuitent le peuple à deliurer
pour le seruice de Dieu ces pauures poissons
captifs, et qui sont des innocens qui n'ont iamais
peché, tellement qu'il s'en treuue là plusieurs
qui leur donnent l'aumosne; ioinct que ceux qui
veulent auoir de ces poissons en acheptent pour
en disposer, et les iettent dans la riuiere, disant,
*Va-t'en à la bonne heure, et dy là bas le bien que
ie t'ay faict pour l'amour de Dieu.* Pour conclusion tous ces vaisseaux où ces choses sont expo-
sées en vente, ne sont pas en moindre nombre
que de cent, et de deux cent de surplus, sans y
comprendre les autres où se vendent de semblables merceries en vne quantité beaucoup plus
grande.

CHAPITRE XCIX.

Continuation de ce que nous vismes en cette ville mouuante, et de quelques choses qu'il y a en d'autres contrées de la Chine.

Nous vismes aussi des barcasses où il y auoit
quantité d'hommes et de femmes qui ioüoient
de diuerses sortes d'instrumens de musique, pour
donner des aubades à ceux qui en vouloient auoir,
dont il y en a qui s'enrichissent. Il y en a d'autres
aussi tous chargez de cornes, que les Prestres
vendent pour en faire des festins au Ciel. Car ils
disent que ces cornes sont celles de plusieurs animaux qu'on a offerts en sacrifices aux idoles, par
les deuotions et les vœux que les hommes en ont
faict pour diuerses sortes d'infortunes où ils se
sont treuuez autresfois, ou pour les maladies
qu'ils ont. Car, disent-ils, comme la chair de ces
animaux a esté donnée çà bas pour l'honneur de
Dieu aux pauures de la terre, aussi l'ame de celuy pour qui l'on offre cette corne, mange en
l'autre monde l'ame de ce mesme animal à qui la
corne a appartenu, et inuite les autres ames ses

amies, comme les hommes ont accoustumé de
s'inuiter çà bas en terre. En suitte de ces vaisseaux nous en vismes d'autres couuerts de dueil,
auec des tombes, des torches, et des cierges en
quantité, où se voyoient encore des femmes qui
pleuroient pour de l'argent, et qui se loüoient
pour enterrer les defuncts, selon qu'on vouloit
estre accompagné honnorablement, ou pleuré ;
i'obmets ceux que l'on appelle *Pitaleus*, qui ont
dans des barcasses fort grandes diuerses sortes
d'animaux sauuages qu'ils monstrent, et qui sont
effroyables à voir, tels que sont des serpents, des
couleuures, des lezards fort grands, des tygres,
et ainsi des autres en abondance qui se voyent
pour de l'argent, dansant au son de plusieurs
tambours; il y en a encore qui font les Marchands
Libraires, et qui vendent plusieurs liures pleins
d'histoires, et dans lesquels on treuue des relations de tout ce qu'on desire sçauoir, tant pour
ce qui touche la creation du monde où ils content
vne infinité de bourdes, que pour ce qui est des
terres, Royaumes, Isles, et Prouinces du monde;
ensemble des loix et des coustumes des peuples,
mais sur tout des Roys de la Chine, de leur
nombre, de leurs beaux faicts, et des fondateurs
des villes, et finalement des choses arriuées sous
le regne d'vn chascun. Ceux-cy font encore des
requestes et des lettres, conseillant les parties

comme font les Aduocats, et se meslant de telles
choses semblables qui leur seruent à gaigner leur
vie. Nous en vismes aussi en des Fustes fort le-
geres, qui estans fort bien armez crient tout haut,
que si quelqu'vn a receu quelque affront dont il
se vueille ressentir, qu'il s'en vienne parler à eux,
et qu'ils luy en feront faire satisfaction. Il y a
d'autres barques encore où se trouuent plusieurs
vieilles qui seruent de sages-femmes, et donnent
des receptes pour tirer les enfans auec facilité,
et pour faire accoucher ou auorter. En suitte de
ces batteaux il y en a qui sont pleins de nourrices
pour allaicter les enfans treuuez, et autres pour
le temps que l'on desire les faire nourrir. En
d'autres vaisseaux aussi qui sont fort bien equippez,
il y a des hommes fort honorables et de grande
auctorité auec des femmes de bonne mine, qui
seruent à faire des mariages et à consoler les vefues, ou celles qui ont perdu leurs enfans, ou
espreuué telle autre disgrace. Il y a encore des
vaisseaux où l'on treuue des donneuses de clys-
teres, dont la pluspart n'ont pas tant mauuaise
mine; et en d'autres nauires il y a quantité de
ieunes garçons et de ieunes filles qui cherchent
maistre, et s'offrent à se loüer moyennant de
bonnes cautions. Il s'y treuue encore en ces vaisseaux certains hommes fort braues et serieux
qu'ils appellent *Mongilotos*, qui acheptent des

proces, tant ciuils que criminels; ensemble des
escriptures et des possessions anciennes et des re-
cognoissances; mesmes il font treuuer aussi les
choses perduës moyennant vne somme d'argent,
dont ils sont demeurez d'accord auec les parties;
il y en a d'autres encore en des batteaux qui gue-
rissent de la verolle par des remedes sudorifiques,
et par mesme moyen les playes et les fistules. En
vn mot pour ne m'amuser à deduire icy par le
menu toutes les autres particularitez qui se treuuent en cette ville mouuante, pource que ce ne
seroit iamais faict; il me suffira de dire qu'on ne
sçauroit desirer aucune chose sur terre, qui ne
se treuue dans ces vaisseaux en vne abondance
beaucoup plus grande que ie n'ay dict. Voila
pourquoy ie ne parleray point icy des autres citez,
villes et bourgs qui sont situez sur la terre, affin
que l'on puisse iuger de ces merueilles par ce
que ie viens de dire de cette ville située sur la
riuiere. Or l'vne des choses que i'appelle la prin-
pale pourquoy cette Monarchie de la Chine qui
contient trente-deux Royaumes, est si noble, si
riche, et d'vn si grand commerce, c'est pource
qu'elle est enuironnée de riuieres et de canaux
d'vne inuention admirable. Car auec ce qu'il y
en a plusieurs que la nature a faicts, il y en a
d'autres aussi en fort grand nombre, que les Roys,
les grands Seigneurs, et les peuples ont ancienne-

ment faict ouurir par artifice, afin de rendre tout le pays nauigable, et ainsi se communiquer leurs trauaux les vns aux autres. Les plus estroicts de ces canaux ont des ponts de pierre de taille fort hauts, fort longs et fort larges, il y en a quelques-vns aussi qui sont trauersez de part et d'autre d'vne seule pierre de huictante, nonante, mesme de cent palmes de long, et de quinze et vingt de largeur. Ce qui est sans doute vne chose merueil-leuse, car il est presque impossible de comprendre par quel moyen on peut tirer de la carriere vne si grande masse de pierre sans la rompre, et com-ment la transporter au lieu où l'on veut qu'elle soit mise. Tous les chemins et passages des citez, villes, bourgs, hameaux et chasteaux, ont des chaussées fort larges, et faictes de bonne pierre, où il y a encore au bout des colomnes et des ar-cades, dont la façon est fort riche, et où se voyent en lettres dorées des inscriptions où sont conte-nuës les grandes loüanges de ceux qui en ont faict faire le bastiment; dauantage aux deux bouts il y a des sieges qui ont cousté grandement, et qu'on y a mis expres afin que les pauures passans s'y re-posent. L'on y void encore plusieurs aque-ducts et fontaines dont l'eau est fort bonne à boire, et aux lieux deserts et steriles il y a des filles d'amour, qui par charité retirent les pauures passans qui n'ont point d'argent; et bien que cela soit parmy

nous vn grand abus et vne abomination, entr'eux
neantmoins ils l'appellent vne œũure de misericorde, pour à quoy satisfaire plusieurs defuncts
en ont faict les fondations par des rentes qu'on
prend sur les terres qu'ils ont laissées, et que par
leur testament ils ont voulu estre appliquées à ces
maux, les estimant de grands biens pour le salut de
leurs ames. Il y a d'autres defuncts encore qui ont
laissé des rentes, affin qu'aux lieux deserts (comme
les landes et les bois) il y ait des maisons où l'on
faict de grands feux la nuict, pour remettre dans
leur chemin tous ceux qui voyagent; ioinct qu'il
y a de grands bassins auec de l'eau affin de les
faire boire, et des lieux faicts expres pour s'y reposer; et affin qu'il n'y ait point de faute en cecy,
il y a des hommes à qui l'on donne de fort bons
gages, moyennant lesquels ils sont obligez d'entretenir ces choses conformement à l'institution
de celuy qui les a fondées pour le salut de son
ame. De ces merueilles qui se treuuent dans les
villes particulieres de cet Empire, l'on peut inferer quelle en seroit la grandeur si le tout estoit
ioinct ensemble. Mais affin d'en esclaircir le Lecteur, i'oseray bien dire (si mon tesmoignage est
digne de foy) qu'en vingt et vn an de temps que
mes infortunes ont duré, et que parmy diuers
accidens accompagnez d'vne infinité de peines et
de trauaux. i'ay trauersé la plus grande partie de

l'Asie, comme l'on peut bien voir par ce mien
voyage. I'ay veu en quelques contrées vne tres-
grande abondance de plusieurs viures et prouisions que nous n'auons point en nostre Europe.
Mais ie puis bien asseurer en verité, que sans
m'arrester à dire ce qu'il y peut auoir en particulier en chascune d'elles, ie ne pense pas qu'il y en
ait tant en toute l'Europe, qu'à la Chine tant seulement. Il en est de mesme de tout le reste dont
la nature a fauorisé ce climat, tant en ce qui est
du temperament de l'air, qu'en ce qui touche la
police, les richesses, les magnificences, et les
grandeurs des choses de leur Estat. Or ce qui
donne le plus beau lustre à cecy, c'est l'exacte
obseruation de la Iustice; ioinct qu'il y a dans ce
païs vn gouuernement si reglé qu'il se peut faire
enuier de toutes les autres contrées du monde.
Aussi veritablement il faut aduoüer que tous les
autres pays qui manquent de cette partie n'ont
point d'esclat, quelques grands et recomman-
dables qu'ils puissent estre. Et sans mentir toutes
les fois que ie me represente les grandes choses
que i'ay veuës en ce pays de la Chine, ie m'estonne d'vn costé de voir combien liberalement il
a plu à Dieu combler ces gens-là des biens de la
terre, et de l'autre ce m'est vne espece de douleur et de sentiment bien estrange, de considerer
combien ingrats sont ces peuples à recognoistre

de si grandes faueurs. Car il se commet entr'eux
vne infinité d'enormes pechez, dont ils offensent
sans cesse la bonté diuine, tant en leurs idolatries
brutales et diaboliques, qu'en l'abominable peché de Sodomie, qui ne se permet pas seulement
entr'eux, mesmes en public; mais qui est tenu
pour vne grande vertu par les instructions que
leur en donnent leurs Prestres. Voila pourquoy
ie me dispense d'en parler icy particulierement
et plus au long, pource que l'entendement Chrestien ne peut souffrir cela, ny la raison me permettre d'employer le temps et les paroles à des
choses si vilaines, si brutales et si abominables.

CHAPITRE C.

De nostre arriuée en la ville de Pequin, ensemble de
nostre emprisonnement, et de ce qui nous y aduint.

Apres que nous fusmes partis de cette rare et
merueilleuse ville dont ie viens de parler, nous
continuasmes nostre route amont la riuiere, iusqu'à ce qu'enfin vn Mardy neufiesme d'Octobre,
en l'année 1541 nous arriuasmes à la grande

ville de Pequin, où, comme i'ay dict cy-devant,
nous auions esté renuoyés par appel. Ainsi attachez que nous estions trois à trois, nous fusmes
mis dans vne prison appellée *Gofanjauserca*, où
pour nostre bien venuë nous furent donnez d'a-
bord trente coups de foüet, dont quelques-vns
des nostres se treuuerent fort malades. Or
comme le Chifuu, qui estoit l'Huissier entre les
mains duquel l'on nous auoit liurez, eut presenté
à la Iustice de Aytao, qui est leur Parlement, le
procez de nostre sentence sellée de douze seaux
de cire de la façon qu'on la luy auoit mise entre
les mains à Nanquin, les 12 Conchalis de la
Chambre criminelle, ausquels escheut la distribu-
tion de nostre procez, ou la cognoissance de nostre
cause, nous renuoyerent incontinent en prison.
Alors vn de ces douze, assisté de deux Greffiers
et de six ou sept Ministres qu'ils appellent Hupes,
et qui sont presque tels que les bourreaux, nous
fit belle peur comme l'on nous y conduisoit.
Car vsant contre nous de grandes menaces :
« Venez çà, nous dict-il, par le pouuoir et l'auc-
« torité que i'en ay de Aytao de Batampina,
« premier President des trente-deux Iuges des
« estrangers, dans le cœur duquel est enfermé
« le secret du Lyon couronné au trhosne du
« monde, ie vous enioins et vous commande de
« me dire quelles gens vous estes, ensemble de

« quel païs, et si vous auez vn Roy qui pour le
« seruice de Dieu, et pour s'acquitter de sa di-
« gnité, soit enclin à faire du bien aux pauures,
« et à leur rendre bonne iustice, affin qu'ayant
« les larmes aux yeux, et les mains leuées en haut,
« ils n'addressent point de plaintes à ce souue-
« rain Seigneur, qui a faict le bel esmail des
« Cieux, et aux saincts pieds duquel tous ceux
« qui regnent auec luy ne seruent que de sanda-
« les. » A cette demande nous luy respondismes,
que nous estions de pauures estrangers, natifs
du Royaume de Siam, et qui apres nous estre embarquez auec nos marchandises pour aller à
Liampoo, nous estions perdus sur mer par vne
grande tourmente, de laquelle nous nous estions
eschappez tous nuds, et qu'en ce deplorable estat
nous auions mendié nostre vie de porte en porte,
iusques à ce qu'à nostre arriuée à la ville de
Taypor, le Chumbim pour lors y resident, nous
y auoit arrestés prisonniers sans cause. A quoy
nous adioustasmes, qu'en suitte de cela il nous
auoit enuoyez à la ville de Nanquin, où par son
rapport nous auions esté condamnez au foüet, et
à auoir les poulces coupez, sans qu'on daignast
seulement nous ouyr en nos iustifications. A cause
de quoy haussant les yeux vers le Ciel nous nous
estions aduisez de recourir par nos larmes aux
vingt-quatre Iuges d'austere vie, affin que par

leur zele enuers Dieu, il leur plust prendre nostre
cause en main, puisque pour nostre pauureté
nous estions sans support, et abandonnez de tous,
ce qu'ils auoient incontinent effectué auec vn
sainct zele, faisants euoquer la cause, affin que
le iugement qu'on auoit donné contre nous fust
declaré nul, et que ces choses considerées, nous
les supplions tres-instamment, que pour le seruice
de Dieu il luy plust auoir esgard à nostre misere
et à la grande iniustice qu'on nous rendoit, pour
n'auoir aucuns biens dans ce pays, ny personne
qui dist vn seul mot pour nous. Le Iuge fut quelque temps à penser à ce que nous venions de luy
dire, à la fin duquel il me respondit : Il n'est pas
besoin que vous m'en disiez dauantage ; car il
me suffit de sçauoir que vous estes pauures, affin
que cette affaire aille par vne autre voye qu'elle
n'a faict iusques à maintenant. Neantmoins pour
m'acquitter de ma charge, ie vous donne cinq
iours de terme, conformement à la loy du troisiesme liure, affin que dans ce terme-là vous
mettiez les Procureurs qui prennent vostre cause
en main. Que si vous me voulez croire, vous pre-
senterez vostre requeste aux Tanigores du S. Office, affin que portez d'vn sainct zele de l'honneur de Dieu, ils se chargent de vostre bon droit,
et prennent pitié de vos trauaux. Nous ayant
ainsi parlé il nous donna vn Taes d'aumosne, et

nous dict : donnez-vous bien garde des prisonniers qui sont ceans : car ie suis bien asseuré que
c'est leur mestier de desrober le bien d'autruy.
Là dessus entrant dans vne autre chambre où il
y auoit vn grand nombre de prisonniers, il y fut
plus de trois heures à leur donner audience, à la
fin desquelles il enuoya executer à mort 27
hommes qu'on auoit desia iugez le iour precedent,
et qui moururent tous à force d'estre foüettez ;
ce qui nous fut vn objet si effroyable, et qui
nous mit si fort en alarme, que d'apprehension
que nous eusmes nous faillismes d'en perdre le
iugement. Le lendemain si tost qu'il fut iour ils
nous mirent tous à la chaisne, auec des manottes
et des colliers de fer, ce qui nous tourmenta
grandement. Sept iours apres que nous eusmes
enduré de si grandes afflictions, couchez par
terre les vns sur les autres, et ne cessans de pleurer nostre desastre pour l'extreme apprehension
que nous auions de souffrir une mort cruelle s'il
falloit qu'on vinst à verifier en quelque façon que
ce fust ce que nous auions faict à Calempluy :
Dieu voulut que nous fusmes visitez par les Tanigores de la maison de Misericorde, qui est de la
iurisdiction de cette prison, lesquels sont appellez en leur langue *Cofilem Guaxy*. A leur arriuée tous les prisonniers se baisserent, disants
auec vn ton lamentable : « Benist soit ce iour

« auquel Dieu nous visite par les mains de ses
« seruiteurs. » A quoy les Tanigores firent responce auec vn visage graue et modeste : « La
« main puissante et diuine de celuy qui a formé
« la beauté des estoilles et de la nuict, vous ait
« en sa garde, comme ceux qui pleurent sans
« cesse les pechez du peuple. » Alors s'estant approchez de nous ils nous demanderent en termes
pleins de courtoisie, quelles gens noūs estions,
et d'où procedoit que nostre emprisonnement
nous estoit plus sensible qu'aux autres? A ces
paroles nous leur repartismes auec les larmes aux
yeux, que nous estions de pauures estrangers,
tellement abandonnez des hommes, qu'en tout
ce pays il n'y auoit personne qui sceust nostre
nom, et qu'au reste tout ce que nous leur pourrions dire de nostre pauureté pour les prier qu'ils
se souuinsent de nous pour l'amour de Dieu, ils
le verroient escrit en cette lettre que nous leur
apportions de la ville de Nanquin, de la Chambre
des Confreres de la maison de Quiay Hinarel.
Alors Christophle Borralho leur ayant presenté
la lettre, ils la receurent auec vne nouuelle ceremonie, toute pleine de courtoisie, disant : « Loüé
« soit celuy qui a creé toutes choses; puis qu'il
« se veut seruir des pecheurs sur terre, affin que
« par ce moyen ils soient recompensez au der-
« nier de tous les iours, en leur satisfaisant au

« double de leur iournée auec les richesses de
« ses saincts thresors. Ce qui sera faict comme
« nous le croyons, en aussi grande abondance
« que les gouttes de pluye qui tombent ça bas
« des nuës. » Apres cela un des quatre serra cette
lettre, et nous dict, qu'aussitost que la Chambre
de la Iustice des pauures seroit ouuerte ils res-
pondroient tous à nostre affaire et nous fourni-
roient de tout ce dont nous aurions besoin, surquoy ils se separerent d'auec nous. Trois iours
apres ils retournerent nous visiter en prison, et
le lendemain matin ils s'en revinrent aussi nous
voir. Alors ils nous firent plusieurs demandes
conformement à vn memoire qu'ils en auoient,
à quoy nous respondismes de poinct en poinct
selon ce qu'vn d'eux nous demanda, tellement
qu'ils furent grandement satisfaicts de nos responces. En suitte de ces choses ayant faict appeller le Greffier, qui estoit chargé de nos pieces,
ils s'enquirent de luy fort exactement de plusieurs
choses qui nous touchoient, mesme ils luy demanderent son aduis en ce qui estoit de nostre
affaire, puis ayant pris par articles tout ce qui
faisoit a la conseruation de nostre droict, ils luy
dirent qu'il leur laissast emporter le procez, à
quoy ils adiousterent qu'ils le vouloient tous voir
ensemble dans la Chambre de Iustice auec les
Procureurs de la maison, et que le iour d'apres

ils luy remettroient les pieces en main, pour
les porter au Chaem comme il estoit desia resolu.

CHAPITRE CI.

Du surplus qui se passa en nostre affaire, iusqu'à ce
qu'elle fust entierement concluë.

Pour ne m'amuser à raconter par le menu tout
ce qui se passa en cette affaire iusques à ce
qu'elle fust entierement concluë, à quoy furent
employez six mois et demy, durant lesquels nous
fusmes tousiours prisonniers auec beaucoup de
trauail, ie diray en peu de mots tout ce qui nous
arriua iusques à la fin : Comme nostre affaire
estoit par deuant les douze Conchalis de la Chambre criminelle, qui sont, parlant à nostre mode,
comme nos Conseillers de Parlement et Presidents de la Cour, ou autres Iuges en dernier
ressort, les deux Procureurs de cette Maison de
misericorde qui faisoient pour nous, se charge-
rent tres-volontiers de faire reuoquer l'iniuste
sentence qui auoit esté donnée contre nous.
Ayant donc faict declarer nulles toutes les proce-

dures, ils remonstrerent par vne requeste qu'ils
firent au Chaem qui estoit le President de cette
Chambre ; Que pour aucun subiect que ce fust
nous ne pouuions estre condamnez à la mort, veu
qu'il n'y auoit aucuns tesmoins dignes de foy, qui
nous peussent conuaincre de nous auoir veu
desrober le bien d'autruy, ny d'auoir esté treuuez auec des armes offensiues contre la deffence
qui en est faicte par la loy du premier liure. Au
contraire il dit qu'on nous auoit rencontrez tous
nuds, comme de pauures esgarez apres vn triste
naufrage, et que cela estant nostre pauureté et
nostre misere estoit digne d'vn pitoyable ressentiment plustost que de cette rigueur auec laquelle
les premiers Ministres du bras de l'Ire nous
auoient faict donner le foüet ; qu'au reste Dieu
seul estoit iuge de nostre innocence, de la part
duquel il luy requeroit vne, deux, et plusieurs
fois, de considerer qu'il estoit mortel et qu'il ne
seroit pas de longue durée, Dieu luy ayant donné
vne vie perissable, à la fin de laquelle il falloit
qu'il rendist compte des choses dont on l'auoit
requis, puisque par vn serment solemnel il
s'estoit obligé à faire tout ce qui seroit manifeste
à son iugement, sans aucune consideration des
hommes du monde, la coustume desquels estoit
de faire pancher la balance que Dieu a voulu
estre esgale selon l'integrité de sa diuine iustice :

de cette requeste voulut auoir communication
le Procureur du Roy, qui estoit celuy-là mesme
qui se portoit pour nostre aduerse partie, et qui
en certains articles qu'il fit contre nous, mit en
auant qu'il preuueroit par des tesmoins oculaires,
tant du païs, qu'estrangers ; que nous estions des
larrons publics, accoustumez à voler le bien
d'autruy, et non des marchands tels que nous
nous disions estre. Il adioustoit à cela que si nous
fussions venus à la coste de la Chine auec vn bon
dessein et en intention de payer les droicts du
Roy dans ses doüanes, nous eussions abordé aux
ports où elles sont establies par l'ordonnance de
l'Aitan du gouuernement : mais pour punition de
ce que nous nous en allions d'Isle en Isle comme
Corsaires, Dieu qui deteste les pechez et les lar-
recins, auoit permis que nous fissions naufrage,
affin de tomber entre les mains des Ministres de
sa iustice, et d'en receuoir vn fruict conforme à
nos mauuaises œuures, qui deuoit estre vne
peine de mort, dont nostre crime nous rendoit
dignes. Cela estant, qu'il nous falloit condamner
conformement à la loy du second liure où cela
estoit declaré en termes exprez ; et que quand
mesme pour d'autres considerations qui n'estoient point remarquables en nous, ce droict
nous eust deu exempter de mort, que neantmoins pour estre des estrangers et des vagabons,

qui n'auions ny loy, ny cognoissance de Dieu,
pour nous en seruir à euiter pour l'amour de luy
plusieurs maux et peruers exercices ausquels
nous nous adonnions, cela suffisoit affin que du
moins on nous condamnast à auoir les mains et
les narines coupées, et que l'on nous bannist
pour iamais aux contrées de Ponxileytay où l'on
auoit accoustumé d'exiler tels gens que nous,
comme ils le verifieroient par plusieurs arrests
donnez et executez en semblables cas; concluant
pour cet effect d'estre receu dans ses articles,
dont il se promettoit de donner des preuues dans
le terme qui luy seroit prescript. Ces articles
furent incontinent refutés par le Procureur de la
Chambre de Iustice, establie pour les pauures,
si bien que faisant pour nous ils s'offrirent de
faire voir le contraire dans le terme qui pour cet
effect leur fut octroyé pour plusieurs autres raisons qu'ils alleguerent en faueur de nous, reque-
rant quelquesfois que ces articles ne deuoient
point estre receus, veu qu'ils estoient tout à faict
infames et contre les ordonnances de Iustice.
Le Chaem ordonna donc là-dessus, qu'on ne
receuroit ses articles qu'en cas que par des tesmoignages euidens et conformes aux loix diuines.
il les preuuast dans les six iours de la sentence.
soubs peine en cas de contrauention, de n'estre
receu à demander vn plus long delay. attendu

que nous estions de pauures gens que la necessité
contraignoit souuent de prendre le bien d'autruy,
plustost pour nous exempter d'incommodité, que
pour commettre aucune offense; ces six iours de
terme luy estant prescripts, sans que cependant
il eust allegué aucune preuue contre nous, ny
treuué personne qui nous cognust, il s'en vint demander vn delay d'autres six iours, chose qui
ne luy fut point accordée pour estre directement
contraire aux pauures, pour lesquels la maison
de Dieu faisoit de grands fraiz, et qu'ainsi toutes
ses excuses et ses raisons ne visant qu'à prolon-
ger le temps il seroit desmis de sa demande à cause
de ce nouveau terme par luy requis; qu'au reste
les Procureurs des pauures eussent à alleguer en
nostre faueur ce qui seroit de Iustice, et ce en
cinq iours de temps qui leur furent donnez pour
tout delay. Cependant le Procureur du Roy se
mit à declamer contre nous en termes si discour-
tois et si infames, que le Chaem se tint pour
offensé de les ouyr, et se picquant contre luy
pour son peu de charité, il luy fit effacer à
l'heure mesme ces mots qu'il auoit escrit contre
nous. Dauantage il despescha à l'heure mesme
vne Ordonnance qui disoit, Auparauant que conclure sur cette affaire et donner la derniere sentence, ie condamne le Procureur du Roy à vingt
Taeis d'argent pour l'aumosne des estrangers,

puis qu'il ne peut preuuer pas vn des cas qu'il
met en auant contr'eux. Adioustant au reste que
pour cette premiere fois, deffences luy estoient
faictes d'exercer sa charge iusques à ce que le
Tutan y eust pourueu, et qu'à l'aduenir il n'eust
à vser en ses escritures, ny en ses paroles de
termes si extrauagans, sur peine pour la seconde
fois d'estre chastié conformement aux Edicts des
Chaems acceptez en la maison du fils du Soleil,
Lyon couronné au Throsne du Monde. Apres
qu'on eut satisfaict à cecy dans les trois premiers
iours de suitte, nous fusmes renuoyez à la Chambre auec les autres raisons qui furent appointées
de part et d'autre. Le lendemain si tost qu'il fut
iour, les quatre Tanigores de la maison des pauures, qui cette sepmaine faisoient la visite dans
la prison, nous enuoyerent querir à l'infirmerie,
où ils distribuoient les viures aux malades, où ils
nous dirent que nos affaires alloient fort bien, et
qu'il falloit esperer que nostre sentence auroit
vne bonne issuë. Sur quoy nous nous iettasmes
tous à leurs pieds et respandant quantité de
larmes nous leur dismes, qu'il plust à Dieu les
recompenser de la peine qu'ils auoient prise pour
nous, en leur donnant pour cela le salaire qu'ils
pretendaient. A quoy vn d'entr'eux repartit, Et
pour vous aussi qu'il vous conserue en la cognoissance de sa Loy, en laquelle consiste le salaire

des gens de bien. Là-dessus il nous fit donner deux couuertures pour nous en couurir de nuict, pource que nous endurions vn extreme froid, et nous dict ne feignez point de nous demander tout ce dequoy vous aurez besoin; car Dieu nostre souuerain Seigneur n'a pas accoustumé d'estre auare en distribuant nos aumosnes. Durant que cela se passoit, le Greffier s'en vint à nous et nous prononça la sentence. Par mesme moyen il nous mit en main les vingt Taeis d'argent, ausquels le Procureur du Roy auoit esté condamné, et nous en fit signer le receu. Nous le remerciasmes assez amplement de sa courtoisie, le priant de prendre de cet argent ce qu'il luy plairoit; mais luy n'en voulut rien faire et nous dict, Ie ne change pas pour si peu de chose le merite que i'espere auoir enuers Dieu pour vostre consideration.

CHAPITRE CII.

De la response que nous fit le Procureur des pauures,
apres que nous l'eusmes prié de parler pour nous au
Chaem, qui auoit nostre proces à iuger.

———

Il se passa douze iours entiers sans qu'il se
parlast de nostre proces. A la fin les quatre Tanigores s'en estant venus vn matin visiter les pauures malades, nous les priasmes tres-instamment
de vouloir parler pour nous au Chaem, qui auoit
pour lors nostre proces tout prest à estre iugé,
adioustant à cela que nous estions pauures comme
il sçauoit bien, et desnuez de tout support; ils
se scandaliserent grandement de cette demande,
et nous dirent, Si vous estiez de ce païs aussi
bien comme vous estes estrangers, cela seul suf-
firoit pour empescher que la maison ne vous fist
aucun bien, et qu'elle ne vous assistast en vos
affaires. Mais pour vostre ignorance et simplicité
nous sommes contens de dissimuler maintenant
vostre foiblesse; car il est à croire qu'autrement
l'on ne seroit pas digne des aumosnes de Dieu.
Cette response nous estonna vn peu, et de la fa-

çon qu'ils nous la firent nous en demeurasmes honteux, si bien que nous leur en demandasmes pardon, disant, que nostre ignorance nous deuoit faire tenir pour excusez, tant enuers Dieu, qu'enuers eux. Alors il y en eut vn qui nous regardant tous ensemble, Possible, dict-il, que ces hommes ont eu plus de raison de nous faire cette demande que nous n'en auons de les scandaliser; car il se peut faire qu'ils ont failly en cela par coustume, plustost qu'autrement ; car comme pour estre barbares ils manquent d'vne parfaicte cognoissance de nostre verité, ainsi il n'est pas incompatible que le Ministre de la Iustice ne leur puisse tesmoigner moins de conscience, qu'il ne soit besoin aux parties d'auoir plus de faueur, qu'ils n'ont de droict en leur cause. Ces paroles sonnerent si bien à nos oreilles, que nous nous donnasmes l'asseurance de leur dire, Seigneurs et freres, puis qu'en toutes choses vous estes incorruptibles en vostre charge, nous vous prions instamment de nous dire pourquoy vous vous estes si fort scandalisez de ce que nous vous auons demandé vne chose qui nous a semblé si iuste et si necessaire, en l'estat où vous nous voyez reduicts, et abandonnez d'vn chacun? A cette demande vn des quatre qui sembloit auoir plus d'auctorité que les autres, prenant la parole, « Vous auez beaucoup de raison, nous respondit-

« il, de nous remettre en memoire vne chose où
« il y va si fort de vos interests, affin de nous obli-
« ger à faire pour vous en moins de temps qu'il
« sera possible les diligences requises, et que
« vostre deliurance en soit plustost resoluë : Mais
« il n'est pas iuste que vous nous priez de parler
« au Iuge, affin qu'à nostre consideration il ne
« face point le deuoir de sa charge, pource que
« ce seroit luy donner vn sujet de pecher contre
« Dieu et de s'en aller en Enfer, joinct qu'en cela
« nous serions proprement seruiteurs du diable,
« plustost que Ministres de l'allegement et du
« remede des pauures ; et si vous m'alleguez là-
« dessus que vous auez la Iustice de vostre costé
« affin qu'on y ait esgard, cela se verra par vostre
« proces lorsqu'on le viendra iuger, et non par
« les choses que d'autres en pourroient dire ; car
« les controuerses et les differens sur lesquels se
« fondent les demandes entre ceux qui plaident,
« ne sont iamais bien verifiées par des repliques
« sans necessité, ny par des libelles et des con-
« tradictions hors de saison, qui sont plus pro-
« pres à obscurcir la Iustice, et la traisner en lon-
« gueur contre celuy qui est innocent, que non
« pas à l'esclaircir et luy faire auoir expedition
« en peu de temps, pource que ces choses sont
« proprement inuentions de quelques chicaneurs,
« que les pauures parties ont accoustumé d'ap-

« peller Solliciteurs. Mais quant aux verifications

« elles consistent en des preuves claires , et en

« des tesmoignages conformes aux loix diuines¹,

« sur quoy le Iuge se fonde s'il faict son deuoir ,

« et s'en sert à iuger ce qui est de l'equité. Que

« si l'on procede de cette sorte en vostre païs, ô

« mes freres, que vous deuez tous auoir belle

« peur de la punition du Ciel ; car là haut il n'y a

« point de nuict pour Dieu, en laquelle il luy

« soit besoin de fermer les yeux pour dormir,

« comme font çà bas les Roys de la terre subiects

« à toutes imperfections aussi bien que nous,

« puis qu'ils sont hommes comme nous. Cela es-

« tant, mes amis, toute l'addresse que ie vous

« puis donner en vos trauaux afin d'y mettre re-

« mede , c'est de hausser les yeux là haut au Ciel;

« car c'est d'où vous doit venir l'arrest de vostre

« deliurance , et le pardon des offenses dont on

« vous accuse; en quoy nous vous ayderons comme

« bons amis, s'il plaist à Dieu nous escouter. »

Cela dict, ils nous donnerent nostre portion or-

dinaire, et s'en allerent visiter d'autres pauures

qui estoient malades dans l'infirmerie , dont il y

en auoit tousiours vn grand nombre dans cette

prison.

CHAPITRE CIII.

Comme de ce lieu nous fusmes menez à la Chambre Criminelle, où l'on nous deuoit prononcer nostre sentence, auec vne description de la grande Majesté des Officiers de cette Chambre, et des ceremonies qu'on y obserue.

Il y aüoit desia neuf iours qu'auec beaucoup de crainte nous attendions qu'on nous prononçast nostre arrest, lors qu'vn Samedy matin nous fusmes demandez en prison par deux Chumbims de Iustice, qui sont (comme i'ay desia dict) tels que peuuent estre parmy nous les Huissiers. Ils estoient accompagnez de vingt Ministres, de ceux qu'ils appellent des Vpes, qui portoient des hallebardes, des espieux, des bonnets de maille, et autres armes qui les rendoient fort redoutables à ceux qui les regardoient. Ces hommes qui nous donnerent assez d'effroy, nous liant tous neuf d'vne chaisne de fer assez longue, nous menerent au *Caladigan*, qui estoit comme le Palais où l'on donnoit audience et où se faisoit l'execution des patiens, il faut que i'aduouë que comme nous allasmes en ce lieu, il me seroit impossible de declarer par

où nous passasmes. Car à cette heure-là nous
estions si hors de nous-mesmes, que pas vn de
nous ne sçauoit par quel lieu où il alloit, si bien
qu'en ces extremitez tout ce que nous pouuions
faire pour le mieux, estoit de nous rendre conformes à la volonté de Dieu, et luy demander les
larmes aux yeux, que par le merite de sa sacrée
Passion qu'il luy plût receuoir la peine qui nous
seroit ordonnée pour satisfaction de nos pechez.
Quelquesfois aussi en certains endroits où la peur
nous representoit plus terrible la peine de la
cruelle mort nous nous mettions tous à genoux,
et nous embrassant l'vn l'autre nous demandions
pardon à Dieu de nos fautes, dequoy les Chinois
s'estonnoient grandement. A la fin apres beaucoup de trauail et d'affronts qui nous estoient
faicts par ceux qui nous suiuoient en criant, nous
arriuasmes en la premiere salle du Caladigan, où
estoient les 24 bourreaux qu'ils nomment *Minis-*
tres du bras de Iustice, auec quantité d'autres
gens qui y estoient pour leurs affaires. Nous demeurasmes là vn fort long temps, à la fin duquel on
sonna vne cloche, et à l'heure mesme on ouurit
les autres portes qui estoient sous vne grande ar-
carde d'Architecture fort artistement trauaillée,
et où il y auoit quantité de riches figures. Au plus
haut se voyoit vn monstrueux Lyon d'argent,
ayant les pieds de deuant et de derriere sur vne

boulle fort grande , et faicte de mesme metail; par
où sont figurées les armes du Roy de la Chine ,
qu'on met ordinairement au frontispice de toutes
les Chambres souueraines où president les Chaems,
qui sont comme les Vice-Roys parmy nous. Ces
portes estant ouuertes comme ie viens de dire ,
tous ceux qui estoient là presens entrerent en vne
fort grande salle faicte en forme de nef d'Eglise ,
peinte du haut en bas de plusieurs tableaux, où
se voyent representées d'estranges sortes d'executions que font les bourreaux sur les personnes
de toute condition, auec vn geste et vne mine du
tout effroyable. Au bas de chaque tableau se voyoit
vne inscription semblable, « C'est pour auoir com-
« mis vn tel crime qu'vn tel est executé de ce
« genre de mort : » De maniere qu'en regardant
la diuersité de ces effroyables peintures, on y
voyoit comme vne declaration du genre de mort
que l'on ordonnoit à chasque crime, ensemble
l'extreme rigueur qu'obseruoit la Iustice en telles
executions. De cette salle on trauersoit dans vne
autre chambre beaucoup plus riche et de plus
grande despense, car elle estoit toute mouluë
d'or, tellement que les yeux ne pouuoient auoir
vn entretien plus agreable que celuy-là, si toutesfois les nostres estoient capables de prendre plaisir à quelque chose au poinct de misere où nous
estions reduicts. Au milieu de cette chambre il y

auoit vne Tribune, où l'on montoit par sept escaliers enuironnez de trois rangs de balustres de
fer, de laiton, et de bois d'ebene, auec des tronçons marquetez de nacre de perle. Au plus haut
il y auoit vn daiz de damas blanc, frangé d'or et
de soye verte, auec des crespines fort larges de
mesme façon. Soubs ce daiz se voyoit le Chaem
auec beaucoup de grandeur et de majesté, il
estoit assis en vne chaire d'argent fort riche, et
auoit deuant luy vne petite table, et à l'entour
trois enfans richement vestus, parez de chaisnes
d'or, et qui se tenoient à genoux, l'vn desquels
(à sçauoir celuy du milieu) seruoit à donner au
Chaem la plume dont il signoit. Quant aux deux
autres ils prenoient les requestes qu'on leur donnoit, et les presentoient à la table affin de les
faire signer. A main droicte à vn autre lieu plus
haut, et presque à l'esgal du Chaem estoit vn
ieune garçon aagé de dix ou onze ans, vestu d'vne
riche robe de satin blanc, où se voyoient en broderie de roses d'or, et qui auoient au col trois
rangs de perles, les cheueux aussi longs qu'vne
femme, tressez de fil, d'vn lacet d'or et de soye
incarnadine, auec vne garniture de perles de
grand prix, et des sandales d'or toutes esmaillées
de verd couuertes de quantité de fort grosse semence de perles. Auec cela pour marque de ce
qu'il representoit, il auoit en main vn petit ra-

meau de roses faictes de soye et de fil d'or et de
riches perles, le tout meslé ensemble auec tant
de beauté, de gentillesse et de bonne mine, qu'il
n'est point de femme pour belle qu'elle soit qui
luy eust peu gaigner l'aduantage, le ieune garçon
s'appuyoit du coulde sur la chaire du Chaem,
où il sembloit se reposer du bras de la main dont
il tenoit le rameau, et cela representoit la Misericorde. De cette mesme façon il y auoit à main
droicte vn autre enfant qui estoit encore fort
beau, et richement vestu d'vn habillement de satin
incarnadin, tout semé de roses d'or. Cettui-cy
auoit le bras droit retroussé, et teint d'vn vermillon aussi rouge que du sang, et de la main droicte
il tenoit vn riche coutelas tout nud, et qui paraissoit aussi sanglant. Dauantage, il portoit sur sa
teste vne couronne en façon de Mithre, toute
garnie de petits rasoirs semblables à des lancettes
dont on se sert à saigner. Ainsi, bien qu'il fust
richement vestu et de bonne mine, si ne laissoit-
il pas de donner de l'apprehension à ceux qui le
regardoient, à cause des enseignes qu'il auoit, et
cettui-cy figuroit la Iustice. Car ils disent que le
Iuge qui tient la place du Roy qui represente
Dieu sur terre, doit auoir necessairement ces
deux qualitez, *la iustice, et la misericorde*, et que
celuy qui n'en vse est vn tyran qui ne recognoist
aucunes loix et qui vsurpe l'enseigne qu'il porte

en main. Le Chaem estoit habillé d'vne robe de satin violet fort longue, frangée d'or et de soye verte, auec vne maniere de scapulaire iettée sur son col, au milieu de laquelle il y auoit vne grande plaque d'or où estoit grauée vne main auec vne balance fort iuste, et cette inscription à l'entour; « La nature du tres haut Seigneur est d'obseruer « en sa iustice le poids, la mesure, et le compte, « c'est pourquoy regarde à ce que tu fais, car si « tu viens à pecher tu en payeras la peine à ia- « mais. » Sur la teste il y auoit vne maniere de bonnet tout rond, entouré de petites verges d'or, toutes esmaillées de verd et de violet, et au des- sus estoit representé vn petit Lyon d'or sur vne boulle ronde de mesme metail, par lequel Lyon couronné, comme i'ay dict quelquesfois, est signi- fié le Roy, et par la boulle le monde, comme s'il vouloit denoter par ces deuises que le Roy est le Lyon couronné dessus le throsne du monde : et en la main droicte il tenoit en maniere de scep- tre, vne baguette d'yuoire de trois empans de long seulement. Sur le haut des trois premiers degrez de cette Tribune il y auoit huict Huissiers auec leurs masses d'argent qu'ils tenoient debout, et en bas soixante hommes Mogors, rangez à ge- noux en deux files, qui tenoient en main des hal- lebardes damasquinées d'or. En l'auant-garde de ceux-cy se voyoient debout, comme Lieutenans

ou chefs d'escadre, deux statuës de Geants de
bonne mine, et fort richement vestus, auec leurs
coutelas en escharpe, ensemble des hallebardes
fort grandes en main, et ceux-cy les Chinois les
appellent Gigaos en leur langue : aux deux costez
de cette Tribune se voyoient en bas dans la
chambre deux tables fort longues, en chascune
desquelles estoient assis douze hommes, dont il y
en auoit quatre comme Iuges ou Presidents, deux
Greffiers, quatre solliciteurs, et les autres deux
Conchalis, qui sont comme Conseillers de Parlement. L'vne de ces tables auec les douze Officiers qu'elle auoit estoit pour le criminel, et
l'autre pour le ciuil : et tous les Officiers de ces
deux tables, qui faisoient vingt-quatre de nombre,
estoient vestus de robes de satin blanc, fort longues, et à larges manches, pour moustrer par là
la largesse et la pureté de la Iustice. Les tables
estoient couuertes de tapis de damas violet auec
vne riche bordure d'or. Il n'y auoit que la table
du Chaem, qui pour estre d'argent, fut toute nuë,
si ce n'est qu'elle auoit vn petit coussin de bro-
chat, et au dedans vne escriptoire toute ronde
auec l'encrier, et vne boüette à mettre de la pous-
siere. En la sale de dehors, dont i'ay parlé cy-deuant, estoient les 24 bourreaux ou ministres du
bras de l'Ire, tous rangez en file, et en ordre, et
en tous les autres endroits il y auoit vn grand

nombre de supplians tous sur pied, horsmis les
femmes qui estoient assises sur des bancs. A l'entrée des portes de cette grande salle il y auoit
six portiers qu'ils appellent Huppes, ou records,
auec des masses de cuivre, et toutes ces choses
ensemble de la façon qu'elles estoient ordonnées, representoient ie ne sçay quoy de grand et
de majestueux; ioinct que l'horrible mine de ces
ministres donnoit de l'estonnement et de l'effroy
à quiconque les regardoit. Alors au son d'vne
cloche qui frappa quatre fois, vn des douze Conchalis se leua sur pieds, et apres auoir faict vne
profonde reuerence au Chaem, il dit d'vne voix
fort haute afin d'estre ouy de tous : « Taisez vous
« et escoutez auec vne promptitude pleine de soub-
« mission, sur peine d'encourir le chastiment
« ordonné par les Chaems du gouuernement,
« contre ceux qui interrompent le silence de la
« saincte Iustice. » Cettui-cy s'estant assis là-dessus, l'on en vid vn autre, qui auec les mesmes
ceremonies monta au haut de la Tribune où estoit
le Chaem, et prenant les sentences de la main de
celuy qui les tenoit, les publia tout haut l'vne
apres l'autre, auec des ceremonies et des complimens si longs qu'il y employa plus d'vne heure.
Alors comme il fut question de prononcer nostre
Arrest, ils nous firent tous mettre à genoux, le
visage en terre; et les mains en haut, comme qui

feroit sa priere au Ciel, affin qu'en cet acte d'humilité nous en ouyssions la publication, qui fut
telle ; « Bitau Dicabor nouueau Chaem en ce sainct
« Parlement où l'on rend la iustice aux estrangers,
« et ce par le bon plaisir du fils du Soleil, Lyon
« couronné au Throsne du monde, à qui sont
« subjects tous les sceptres et les couronnes des
« Roys qui gouuernent la terre, et mesme assub-
« iettis à ses pieds par la grace et la volonté du
« plus haut des Cieux : veu l'appel faict par-de-
« uant moy par ces neuf estrangers, dont la cause
« a esté icy euoquée de la ville de Nanquin par
« les vingt-quatre d'austere vie, et le tout par vne
« maniere d'offence qui leur a esté faicte, ie dis
« que par le serment que i'ay presté en la charge
« que i'exerce pour l'Aytao de Batampina, sou-
« uerain sur les 52 qui gouuernent le peuple de
« toute l'estenduë de la terre, que le neufiesme
« iour de la septiesme Lune de la 15ᵉ année du
« couronnement du fils du Soleil, m'ont esté pre-
« sentées les accusations que le Chumbin de Tay-
« por m'a enuoyées contr'eux, par lesquelles il
« les charge d'estre larrons et voleurs du bien
« d'autruy, disant, qu'il y a long-temps qu'ils
« font ce mestier, non sans offencer grandement
« le haut Seigneur, qui a creé toutes choses ; et
« mesme que sans rien craindre ils ont accous-
« tumé de se baigner dans le sang de ceux qui

« leur resistent auec raison, pour lequel crime
« ils ont esté desia condamnez au foüet et à auoir
« les poulces coupez, dont l'vn a esté mis en exe-
« cution, mais quand il a esté question d'execu-
« ter l'autre, à sçauoir, de leur couper les deux
« poulces, les Procureurs des pauures s'y oppo-
« sant, ont alleguez de leur part, qu'ils estoient
« fort mal condamnez veu qu'il n'y auoit aucune
« preuue de ce dont on les chargeoit, à cause de-
« quoy il a demandé pour eux, qu'on eust à pro-
« duire des tesmoignages vallables et conformes
« aux loix diuines, et au chastiment de la iustice
« d'en haut, au lieu de les iuger dessus des simples
« indices de soupçons incertains. A quoy il fut
« respondu, la Chambre assemblée : Qu'il n'estoit
« point licite d'oster le nom à la Iustice, dont ceux
« qui ont pris leur cause en main, ayant faict et
« formé leurs plaintes aux vingt-quatre d'austere
« vie, pour quelques considerations fort iustes
« comme leur requeste en faict foy, l'on a eu
« egard au peu de support qu'ils pouuoient auoir
« pour estre de pauures estrangers, et de nations
« qui nous semblent si esloignées, que nous
« n'auons iamais ouy parler du païs dont ils se
« disent naiz; si bien qu'adherant à leurs pitoya-
« bles cris le faict a esté renuoyé à ce iugement
« en la table des douze, où laissant les poursuittes
« ordinaires de continuation, qui est que le Pro-

« cureur du Roy ne pût rien preuuer de ce de-
« quoy il les accusoit, insistant seulement qu'ils
« estoient dignes de mort pour le soupçon et
« l'ombrage qu'ils donnoient d'eux; et comme la
« saincte iustice qui s'arreste sur des considera-
« tions toutes pures et agreables à Dieu ne reçoit
« point de raisons des parties aduerses s'il n'y a
« des preuues bien euidentes en ce qu'elles di-
« sent; il me semble n'estre pas raisonnables d'ac-
« cepter les accusations du Procureur du Roy
« puis qu'il ne preuuoit point ce qu'il mettoit en
« auant, sur quoy voulant insister en sa demande,
« sans monstrer neantmoins ny vne seule cause
« iuste, ny vne preuue suffisante touchant ce qu'il
« concluoit contre ces estrangers, ie le condam-
« nay à l'amende de 20 Taeis d'argent appliqua-
« bles à ses aduerses parties, le tout selon l'equité,
« pource que les raisons par eux alleguées n'estoient
« fondées que sur vn tres-mauuais zele, hors de
« considerations iustes et agreables à Dieu, de
« qui la misericorde se tourne tousiours du costé
« des plus foibles de la terre quand ils l'inuoquent
« les larmes aux yeux, comme il se manifeste clai-
« rement par les effects pitoyables de sa grandeur;
« de maniere qu'ayant enioint là-dessus et faict
« commandement tres-expres aux Tanigores de
« la maison de Misericorde de prendre leurs con-
« clusions, ils le firent dans le terme qui pour cet

« effect leur fut donné; et ainsi comme on eust
« satisfaict de part et d'autre, selon le rapport qui
« en a esté faict, i'ay commandé qu'on eust à
« prendre les conclusions pour vuider l'affaire par
« vn dernier iugement, et en ordonner comme il
« seroit raisonnable; c'est pourquoy toutes ces
« choses duëment venës et considerées, sans
« s'esgarer par aucunes considerations humaines
« hors de ce qui touche la raison et l'equité de ce
« iugement, suiuant la resolution des loix accep-
« tées par les douze Chaems du gouuernement
« au cinquiesme liure de la volonté du fils du
« Soleil, qui en tel cas par sa grandeur et sa pro-
« bité a plus d'esgard aux plaintes des pauures
« que non pas aux cris insolens des orgueilleux de la
« terre : I'ordonne que ces neuf estrangers soient
« renuoyez absous de tout ce que le Procureur
« du Roy demande contr'eux, et mesme de la
« peine du crime, les condamnant seulement à
« vn an d'exil, durant lequel temps ils trauaille-
« ront aux reparations de Quansy pour y gaigner
« leur vie, puis quand les huict mois de l'année
« seront escheus, i'enioins expressement aux
« Chumbims, aux Conchalis et Monteos, et à tels
« autres ministres de leur gouuernement, que ce
« mien iugement leur estant par eux presenté, ils
« leur donnent tout aussitost vn passe-port et vn
« sauf-conduit, affin que librement et en seureté

« ils s'en retournerent en leur païs, ou en tel
« lieu qu'ils voudront. » Apres qu'on eut acheué
de publier cette sentence que nous ouysmes, tous
à genoux auec les mains ioinctes et dressées vers le
Chaem deuant qui nous faisions plusieurs autres
ceremonies, nous dismes d'vne voix si haute que
tous nous purent ouyr. « La sentence de ton clair
« iugement est confirmée en nous de mesme que
« la pureté de ton cœur est agreable au fils du
« Soleil. » Cela dict, vn Conchaly des 12 qui
estoient assis en vne des tables, s'estant leué, et
ayant faict vne grande reuerence au Chaem, se
mist à dire tout haut par cinq fois, à cette foule
de peuple qui estoit à l'audience en grand nombre : « Y a-il quelqu'vn en cette Chambre, en
« cette ville, ou en ce Royaume, qui se veuille
« opposer à cet Arrest, ou à la deliurance de ces
« neuf prisonniers? » A quoy nul n'ayant respondu durant les cinq fois qu'il profera tout haut
ces paroles, les deux ieunes garçons qui representoient la iustice et la misericorde, firent toucher ensemble les enseignes qu'ils auoient aux
mains, et dirent tous haut, « Qu'ils soient en-
« uoyez libres et absous suiuant la sentence qui
« en a esté donnée fort iustement. » Alors vn de
ces Ministres qu'ils appellent Huppes ou records,
ayant sonné trois fois vne cloche, les deux Chumbims d'execution qui nous auoient liés nous de-

tacherent de nostre chaisne, et auec cela ils nous osterent les manottes, les colliers, et les fers des pieds, tellement que nous fusmes entierement deliurez; dequoy nous remerciasmes infiniment nostre Seigneur Iesus-Christ, pource que nous auions tousiours creu que pour quelques mauuaises opinions qu'on auroit de nous, on nous condamneroit à la mort. De là ainsi deliurez que nous fusmes l'on nous ramena en prison où les deux Chumbims signerent nostre eslargissement dans le liure du Geolier. Neantmoins affin qu'il en demeurast dechargé tout à faict, il fallut que deux mois apres nous allassions seruir vn an comme nous estions condamnez sur peine de demeurer esclaues du Roy, conformement à ses ordonnances. Or pource qu'au sortir de la prison nous voulusmes incontinent aller demander l'aumosne par la ville : le Chifuu qui estoit comme grand Preuost de cette maison, nous dict que nous attendissions iusques au lendemain, qu'il nous recommanderoit aux Tanigores de la misericorde, affin qu'ils nous fissent quelque bien.

CHAPITRE CIV.

Des choses qui se passerent entre nous et les Tanigores
de la Misericorde, ensemble des grandes faueurs qu'ils
nous firent.

———

LE lendemain matin ces quatre Tanigores de
la Misericorde s'en vindrent visiter l'infirmerie
de cette prison, comme ils auoient accoustumé
de faire. Ils se resiouyrent auec nous de l'heureux succez de nostre sentence; nous donnant
de grands tesmoignages qu'ils en estoient fort
contens, dequoy nous les remerciasmes amplement, non sans respandre quelques larmes en
parlant à eux. Alors ils tesmoignerent de nous en
sçauoir fort bon gré, et nous dirent que nous
n'eussions point à nous mettre en peine touchant l'accomplissement du terme qui nous estoit
enioinct à seruir, et auquel nous estions condamnez par sentence : car ils nous dirent qu'au lieu
d'vn an il ne seroit que de 8 mois seulement, et
que des autres quatre mois qui faisoient la troisiesme partie de la peine, le Roy nous en faisoit
vne aumosne pour l'amour de Dieu, en conside-

ration de ce que nous estions pauures : car autrement si nous eussions esté riches et puissans, il
n'y eust eu ny aumosne, ny faueur pour nous, à
ce qu'ils nous dirent, nous promettant qu'ils nous
feroient endosser sur la sentence cette diminu-
tion de peine, et qu'au reste ils s'en iroient parler
pour nous à vn homme fort honorable qui auoit
la commission de Capitaine ou Preuost des Ma-
reschaux de Quansy, qui estoit le lieu où nous
deuions aller seruir, afin qu'il nous fauorisast,
et nous fist payer du temps que nous serions là
demeurans. Or d'autant que cet homme estoit
naturellement amy des pauures, et enclin à leur
faire du bien; pour cet effect ils iugerent à propos de nous mener en sa maison auec eux, ad-
joustant qu'il nous prendroit possible à sa charge,
et nous donneroit retraicte en quelque maison,
comme il faisoit à plusieurs autres qu'il menoit
auec luy, et ce d'autant plus qu'il n'y auoit personne en tout le pays qui nous cogneust. Nous
le remerciasmes tous d'vn si bon office, et luy
dismes que Dieu luy payeroit cette aumosne qu'il
nous faisoit pour l'amour de luy. Là-dessus nous
l'accompagnasmes tous en la maison du Capitaine
ou du Monteo, qui nous vint receuoir à la basse-
court de dehors, menant sa femme par la main,
soit qu'il le fist ou par vne plus grande forme de
compliment, ou pour faire plus d'honneur aux

Tanigores. En suitte de cela comme il fut pres
d'eux, se prosternant à leurs pieds, C'est maintenant, Messeigneurs et mes saints freres, que ie
me dois resiouir, puis qu'il a pleu à Dieu permettre que par vostre moyen ces seruiteurs s'en
vinssent à ma maison, chose sans mentir à laquelle ie n'auois point pensé, pour m'estimer
indigne d'vne si grande faueur. Apres que les
Tanigores luy eurent faict plusieurs complimens,
et quantité de ceremonies, comme c'est la coustume de ceux du païs, ils luy respondirent, Dieu
nostre souuerain Seigneur, source infinie de misericorde, vueille recompenser auec des biens
en cette vie les aumosnes que tu fais aux pauures
pour l'amour de luy ; car croy-moy, mon frere,
le plus fort baston sur lequel l'ame s'appuye pour
ne tomber à chasque fois qu'elle vient à tresbu-
cher, c'est la charité dont nous vsons enuers le
prochain, lors que la vaine gloire du monde n'a-
ueugle point le bon zele auquel sa saincte Loy
nous oblige ; et afin que tu merites en sa presence
de voir le celeste ris de sa douce haleine, nous
t'amenons icy ces neuf Portugais, qui sont si
pauures qu'en tout ce païs il n'y en a point qui
le soit à l'esgal d'eux. C'est pourquoy nous te
prions qu'en cette ville où tu vas maintenant
pour Cappitaine et Monteo de Iustice, tu fasses
pour eux tout ce que tu iugeras agreable à vn si

haut Seigneur qu'est celuy de la part de qui nous
te demandons cecy. A ces paroles le Capitaine et
sa femme repartirent en termes si courtois et si
remarquables, que tous nous autres estions comme
pasmez de voir de quelle façon ils attribuoient le
succes de leurs affaires à la cause principale de
tous biens, de mesme que s'ils eussent eu la lumiere de la foy, ou la cognoissance de la saincte
Loy Chrestienne. Cela faict, ils se retirerent tous
dans vne chambre, où nous autres neuf n'entrasmes point, et furent bien vne demie heure
à s'entretenir; puis comme ils voulurent prendre
congé les vns des autres, ils nous commanderent
d'y entrer, et alors les Tanigores leur parlerent
derechef de nous, et nous recommanderent plus
qu'auparauant. A mesme temps le Monteo nous
fit escrire dans vn liure qu'il auoit deuant luy,
et nous dict, Ie fais cela, pource que ie ne suis
pas si homme de bien que de vous donner quelque chose du mien, ny si meschant aussi que de
vous vouloir priuer de la sueur de vostre trauail,
à quoy le Roy vous a obligez. C'est pourquoy
des auiourd'huy vous commencerez de gaigner
vostre vie, encore que vous ne seruiez point,
pour le desir que i'ay que cecy me soit compté
pour aumosne, si bien que maintenant vous
n'auez qu'à vous resiouyr dans ma maison, où ie
donneray ordre que vous soyez pourueus de tout

II.   9

ce qui vous sera necessaire. Pour le surplus ie
ne vous veux rien promettre, pour la peur que
i'ay de tirer vanité de ma promesse, et qu'ainsi
le diable ne se serue de cela comme d'vn aduantage pour mettre la main sur moy, chose qui
arriue assez souuent par la foiblesse de nostre
nature. C'est pourquoy qu'il vous suffise pour
maintenant, de sçauoir que i'auray souuenance
de vous pour l'amour des saincts freres que voila.
qui m'en ont parlé. Les quatre Tanigores ayant
pris congé là-dessus nous donnerent pour tous,
quatre Taeis, et nous dirent, N'oubliez point
de rendre graces à Dieu du bon succes que vous
auez eu en vostre affaire ; car vous pecheriez
grandement si vous estiez mescognoissans d'vne
si grande faueur. Voila comme nous fusmes fort
bien accueillis dans la maison de ce Capitaine.
qui durant tout ce temps que nous y fusmes nous
tint tousiours bonne compagnie. Or apres que
nous eusmes demeuré là deux mois, qui estoit le
terme que nous y pouuions estre en liberté,
nous partismes pour nous en aller à Quansy. afin
d'y faire nostre temps, et nous en allasmes à la
suitte de ce Capitaine, qui tousiours depuis nous
traicta grandement bien, et nous fit plusieurs
faueurs iusqu'à ce que les Tartares entrerent dans
la ville, la venuë desquels y causa vne infinité
de malheurs. de morts et de peines. comme ie
diray plus amplement cy-apres.

CHAPITRE CV.

Breue relation de cette ville de Pequin, où est la Cour
du Roy de la Chine.

Deuant que de raconter ce qui nous arriua,
apres que nous nous fusmes embarquez auec ces
Chinois qui nous conduisoient, et qui nous donnoient de fort bonnes esperances de nous remettre en liberté ; il me semble à propos de faire
icy succinctement vne relation de cette ville de
Pequin, qui peut estre veritablement appelée la
capitale de la Monarchie du monde, ensemble de
quelques choses que i'y remarquay, tant pour
ses richesses et sa police, qu'en ce qui touche
son estenduë ; son gouuernement, les loix du
païs, et l'admirable façon de pourueoir au bien de
toute la Republique, ensemble de quelle sorte
sont payez ceux qui seruent en temps de guerre,
conformement à ce qui est porté par les ordonnances du païs, et plusieurs autres choses semblables à celle-cy, bien que ie sois content d'ad-
noüer qu'en cecy ie manque de la meilleure par-

lie, à sçauoir d'esprit et de capacité, pour rendre
raison en quel climat elle est située, et à la hauteur de combien de degrez, qui est vne chose
que les doctes et les curieux desireront de sçauoir sans doute : Mais mon dessein n'ayant iamais
esté autre (comme i'ay dict cy-deuant) que de
laisser à mes enfans par maniere d'Alphabeth ce
mien liure, afin qu'ils y apprennent à lire en y
voyant mes trauaux, il m'importe fort peu d'escrire cecy autrement que ie fais, c'est à dire
d'vne façon grossiere : Car il me semble que le
meilleur, c'est de traicter ces choses de la façon
que la nature me l'a enseigné, sans m'amuser à
des hyperboles, ny à des paroles hors de propos, pour rendre plus euidente la foiblesse de
mon rude esprit ; ioinct que si ie ne faisois
cela i'aurois peur que l'on me surprist le larrecin à la main, et qu'on ne me reprochast comme
dit le Prouerbe vulgaire, d'estre deuenu sçauant
tout à vne nuict : Mais puis que ie suis obligé de
faire mention de cecy, pour m'acquitter de la
promesse que i'ay faicte cy-deuant, ie dis que
cette ville que nous appellons Paquin, et ceux
du pays Pequin, pource que c'est le premier nom
qui luy a esté donné, est située à la hauteur de
quarante et vn degrés du costé du Nord. Ses murailles ont de circuit (à ce que nous en auons ouy
dire aux Chinois, et que i'en ay leu depuis dans

vn petit liure qui traicte de ses grandeurs, in-
titulé *Aquiscndan*, que i'ay apporté depuis en
ce royaume de Portugal) trente grandes lieuës,
à sçauoir dix de loug, et cinq de large : quelques autres tiennent qu'elle en a cinquante, à
sçauoir dix-sept de longueur, et huict de largeur ;
et d'autant que ceux qui en traictent sont d'opinion differente, en ce que les vns en font l'estenduë de trente lieuës, comme ie viens de dire,
et les autres de cinquante, ie veux rendre raison
de cette doute, conformement à ce que i'en ay
veu moy-mesme. Il est certain que de la façon
qu'elle est maintenant bastie, elle a de circuit les
trente lieuës qu'ils disent. Car elle est enuironnée
de deux rangs de fortes murailles, où il y a vne
infinité de tours et de boulleuarts à nostre mode.
Mais hors de ce circuit, qui est de la ville mesme,
il y en a vn autre beaucoup plus grand, tant en
longueur, qu'en largeur, que les Chinois affirment auoir esté anciennement tout peuplé ; mais
il a seulement plusieurs bourgs et villages separez
les vns des autres, ensemble quantité de belles
maisons, ou de chasteaux qui sont à l'entour,
entre lesquels il y en a mille six cent, qui ont
de grands aduantages par dessus tous les autres,
et qui sont les maisons des Procureurs, de mille
six cent citez et villes remarquables des trente-
deux royaumes de cette Monarchie, lesquels se

rendent en cette ville en l'assemblée generale des
Estats, qui se faict de trois ans en trois ans pour
le bien public, comme ie diray cy-apres. Hors
ce grand enclos, qui (comme i'ay desia dit) n'est
point compris dans la ville, il y a en distance
de trois lieuës de large, et sept de long, vingt-
quatre mille tombeaux de Mandarins, qui sont
de petites Chappelles toutes mouluës d'or, et
enuironnées de balustres de fer et de laiton,
faits au tour. Et pour ce qui est de leurs entrées,
elles sont en arcades grandement riches et somptueuses. Pres de ces Chappelles il y a aussi des
maisons fort grandes, auec des iardins et des
bois touffus, dont les arbres sont de haute fustaye, ensemble plusieurs inuentions d'estangs,
fontaines et d'aque-ducts. A quoy i'adiouste,
que par le dedans les murailles de ces enclos sont
couuertes de porcelaine fine, et qu'en haut aux
giroüettes il y a plusieurs Lyons peints en des
bannieres dorées, et aux quarrez des clochers
qui sont aussi fort hauts, et embellis de peintures. Elle a encore cinq cent Palais fort grands
que l'on appelle *Les maisons du fils du Soleil,* où
se retirent tous ceux qui ont esté blessez à la
guerre pour le seruice du roy ; comme aussi plusieurs autres soldats, qui pour estre vieux et
maladifs ne peuuent plus porter les armes ; et
affin que durant le reste de leurs iours ils soient

exempts d'incommodité, chascun d'eux reçoit
tous les mois vne certaine paye pour s'entretenir,
et pour auoir dequoy viure. Or tous ces gens de
guerre à ce que nous en apprismes des Chinois
sont bien ordinairement cent mille de nombre,
pource qu'en chascune de ces maisons il y a 200
hommes à ce qu'ils nous disent. Nous vismes encore vne autre ruë fort longue de maisons basses,
où il y auoit 24 mil hommes de rame, qui sont
ceux des Panoures du Roy, et vne autre de
mesme façon qui auoit vne grande lieuë de longueur, où demeuroient 14 mille tauerniers suiuans la Cour, et vne autre ruë encore semblable
à celle-cy, où se voyoit vne infinité de femmes
d'amour, exemptes du tribut que payent ceux
de la ville pour estre courtisannes, dont la pluspart ont quitté leurs maris pour suiure ce malheureux mestier : Que si pour cela il leur aduient
d'en recevoir quelque mal, leurs maris en sont
grandement punis, pource qu'elles sont là comme
en lieu de franchise, et soubs la seureté du Tuton
de Cour, grand Preuost de l'Hostel du Roy. En
cet enclos viuent encore tous les lauandiers, qu'ils
appellent Maynates, qui lauent le linge de la ville,
lesquels à ce qu'on nous dict sont plus de cent
mille, et se tiennent en ce quartier, pource qu'il
y a plusieurs belles et grandes riuieres, auec vne
infinité d'estangs fort profonds, et entourez de

bonnes murailles. Dans ce mesme enclos il y a
à ce qu'en dit cet Aquesendoo, qui est le liure
dont i'ay parlé cy-devant, 1500 maisons nobles et
fort somptueuses de femme et d'hommes Religieux, qui font profession des 4 principales Loix
du nombre des 32 qui sont en cet Empire de la
Chine, et tient-on que dans quelques-vnes de
ces maisons il y a plus de mille personnes, sans
y comprendre les seruiteurs qui fournissent par
dehors les viures et les prouisions necessaires.
Nous vismes aussi vn bon nombre de maisons qui
ont des bastimens de large estenduë, fort beaux,
auec de grands enclos où il y a des iardins et des
bois fort espais, dans lesquels l'on trouue du gibier et de la venaison de toutes les sortes qu'on
sçauroit desirer, et ces maisons nobles sont
comme des hostelleries où accourent sans cesse
en fort grand nombre des personnes de tous
aages et de tout sexe, tant pour y faire des festins, que pour y voir des comedies, des farces,
des jeux, des combats, et des courses de taureaux,
des luttes et des festins magnifiques, que les Tutons, Chaems, Conchacys, Aytaos, Bracolons.
Chumbims, Monteos, Lauteas, et autres Seigneurs, Capitaines, Marchands. Gentils-hommes.
et autres hommes riches, font pour donner du
contentement à leurs parens et amis, auec vn
grand appareil d'Huissiers portans des masses

d'argent, où se voyent aussi des meubles de grand
prix, et des seruices de vaisselle d'or. Là mesme
se voyent des chambres où il y a des licts d'argent et des daiz de brocat, où seruent à table des
filles à marier, doüées d'vne extreme beauté, et
fort richement vestuës; et sans mentir il ne faut
point s'estonner de cela, qui n'est rien à comparaison des somptuositez et des autres grandeurs
que nous vismes. Les Chinois aussi nous assure-
rent qu'il y a tel banquet qui dure dix iours à la
Charachine, ou à la Chinoise, lequel en magnificence, en preparatifs, en pompe, en seruiteurs,
en musique, en passe-temps de pesche, de chasse,
de haute volerie, et en ieux, ensemble en farces,
en comedies, en ioustes, et en tels autres defis
de gens de pied, de cheual, couste plus de vingt
mille Taeis. Ces hostelleries coustent plus d'vn
million d'or, et sont entretenuës par des compagnies de marchands fort riches, qui par maniere
de commerce et de trafic employent en cela leurs
deniers, où l'on tient qu'ils gaignent beaucoup
plus que s'ils les hazardoient sur mer. L'on dict
aussi que la taxe y est si bonne, et l'ordre si exactement obserué, que lors que quelqu'vn veut faire
vne grande despence, il s'en va au Xipaton de la
maison qui en est le principal ou le surintendant,
et luy declare ce qui est de son dessein. de maniere qu'alors le maistre luy faict voir vn liure

tout diuisé par chapitres, où il est traitté du reglement et de la somptuosité des festins; ensemble de ce qu'on paye, et de quelle façon on y
sert, affin que celuy qui veut faire la despence
choisisse à sa volonté, lequel liure appellé *Pinc-
toreu*, i'ay veu quelquesfois, et l'ay ouy lire, et
il me souuient qu'en son commencement, où en
ses trois premiers chapitres il y est traitté des
festins ausquels il faut que Dieu soit inuité, et de
quel prix ils sont, en suitte dequoy il descend au
Roy de la Chine dont ils disent, que par vne spe-
ciale grace du Ciel il assiste çà bas en terre, et au
gouuernement d'elle-mesme par vn droit de souueraineté sur tous les Roys qui l'habitent. Apres,
du Roy de la Chine en bas, il traitte du banquet
des Tutons qui sont les dix dignitez souueraines
en commandement sur tous les quarante Chaems
du gouuernement, qui sont comme Vice-Roys.
Aussi ces Tutons sont appellez, *les lumieres du Soleil :* car, disent-ils, comme le Roy de la Chine
est fils du Soleil, ainsi les Tutons qui le representent en peuuent estre à bon droit nommez les
clartez, à cause qu'ils procedent de luy comme
des rayons que le Soleil darde : Mais laissant
maintenant à part les brutalitez qui sont ordinaires à ces Gentils, ie traitteray icy particulierement d'vne seule chose sur ce subiect, à sçauoir
des viandes qu'ils disent deuoir estre seruies aux

festins ausquels Dieu est inuité, dont i'ay veu quelques-vns d'eux en vser fort exactement, bien qu'à faute de foy leurs œuures ne leur doiuent estre pas beaucoup profitables.

CHAPITRE CVI.

De l'ordre qu'on obserue aux festins qui se font aux hostelleries les plus remarquables, et du rang que tient le Chaem des trente-deux Vniuersitez.

LA premiere chose dont il est fait mention dans la preface de ce liure qui traitte des festins, comme i'ay dict cy-deuant, c'est du banquet qu'il faut faire à Dieu sur terre, dont il est parlé de cette sorte : « Tout banquet pour somptueux « qu'il soit, se peut payer par vn certain prix, « plus ou moins, conforme à la largesse de celuy « qui le faict, de maniere que l'on contribuë au « payement pour de l'argent, sans que celuy qui « en a faict les frais en retire pour toute recom- « pense qu'vne loüange de flatteurs, et vn mur- « mure des esprits oysifs; c'est pourquoy, ô mon « frere, dict la preface de ce mesme liure, ie te

« conseille d'employer plustost ton bien à faire
« des festins à Dieu en ses pauures, c'est à dire de
« pouruoir secrettement aux necessitez des gens
« de bien, affin qu'ils ne perissent point à faute
« de ce dont tu as de reste. Souuienne-toy aussi
« de la vile matiere dont ton pere t'a engendré,
« et de celle dont ta mere t'a conceu, qui est
« beaucoup plus abiecte; de cette façon tu verras
« de combien tu es inferieur à toute autre sorte
« de bestes brutes, qui sans distinction de raison
« agissent à quelque effect auquel la foiblesse et la
« chair les inuite; et puisqu'en qualité d'homme
« tu veux inuiter les amis qui ne seront possible
« pas demain; pour monstrer que tu es bon et
« fidèle, inuite les pauures de Dieu, des gemisse-
« mens et des necessitez desquels il a compassion
« comme pere pitoyable, auec des promesses
« d'vne infinie satisfaction en la maison du Soleil,
« où pour article de foy nous tenons que les siens
« le possederont auec vne grande resiouyssance. »
En suitte de ces paroles et autres semblables
dignes d'estre remarquées et qu'vn Prestre luy
dict touchant le reglement de cette maison de
Xipaton, qui est comme i'ay monstré ailleurs,
le sur-intendant ou le principal de tous les autres
qui gouuernent ce grand labyrinthe, luy monstre
le Chapitre de tout le liure, commençant depuis
les plus hauts iusques aux plus bas, et luy dict

qu'il voye quelle sorte d'hommes ou de Seigneurs
il veut inuiter, quel nombre des conuiez, et
combien de iours il veut que dure le festin,
pource, adiouste-il, que les Roys et les Tutons,
au festin qu'on leur faict, ont tels metz, tant de
seruiteurs, tels preparatifs, telles chambres, telle
vaisselle, tels passe-temps, tant de cheuaux de
parade, tant de iours de chasse ou de venerie,
ce qui leur doit reuenir au iuste prix, à telle
somme d'argent. Alors s'il ne veut point despen-
ser, le Xipaton luy monstre dans vn autre chapitre, les banquets qu'on faict ordinairement aux
Chaems, Aytaos, Ponchacis, Bracalons, Anchacis,
Conchalaas, Anteaas, ou aux Capitaines et riches
marchands, sans que toutes les autres personnes
de moindre condition ayent autre chose à faire
qu'à s'asseoir et manger à table d'hoste comme
elles veulent, et s'en aller à la bonne heure, tellement qu'il y a là d'ordinaire iusques à cinquante
et soixante chambres pleines d'hommes et de
femmes de toute condition, qui en ont d'autres
moindres qui les seruent, en quoy, comme i'ay
desia dict, il y a beaucoup de choses à remarquer, tant pour le regard des chambres et de leur
embellissement, comme en ce qui touche les
cuisines, les despences, les boucheries, les in-
firmeries, les dortoirs, les escuries, les cours,
les salles, et les chambres separées, ensemble

les licts fort riches, les vaisselles de prix, et les
tables dressées auec leurs sieges, sans qu'il soit
plus question que de s'y asseoir. Auec cela il y a
d'autres chambres où se faict vn melodieux concert de musique, et d'instrumens comme harpes,
violes, doucines, fluttes, serpentes, sacquebut-
tes, et autres instrumens qui ne sont point en
vsage parmy nous ; dequoy il y a si grande abondance, que si c'es vn festin de femmes, comme
il arriue souuent, les personnes qui seruent à
table sont aussi des femmes, ou des ieunes filles
fort belles et richement vestuës, si bien que pour
estre tenuës pour pucelles, et doüées d'vne singuliere beauté, il arriue souuent que des hommes
de condition plus releuée en deuiennent amoureux, et qu'ils les espousent ; de maniere que
pour conclusion de ce que i'ay dict de ces hostelleries, de tout l'argent qui se despence en tels
festins l'on en tire quatre pour cent ; de quoy le
Xipaton en donne la moitié, et ceux qui font le
festin l'autre moitié pour l'entretien de la table
des pauures, où pour l'amour de Dieu l'on reçoit
toute sorte de gens qui s'y veulent asseoir ; mesme
on leur donne vne chambre et vn fort bon lict
par l'espace de trois iours seulement, si ce ne
sont des femmes enceintes, ou des malades, qui
ne puissent marcher ; car en tel cas on les traitte
plus long-temps, à cause que l'on a esgard aux

personnes, conformement au besoin qu'elles en ont. Nous vismes encore en cet enclos de dehors qui, comme i'ay dict, enuironne toute cette autre ville en distance de plus de trois lieuës de largeur, et sept de longueur, trente-deux grands logemens esloignez les vns des autres vn peu plus que la portée d'vn fauconneau. Ces logemens sont les estudes ou les vniuersitez des trente-deux Loix qu'il y a aux trente-deux Royaumes de cet Empire. Or en chascune de ces vniuersités selon le grand nombre de gens que nous y vismes, il y doit auoir plus de dix mille escholiers; aussi le mesme Aquesendoo qui est le liure qui traitte de ces choses, les faict monter tous ensemble iusques au nombre de quatre cent mille. Or de ces logemens il y en a vn autre beaucoup plus grand et plus beau, separé de soy, et qui a bien prez d'vne lieuë de circuit, où vont estudier tous ceux qui veulent prendre leurs degrez tant en Theologie, qu'aux loix du gouuernement de ce Royaume. En cette Vniuersité il y a vn Chaem de Iustice auquel tous les Principaux des autres Colleges obeïssent, et qui par vn tiltre d'eminente dignité est appellé Xileyxitapou, c'est à dire, Seigneur de tous les nobles. Ce Chaem pour estre le plus honnorable et le plus qualifié de tous les autres a vne Cour aussi grande qu'aucun Tuton : car il y a d'ordinaire trois cent

Mogores de garde, vingt-quatre Huissiers qui
portent deuant luy des masses d'argent, et trente-
six femmes, qui montées sur des hacquenées
blanches auec des harnois d'argent et des housses
de soye, s'en vont ioüant de certains instrumens
de musique fort harmonieux, au son desquels
elles chantent, et font vn agreable concert à leur
mode. Deuant luy sont aussi menez vingt fort
beaux cheuaux de parade tous nuds, si ce n'est
qu'ils ont leur couuerture de brocat et de toile
d'argent, auec vne riche testiere, où pendent
des clochettes d'argent, ioinct que prez de chasque cheual il y a six hallebardiers, et quatre es-
tafiers fort bien equippez. Auec cela deuant tout
ce train marchent encore plus de quatre cent
Huppes auec quantité de chaisnes de fer fort
longues qui traisnent par terre, si bien que par ce
moyen ils font tant de desordre et vn bruit si
espouuentable qu'il n'y a personne qui les voye
qui n'en tremble de peur. Apres eux marchent
douze hommes de cheual, appellez Peretandas,
qui portent tous des parasols de satin incarnadin,
et autres douze qui suiuent apres eux auec des
bannieres de damas blanc, enrichies de franges
d'or, où il y a de la dentelle fort large : en suitte
de ceux-cy vient le Chaem assis dessus vn char
de triomphe, et apres luy soixante Conchalaas,
Chumbims. et Monteos de la Iustice, qui sont

tous tels que peuuent estre parmy nous les Conseillers de la Cour, les Chanceliers, et les Iuges
et ceux-cy vont tous à pied, portans sur leurs
espaules leurs cymeterres conuerts de plaques
d'or. Deuant eux aussi marchent les moindres
officiers, tels que sont les Greffiers, Maistres des
Comptes, Baillifs, Examinateurs ou Commissaires, qui tous ensemble font de grands cris, affin
que le peuple qui est parmy les ruës se retire
dans les maisons, et qu'ainsi la rüe demeure
vuide sans qu'il y ait rien qui puisse troubler
cette magnificence. En suitte de tout cecy se
remarquent les Solliciteurs, Clercs, et autres
faiseurs d'affaires qui vont tous à pied. Or ce
qu'il y a de plus signalé c'est qu'auprez de la
personne de ce Chaem ou Tuton (car tous ces
deux noms luy sont conuenables) marchent à
cheual deux petits garçons, l'vn à main droicte,
et l'autre à gauche, qui vont tous deux à costé
du Chaem, vestus richement et auec leurs enseignes en main, qui signifient *la Iustice et la mi-*
sericorde, de la façon que i'ay dict cy-deuant, à
sçauoir celuy qui est au costé droit signifie la
Misericorde et est vestu de blanc, et celuy de la
main gauche qui signifie la Iustice est habillé
d'incarnadin. Les cheuaux où sont montez ces
petits garçons ont des housses de mesme couleur
que les vestemens, et les harnois du cheual sont

d'or auec vne façon de ret par dessus, faict d'argent tiré à la filliere, et qui luy couure toute la croupe. Apres chascun de ces enfans marchent six ieunes garçons aagez de 15 ans ou enuiron, auec leurs masses d'argent en main. et toutes ces choses ensemble sont si remarquables, qu'il n'y a personne qui les voyant ne tremble de peur d'vn costé, et qui de l'autre ne demeure comme pasmé de voir tant de grandeur et de majesté. Or pour ne m'arrester plus long-temps à ce qui touche ce grand enclos, ie passeray soubs silence plusieurs autres merueilles que nous y vismes, qui consistent en edifices fort beaux et fort riches. en magnifiques Pagodes ou Temples, en ponts bastis sur des grosses colomnes de pierre, et en chemins tous pauez de belles pierres fort larges et bien trauaillées, au tour desquels ponts il y a de part et d'autre des gardefoux de fer fort bien faicts, dequoy ie suis content de ne parler point, pource que des choses que i'ay desia dites l'on pourra iuger aysement de celles que i'obmets pour la ressemblance et la conformité qu'elles ont ensemble. C'est pourquoy en suitte de cecy ie traitteray le plus succinctement qu'il me sera possible, de quelques bastimens que ie vis dans cette ville, principalement de 4 que ie remarquay plus curieusement, pour me sembler plus grand que les autres, comme aussi de quelques particularitez qui meritent bien qu'on s'y arreste.

~~~~~~

CHAPITRE CVII.

De quelques choses particulieres et fort remarquables qu'il y a dans la ville de Pequin.

Cette ville de Pequin, dont i'ay promis de parler plus amplement que ie n'ay faict, est si prodigieuse, et les choses qui s'y voyent sont si remarquables, que ie me repens presque de ce que i'ay promis d'en parler, pource que pour en dire la verité, ie ne sçay par où commencer affin de m'acquitter de ma promesse : car il ne faut pas s'imaginer qu'elle soit ny vne ville de Rome, ny Constantinople, ny Venise, ny Paris, ny Londres, ny Seuille, ny Lisbonne, ny que pas vne des villes de l'Europe luy soit comparable, quelque fameuses et bien peuplées qu'elles puissent estre toutes ensemble. Ie diray bien dauantage, c'est qu'il ne faut pas penser que hors de l'Europe mesme elle soit comme le Caire en Egypte, Tauris en Perse, Amadaba en Cambaye, Bisnagar en Narsingue, Goure à Bengale, Aua à

Chaleu, Timplan à Calaminhan, Martabane et
Bagou en Pegu, Guimpel et Tinlau au Siammon,
Odia au Royaume de Sornau, Passaruan et Dema
en l'Isle de Iaoa, Pangor au païs des Lequios.
Vsangee au grand Cauchin, Lançame en Tartarie, et Meaco au Iappon, toutes lesquelles villes
sont les capitales de plusieurs grands Royaumes :
car i'oseray bien asseurer que toutes celles-cy ne
sont pas à comparer à la moindre chose de la
grande ville de Pequin, et à plus forte raison à
la grandeur et magnificence de ce qu'il y a de
plus excellent ; par où i'entens ses superbes edifices, ses intimes richesses, son excessiue abondance de tout ce qui est vecessaire à l'entretien
de la vie, ensemble les peuples qui s'y voyent sans
nombre, le commerce, les vaisseaux dont il y en
a vne infinité, la Iustice, le gouuernement, la
Cour pacifique, et l'estat des Tutons, Chaems,
Anchacys, Aytaos, Puchancys, et Bracanons qui
gouuernent tous des Royaumes et des Prouinces
fort grandes, auec de grosses pensions, et resident d'ordinaire en cette ville, ou d'autres à leur
nom, lors que par le commandement du Roy ils
sont enuoyez à des affaires de consequence. Mais
laissant ces choses à part dont ie me promets de
traicter quand il en sera temps, ie diray que cette
ville (conformement à ce qui en est escrit, tant
dans l'Aquesendoo dont i'ay desia faict mention,

qu'en toutes les Chroniques du Roy de la Chine)
à trente lieuës de circuit, sans y comprendre les
bastimens de l'autre enclos qui est par dehors,
dont i'ay desia dict fort peu de choses à comparaison de ce que i'en pourrois dire fort amplement. Elle est enclose d'vne double muraille grandement forte, et faicte d'vne bonne pierre de
taille, où il y a 360 portes, chascune desquelles
a vne roquette de deux tours fort hautes auec ses
fossez et ses ponts-leuis; i'adiouste à cecy qu'il
n'y a point de portes où ne se tienne vn Greffier,
et où il n'y ait quatre portiers auec la hallebarde
en main, qui sont obligez de rendre compte de
tout ce qui entre et qui sort. Ces portes par l'ordonnance du Tuton sont diuisées selon les 360
iours de l'année; de maniere que chasque iour à
son tour, l'on y celebre auec beaucoup de so-
lemnité la feste de l'inuocation de l'Idole, dont
chasque porte en a aussi le nom, dequoy i'ay
traicté fort au long cy-deuant. Cette grande ville
a encore dans ce large enclos de murailles, à ce
que les Chinois nous en ont asseuré, trois mille
et huict cens Pagodes ou Temples, où l'on sacri-
fie continuellement vne grande quantité d'oyseaux et d'animaux sauuages, qu'ils tiennent estre
plus agreables à Dieu, que ne sont ceux qu'on
appriuoise dans les maisons, dequoy leurs Prestres rendent diuerses raisons au peuple, par les-

quelles ils leurs persuadent de tenir vn si grand
abus pour vn article de foy. De ces Pagodes dont
ie parle, les edifices en sont fort somptueux,
principalement ceux de la religion des Menigrepos, Conquiays et Talagrepos, qui sont les Prestres des 4 sectes de Xaca, Amida, Gizom et
Canom, qui surpassent en antiquité les autres 52
de ce labyrinthe du diable, qui se faict voir quelquesfois à eux sous diuerses figures, pour leur
faire adiouster plus de foy à ses tromperies et faus-
setez. Les principales ruës de cette ville sont
toutes fort longues, larges, où il y a de belles
maisons d'vn ou de deux estages, et entourées
par les deux bouts de balustres de fer et de laiton. L'on y entre par des ruelles qui trauersent
dans de grandes ruës, au bout desquelles se
voyent de grandes arcades, auec des portes fort
riches qui se ferment de nuict, et au plus haut
de ces arcades il y a des cloches de sentinelle;
chascune de ces ruës principales a son Capitaine
et ses quarteniers qui font la ronde par quarts,
et sont obligez de dix en dix iours de s'en aller
faire rapport en la maison de ville de tout ce qui
se passe en leurs quartiers, affin que les Puncha-
cys ou Chaems du gouuernement y mettent ordre selon qu'ils le iugent raisonnable; dauantage
cette grande ville (s'il en faut croire à ce que
raconte ce mesme liure que i'ay allegué plusieurs

fois, et qui traicte seulement de ses grandeurs)
a 120 canaux que les Roys et les peuples ont
faicts autresfois, qui sont de profondeur de trois
brasses d'eau et 12 de largeur, lesquels canaux
trauersent la longueur et la largeur de la ville,
par le moyen d'vn grand nombre de ponts bastis
sur des arcades de fortes pierres de taille, et au
bout il y a des colomnes auecque des chaisnes
qui trauersent de l'vn à l'autre, et des reposoirs
pour y faire asseoir les passans; l'on tient que les
ponts de ces six-vingt canaux ou aque-ducts
sont 1800 de nombre, et que si l'vn est beau et
riche, l'autre l'est encore dauantage, tant en ce qui
est de la façon, que de ce qui est de tout le reste.
Ce mesme liure affirme qu'en cette ville il y a six
vingt places publiques, en chascune desquelles
s'y faict vne foire tous les mois, si bien que si on
en suppute le nombre, il y a en toute l'année
quatre foires par iour. Or durant les deux mois de
temps que nous fusmes en liberté en cette ville,
nous y vismes dix ou douze de ces foires, il y
auoit vne infinité de gens, tant de pied, que de
cheual, qui vendoient dans des quaisses penduës
à leur col, toutes les choses qu'on sçauroit dire,
comme font les Merciers parmy nous, sans y
comprendre les boutiques ordinaires des riches
marchands, qui estoient rangées en fort bon
ordre dans des ruës particulieres. Là se voyoient

en abondance des pieces de soye, brocats, toiles
d'or, de lin et de cotton, peaux de martre,
hermines, musc, aloës, pourcelaines fines, vaisselle d'or et d'argent, perles, semence de perles,
or en poudre et en lingots, et telles autres choses
de prix, dont tous nous autres neuf demeurasmes
fort estonnez. Que s'il falloit parler en particulier de toutes les autres marchandises qui s'y
voyoient, comme du fer, de l'acier, du plomb,
du cuiure, de l'estain, du laiton, du corail, de
la cornaline, du cristal, de la pierre de mine, du
vif-argent, du vermillon, de l'yuoire, du clou de
giroffle, de la muscade, du massis, du gingembre, du tamaris, de la canelle, du poiure, du
cardamome, du borax, de l'indigue de miel, de
la cire, du sandal, du sucre, des conserues, des
viures, des fruicts, des farines, du riz, des chairs,
de la venaison, du poisson, et des legumes ou
des herbes, il y auoit vne si grande abondance
de tout cecy, qu'il semble n'y auoir point assez
de paroles pour l'exprimer. Les Chinois nous
asseurerent encore que cette ville a 160 boucheries, et en chascune d'elles cent estaux pleins de
toutes sortes de chairs que produit la terre, à
cause que ces peuples en mangent de toutes,
comme du veau, du mouton, du bouc, du pour-
ceau, de la chair de cheual, de buffle, de rhino-
cerot, de tygre, de lyon, de chien, de mulet,

d'asne, de loutre, de chamois, de blereau, de
zevre, (qui est un animal comme les mules,
mais il engendre son semblable tous les ans, et
est d'vne merueilleuse vistesse, l'on s'en peut
seruir comme de cheuaux; toutesfois les habitans du païs ne se voulant donner la peine de
les appriuoiser, se seruent d'hommes pour porter
leurs fardeaux; il a la peau couuerte de lignes
blanches, noires et rouges, larges de trois doigts,
qui l'enuironnent en forme de demy-cercle depuis l'espine du dos iusqu'au ventre, et par tout
le reste du corps) et finalement de tout autre
animal que l'on sçauroit dire, et en chasque
estau est taxé le prix de toutes ces choses. Dauantage outre le poids qu'il y a particulierement
en chasque boucherie, il n'y a point de porte à
la ville qui n'ait ses balances, où l'on pese derechef la viande, pour voir si l'on a faict le poids
qu'il faut à ceux qui l'ont acheptée, affin que par
ce moyen le peuple ne soit point trompé. Outre
ces boucheries qui sont des ordinaires, il n'y a point
de ruë qui n'en ait encore cinq ou six autres, où
se vendent les chairs les plus excellentes; ioinct
qu'il y a plusieurs tauernes où l'on vend les viandes
grandement bien accommodées. Il y a encore des
celiers pleins de iambons, de pourceaux, de gor-
rets, d'oyseaux de toutes sortes, et de chairs fumées, le tout en si grande abondance que c'est

superfluité d'en parler; mais ce que i'en dis c'est affin de faire voir combien liberalement Dieu a faict part à ces pauures aueugles des biens qu'il a creez sur terre, affin que son sainct Nom en soit beny à iamais.

CHAPITRE CVIII.

De la prison de Xinanguibaleu où sont enfermez ceux qu'on a condamnez à seruir aux reparations de la muraille de Tartarie.

Me desistant maintenant de parler icy par le menu du grand nombre des bastimens riches et magnifiques que nous vismes en cette ville de Pequin, ie m'arresteray seulement sur quelques-vns de ses edifices qui me semblent plus remarquables que les autres, d'où il sera bien aisé d'inferer quels peuuent estre tous ceux dont ie ne veux point icy faire mention pour euiter la prolixité. Et de ceux-cy ie n'en traicterois non plus, n'estoit qu'il se pourra faire vn iour que nostre Seigneur permettra que la nation Portugaise, pleine de valeur et d'vn courage releué se seruira de cette relation pour la gloire de ce grand Dieu, affin que par ces

moyens humains, assistez de sa diuine faueur,
elle fasse entendre à ces peuples barbares la verité de nostre saincte foy Catholique, dont leurs
pechez les esloignent tellement, qu'ils se moc-
quoient de tout ce que nous leur disions là-dessus. J'adiouste à ce propos qu'ils sont si extraua-
gants et si insensez, qu'ils osent bien affirmer qu'à
voir seulement le visage du fils du Soleil, qui est
leur Roy, vne ame en demeure bien heureuse
plus que par toutes les autres choses du monde;
ce qui me fait croire que si Dieu par son infinie
misericorde et bonté permettoit que le Roy de ce
peuple se fist Chrestien, il seroit aisé de conuertir tous ses subiects, là où ne l'estant pas, il me
semble fort difficile qu'vn seul puisse changer de
creance, et le tout à cause de la grande apprehension qu'ils ont de la Iustice qu'ils craignent et
reuerent esgalement; ioinct qu'il n'est pas à croire
combien ils en cherissent les Ministres. Or pour
reuenir maintenant au subiect dont ie m'estois ou-
blié, le premier bastiment que ie vis de ceux qui
sembloient plus remarquables et plus dignes de
memoire, fut vne prison qu'ils appellent *Xinanguibaleu*, c'est à dire, *Enclos des exilez ;* le circuit
de cette prison est de deux lieuës en quarré, où
peu s'en faut, tant en largeur qu'en longueur :
elle est enclose d'vne fort haute muraille sans aucuns creneaux, si ce n'est seulement de quelques

chardons par le haut, couuerts de plaques de
plomb fort larges et grosses. Par le dehors la muraille est enuironnée d'vn fossé grandement profond et plein d'eau, où se voyent aussi plusieurs
ponts-leuis que l'on hausse de nuict auec des
chaisnes de laiton; ioinct qu'on les suspend à des
colomnes de fonte fort grosses : en cette prison
il y a vne arcade de fortes pierres de taille, qui
aboutit à deux tours, au haut desquelles il y a
six grandes cloches de sentinelle, que l'on ne
sonne iamais que toutes les autres qui sont dans
l'enclos ne luy respondent, que les Chinois disent
estre plus de cent de nombre, aussi font-elles vn
bruict du tout effroyable. Dans ce mesme lieu il
y a d'ordinaire par l'ordonnance du Roy 500
mille prisonniers de 17 ans iusqu'à 50, dequoy
nous fusmes fort estonnez, comme en effect nous
en auions bien subiect à cause d'vne chose si hors
du commun et si extraordinaire. Or comme nous
voulusmes sçauoir des Chinois le subiect d'vn si
merueilleux bastiment, et du grand nombre de
prisonniers qu'il y auoit dans cet enclos, il nous
respondirent qu'apres qu'vn des Roys de la Chine
nommé Crisnago Dacotay, eust acheué d'enclore
vne muraille de 500 lieuës de distance qu'il y a
entre ce Royaume de la Chine et celuy de Tartarie, comme i'ay rapporté ailleurs, il ordonna
par l'aduis de ces peuples (car pour cet effect il

fit tenir l'assemblée de ses Estats) que tous ceux
qui se treuueroient condamnez à estre bannis,
fussent enuoyez à seruir au bastiment de cette
muraille, moyennant la vie qu'on leur donneroit
seulement, sans que pour cela le Roy deust donner
aucun gage, puis que cette peine ne leur auoit
esté ordonnée que pour punition de leur crime;
qu'au reste apres auoir seruy 6 ans tous de suitte,
ils pourroient s'en retourner librement, sans que
la Iustice les pust contraindre à seruir plus long-
temps, quand mesme ils y auroient esté condamnez, pource que le Roy leur faisoit grace du
reste, pour s'acquitter enuers eux de ce qu'il
croyoit leur deuoir en conscience; mais qu'en cas
que dans le terme de ces 6 années ils vinssent à
faire quelque action remarquable, ou quelque
chose en laquelle ils parussent auoir des aduantages par-dessus les autres, ou bien s'ils estoient
blessez trois fois aux sorties qu'ils feroient, ou
s'ils tuoient quelques-vns des ennemis, ils seroient
alors dispensez de tout ce qui leur resteroit de
temps, et que le Chaem leur en passeroit vn certificat, où il declaroit pourquoy il les auroit deliurez, affin qu'il tesmoignast par là d'auoir satisfaict aux ordonnances de la guerre. L'on estoit
obligé d'entretenir continuellement au trauail de
cette muraille deux cent dix mille hommes, et ce
par l'ordonnance du Roy, desquels il y en auoit

à chasque le tiers de rabais, à sçauoir les morts,
les estropiez, et ceux qu'on deliuroit, ou pour
leurs actions signalées, ou pour auoir faict leur
temps. Et pource que lors que le Chaem (qui est
comme le Chef de tous ceux-cy) enuoyoit au Pi-
taucamay, qui est la premiere Cour de Parlement
de toute la Iustice, qu'on eust à luy fournir ce
nombre de gens, l'on ne pouuoit pas les assembler si tost qu'il estoit necessaire, pour estre diuisez en diuers lieux de tout l'Empire, qui est
prodigieusement grand, comme i'ay desia dict ;
ioinct qu'il falloit vn long-temps pour les assembler. Vn autre Roy nommé Goxiley Aparau, qui
succeda à ce Crisnago Dacotay, ordonna qu'on
eust à faire ce grand enclos dans la ville de Pequin, affin qu'aussi tost qu'on auroit condamné
les criminels au trauail de cette muraille, on les
menast à Xinanguibaleu pour y estre tous ensemble, affin aussi qu'à chasque fois qu'on enuoyeroit demander des gens pour cette repara-
tion, on les y treuuast tous ensemble, et qu'ainsi
on eust moyen de les enuoyer sans aucun delay,
comme l'on faict maintenant. Si tost que la Iustice a liuré les prisonniers dans la prison, dequoy
est passé vn certificat à celuy qui les y a amenez,
on les y laisse libres à mesme temps, si bien qu'ils
se pourmenent à leur volonté dans ce grand enclos, sans auoir qu'vne petite planchette d'vn

empan de long, et de quatre doigts de large, où
sont escriptes ces paroles, « Vn tel, d'vn tel lieu,
« a esté condamné à l'exil general pour tel cas,
« est entré vn tel iour, vn tel mois, et à telle an-
« née. » Or ce qu'ils font porter à chasque prisonnier cette placque comme pour vn tesmoignage de ses mauuaises actions, c'est affin qu'il
soit manifesté pour quel crime il a esté condamné,
et en quel temps il y est entré, parce que tous sortent conformement à la longueur du temps qu'il
y a qu'ils y sont entrez. Ces prisonniers sont tenus
pour deuëment deliurez quand on les tire de
captiuité pour les faire trauailler à la muraille :
car ils ne peuuent pour aucun subiect auoir remission de la prison de Xinanguibaleu, et ce
temps-là ne leur est pour rien conté, attendu
qu'ils n'ont aucune esperance de liberté, ce n'est
à l'heure que leur rang leur permet de trauailler
aux reparations : car alors ils peuuent esperer asseurement d'estre deliurez suiuant l'ordonnance
dont i'ay faict mention cy-deuant. Ayant parlé
maintenant du subiect pour lequel on a faict vne
si grande prison, auant qu'en sortir il me semble
à propos de traitter icy d'vne foire que nous y
vismes, des deux qu'on a accoustumé d'y faire
toutes les années, ce que ceux du païs appellent
Gunxinem Apparau Xinanguibaleu, c'est à dire,
Riche foire de la prison des condamnez. Ces foires

se font au mois de Iuillet ou de Ianuier, auec
des festes fort remarquables, solemnisées pour
l'inuocation de leurs Idoles ; et là mesme ils ont
leurs indulgences plenieres, moyennant lesquelles de grandes richesses d'or et d'argent leur
sont promises en l'autre vie. Elles sont toutes deux
franches et libres, sans que les marchands y
payent aucun droit ; ce qui est cause qu'ils y accourent en si grand nombre, qu'on asseure qu'il
y a iusques à trois millions de personnes. Et d'autant, comme i'ay dict cy-deuant, que les 30000
qui sont arrestez en ce lieu sont aussi libres
que les autres qui en sortent, voicy de quelle façon on y procede, affin qu'il n'arriue point d'accident de cette sortie. A chascun de ceux qui
sont libres et qui entrent, on luy met sur le poi-
gnet du bras droit vne marque d'vne certaine
confection faicte d'huile, de bitume, de lacre,
de rubarbe, et d'alun, qui estant vne fois sechée
ne peut s'effacer en aucune façon, si ce n'est
par le moyen du vinaigre et du sel fort chaud ;
et affin que l'on puisse marquer vn si grand nombre de gens, aux deux costez des portes il y a
plusieurs Chanipatoens qui auec des cachets de
plomb trempez dans ce bitume, impriment vn signal à chascun de ceux qui se presentent, et ainsi
le laissent entrer ; ce qui se practique seulement
aux hommes et non pas aux femmes. pource qu'il

n'y en a point de condamnées à ce trauail de la
muraille. Alors quand ils viennent à sortir de ces
portes, il faut qu'ils ayent tous retroussé le bras
où est ce signal, affin que les mesmes Chanipatoens qui sont les portiers et les ministres de cette
affaire les recognoissent et les laissent passer. Que
si de hazard il y en a quelqu'vn si malheureux,
que ce signal se soit effacé par quelque accident,
il peut bien prendre patience et demeurer auec
les autres prisonniers, attendu qu'il n'y a point
moyen de le faire sortir de ce lieu s'il se treuue
sans cette marque. Or ces Chanipatoens sont si
bien faicts et accoustumez à cela, qu'en vne seule
heure cent mille hommes peuuent entrer et sortir, sans qu'en pas vn d'eux il y ait aucune sorte
d'embarras, si bien que par ce moyen tous les
300000 prisonniers demeurent en leur premiere
captiuité, et nul d'entr'eux ne peut se glisser
parmy les autres pour en sortir. Il y a dans cette
prison trois enclos comme de grandes villes, où
il y a quantité de maisons et de ruës fort longues,
sans aucunes ruelles; et à l'entrée de chasque
ruë il y a de bonnes portes auec leurs cloches
de sentinelle en haut, ensemble vn Chumbin et
vingt hommes de garde à la portée d'vn fauconneau, de ces enclos sont les logemens du Chaem
qui commande à toute cette prison, et ces logemens sont composez de quantité de belles mai-

sons où il y a plusieurs basses-cours, iardins, estangs, salles et chambres enrichies de belles inuentions. le tout capable d'y loger vn Roy à son aise, quelque grande Cour qu'il puisse auoir auec luy. Aux 2 principales de ces villes il y a deux ruës, chascune plus longue que n'est la portée d'vn fauconneau, qui aboutissent aux logemens du Chaem. toutes auec des arcades de pierre, couuertes par le haut comme celle de l'hospital de Lisbonne, si ce n'est qu'elles la surpassent de beaucoup. Là on treuue tousiours à vendre toutes les choses qu'on sçauroit demander, tant pour ce qui est des viures, des prouisions, que des plus riches marchandises : car il y a des boutiques d'orfeuerie dont les richesses, quelque grandes qu'elles soient, n'apportent pas beaucoup de proffit à leurs maistres. Entre les ruës de ces arcades où l'estenduë est fort grande se tiennent tous les ans ces deux foires, où se rend ce grand nombre de peuple dont i'ay parlé cy-deuant. Dauantage dans les enclos de cette prison il y a plusieurs boys de haute fustaye, ensemble quantité de ruisseaux et d'estangs de fort bonne eau pour l'vsage de tous ces prisonniers et pour seruir à lauer leurs linges, comme aussi plusieurs Hermitages et Hospitaux, et douze Monasteres fort somptueux, et fort riches ; de maniere que tout ce qu'il y doit auoir en vne grande ville se treuue en abondance dans ces enclos, et auec aduantage en plusieurs choses, pource que la pluspart de ces prisonniers ont là leurs femmes et leurs enfans, ausquels le Roy donne vn logement conforme au mesnage, ou à la famille qu'vn chascun d'eux peut auoir.

CHAPITRE CIX.

D'vn autre enclos que nous vismes en cette ville, nommé le Thresor des morts, du reuenu duquel est entretenuë cette prison, et de plusieurs autres choses fort remarquables qui s'y voyent.

La seconde chose de celles que i'ay entrepris de raconter, est vn autre enclos que nous vismes presque aussi grand que le precedent, et entouré de fortes murailles et de grands fossés. Ce lieu s'appelle *muxiparan*, qui signifie, *Thresor des morts*, où se voyent plusieurs tours de pierre de taille, ouuragées, auec des clochers de diuerses peintures. Ce mur par le haut au lieu de creneaux est enuironné de grilles de fer où il y a quantité d'Idoles de differentes figures d'hommes, de serpens, de cheuaux, de bœufs, d'elephans, de

poissons, de couleuures et de plusieurs autres
monstrueuses façons d'animaux qu'on n'a iamais
veus, et qui sont les vns de bronze et de fer
fondu ; et les autres d'estain et de cuiure. Ainsi
cette grande quantité de figures ioinctes ensemble diuersement, est la chose la plus remarquable et la plus plaisante qu'on sçauroit iamais
s'imaginer. Ayant passé par dessus le pont du
fossé nous arriuasmes à vne grande cour qui estoit
à la premiere entrée, toute fermée à l'entour de
grilles fort grosses, et pauée par tout de carreaux
de pierres blanches et noires, tous ioincts en
forme d'eschet, si vnie et si luisante que l'on s'y
voyoit comme dans vn miroüer. Au milieu de
cette cour y auoit une colomne de iaspe de 36
empans de haut, et à ce qu'il sembloit, toute
d'vne piece, au haut de laquelle y auoit vne
Idole d'argent en figure de femme, qui à belles
mains estrangloit vn serpent, fort bien peint et
esmaillé de verd et de noir. Vn peu plus auant à
l'entrée d'vne autre porte qui estoit entre deux
tours fort hautes, et accompagnée de 24 colomnes
de pierres fort grosses, il y auoit deux figures
d'hommes ; chascun auec vne masse de fer en
main comme s'ils eussent seruy à garder cette
entrée, lesquels estoient de la grandeur de cent
quarante empans, auec des visages tellement hi-
deux et laids qu'ils faisoient presque fremir ceux

qui les regardoient, les Chinois les appellent
Xixipitau Xalican, c'est à dire souffleurs de la
maison de fumée. A l'entrée de cette porte il y
auoit douze hommes auec des hallebardes, et
deux Greffiers assis en vne table qui enregis-
troient tous ceux qui y entroient, ausquels l'on
donnoit enuiron quatre deniers ; et lors que nous
fusmes au dedans de cette porte, nous rencontrasmes vne ruë fort large, toute fermée des deux
costez auec des arcades fort belles, tant pour le
regard de l'ouurage que du reste ; là mesme il y
auoit vne infinité de petites cloches de laiton,
lesquelles tout autour des arcades estoient penduës à des chaisnes de mesme metail, et par le
mouuement de l'air qui frappoit dessus faisoient
vn si grand bruit qu'on ne pouuoit s'entr'ouïr l'vn
l'autre. Cette ruë pouuoit auoir vne demie lieuë
de long, et au dedans de ces arcades, tant d'vne
part que de l'autre, il y auoit à la mesme proportion des arcades, deux rangées de maisons
basses, comme de grandes Eglises, auec des
clochers tous dorez, plusieurs inuentions de
peinture, desquelles maisons les Chinois nous
ont asseuré qu'il y en auoit 3000 toutes lesquelles
depuis le haut iusques au bas estoient pleines de
testes d'hommes morts iusques aux tuilles, chose
si admirable que selon le iugement d'vn chascun,
mille vaisseaux pour si grands qu'ils pussent estre,

ne les pourroient contenir. Derriere ces maisons
d'vn costé et d'autre s'esleuoient par dessus toutes
les tuilles et edifices deux grandes montagnes
d'ossemens de morts, d'enuiron demie licuë de
long qu'auoient les edifices, et d'vne largeur
assez notable. Ils estoient posez et arrangez les
vns sur les autres si curieusement et si proprement qu'il sembloit qu'ils y fussent creus, et
lors demandant aux Chinois, s'il y auoit quelque
registre de ces ossemens, ils nous respondirent,
qu'ouy, parce que les Talagrepos (à la charge
desquels estoit l'administration de ces trois mille
maisons) enrooloient le tout, et qu'il n'y auoit
pas vne de ces maisons qui ne rendist de reuenu
plus de deux mille Taeis des possessions et des
biens que les maistres de ces ossemens y auoient
laissé pour la descharge de leurs ames, et que la
rente de toutes ces 3000 maisons ensemble se
montoit à cinq millions d'or chasque année, desquels le Roy en prenoit quatre, et les Talagrepos l'autre, pour la despence de cette fabrique,
et que les quatre appartenoient au Roy comme
leur support, qui les despensoit à l'entretien des
trois cent mille prisonniers de Xinanquibaleu.
Estonnés de cette merueille nous commençasmes
à marcher le long de cette ruë, au milieu de laquelle nous trouuasmes vn grand carrefour en-
tourné de deux grandes grilles de laiton : et au

dedans y auoit vne Couleuure de bronze entor-
tillée et si grande, qu'elle contenoit en son rond
trente brassées de circuit; au reste si laide et
espouuentable qu'il ne se peut treuuer parole
capable de la descrire : quelques-vns des nostres
voulurent estimer le poids d'icelle, et le moindre
aduis fut de mille quintaux encore qu'elle fust
creuse par le dedans, comme ie croy qu'elle
estoit. Or bien qu'elle fust d'vne desmesurée
grandeur, elle estoit en tout si bien proportionnée
qu'on n'y treuuoit rien à redire. A cela corres-
pondoit aussi l'ouurage d'icelle, d'où se remarquoit toute la perfection qu'on eust pu desirer
d'vn bon ouurier. Cette monstrueuse Couleuure
que les Chinois appellent, *le serpent glouton de la
maison de fumée*, auoit au milieu de la teste vne
balle de fer fondu, de 52 empans de circonfe-
rence, comme si on la luy eust iettée de quelques autres lieux. Vingt pas plus auant il y auoit
vne figure d'homme de mesme bronze en forme
de Geant, aussi fort estrange et extraordinaire,
tant pour la grandeur du corps, que pour la
grosseur des membres. Ce monstre soustenoit
auec ses deux mains vne boule de fer fondu de
la mesme grosseur que l'autre, et regardant le
serpent auec vn visage refroigné comme d'vne
personne irritée, faisoit feinte de luy ietter cette
boule. A l'entour de cette figure il y auoit vne

grande quantité de petites Idoles toutes dorées,
et qui estoient à genoux auec les mains leuées
vers luy comme si elles l'eussent voulu adorer, et
aux quatre cercles de fer qui estoient autour, il
y auoit 162 chandeliers d'argent, chascun de six
ou sept lumignons. Tout ce grand edifice estoit
à l'honneur de cette Idole appellée *Mucluparon*,
que les Chinois disoient estre le Tresorier de tous
les os des morts, et que le serpent glouton dont
nous auons parlé cy-deuant, venant pour les desrober, il tiroit contre auec cette boule qu'il
auoit en main, tellement qu'à l'heure mesme le
serpent tout effrayé s'enfuyoit au fond de la profonde maison de fumée, où Dieu l'auoit pre-
cipité pour ses grandes meschancetez : qu'au
reste desia depuis trois mille ans il luy auoit fait
vn combat, et que dans 5000 aussi il luy en feroit vn autre, si bien que de trois en trois mille
ans il deuoit employer cinq bales dont il deuoit
acheuer de le tuer. Ils adioustoient à cela,
qu'aussi tost que ce serpent seroit mort, les ossemens qui estoient là assemblez s'en deuoient
retourner dans les corps ausquels ils auoient appartenu iadis, affin d'y demeurer pour iamais dans
la maison de la Lune. A ces brutalitez ils en ioi-
gnoient plusieurs autres semblables, ausquelles
ces miserables aueugles adioustent tant de foy
qu'il n'y a rien qui leur puisse oster cela de l'es--

prit, pour ce que c'est la doctrine qui leur est preschée par leurs Bonzes, qui leur disent aussi, que le vray moyen de rendre vne ame bien heureuse, c'est de ramasser ces os en ce lieu, à cause dequoy il ne se passe point de iour qu'on n'y porte plus de deux mille ossemens de ces malheureux. Que si quelques-vns pour en estre trop esloignez, ils n'y peuuent apporter tous les ossemens entiers, du moins ils y apportent vne dent ou deux, et ainsi par le moyen d'vne aumosne ils disent qu'ils satisfont tout de mesme que s'ils y apportoient tout le reste. Ce qui est cause que par tous ces charniers il y a vn si grand nombre de dents qu'on en pourroit charger plusieurs nauires.

CHAPITRE CX.

Du troisiesme edifice que nous vismes en ce lieu, qu'ils appellent Pacapirau.

Nous vismes en vne grande campagne hors des murailles de cette ville vn autre bastiment fort somptueux et fort riche, qu'ils appellent *Paca-*

pirau, c'est à dire, *Royne du Ciel*, que les miserables tiennent sans comparaison au mesme rang
que nous pouvons tenir la Vierge Marie ; mais
comme aueuglez qu'ils sont, c'est leur opinion
que comme çà bas en terre les Roys temporels y
sont mariez, ainsi nostre Seigneur l'est là haut au
Ciel, et que les enfans qu'il a eus de cette Nacapirau, ce sont les estoilles que l'on void briller au
Ciel durant la nuict, ou lors que quelque exha-
laison vient à courir et à se dissoudre dans l'air,
ils disent que c'est quelqu'vn de ses enfans qui est
mort, et que pour le sentiment qu'en ont ses
autres freres, ils se mettent à pleurer si fort que
la terre en est toute arrosée de larmes, par le
moyen desquelles Dieu nous ordonne l'entretien
de nostre vie, comme par vne maniere d'aumosne
faicte pour l'ame de ce defunct. Mais laissant à
part ces bourdes et autres semblables que ces
miserables tiennent dans les trente-deux sectes
qu'ils ont, ie traicteray seulement des apparte-
nans que nous vismes en ce grand edifice, qui
sont cent quarante Couuens de cette maudicte
Religion, tant d'hommes que de femmes, en
chascun desquels il y a 400 personnes, qui font
en tout 56000 sans y comprendre vn autre grand
nombre de Daroezes ou freres seruans, qui ne
sont point obligez au vœu de profession comme
ceux de dedans ; ceux-cy pour vne marque de

leur dignité de Prestre sont vestus de violet, et
portent des estoilles vertes; dauantage ils ont la
teste, la barbe, et les sourcils rasez, et portent
des chappelets au col pour prier; mais pour cela
ils ne demandent point l'aumosne, à cause qu'ils
ont assez de revenu pour viure. En ce grand edifice de Pacapirau s'alla loger le Roy des Tartares
en l'année mil cinq cent quarante-quatre, lors
qu'il mit le siege deuant cette ville, comme ie
diray cy-apres, où par vne maniere de sacrifice
diabolique et sanglant il fist trancher la teste à
trois mille personnes, dont il y en auoit quinze
cent de femmes, et le surplus de ieunes Damoi-
selles fort belles, et filles des principaux Seigneurs
du Royaume, et Religieuses Professes des sectes
de Quiay Figraù, Dieu des atomes du Soleil, ensemble de Quiay Niuaudel Dieu des batailles du
Champ, Vitau, et d'autres quatre Dieux appellez
Quiay Mitruu, Quiay Colompon, Quiay Muhe-
lée, et Muehée la Casaa, dont les cinq sectes sont
les principales des trente-deux qu'il y a en ce
Royaume, comme ie declareray cy-apres quand
i'en traicteray. Mais pour reuenir à mon propos,
dans l'enclos de ce grand edifice dont i'ay desia
parlé, nous y vismes certaines choses qui me
semblent bien dignes qu'on en fasse icy mention, l'vne desquelles est un autre enclos qui est
dans ce grand edifice qui a vne lieuë de circuit,

et dont les murailles sont basties sur des arcades
ou des voustes de pierre de taille grandement
fortes, et au dessus il y a des galeries enuironnées
tout à l'entour de balustres de laiton, et de six
en six brasses des verges de fer, qui se ferment
des vnes aux autres auec vne infinité de cloches
attachées à des chaisnes, et qui par l'agitation de
l'air se meuuent continuellement, faisant sans
cesse vn bruict si espouuantable, qu'il n'y a personne qui ne soit estourdy de l'ouyr. Dans ce second enclos en vne grande porte par où nous entrasmes, nous vismes soubs des figures fort
difformes les deux portiers d'enfer, du moins ils
le croyent ainsi, appelans l'vn *Bacharon*, et l'autre
Quagifau, tous deux auec des massuës de fer en
main, si difformes et si horribles à voir, qu'il est
impossible de les regarder sans en estre saisi
d'effroy. Ayant passé cette porte au dessous d'vne
grosse chaisne, qui trauerse par l'estomach de
l'vn de ces diables, à l'autre nous entrasmes dans
vne fort belle ruë, tant en largeur, qu'en longueur, et qui d'vn bout à l'autre est enclose de
plusieurs arcades toutes peintes diuersement; au
plus haut desquelles il y a tout du long deux rangs
d'Idoles, au nombre de plus de cinq mille statuës.
Nous ne pusmes pas bien iuger de quelle matiere
estoient faictes ces Idoles; mais tant y a qu'elles
estoient toutes dorées, et portoient sur la teste

des mitres de diuerses inuentions. Au bout de
cette ruë il y auoit vne grande place en quarré,
planchée de carreaux blancs et noirs, et tout à
l'entour enuironnée de quatre rangs de geants
de bronze, chascun de quinze empans, auecque
des hallebardes en main, et la cheuelure et la
barbe toute dorée; ce qui estoit vn obiect assez
agreable aux yeux, outre qu'il representoit ie
ne sçay quoy de maiestueux et de grand. Au bout
de cette place se voyoit Quiay Huyan Dieu de la
pluye, appuyé sur vn grand bord de plus de
septante empans de long. Cette Idole estoit si
grande, que de sa teste elle touchoit iusques aux
creneaux de la tour, ayant plus de douze brasses,
elle estoit aussi de bronze, et tant par la bouche
que par la teste, et par la poictrine elle versoit
des ruisseaux par 26 endroits, et ceux d'embas
recueilloient par vne grande relique de cette
mesme eau qui venoit du haut de la tour où
s'appuyoit cette Idole, et ce par des canaux si
secrets que nul ne s'en apperceuoit. Ayant passé
entre ses iambes qu'elle tenoit eslargies et esloignées l'vne de l'autre, d'où se formoit le portail,
nous entrasmes dans vne grande salle aussi longue qu'vne Eglise, où il y auoit trois nefs basties
sur des colomnes de Iaspe, fort grosses et hautes.
Le long de ces murailles se voyoient de part et
d'autre plusieurs Idoles grandes et petites sous

diuerses figures toutes dorées, qui mises sur des
tablettes en fort bou ordre occupoient toute la
largeur et la longueur des murailles, et à les voir
sembloient estre toutes d'or. Au bout de ce
Temple sur vne Tribune ronde où l'on montoit par
quinze escaliers, il y auoit vn autel faict à proportion de cette mesme Tribune, sur lequel se
voyoit la statuë de Pacapirau sous la figure d'vne
femme fort belle, ayant les cheueux espars sur
les espaules, et les mains leuées au Ciel. Or d'autant qu'elle estoit dorée de fin or, et auec beaucoup d'art et de soin, l'esclat en estoit si grand
qu'il estoit insupportable à la veuë, à cause que
les rayons qu'elle dardoit esblouissoient les yeux
comme pourroit faire vn miroüer. Tout à l'entour de cette Tribune aux premiers quatre escaliers estoient douze Roys de la Chine, auec des
figures d'argent, des couronnes sur la teste, et
des masses d'armes sur les espaules. Plus bas se
voyoient encore trois rangs d'Idoles dorées qui se
tenoient à genoux auec les mains dressées en
haut, et tout à l'entour estoient plusieurs chandeliers d'argent de sept lumignons. Comme nous
fusmes hors de ce lieu nous nous en allasmes par
vne autre ruë toute faicte en arcade comme l'autre
par où nous estions entrez, et de celle-cy nous
passasmes en deux autres ruës pleines d'edifices
fort riches, d'où nous nous rendismes en vne

grande place fort large où il y auoit 82 cloches
de métail, fort grandes, et qui estoient attachées
à de grosses chaisnes de fer, qui des deux pointes
estoient soustenuës sur des colomnes de fonte;
au sortir de là nous arriuasmes à vne porte qui
se voyoit entre quatre tours fort hautes, en laquelle il y auoit vn Chifuu auec trente hallebardiers et deux Greffiers qui escriuoient sur des
liures les noms de tous ceux qui y entroient,
comme ils escrirent aussi les nostres, et nous
leur donnasmes enuiron quatre sols pour nostre
sortie.

CHAPITRE CXI.

Du quatriesme edifice situé au milieu de la riuiere, où se
voyent les cent trente Chappelles du Roy de la Chine.

———

Pour mettre fin au subiect dont ie traicte icy qui
seroit infiny si i'en voulois raconter par le menu
toutes les particularitez, parmy ce grand nombre
de merueilleux bastimens que nous vismes, ce
qui m'y sembla de plus remarquable, ce fut vn
enclos situé au milieu de la riuiere de Batampina,
qui pouuoit auoir vne lieuë de circuit dans vne

Isle, enuironné de belle pierre de taille, et qui
par le dehors s'esleuant sur l'eau de la hauteur
de plus de 38 empans, et par le dedans il estoit
à fleur de terre enuironné par le haut de deux
rangs de balustres de laiton, dont les premiers
qui s'aduançoient plus en dehors, estoient de six
empans de haut seulement, pour la commodité
de ceux qui s'y vouloient reposer, et les seconds
qui s'aduançoient plus en dedans, estoient de
neuf empans, et auoient six Lyons d'argent flan-
quez sur de grosses boulles, armes du Roy de la
Chine, comme i'ay dict autresfois. Dans l'enclos de
ces balustres se voyoient en vn fort bel ordre cent
treize Chappelles, en façon de boulleuarts tous
ronds, en chascune desquelles il y auoit vn riche
tombeau d'albastre, situé auec beaucoup d'artifice
sur deux testes de serpent, qui pour estre entor-
tillez et auoir plusieurs replis, sembloient estre
des couleuures, quoy qu'ils eussent des visages
de femme et trois cornes sur la teste, sans que
pour lors nous fust possible d'en donner l'explication. En chascune de ces Chappelles il y auoit
treize chandeliers qui brusloient sans cesse des
flambeaux à sept lumignons, tellement qu'à sup-
puter le tout, les chandeliers de ces cent treize
Chappelles estoient mille quatre cent trente-neuf
de nombre. Au milieu d'vne grande place envi-
ronnée tout à l'entour de trois rangs d'escaliers,

et de deux files d'Idoles, il y auoit vne tour fort
haute auec cinq clochers diuersement peints, et
des Lyons d'argent au plus haut. Là les Chinois
nous disoient qu'estoient les ossemens de ces
cent treize Roys, qu'on auoit là transportez de
ces Chappelles d'embas. C'est l'opinion de ces
peuples brutaux, que ces os qu'ils tiennent pour
de grandes reliques, se traictent en festins les vns
les autres à chasque Lune nouuelle ; à cause dequoy ces barbares ont accoustumé à ce iour-là
de leur offrir vn grand plat d'oyseaux de toute
sorte. ensemble du riz, des vaches, des pourceaux, du sucre, du miel ; et ainsi des autres
viures que l'on sçauroit dire ; en quoy leur aueuglement est si grand, que pour recompense de
ces viandes que les Prestres prennent pour eux,
ils s'imaginent que toutes les ordures de leurs pechez leur sont remises, comme par vne indulgence
plenicre. En cette mesme tour nous vismes encore vne chambre grandement riche, et toute
couuerte de plaques d'argent par dedans depuis
le haut iusques en bas. En cette chambre estoient
ces cent treize Roys de la Chine, dont les figures
estoient d'argent, où l'on auoit enchassé les os
d'un chascun de ces Roys, car ils tiennent selon
ce que leurs Prestres leur en disent, que ces
Roys ainsi assemblez communiquent de nuict
les vns avec les autres, et se diuertissent par plu-

sieurs sortes de passe-temps que nul n'est digne
de voir, horsmis certains Bonzes qu'ils appellent
Cabizundes, qui sont entr'eux les dignitez les
plus eminentes, tels que peuuent estre les Car-
dinaux parmy nous. A ces ignorances et brutalitez, les miserables adioustoient plusieurs autres
contes d'aueugles, qu'ils tiennent asseurement
entr'eux pour des veritez fort claires et manifestes. Dans tout ce grand enclos nous comptasmes
en dix-sept endroicts trois cent quarante cloches
de metail et de fonte, à sçauoir vingt en chasque
endroict, qui sonnent toutes ensemble en certains iours de la Lune, qui sont ceux ausquels
ils disent que ces Roys se visitent l'vn l'autre, et
se traictent en festins. Pres de cette tour dans vne
Chappelle fort riche, bastie sur trente-sept colomnes de forte pierre de taille, estoit la statuë
de la Deesse Amide faicte d'argent, ayant la cheuelure d'or, et assise sur vne Tribune de quatorze escaliers qui estoit toute mouluë de fin or.
Elle auoit le visage fort beau, et les deux mains
leuées au Ciel, à ses aisselles pendoient enfilées
ensemble plusieurs petites Idoles, qui n'estoient
pas plus longues que la moitié du doigt, et en ses
parties secrettes elle auoit deux coquilles de
nacre de perles garnies d'or et fort grandes.
Comme nous eusmes demandé là-dessus aux Chinois l'explication de ces choses, ils nous respon-

dirent, « Qu'apres que les eaux du Ciel se furent
« desbordées sur la terre, auec lesquelles tout le
« genre humain fut noyé par vn deluge vniuersel,
« Dieu voyant que la terre demeuroit deserte,
« sans qu'il y eust personne qui la loüast, envoya
« du Ciel de la Lune la Deesse Amyde, premiere
« Dame d'honneur de sa femme Pacapirau, afin
« de reparer la perte du monde qui s'estoit noyé,
« et qu'alors la Deesse ayant mis les pieds sur
« vne terre d'où l'eau estoit desia retirée, et qui
« s'appelloit Calempluy » (qui est cette mesme
Isle dont i'ay parlé cy-deuant, qui est en l'ense
de Nanquin où Antonio de Faria mit pied à
terre) « elle s'estoit transmuée toute en or; de
« maniere que la Deesse se tenant debout et le
« visage dressé au Ciel, auoit sué par les aisselles
« vn grand nombre d'enfans, à sçauoir du bras
« droict des masles, et du gauche des filles, pour
« n'auoir en tout le corps aucun autre lieu par où
« elles les pust enfanter, comme les autres
« femmes du monde qui ont failly, et lesquelles
« pour chastiment de leur peché, Dieu par l'ordre
« de la nature a assubiecties à vne misere pleine
« de corruption et de puanteur, pour monstrer
« combien luy estoit odieux le peché qui auoit
« esté commis contre luy. Ainsi Amyde ayant en-
« fanté par les aisselles, ou laissé cheoir ses crea-
« tures qu'ils affirment auoir esté trente-trois

« mille trois cent trente-trois, les deux parts de
« femelles, et l'autre de masles ; car c'est ainsi
« qu'ils disent que le monde denoit estre reparé,
« elle estoit demeurée si foible de cet accouche-
« ment pour n'auoir eu personne qui l'assistast à
« ce besoin, qu'elle s'estoit laissé cheoir toute
« morte, sans que personne l'eust iamais leuée
« iusques alors, ce qui fut cause qu'en ce temps-
« là la Lune en memoire de cette mort, dont
« elle fut touchée d'vn iuste ressentiment, se
« couurit de dueil, et ce mesme dueil ils le met-
« tent dans ces taches noires que nous voyons
« ordinairement sur sa face, et qui sont causées
« par l'ombre de la terre, et que quand il y auroit
« autant d'années passées qu'ils disent y auoir de
« creatures que la Deesse Amyde enfanta, qui
« sont comme i'ay monstré 53353, qu'alors la
« Lune s'osteroit le masque de dueil, et qu'à
« l'aduenir elle seroit aussi claire que le iour. »
Ces Chinois nous estourdirent tellement de ces
bourdes et autres semblables, qu'il faut que
i'aduouë qu'il y a du subiect de se pasmer, et encore plus de pleurer, si l'on considere combien
euidens et manifestes sont les mensonges pour
abuser ces hommes en matiere de religion, bien
que d'ailleurs ils ne manquent pas d'esprit, sans
qu'il soit possible qu'ils se donnent la cognoissance de nostre saincte verité que le fils de Dieu

nous vint manifester au monde, mais c'est vn secret incognu à tout autre qu'à sa Maiesté diuine.
Apres que nous fusmes sortis de cette grande
place où nous vismes toutes ces choses, nous
nous en allasmes en vn autre Temple de Religieuses, fort somptueux et fort riche, où l'on
nous dict qu'estoit la mere du Roy de la Chine
pour lors regnant, appellée *Nhay Camisama*, et
de ce Temple l'on ne nous permit point l'entrée
pource que nous estions estrangers. De ce lieu
par vne ruë faicte en arcade nous arriuasmes à
vn quay appellé *Hichario Topileu*, où il y auoit
grande quantité de vaisseaux de pelerins de diuers Royaumes, qui viennent sans cesse en pelerinage en ce Temple pour y gaigner, à ce qu'ils
disent, vne indulgence pleniere que le Roy de
la Chine et les Chaems du gouuernement leur
octroyoient pour cet effect, sans y comprendre
les priuileges et les grandes franchises qu'ils ont
par tout ce païs où l'on leur donne des viures en
abondance et pour rien. Ie ne parle point icy de
plusieurs autres Temples que nous vismes en
cette ville durant que nous y fusmes en liberté :
ce ne seroit iamais acheué si ie voulois faire vne
relation de tous ensemble, neantmoins ie ne lais-
seray pas de rapporter quelques autres particularitez que nous vismes, et qui sont fort dignes
d'estre remarquées, dont la premiere sera de dire

succinctement quelques choses de certains edifices, ensemble de l'Estat du Roy de la Chine,
de son gouuernement, de ses Officiers de Iustice,
de ses reuenus, et de sa Cour, affin que l'on
voye de quelle façon ce monarque, tout Payen
qu'il est, gouuerne son peuple, et le soing qu'il
tesmoigne auoir de le pouruoir de toutes choses.

CHAPITRE CXII.

Du soing que l'on a des estropiez, et de ceux qui ne
peuuent gagner leur vie.

Le Roy de la Chine tient sa Cour la pluspart du
temps dans cette ville de Pequin, pour y estre
obligé par la promesse et le serment solemnel
qu'il en faict au iour de son couronnement, auquel on luy met en main le sceptre de tout l'Estat,
dont ie diray quelque chose cy-apres. Dans cette
ville en quelques ruës separées par certains quartiers, il y a quelques maisons appellées *Laginam-*
purs, c'est à dire *Escholes des pauures*, dans lesquelles par l'ordonnance de la maison de ville
l'on instruit tous les enfans treuuez dont on ne
cognoist point les peres, mesme on leur apprend

à lire et à escrire, et vn mestier, affin de pouuoir gaigner leur vie. De ces maisons ou de ces escholes il y en a dans la ville possible iusques au nombre de cinq cent, sans y comprendre plusieurs autres, où par l'ordonnance de la ville, il y a encore plusieurs autres pauures femmes qui seruent de nourrisses et qui donnent la mammelle aux enfans treuuez, desquels on ne cognoist ny le pere ny la mere : il est vray qu'auparauant de les recepuoir dans ces maisons la Iustice faict de grandes enquestes et informations là-dessus pour sçauoir qui en est le pere ou la mere. Que si de hazard ils treuuent l'vn et l'autre, en tel cas il les punissent fort rigoureusement, et les bannissent en certains lieux steriles et desagréables. Or apres que ces enfans treuuez ont esté esleuez en ces lieux, on les meine dans ces autres maisons dont ie viens de parler, affin d'y estre instruits. Que s'il s'en treue qui par quelque deffaut de nature ne puissent apprendre vn mestier, alors on a recours à quelque moyen pour leur faire gaigner leur vie conformement à l'incommodité d'vn chascun; Comme par exemple, s'ils sont aueugles on les faict trauailler à tourner la meule. Ainsi, tant les aueugles que les clairs-voyans et autres qui ont des deffauts naturels, ont de quoy se garantir de necessité par le moyen que leur en donne la ville. l'ad-

iouste à cecy qu'aucun homme de mestier, de
quelque mestier que ce soit, ne peut louer bou-
tique, ny se passer maistre sans en auoir permission
de la maison de ville. Que si quelqu'vn la demande alors les Officiers la luy donnent, à condition qu'il entretiendra vn ou deux de ces pauures en ce qui touche leur mestier affin qu'il
leur fasse gaigner la vie, et qu'ainsi chasque souf-
freteux soit à couuert de la disette, comme ie
viens de dire ; ils disent là-dessus auec beaucoup
de raison : « Que cette bonne œuure enuers le
« prochain que Dieu nous a commandée, luy
« est grandement agreable, et qu'elle est cause
« qu'il destourne souuent de nous le chastiment
« de nos offences. » Or chascun de ces aueugles
a de quoy manger, ioinct qu'il est chaussé et
vestu, mesme on luy donne six testons par an,
affin que lors qu'il viendra à mourir il laisse
quelque chose pour son ame, et qu'ainsi pour
estre pauure il ne perisse point à iamais dans la
maison de fumée, conformement au quatriesme
precepte de la Deesse Amyde, qui a esté la premiere dont ces aueugles ont tiré leurs abus et
leurs vaines superstitions, ce qui semble estre
arriué 636 ans apres le deluge. Ces sectes, comme
toutes les autres qui ne sont que trop familieres
à ces Gentils de la Chine, iusques au nombre de
trente-deux, selon que ie l'ay appris d'eux, et

que ie l'ay dict quelquesfois, vindrent du Royaume
de Pegu à celuy de Siam, et de là par tous les
Prestres et Cabizundos elles vindrent à s'espan-
dre par toute la terre ferme de Camboya, de
Champaa, des Leos, Gueos. Pafuos, et de ceux
de Chimmay, ensemble par tout l'Empire d'Vsan-
guee et des Cauchenchins, comme aussi en l'Archipelago des Isles d'Ainao, des Lequios, et du
Iappon iusques aux conffins de Miacoo, et de
Bandou; de maniere que de la poison de ces erreurs a esté corrompuë vne si grande partie du
monde, comme encore par la maudicte secte de
Mahomet. Ils ont vne autre inuention pour faire
gaigner la vie aux estropiez, qui est, qu'à ceux
qui ne peuuent marcher ils leur donnent des ouurages que les mains peuuent faire, les employant
à leur faire tordre des cordons ou des lacets;
comme au contraire à ceux qui pour estre estropiez des mains ne s'en peuuent servir à trauailler,
ils leur donnent de l'argent à gaigner, leur faisant
apporter aux places publiques plusieurs fardeaux,
comme de la chair, du poisson, des herbes, et
ainsi du reste. Que s'il y en a qui soient ensemble estropiez des pieds et des mains, et qu'ainsi
la nature les ait entierement priuez des moyens
de gaigner leur vie, en tel cas ils les enferment
en de grands couuens où il y a quantité de personnes qui prient pour les deffuncts, parmy les-

quels ils les mettent, si bien qu'ils ont la moitié des offrandes qui y sont faictes, pour eux.
et l'autre pour les Prestres ; que s'ils sont muets
on les enferme alors dans vne grande maison, qui
est comme vn Hospital, où pour leur entretien on
leur donne toutes les amendes ausquelles sont condamnées les femmes de peu, comme les haran-
geres et autres qui s'injurient. Mais quant aux
vieilles qui ne sont plus propres à faire l'amour, et
qui pour l'auoir trop faicte sont affligées de certaines maladies incurables, on les met en d'autres
maisons où elles sont pansées le mieux que l'on
peut, et pouruenës abondamment de ce qui leur
est nécessaire, aux despens des autres femmes publiques qui sont du mesme mestier. A raison dequoy chascune sçait ce qu'elle donne par mois,
affin que s'il arriue qu'elles-mesmes viennent à
tomber en de semblables accidens, les autres
leur puissent rendre la pareille estant gueries.
en quoy l'on obserue vn si bon ordre qu'il y a
des Commis exprez dans la ville pour y recueillir
ces deniers. Il y a encore d'autres maisons telles
que peuuent estre les Monasteres, où l'on nourrit aux despens de la ville quantité de ieunes filles
orphelines, et cette maison est entretenuë aux
despens de celles qui ont esté conuaincuës d'a-
dultere par leurs marys, alleguant pour raison.
qu'il est tres-iuste, que s'il y en a vne qui se soit

perduë par sa deshonnesteté , il y en ait vne autre qui soit maintenuë par sa vertu ; si bien que
par ce moyen celles-là sont chastiées , et celles-
cy recompensées. Là mesme se voyent d'autres
logemens où sont nourris honnestement les pauures qu'on tient pour gens de bien , et que la
ville entretient aux despens des Procureurs qui
plaident des causes iniustes , et où les parties
n'ont aucun droict , ensemble des Iuges qui pour
auoir egard aux vns plus qu'aux autres , ou pour
se laisser corrompre par presens , ne rendent
point la iustice comme ils deuroient : par où l'on
peut voir comme ces peuples se gouuernent en
toutes choses auec beaucoup d'ordre et de police.

CHAPITRE CXIII.

Des greniers publics establis au Royaume de la Chine
pour l'entretien des pauures gens , et quel Roy les ordonna le premier.

En suitte de ce que ie viens de dire , il est à
propos de rapporter icy le merueilleux ordre , et
la police qu'obseruent les Roys de la Chine , à

pourueoir abondamment leur Estat de prouisions
et de viures, affin que le pauure peuple ait dequoy s'entretenir. Ie diray à ce propos ce que i'ay
quelquesfois ouy lire dans leurs Chroniques impri-
mées à leur mode, ce qui doibt sans doute seruir
d'exemple de charité et de bon gouuernement
aux Republiques et aux Royaumes Chrestiens.
Ces histoires rapportent qu'vn certain Roy bi-
sayeul de celuy qui regne maintenant à la Chine,
appellé *Chausizarao Panagor*, grandement aymé
de son peuple pour son bon naturel et pour ses
vertus, ayant perdu la veuë par un accident de
maladie, s'aduisa de faire vne œuure fort agreable
à Dieu, pour cet effect il fit assembler ses Estats,
dans lesquels il ordonna, que pour l'entretien
de tous les pauures il y eust, comme i'ay desia
dict, en toutes les villes de son Royaume des greniers de bled et de riz, afin qu'en temps de sterilité (ce qui arriuoit quelquesfois), le peuple
eust dequoy se nourrir cette année; et qu'ainsi
les pauures n'endurassent point de necessité : il
donna pour ce subiect la dixiesme partie des droits
de son Royaume, et en fit dresser des lettres pa-
tentes adressées par toutes les villes capitales de
ses Estats. En suitte de cela l'histoire adiouste,
que lors qu'on luy apporta ces lettres à signer
auec vne maniere de cachet d'or qu'il portoit ordinairement au bras, à cause que pour estre

aueugle il ne pouuoit faire autrement, Dieu
luy rendit parfaictement la veuë qu'il eut tousiours fort bonne depuis durant 14 ans qu'il ves-
cut encore, par lequel exemple, si cela fut ainsi,
il semble que nostre Seigneur Iesus-Christ voulut faire voir combien luy est agreable la charité
dont vsent enuers les pauures les hommes de
bien, quand mesme ils seroient Gentils et sans
cognoissance de la vraye Religion. Depuis il y
eut tousiours dans cette Monarchie vne grande
quantité de greniers qui sont, à ce que l'on dict,
iusques au nombre de cent quatorze mille. Quant
à l'ordre qu'obseruent les Chambres de la Iustice, pour les pouruoir tousiours de grains il est
tel qu'il s'ensuit. Si tost qu'on est sur le point de
serrer les biens de la terre, l'on distribue tous les
vieux grains aux habitans du païs, ausquels on
les donne par maniere de prest, et ce pour le
terme de deux mois. Apres que ce temps est
escheu qui leur a esté donné par l'ordonnance
des Officiers de Iustice, ceux à qui l'on a presté
ce vieux bled en viennent rendre autant de nouueau et en adioustent, de surplus six pour cent
de surcroist pour deschet, afin que cette abondance ne se tarisse iamais. Mais quand il arriue
que l'année est sterile, en tel cas on distribuë
les grains à tous les peuples sans prendre pour
cela aucune sorte d'interest ny de gain, et ce que

l'on donne aux pauures gens qui n'ont pas dequoy
satisfaire à ce qu'on leur a presté, tout cela se
prend sur les rentes que les païs payent au Roy,
pour estre vne aumosne qu'il leur a faicte, ce qui
est enregistré en toutes les Chambres affin que
les Anchacys du thresor en tiennent compte.
Quant aux autres reuenus que l'on tire du bien
du Roy, qui consistent en vne grande quantité
de Picos d'argent, ils sont partagez en trois parties, dont la premiere est pour l'entretien de l'Estat et du Royaume, la seconde, pour la deffence
des prouinces, ensemble pour la prouision des
magazins et des armées, et la troisiesme, pour
estre mise à l'espargne ou au thresor qui est en
cette ville de Pequin, auquel le Roy mesme ne
peut toucher, si ce n'est en cas qu'il s'agisse de
la deffence du Royaume, et pour resister aux
guerres dont ils en ont quelquesfois de grandes
contre les Tartares, ensemble contre le Roy des
Cauchins et autres Princes voisins. Ce thresor est
par eux appellé *Chidampur*, c'est à dire, *Muraille
du Royaume*, pource qu'ils disent que par le
moyen de ces finances bien employées, pour remedier aux trauaux et aux incommoditez, tant
qu'on aura soin de les mesnager, le Roy ne mettra aucuns imposts sur les pauures, et qu'ainsi ils
ne seront point vexez comme il arriue aux autres
Royaumes, à faute d'y obseruer cette preuoyance.

Par ce que ie viens de dire l'on peut voir qu'en toute cette grande Monarchie le gouuernement y est si excellent, et que les loix y sont si exactement obseruées; ioinct qu'on y est si prompt et si soigneux d'y mettre en execution les ordonnances du Prince, que toutes ces choses estant fort bien remarquées par le bien-heureux Pere M. François Xauier (qui fut en son temps la vraye lumiere de tout l'Orient, dont la saincteté de vie et les admirables vertus l'ont si bien faict cognoistre par tout le monde, qu'il me seroit inutile de parler de luy plus au long), il s'estonna si fort de ces choses, comme des autres merueilles qu'il vid par ces contrées, qu'il souloit dire, que si Dieu luy faisoit iamais la grace de retourner en Portugal, il demanderoit au Roy de luy faire cette aumosne que de voir les reglemens et les ordonnances de ces gens-là, et de quelle façon ils se gouuernoient en temps de guerre et en leur commerce; adioustant à cela qu'il tenoit pour vne chose infaillible, que tous les Romains n'auoient iamais esté si bien policez au temps de leur plus grande felicité. Et qu'en matiere des maximes politiques, les Chinois surpassoient toutes les autres nations dont les anciens Autheurs ont traicté.

CHAPITRE CXIV.

Du grand nombre d'Officiers et autres gens qu'il y a dans
les Palais du Roy de la Chine, ensemble des noms des
dignitez souueraines par qui le Royaume est gouuerné,
et des trois principales sectes.

Pour l'apprehension que i'ay que venant à
rapporter icy en particulier toutes les choses que
nous vismes icy dans le large enclos de cette
ville de Pequin, ceux qui viendront à les lire ne le
mettent en doute, et pour ne donner subiect aussi
aux mesdisans, qui iugeans des choses conformement au peu de monde qu'ils ont veu, et à la
portée de leurs grossiers et foibles entendemens,
pourront tenir pour des bourdes les veritez que
mes propres yeux ont veuës; ie me desisteray
d'estaler icy plusieurs choses qui pourroient possible apporter beaucoup de contentement aux esprits sublimes et releuez, qui ne iugent pas des
biens et de la prosperité des autres contrées par la
bassesse et la misere de ceux qu'ils voyent deuant eux. Aussi ie m'asseure qu'ils seroient bien
aises de scauoir cecy, tant pour les merueilles de

leur esprit, que pour estre naturellement curieux
et capables des bonnes choses : Mais d'vn autre
costé ie n'ay pas beaucoup de subiect de blasmer
ceux qui n'adjousteront point foy à ce que ie
dis, ou qui le voudront mettre en doute. Car il
faut aduoüer que de toutes les choses que mes
yeux ont veuës, i'en demeure quelquesfois si
confus, soit que ie m'imagine ou les grandeurs
de cette ville de Pequin, ou la magnificence auec
laquelle le Roy Gentil est seruy, ou la pompe
des Chaems de Iustice, et des Anchacys du gouuernement, ou la terreur et l'effroy que ces Ministres causent à tous, ou la somptuosité des
temples et des maisons de leurs Idoles, ensemble
de tout le reste qu'il y peut auoir, car dans la
seule ville de Minapau qui est située dans l'enclos des Palais du Roy, il y a cent mille Eu-
nuques, 3000 femmes, et 12000 hommes de
garde, ausquels le Roy donne de gros gages et
pensions, et 12 Tutons, dignitez qui sont souueraines sur toutes les autres, lesquels comme i'ay
desia dict, le vulgaire appelle *Rayons* ou *Clartez
du Soleil*, parce que comme ils tiennent le Roy
pour fils du Soleil, ils disent que ces douze sont
aussi nommez Rayons du Soleil, à cause qu'ils
en representent la personne. Au dessous de ces
douze Tutons il y a 40 Chaems ou Vice-roys,
sans y comprendre plusieurs autres dignitez de

beaucoup inferieures, comme peuuent estre
celles des Iuges, Maires, Gouuerneurs, Inten-
dans des finances, Admiraux, Capitaines Generaux, qu'ils nomment *Anchacys*, *Aytaos*, *Pon-
chacys, Lauteas* et *Chumbims*, qui tous ensemble
dans cette ville qui est à la Cour sont plus de
500 sans que pas vn d'eux ait à sa suitte moins
de 200 hommes, la pluspart desquels pour donner plus de terreur sont de diuerses nations, à
sçauoir Mogores, Perses, Curazenes, Moems,
Calaminhans, Tartares, Cauchins, et quelques-
vns Braamas de Chalea et Tanguu, pource qu'en
matiere de valeur ils ne font aucun estat de ceux
du pays, pour estre tous de complexion foible et
effeminée, quoy que neantmoins il faille auoüer
qu'ils sont grandement habiles et ingenieux en
ce qui touche la mechanique, le labourage, le
mesnage des champs, et l'agriculture; ioinct qu'ils
ont vne grande viuacité d'esprit, et qu'ils sont
propres à inuenter des choses fort subtiles et in-
dustrieuses. Auec ce que les femmes y sont fort
blanches et chastes, elles ont plus d'inclination
au trauail, que non pas les hommes. Le pais est
fertil en viures, et si riche et si abondant en
toutes sortes de choses, que ie ne sçay qu'en dire
pour en parler veritablement; car il semble qu'il
n'y ait point d'entendement qui puisse comprendre, et encore moins exprimer de bouche

les noms de tant de diuerses choses, que Dieu a
voulu donner à ce peuple infidèle, et qui luy est
ennemy; ioinct qu'il recognoist si mal de si grands
bienfaicts, qu'il attribuë au seul merite de son
Roy tous ces biens que la terre produict en abondance, et non à la prouidence diuine, et à l'a-
mour de ce souuerain Seigneur qui a creé toutes
choses. De cet aueuglement et incredulité de ces
peuples, naissent en eux tous ces grands abus et
ces confuses superstitions qui leur sont ordinaires, et où ils obseruent quantité de ceremonies
diaboliques. Car ils sont si brutaux et si impies
que de sacrifier le sang humain, qu'ils offrent
auec diuerses sortes de parfums et de fumées odo-
rantes; mesmes ils font plusieurs presens à leurs
Prestres, sur l'asseurance que ces profanes leur
donnent de leur faire auoir de grands biens en
cette vie, et en l'autre vne infinité de richesses
et de thresors; pour cet effect ces mesmes
Prestres leur donnent ie ne sçay quels certificats, comme des lettres de change, que le vulgaire appelle *Couchinnoces*, afin qu'apres leur
mort cela leur serue là haut au Ciel, pour estre
recompensez à cent pour vn, comme s'ils leur
seruoient de respondans en leur Paradis. En
quoy ces miserables sont quelquesfois si aueugles, qu'ils en perdent le boire et le manger, et
se l'ostent de la bouche, afin de pouruoir ces

maudicts Prestres de Satan des choses qui leur
sont necessaires, s'imaginant que ces belles lettres
qu'ils leur donnent, leur tiennent lieu d'vne marchandise fort bonne et bien asseurée. Il y a encore des Prestres d'vne autre secte qu'on appelle
Naustolins, qui au contraire de ces autres preschent à ceux qui les escoutent, et affirment auec
de grands serments, que les creatures raisonnables viuent et meurent comme le reste des
bestes, et qu'ainsi c'est à eux à se donner du
bon temps, et à se seruir de leurs biens tant
que la vie durera; adioustant qu'il n'appartient
qu'aux sots et aux ignorans d'auoir d'autres sen-
timens. l'obmets les opinions de ceux d'vne autre secte qu'ils appellent *Trimechau*, qui croyent
qu'autant de temps qu'vn homme viura en cette
vie, autant de temps il demeurera soubs terre,
iusqu'à ce qu'en fin par les prieres de leurs
Prestres, son ame reprendra l'estre d'vn enfant
de sept iours, afin de reuiure dans ce corps iusqu'à ce qu'elle reprenne ses forces pour rentrer
dans le vieil corps qu'il aura laissé dans la tombe,
afin d'estre transporté au Ciel de la Lune, où ils
disent qu'il dormira plusieurs années, et qu'en
fin il sera conuerty en estoille qui demeurera fixe
là haut au Ciel pour iamais. Quelques-vns aussi
d'vne autre secte qu'ils appellent *Gyson*, sont
d'opinion que les seules bestes pour la penitence

qu'elles font en cette vie, et pour les trauaux
qu'elles y souffrent, possederont le Ciel apres
leur mort où elles reposeront, et non pas l'homme
qui passe sa vie à la volonté de la chair, ne cessant de voler, de tuer, et de commettre vne infinité d'autres offences, à cause dequoy adioustent-
ils, il n'est pas possible qu'il soit sauué, si ce
n'est qu'à l'heure de la mort il laisse tout son
bien aux Pagodes et aux Prestres, afin qu'ils
prient pour luy. Par où l'on peut voir comme
toute l'intention de leurs sectes diaboliques n'est
fondée que sur vne vraye tyrannie, et sur les interests des Bonzes, qui sont ceux qui preschent
au peuple cette pernicieuse doctrine, et qui les
en asseurent par les bourdes qu'ils leur comptent
en abondance. Cependant ces choses semblent
si veritables à ces malheureux qui les escoutent,
qu'ils leur donnent tres-volontiers tout ce qu'ils
possedent de biens, s'imaginant que par ce moyen
seulement ils peuuent estre sauuez, et à couuert
des supplices et des frayeurs dont ils les me-
nacent s'ils font autrement; i'ay bien voulu ne
traicter icy que de ces trois sectes, et laisser les
abus des 32 autres qui sont suiuies dans ce grand
Empire de la Chine, tant pource que ie n'aurois
iamais faict (comme i'ay dict quelquesfois) si ie
les voulois declarer toutes au long, que pour
donner à cognoistre par celles-cy, quelles sont

les autres qui ne valent pas mieux, ioinct qu'elles
sont presque toutes semblables. C'est pourquoy
laissant le remede de si grand maux, et de si
estranges aueuglemens à la misericorde, et à la
prouidence diuine, à qui seul cela appartient, ie
passeray tout cecy pour traicter desormais des
autres trauaux que nous endurasmes durant nostre
exil, en la ville de Quansy iusques à ce que nous
fusmes faicts esclaues par les Tartares, ce qui arriua en l'année 1544.

CHAPITRE CXV.

Comment nous fusmes menez à Quansy pour accomplir
le temps de nostre exil, et de l'infortune que nous eusmes vn peu apres y estre arriuez.

Il y auoit desia 2 mois et demy que nous estions
en cette ville de Pequin, lorsqu'vn samedy 15 du
mois de Iannier l'an 1544 nous fusmes conduits
en la ville de Quansy pour y seruir durant tout le
temps qui nous fut enioinct par nostre condamnation : Nous n'y fusmes pas plustost arriuez que
le Chaem nous fit venir deuant luy, et apres nous
auoir faict quelques demandes, il voulut que nous

fussions du nombre des 80 hallebardiers que le
Roy lui donnoit pour sa garde; ce que nous
prismes pour vne tres-grande grace que Dieu
nous faisoit, tant pource que cette charge n'estoit
pas beaucoup penible, qu'à cause que l'entrete-
nement en estoit bon, et la paye en estoit meilleure; ioinct qu'à la fin du temps nous estions
asseurez de recouurer nostre liberté. Ainsi il y
auoit desia bien pres d'vn mois que nous viuions
là fort paisiblement, et fort contens de ce qu'il
nous estoit arriué vne meilleure fortune que celle-
cy que nous attendions, quand le diable voyant
auec quelle vnion nous viuions tous 9 ensemble
(car tous nos biens estoient communs, ou si nous
auions du mal nous partagions nos miseres en
vrais freres) s'aduisa de semer entre deux des
nostres vne querelle qui nous fut grandement
dommageable à tous. Cette diuision nasquit d'vne
certaine vanité assez familiere à nostre nation
Portugaise; dequoy ie ne puis rendre autre raison sinon qu'elle est naturellement sensible aux
choses qui touchent l'honneur : Voicy quel fut ce
different, Deux des neuf que nous estions s'estant
fortuitement picquez sur l'extraction des Madu-
reyras et des Fonsecas, pour sçauoir laquelle de
ces deux maisons estoit en plus grand honneur
ou estime à la Cour du Roi de Portugal; Cette
affaire alla si auant, que d'vne parole à l'autre ils

en vindrent iusques à des termes de harangere,
disant l'vn à l'autre, qui estes-vous? et vous-
mesme qui estes-vous encore? et possible que tous
les deux estoient peu de chose au logis du Roy; de
maniere que là-dessus ils se laisserent si fort transporter à la cholere, que l'vn d'eux donna vn grand
soufflet à l'autre, qui à mesme temps luy rendit
la pareille auec vn coup grand d'estramaçon, dont
il luy abattit la moitié de la iouë. Alors cettuy-cy
se sentant blessé porta la main sur vne hallebarde,
auec laquelle il perça le bras à l'autre; de sorte
qu'à l'heure mesme ce desastre fut cause que la
querelle s'alluma si fort entre nous, que de neuf
que nous estions nous nous trouuasmes sept grandement blessez. Cependant le Chaem accourut
en personne à ce tumulte auec tous les Anchacys
de Iustice, lesquels nous ayant empoignez nous
donnerent sur le champ trente coups de foüet,
qui nous mirent plus en sang que n'auoient faict
nos blessures. Cela faict, ils nous enfermerent
dans vn cachot qui estoit sous terre, où ils nous
tindrent quarante-six iours auec des colliers vn
peu bien pesans, des manottes et des fers aux
pieds; tellement que nous endurasmes beaucoup
reduicts en ce deplorable estat. Durant ces choses
l'affaire fut renuoyée deuant vn des Commissaires
Promoteurs de la Iustice (tel qu'est entre nous le
Procureur du Roy) qui ayant veu nos accusations.

et qu'vn des articles faisoit foy qu'il y auoit seize
tesmoins contre nous, se mit à dire, « Que nous
« estions gens sans crainte, ny sans cognoissance
« de Dieu, qui ne le confessions point autrement
« de bouche, qu'eust pu faire quelque animal
« sauuage s'il eust sceu parler; que ces choses
« presupposées il falloit croire que nous estions
« des hommes de sang, d'vne langue, d'vne loy,
« d'vne nation, d'vne engeance, d'vn païs, et d'vn
« Royaume dont les habitans se blessoient et s'en-
« tretuoient impitoyablement, sans en auoir ny
« raison ni subiect, et qu'il n'en falloit point iu-
« ger autre chose, sinon que nous estions serui-
« teurs du serpent glouton de la profonde cauerne
« de fumée, chose qui paroissoit assez euidente
« par nos œuures, puisqu'elles n'estoient pas meil-
« leures que celles que ce maudict serpent auoit
« accoustumé de faire; qu'ainsi conformement à
« la loy du troisiesme liure des Agraffes d'or de
« la volonté du fils du Soleil, nommé Nileterau,
« il nous falloit condamner à estre bannis du com-
« merce de toute sorte de gens, comme vne peste
« contagieuse et venimeuse. Que pour ces choses
« nous meritions d'estre confinez aux monts de
« Chabaquay, de Sumbor, ou de Lamau, où l'on
« auoit accoustumé de bannir les hommes faicts
« comme nous, affin qu'en ce lieu nous ouyssions
« vrler de nuict les bestes sauuages, qui estoient

« d'vne mesme engeance et d'vne nature aussi
« vile que nous. » De cette prison vn autre iour
au matin nous fusmes menez au *Pitau Calidan* de
Iustice qui estoit la Tribune où tenoit son siege
l'Anchacy, auec vne grandeur maiestueuse et fort
redoutable. Il estoit accompagné de plusieurs
Ministres et Officiers qu'ils appellent *Chumbins*,
Vppes, *Lanteas*, *et Cypatons*, sans y comprendre
vn autre grand nombre d'escoutans et de solliciteurs de diuerses parties. Là on nous donna derechef à chascun trente coups de fouet, puis par
sentence publique nous fusmes menez en vne
autre prison où nous n'eusmes pas tant de mal
qu'en celle dont nous estions sortis ; ce qui toutesfois n'empeschoit pas que nous ne detestassions
entre nous et les Fonsecas et les Maluleyras, mais
plus encore le diable qui nous auoit ourdy vne
si meschante trame. En cette prison nous demeurasmes bien prez de deux mois, durant lesquels
nous fusmes entierement gueris des coups de fouet
que l'on nous auoit donnés, mais nous ne laissasmes pas d'y endurer de grandes necessitez de
soif et de faim. A la fin il plut à notre Seigneur
que le Chaem prist compassion de nous : car vn
certain iour auquel ils ont accoustumé de faire
de grandes aumosnes pour leurs deffuncts, s'estant
mis à reuoir nostre sentence, il ordonna « Qu'ayant
« egard à ce que nous estions estrangers, et d'vn

« païs si esloigné du leur, qu'on n'auoit aucune
« cognoissance de nous, ioinct qu'il ne se treu-
« uoit ny liure, ny escripture qui fist mention de
« nostre nom, et que nul n'entendoit nostre lan-
« gue, veu mesme que nous estions accoustumez
« et comme endurcis à la misere et à la pauureté,
« qui bien souuent mettoit en desordre les plus
« gens de bien et les plus pacifiques, et à plus
« forte raison deuoit-elle troubler ceux qui ne
« faisoient point profession de la patience en leurs
« aduersitez, d'où il s'ensuiuoit que nostre dis-
« cord procedoit plustost des effects que la misere
« auoit causez parmy nous, que d'aucune incli-
« nation aux tumultes et aux mutineries, dequoy
« le Procureur du Roy nous chargeoit ; et qu'en
« suitte de cela se representant qu'on auoit grand
« besoing de gens pour le seruice ordinaire de
« l'Estat, et des Officiers de Iustice, à quoy il
« falloit pourueoir necessairement. Ces choses
« considerées il vouloit que par vne maniere d'au-
« mosne faicte au nom du Roy, la peine du crime
« que nous auions commis fust moderée, et re-
« duitte au foüet qu'on nous auoit desia donné
« par deux fois, à condition neantmoins que nous
« serions là retenus esclaues à perpetuité, iusqu'à
« ce que le Tuton en ordonnast autrement, si
« bon luy sembloit ; Qu'au reste aucun n'eust à
« faire des querelles à l'aduenir, ny à respandre

« du sang es places publiques, sur peine d'estre
« le mesme iour mis à mort à coups de foüet. »
Cette sentence nous fut incontinent prononcée;
Et bien que nous respandismes des larmes en
abondance, pour nous voir reduits au miserable
estat où nous estions, ce mal neantmoins ne laissa
pas de nous sembler beaucoup moindre que le
premier. Apres la publication de cet Arrest nous
fusmes incontinent tirez de prison et attachez
trois à trois, puis menez en certaines forges de
fer, où nous passasmes six mois entiers auec d'estranges trauaux et de grandes necessitez, comme
tous nuds que nous estions sans auoir où nous
coucher, et presque morts de faim. A la fin apres
tant de maux que nous auions endurés nous tom-
basmes malades d'vne lethargie, qui pour estre
vn mal contagieux, fut cause qu'on nous mist
dehors pour nous en aller chercher nostre vie.
iusques à ce que nous fussions gueris. Ainsi les
prisons nous estant ouuertes, nous fusmes bien
quatre mois malades que nous estions à nous en
aller demander l'aumosne de porte en porte, qu'on
nous donnoit rarement à cause de la grande sterilité qu'il y auoit alors dans le païs, tellement que
nous fusmes contraints de nous remettre bien
ensemble, et de nous promettre les vns aux autres
par vn serment solemnel que nous en fismes. qu'à
l'aduenir nous viurions tous en fort bonne intelli-

gence, comme Chrestiens que nous estions, et
qu'à chasque mois l'on choisiroit entre nous vne
maniere de chef, auquel, par le serment que
nous auions faict, tous les autres obeyroient comme
à leur superieur, sans que pas vn de nous pust
disposer de sa propre volonté, ny faire aucune
chose, si elle ne luy estoit commandée et ordonnée par celuy-cy, et ces reglemens furent par nous
mis par escript affin d'en estre mieux obseruez.
Comme en effect Dieu nous fit la grace de viure
tousiours depuis en fort bonne paix et concorde,
bien que cela ne fust pas sans vn grand trauail,
et sans vne extreme necessité des choses qui nous
estoient necessaires pour nostre vie.

CHAPITRE CXVI.

Comment par vn cas fortuit ie rencontray vn **Portugais**
en cette ville, et de ce que nous fismes auec luy.

Il y auoit desia quelques iours que nous con-
tinuons à viure en vne grande paix et tranquillité
conformément à l'accord dont i'ay parlé cy-deuant, lorsque celuy à qui il estoit escheu d'estre

nostre chef ce mois-là, qui s'appelloit Christofle
Boralho, voyant combien il estoit necessaire de
chercher quelque remede à nos maux par toutes
les voyes qui nous seroient possibles, nous fit
seruir par sepmaines et deux à deux, les vns
ayant charge de mendier par la ville, les autres
d'aller à l'eau et d'apprester à manger, et les
autres de s'en aller chercher du bois en la forest,
tant pour le vendre que pour nostre vsage. Or
d'autant que la commission me fut donnée vn
iour de m'en aller au bois en la compagnie d'vn
certain Gaspar de Meyrelez, nous nous leuasmes
du matin et sortismes de la chambre pour nous
acquitter de cette charge. Et pource que ce Gaspar de Meyrelez estoit fort bon Musicien, qui
ioüoit d'vne guitterre qu'il accordoit à sa voix,
qu'il n'auoit pas mauuaise, choses qui sont fort
agreables à ces peuples, pource qu'ils employent
la pluspart du temps de la vie en banquets et en
delices de la chair, ils prenoient vn merueilleux
plaisir à l'ouyr, si bien que pour cet effect ils
l'appelloient fort souuent en leurs passe-temps
dont il ne s'en reuenoit iamais sans quelque aumosne, dequoy nous nous assistions la pluspart
du temps. Comme nous nous en allions donc au
bois luy et moy, deuant que nous fussions hors
de la ville nous rencontrasmes fortuitement dans
vne rüe quantité de gens, qui tous remplis d'al-

legresse portoient enterrer vn mort auec plusieurs
enseignes d'vne pompe funebre, au milieu de laquelle il y auoit vn grand concert de musique de
plusieurs personnes qui chantoient au son de leurs
instrumens. Or d'autant qu'vn de cette troupe
qui gouuernoit les autres, et qui estoit comme
le maistre de cette musique, recognut Gaspar de
Meyrelez, il l'arresta incontinent, et pour cet
effect luy mettant vne guitterre en main, il luy
dict, « Oblige-moy ie te prie de chanter le plus
« haut que tu pourras, affin que tu sois ouy par
« ce deffunct que nous portons en terre; car ie
« te iure qu'il s'en va fort triste pour estre separé
« de sa femme et de ses enfans, qu'il a grande-
« ment aymés durant sa vie. » Gaspar de Meyrelez
se voulut excuser là-dessus par quelques raisons
qu'il luy alleguá pour en estre dispensé; mais tant
s'en faut que le maistre de musique les acceptast,
qu'au contraire il luy respondit tout fasché : « As-
« seurement si tu daignes profiter à ce deffunct
« par cette grace que Dieu t'a faicte de sçauoir
« chanter, et ioüer de cet instrument, ie ne diray
« plus de toy que tu es vn homme sainct comme
« nous l'avons tous cru iusques à maintenant, mais
« que l'excellence de cette voix que tu as vient
« des habitans de la maison de fumée dont le
« naturel a esté premierement de chanter auec
« vne voix fort harmonieuse, bien que mainte-

« nant ils pleurent et gemissent dans le profond
« lacq de la nuict, comme chiens affamez qui
« grincent les dents, et qui bauant de rage contre
« les hommes deschargent l'escume de leur ma-
« lice, par les offences qu'ils font contre celuy
« qui vit au plus haut des Cieux. » Apres cela 10
ou 12 d'entr'eux prirent derechef Gaspar de Meyrelez qu'ils firent ioüer presque par force, et le
menerent auec eux iusques au lieu où ils deuoient
brusler le deffunct, coustume ordinaire à la secte
de ces Gentils. Moy cependant me voyant ainsi
seul et qu'on m'auoit enleué mon compagnon,
ie m'en allay en la forest pour m'y charger de
bois comme i'en auois commission. Mais comme
ie m'en retournais sur le soir auec mon fardeau
sur le dos, ie rencontray en mon chemin vn vieillard vestu d'vne robe de damas noir, doublée
d'vne fourrure d'aigneau toute blanche. Comme
cettui-cy s'en alloit tout seul, sitost qu'il me vid
il se retira vn peu à l'escart où il m'attendit. Mais
comme il apperceut que ie passois outre sans le
regarder, il cria tout haut affin que ie l'ouysse,
ce que ie n'eus pas plustost faict que ie portay la
veuë du mesme costé où il estoit, et pris garde
qu'il me faisoit signe de la main, comme s'il
m'eust appellé. Alors m'imaginant qu'il y auoit
quelque chose d'extraordinaire en ce nouueau
proceder, ie luy dis en langue Chinoise *potauqui-*

nay, c'est à dire, m'appelles-tu ? à quoy ne me
rendant aucune response, il me fit entendre par
signes qu'il m'appelloit en effect. N'en pouuant
donc penser autre chose sinon qu'il y auoit là quelques voleurs, qui me vouloient oster ma charge de
bois comme il arriuoit quelquesfois : ie la iettay
par terre pour estre plus prest à me deffendre,
et tenant en main le baston dont ie me seruois
pour m'appuyer, ie m'en allay lentement à luy,
qui voyant que ie le suyuois se mit à doubler le
pas à trauers vn petit sentier, ce qui me confirma
en la creance que i'auois desia que c'estoit quelque voleur, de maniere que m'estant mis à re-
brousser chemin vers le mesme lieu où i'auois
laissé mon fardeau, ie le remis derechef sur mon
dos le plus promptement qu'il me fut possible,
en intention de gaigner le grand chemin par où
passoient ordinairement ceux qui s'en alloient à
la ville. Mais cet homme iugeant aussitost de
mon intention, se mit derechef à crier plus haut;
ce qui fit que ie tournay ma veuë vers luy, et vis
à mesme temps que s'estant mis à genoux, il me
monstra de loing vne croix d'argent de la longueur d'vn empan ou enuiron. Surquoy il haussa
les deux mains au Ciel ; ce qui m'estonna si fort
que ne pouuant m'imaginer qui pouuoit estre cet
homme, tout ce que ie peus faire fut de le regarder comme estonné. Luy cependant auec vn geste

II.   14

fort pitoyable ne cessoit de me faire signe que ie
m'en allasse à luy, de maniere qu'estant vn peu
reuenu à moy, ie me resolus de m'en aller sçauoir
qui il estoit, et ce qu'il vouloit : pour cet effect
m'estant acheminé vers luy, ie pris mon baston
en main, et me mis à le suiure par dedans le sentier où il m'attendoit. Alors comme ie me fus
approché de luy, de qui ie n'auois point creu
autre chose iusques alors, sinon que c'estoit vn
Chinois, ie fus tout estonné que se iettant à mes
pieds auec beaucoup de sanglots et de larmes, il
commença de me dire ces paroles : « Benist et
« loüé soit le doux nom de nostre Seigneur Iesus
« Christ, puis qu'apres vn si longtemps et en vn
« si grand exil, il m'a faict la grace de voir vn
« homme Chrestien, qui faict profession de la loy
« de mon Dieu mis en croix. » Il faut que i'aduouë que lors que i'ouy vne chose si extraordinaire en ce pays, et si esloignée de mon esperance, i'en fus tellement surpris, que m'estant
reculé tout hors de moy mesme ; « Ie te coniure.»
luy respondis-ie tout haut, « de la part de nostre
« Seigneur Iesus-Christ, que tu ayes à me dire
« qui tu es ? » A ces mots cet homme incogneu
ayant redoublé ses larmes : « Mon frere, me re-
« pliqua-t'il, ie suis vn pauure Chrestien Portu-
« gais de nation, et qui me nomme Vasco Caluo,
« frere de Diego Caluo, qui fut autresfois Cappi-

« taine du Nauire de Dom Nuno Manuel, natif
« d'Alcochete, que l'on fit esclaue en ce pays il
« y a vingt-sept ans, auec vn certain Tome Perez,
« que Loppo Suarez auoit enuoyé pour Ambas-
« sadeur en ce Royaume de la Chine, et qui de-
« puis mourut miserablement par vn accident
« d'vn Capitaine Portugais. » Alors estant tout à
faict reuenu à moy, ie le leuay de terre où il
s'estoit couché, y pleurant comme vn enfant, et
ne respandant pas moins de larmes que luy, ie le
priay que tous deux nous eussions à nous asseoir,
ce qu'il eut bien de la peine à m'accorder, pource
qu'il voulut à toute force me mener à son logis.
Là-dessus s'estant mis à me deduire tout le succez
de ses trauaux, il me fit vne ample relation des
euenemens de sa vie, et de tout ce qui luy estoit
arriué depuis son partement du Royaume de
Portugal iusques alors; ensemble de la mort de
l'Ambassadeur Tome Perez et de tous les autres
que Fernand Perez d'Andrada auoit laissé à Can-
ton pour s'en aller au Roy de la Chine; ce qu'il
me raconta d'vne façon qui n'a point de conformité auec ce que nos historiens en escriuent.
Apres que nous eusmes passé tout ce qui nous
restoit de iour à nous entretenir de nos trauaux
et de nos aduentures passées, nous prismes le
chemin de la ville, et alors m'ayant monstré sa
maison, il me pria que ie m'en allasse de ce pas

querir tous mes autres compagnons ; ce que ie
fis tout incontinent, et les treuuay tous ensemble
dans la pauure loge où nous nous retirions, et où
ils m'attendoient pour l'heure, ie leur racontay
d'abord tout ce qui venoit de m'arriuer, dequoy
ils furent grandement estonnez ; comme en effect
il ne se pouuoit faire autrement, à cause de la
nouueauté du faict, et ainsi ils s'en vindrent tous
incontinent auec moy à la maison de Vasco Caluo.
qui nous y attendoit auec beaucoup de resiouyssance et qui nous auoit faict desia couurir vne
table ; estant arriués il se mist derechef à me faire
la bien-venuë et à tous mes compagnons, auec
tant de contentement de part et d'autre. que
nous en respandismes des larmes de ioye. Il nous
mena pour lors en vne autre chambre où estoit
sa femme auec deux petits garçons. et deux
ieunes filles qui luy appartenoient : elle nous fist
aussi vn fort bon accueil, et nous recent auec les
mesmes demonstrations d'amitié que si elle eust
esté la mere ou la fille d'vn chascun de nous.
Apres qu'vne bonne partie de la nuict fut passée
nous nous vismes tous à table ; mais auparauant
luy-mesme nous donna à lauer. sans qu'il y eust
pas vn de nous qui pust s'empescher de laisser
couler quelques larmes durant tout le temps de
ce repas. Apres le soupper sa femme se leua de
table auec beaucoup de courtoisie. et comme

c'estoit sa coustume, elle se mit à rendre graces
à Dieu en vraye Chrestienne, bien qu'elle le fist
secretement pour la peur qu'elle auoit de ces
Gentils, et de ses parens qui estoient du pays et
personnes de qualité. Pour cet effect ayant pris
vne clef qu'elle portoit d'ordinaire à son bras,
elle en ouurit la porte d'vn Oratoire où il y auoit
vn autel auec vne Croix d'argent, ensemble deux
chandeliers, et vne lampe de mesme ; puis elle et
ses enfans s'estant mis tous quatre à genoux auec
les mains leuées au Ciel, se mirent à dire ces
paroles, en Portugais, qu'ils prononcerent dis-
tinctement : « Vray Dieu, nous pauures pescheurs
« confessons deuant vostre Croix, comme bons
« Chrestiens que nous sommes, la tres-saincte
« Trinité, Pere, Fils et sainct Esprit, trois per-
« sonnes et vn seul Dieu ; et aussi nous promet-
« tons de viure et mourir en vostre tres-saincte
« foy Catholique, comme bons et vrays Chres-
« tiens, confessans et croyans de vostre saincte
« verité tout ce qu'en tient et en croit la saincte
« mere Eglise de Rome. Par mesme moyen de
« nos ames racheptées par vostre precieux sang,
« nous vous en faisons vn don et vn hommage,
« affin de les employer à vostre seruice, durant
« tout le temps de nos vies, et vous les liurer à
« l'heure de nostre mort, comme à nostre Dieu
« et Seigneur, à qui nous confessons qu'elles

« appartiennent par creation et par redemption. »
Apres cette confession ils dirent le *Pater noster*,
l'*Aue Maria*, le *Credo*, et *Salue Regina*, qu'ils
prononcerent fort ditinctement ; ce qui nous fit
respandre à tous des larmes en abondance, voyant
comme quoy ces innocens nayz dans vn païs si
esloigné du nostre, et où l'on n'auoit aucune cognoissance du vray Dieu, confessoient ainsi sa
loy auec des paroles si sainctes. Ces choses acheuées, pource qu'il estoit desia plus de trois heures
apres la minuict, nous nous en retournasmes à
nostre giste, extremement estonnez de ce que
nous venions de voir, comme d'vne chose qui
auec beaucoup de raison nous pouuoit donner de
l'admiration.

CHAPITRE CXVII.

Comment un Cappitaine Tartare entra dans cette ville de
Quinçay auec tous ses gens, et de ce qu'il y fit.

Il y auoit desia huict mois et demy que nous
estions en cette captiuité, en laquelle nous endurions beaucoup de trauaux et d'incommoditez,

pour n'auoir de quoy nous entretenir d'autre
chose que de ce peu d'aumosnes que l'on nous
donnoit par la ville. En fin vn Mercredy troisiés-
me du mois de Iuillet, de l'année mil cinq cent
quarante-quatre, vn peu apres la minuict il se fit
parmy tout le peuple vne si grande esmotion ,
qu'à ouyr les cris et le bruit qui se faisoit de
toutes parts, l'on eust dict que la terre s'alloit
bouleuerser. Cela fut cause que nous nous en
allasmes tous en la maison de Vasco Caluo, auquel nous demandasmes le subiect d'vn si grand
tumulte , à quoy il nous respondit auec les larmes
aux yeux, qu'on auoit eu des nouuelles certaines
que le Roy de Tartarie s'en venoit fondre dessus
la ville de Pequin, auec vne si grosse armée, que
iamais aucun autre Roy depuis Adam iusques
alors n'en auoit leué vne semblable. En cette armée, a ce que l'on disoit, il y auoit 27 Roys,
qui tous ensemble menoient dix-huict cent mille
hommes , dont il y en auoit six cent mille de cheual, qui estoient venus par terre de la ville de Lançame, de Famstir et de Mecuy, d'où ils estoient
partis auec quatre vingt mille Rhinocerots qui
tiroient les chariots où estoit tout le Bagage de
l'armée, et quant aux autres douze cent mille
hommes de pied, on les tenoit estre arriuez par
mer en dix-sept mille vaisseaux , Laulees et langas aval la riuiere de Batampina. A cause dequoy

le Roy de la Chine se sentant trop foible pour
resister à de si grandes forces, s'estoit refugié
auec peu de gens dans la ville de Nanquin ; et te-
noit-on encore pour certain, qu'vn Nauticor,
Cappitaine Tartare s'estoit venu loger en la forest
de Malincataran, esloignée de Quinçay d'enuiron vne lieuë et demie seulement ; qu'au reste
son armée estoit composée de soixante et dix
mille cheuaux sans qu'il y eust aucuns hommes
de pied, auec lesquelles forces il s'acheminoit
contre cette ville, sans y auoir apparence qu'il
deust tarder plus de deux heures à arriuer. Cette
nouuelle nous troubla de telle sorte, que tous
transportez hors de nous mesmes nous ne faisions que nous regarder sans qu'il nous fust possible de dire un seul mot à propos, tellement que
comme nous ne desirions rien tant que de nous
sauuer, nous en demandasmes les moyens à Vasco
Caluo, qui fort triste et ennuyé nous respondit :
Mes freres, que ne m'est-il possible d'estre maintenant en nos païs entre Laura et Curuche, ou
entre les brossailles où ie me suis veu maintes-
fois, nous y serions en seureté, mais maintenant
que cela ne peut estre, tout ce que nous pouuons
faire c'est de nous recommander à Dieu et le
prier qu'il nous assiste : car ie vous asseure qu'il
n'y a pas vne heure que i'eusse donné mille Tacis
en argent à quiconque m'eust peu tirer d'icy.

et me sauuer auec ma femme et mes enfans.
Mais l'on n'a peu treuuer de remede à cela, pource
que les portes sont desia toutes pleines de
gens, et les murailles enuironnées de bonnes
gardes que le Chaem y a mises, sans y comprendre
quantité d'autres Cappitaines qu'on a logez en
certains endroicts pour y faire la ronde et accourir
où l'on auroit besoing d'eux. Ainsi mes
compagnons et moy qui estions neuf de nombre,
passasmes là le reste de cette nuict auec beaucoup
d'affliction et d'inquietude, sans auoir moyen,
ny de nous conseiller l'vn l'autre, ny de nous
resoudre sur ce qu'il nous falloit faire, si bien
que nous ne cessions de pleurer pour l'extresme
crainte et affliction en laquelle nous nous voyons.
Le lendemain vn peu auparauant le leuer du Soleil,
les ennemis se firent voir auec vne contenance
effroyable. Ils estoient diuisez en sept bataillons
fort gros, ayant les drapeaux escartelés
de verd et de blanc, qui sont les couleurs du Roy
de Tartarie. En cet ordre marchant au son des
Tambours, dont ils ioüoient à leur mode, ils
arriuerent a vn Pagode nommé Petilau Namejoo,
qui estoit fort logeable à cause de beaucoup de
chambres qu'il y auoit, lequel n'estoit gueres
esloigné des murailles. En leur auant-garde ils
auoient quantité de cheuaux legers, qui courans
confusement auec leurs lances baissées faisoient

la ronde au tour des bataillons. En cet ordre estant arriuez au Pagode, ils s'y arresterent bien
demie heure, et se rangerent tous au son des
instrumens de guerre, dont on ioüoit continuellement en vn gros escadron faict en forme de
demie lune qui enueloppoit toute la cité. Alors
comme ils se virent proches de la muraille à la
portée d'vne harquebuse, ils les aborderent sou-
dain, crians si espouuentablement, qu'on eust
dict que le Ciel et la terre estoient ioincts ensemble. A mesme temps ils dresserent plus de
deux mille eschelles, que pour cet effect ils auoient
apportées, et donnerent l'assaut de tous les costez
par où ils purent l'attaquer, en l'eschellant auec
vn courage resolu et inuincible à la peur. Or bien
qu'au commencement les assiegez fissent quelque resistence, cela neantmoins ne fut pas capable d'empescher que les ennemis n'effectuassent
leur dessein : car à la faueur de certains beliers
ferrez par le bout, ils enfoncerent si à propos
les quatre principales portes de la ville, qu'ils
s'en rendirent les maistres, apres auoir mis à
mort le Chaem, ensemble un grand nombre de
Mandarins et de Gentils-hommes qui estoient ac-
courus pour en deffendre l'entrée ; par ce moyen
sans qu'il y eust d'autre resistence, ces Barbares
entrerent dans cette miserable ville par huict
portes, et y firent passer par le fil de l'espée au-

tant d'habitans qu'ils y en treuuerent, sans qu'ils
sauuassent la vie à pas vn d'eux; et tient-on que
le nombre des morts se monta à plus de soixante
mille personnes, où furent comprises plusieurs
femmes et filles grandement belles, et qui appartenoient aux plus riches Seigneurs de la ville.
Apres le sanglant massacre de tant de gens, et
que la ville fut embrasée, les maisons des particuliers demolies, et les Temples les plus somptueux rasez à fleur de terre, sans qu'il y eust aucune chose qui restast sur pied durant ce desordre,
les ennemis demeurerent là sept iours, à la fin
desquels ils s'en retournerent à la ville de Pequin,
où estoit leur Roy, et d'où il les auoit enuoyez à
cette execution; en ayant emporté grande quantité d'or et d'argent seulement, sans la marchandise qu'ils firent brusler, tant pour n'auoir dequoy la transporter, que pour empescher les
Chinois d'en faire leur proffit, deux iours apres
leur partement, ils arriuerent a vn chasteau appellé *Nixiamcoo*, où le Nauticor de Lançame
General de ces Barbares, assit son camp, et se
retrancha de tous costez en intention de le prendre par escalade, le iour d'apres pour se vanger
de ce que passant en ce mesme endroict pour s'en
aller à Quincay, les Chinois luy auoient taillé en
pieces cent hommes des siens, en vne embus-
cade.

CHAPITRE CXVIII.

De l'assaut que le Nauticor de Lançame donna au chasteau de Nixiamcoo, ensemble de ce qui en arriua.

———

APRES que toute l'armée se fut campée et qu'elle eut acheué de se retrancher, le general suiuy seulement de cinq hommes de cheual, fit la ronde six ou sept fois, puis si tost qu'il y eut mis les gardes et les sentinelles necessaires, il se retira en son quartier, là il ne fnt pas plustost arriué à sa tente qu'il enuoya appeller les septante Cappitaines dont son armée estoit composée. Comme ils furent deuant luy il leur descouurit sa resolution, qu'ils treuuerent fort bonne; par mesme moyen ils mirent en deliberation de quelle sorte ils pourroient assaillir le chasteau le iour d'apres, et resolurent qu'il estoit à propos que cet assaut se donnast en plein iour, et qu'on y employast iusques à plus de cinq cent eschelles, qui furent apprestées la nuict ensuiuante. Le lendemain si tost qu'il fut iour les Soldats commencerent à marcher au petit pas contre le chasteau de Nixiamcoo. diuisez en quatorze bataillons. Comme ils eurent

approché enuiron la portée d'vne fleche, voyla
qu'au bruict de plusieurs instrumens de guerre,
et auec de grands cris ils poserent leurs eschelles
contre la muraille, par lesquelles ils monterent,
et dans la chaleur de cet assaut où chascun mons-
troît son courage, les vns pour attaquer hardiment et les autres pour se bien deffendre, le Tartare perdit plus de trois mille des siens en moins
de deux heures ; ce qui luy fit sonner la retraitte,
laquelle il fit en grand desordre, passant le reste
de la iournée à l'enterrement de ses morts et à la
guerison des blessez, dont il y en auoit aussi vn
grand nombre, la pluspart desquels mourut depuis, pource que les fleches, que les Chinois leur
auoient tirées, estoient frottées d'vn poison si
fort et si dangereux qu'il n'y auoit aucun moyen
d'y apporter du remede. Cependant les Cappitaines
Tartares voyant le mauuais succez de cet assaut,
l'apprehension qu'ils eurent que le Roy ne se fas-
chast de ce qu'ils auoient faict vne telle perte
pour vne occasion si petite, dequoy l'on murmu-
roit desia par tout le camp, fit qu'ils dirent à
leur general, que s'il estoit en resolution de donner vn second assaut, il le mist auparauant en
deliberation suiuant l'ordre qu'il en auoit, et que
pour leur particulier ils n'estoient pas d'aduis de
se charger d'vn si grand fardeau. Ce conseil ne
luy sembla mauuais, si bien qu'à l'heure mesme

ayant faict assembler la pluspart de sa noblesse ;
apres qu'il les vid tous presens en la place d'armes
du camp, tout à cheual qu'il estoit il leur fit vne
harangue, par laquelle il leur declara le subiect
qui l'auoit esmeu à les faire ioindre en ce lieu.
Là–dessus ayant mis l'affaire en deliberation, elle
fut balancée vn assez long temps, et debattuë
auec vne si grande diuersité d'opinions, que pour
lors il ne fut pas possible de conclure aucune
chose ; de maniere qu'il fut treuué à propos que
le lendemain l'on s'assembleroit derechef en ce
mesme lieu à cause que la nuict s'approchoit, et
qu'au camp il y auoit quantité de blessez qu'il
falloit panser. Cette resolution prise chascun se
retira à son quartier. Or d'autant qu'on nous menoit attachez auec vn autre grand nombre d'esclaues, parmy lesquels nous nous estions eschappez de l'embrasement de la ville, soit que cela fust
arriué ou pour nostre bon–heur, ou pour vne
autre plus grande disgrace, qu'vn de ceux qui
s'estoient treuuez en cette assemblée nous auoit
sous sa garde comme prisonniers de guerre, pour
estre riche et homme honnorable ; il y eut trois
des principaux qui l'accompagnerent comme il se
retiroit apres les auoir inuitez à soupper. Les tables estant leuées ils se mirent à s'entretenir du
mauuais euenement du iour precedent, et comme
le Mitaquer (car ainsi se nommoit le Nauticor)

estoit fort fasché de cela. Cependant comme nous
estions à vn coin de la tente, attachez ensemble à
une grosse chaisne, il arriua fortuitement qu'vn de
ceux qui pour estre plus proches de nous pouuoient plus facilement remarquer nostre action,
ayant pris garde à nos larmes en fut touché en
quelque façon, si bien qu'il nous demanda quels
gens nous estions? comme se nommoit nostre
païs? et comment les Chinois nous auoient faict
leurs esclaues? A quoy nous luy respondismes ce
que nous sçauions au vray, laquelle responce fut
en quelque consideration enuers ce Tartare; de
sorte que s'engageant plus auant dans ce discours,
il s'enquit de nous si l'on combattoit en nostre
païs, et si nostre Roy auoit de l'inclination à la
guerre? A quoy vn des nostres nommé George
Mendez repartit, qu'ouy, et que de nostre enfance l'on nous esleuoit à la milice; ce qui plut
si fort au Tartare, qu'à l'heure mesme ayant appellé ses deux compagnons, Approchez, leur dict-
il, et donnez-vous vn peu la patience d'ouyr ce
que disent les prisonniers; car ie vous asseure
qu'ils me semblent estre gens de raison. Les autres deux s'approcherent incontinent, et nous
ouyrent dire quelque chose que nous leur racon-
tasmes touchant l'infortune de nostre prison. Cela
leur fit naistre l'enuie de nous faire d'autres demandes, ausquelles nous respondismes le mieux

que nous pusmes. Ce que voyant vn de ceux qui
sembloit estre le plus curieux de tous, Vrayement, dict-il, s'addressant à George Mendez, puis
que vous auez tant veu de monde à ce que vous
dictes, s'il se treuuoit quelqu'vn parmy vous qui
sceut quelque ruse ou quelque stratagesme de
guerre, par le moyen duquel le Mitaquer Nauticor de Lançame pust prendre ce chasteau, ie
vous iure qu'il se rendroit vostre prisonnier, au
lieu que vous estes les siens. Alors George Mendez, sans considerer ny auec quelle imprudence
il parloit, ny sans entendre ce qu'il disoit, et en
quel danger il s'alloit mettre, luy dict hardiment
pour responce, Si le seigneur Mitaquer Nauticor
de Lançame nous veut signer de sa main au nom
du Roy, de nous donner vn sauf-conduit pour
nous en aller par mer en l'Isle d'Ainan, d'où nous
puissions librement nous retirer en nostre pais;
possible suis-ie bien homme à luy faire prendre
le chasteau auec fort peu de trauail. Ces langages
estant ouys, et meurement considerez par vn de
ces Tartares qui estoit là present, homme d'aage,
de maintien graue, et d'auctorité comme ayant
l'honneur d'estre grandement aymé du Mitaquer;
Pense bien à ce que tu dis, repartit-il à George
Mendez, car ie t'asseure que si tu le fais on t'ac-
cordera tout ce que tu sçaurois demander, et encore dauantage. Alors tous nous autres voyant

ce que George Mendez s'en alloit entreprendre,
ensemble combien auant il s'engageoit dans sa
promesse, et que les Tartares commençoient
desia d'y fonder quelque esperance, treuuasmes à
propos de l'en reprendre, et luy dismes, qu'il ne
se hazardast pas ainsi à la volée à promettre vne
chose qui nous pourroit mettre en peine tant que
nous estions, et en danger de perdre la vie. Ie
n'apprehende rien moins, nous dict-il, car pour
le regard de ma vie, en l'estat où ie me vois
maintenant reduict, ie l'estime si peu de chose
que si quelqu'vn de ces barbares la vouloit iouër
à la prime, quand mesmes ce seroit auec deux
moindres cartes, ie la hazarderois à la premiere
vade; car ie suis bien asseuré qu'il n'est pas de
ces gens icy comme des Mahumetans d'Afrique,
de qui tout l'interest qu'ils peuuent attendre de
nous ne les obligera iamais à nous donner la vie
ou la liberté, si bien que pour ce qui me touche
en particulier, il m'est aussi bon de mourir auiourd'huy que demain; souuenez-vous seulement
de ce que vous leur auez ven faire à Quinçay, et
par là vous pourrez iuger si vous en aurez meilleur marché maintenant. Ces Tartares furent
estonnez de nous voir ainsi entrer en contention
les vns auecque les autres, et de nous entendre
parler si haut; chose qui ne leur est pas ordinaire, tellement qu'ils nous en reprirent en

termes serieux, disant, qu'il estoit plus seant
aux femmes de parler haut, puis qu'elles ne sçauoient ny mettre vn frein à leur langue, ny vne
clef à leur bouche, que non pas à des hommes
qui ont accoustumé de porter vne espée, et de
tirer des flesches durant la furieuse tourmente de
la guerre : mais que s'il estoit ainsi que George
Mendez pust mettre en execution ce qu'il auoit
proposé, en tel cas le Mitaquer ne luy refuseroit
rien de ce qu'il luy demanderoit. Cela dict, les
Tartares se separerent les vns des autres, et se
retirerent chascun à son logement, pource qu'il
estoit bien onze heures de nuict, auquel temps
l'on auoit acheué la premiere veille, et les Cappitaines de la garde commençoient desia de faire la
ronde à l'entour du camp au son de plusieurs
instrumens de guerre, comme c'est la coustume
en semblables occasions.

CHAPITRE CXIX.

De quel stratageme vsa George Mendez pour prendre le chasteau de Nixiancoo, ensemble de l'assaut qui y fut donné, et de ce qui en arriua.

CELUY des trois Cappitaines Tartares que i'ay dict cy-deuant estre fort aymé de Mitaquer General de cette armée, n'eut pas plustost appris de George Mendez, comme quoy il se vantoit de prendre le chasteau de Nixiancoo, qu'il s'y en alla luy en donner aduis; de maniere que luy faisant la chose bien plus grande qu'elle n'estoit de soy-mesme, il luy dict qu'il ne pouuoit moins faire que l'enuoyer querir pour escouter ses raisons, qui possible le contenteroient de telle sorte qu'il y adiousteroit foy; et qu'en cas que cela ne fust, du moins il n'y auroit rien de perdu de ce costé-là. Ce conseil sembla fort bon au Mitaquer, qui à l'heure mesme enuoya vn mandement à Tileymay, qui estoit le Cappitaine qui nous auoit sous sa garde, afin qu'il nous amenast, ce qu'il fit incontinent. Alors ainsi liez comme nous estions, estant arriuez à la tente du Mitaquer, nous

le trouuasmes en pleine assemblée de Conseil,
auec les septante Cappitaines du Camp, enuiron
deux heures apres la minuict. A nostre abord il
nous receut auec vn semblant affable, toutesfois
graue et seuere, puis nous faisant approcher de
luy il nous fit deslier d'vne partie des chaisnes
où nous estions attachez trois à trois. En suitte de
cela il nous demanda si nous voulions manger? A
quoy nous respondismes que nous en estions tres-
contens pour y auoir trois iours qu'il n'estoit
entré dans nos corps vn seul morceau, chose qui
luy sembla fort estrange, et dont il reprit fort
aigrement le Tileymay, et nous fit apporter deux
grands plats de riz cuit, et des canards fumez
tous crus et par petits morceaux, sur lesquelles
viandes nous nous iettasmes si auidement, comme
gens qui en auions vn extreme besoin, que ceux
de la compagnie qui prenoient vn merueilleux
plaisir à nous voir manger, dirent au Mitaquer,
« Quand vous n'auriez faict autre chose, Seigneur,
« que de les faire venir deuant vous pour tuer leur
« faim, asseurement vous auriez faict beaucoup
« pour eux. Car cela sera cause qu'ils ne mourront
« point de langueur, ce qui leur fust arriué au-
« trement, et ainsi vous eussiez perdu ces deux
« esclaues, dont le seruice ou la vente pourra
« estre proffitable en quelque façon ; car si vous
« ne vous en seruez à Lançame, vous les pourrez

« vendre plus de mille Taeis. » A ces mots les vns
et les autres se mirent à rire vn assez long temps,
et le Mitaquer commanda qu'on nous donnast
derechef du riz, ensemble des feves d'aricot, et
des pommes d'amour, nous coniurant derechef
à manger, iusques à nous dire qu'il prenoit plaisir à nous voir faire, tellement qu'en cela nous
luy satisfismes tres-volontiers. Apres que nous
eusmes bien repu il se mit à s'entretenir auec
George Mendez touchant ce qu'on luy auoit dict
de luy, et des moyens qu'on pourroit tenir à
prendre la forteresse. Sur quoy il luy fit plusieurs grandes promesses, d'honneurs, de pensions, de credit enuers le Roy, et de liberté pour
tous ses autres compagnons, auec de telles autres offres dont le comble fut par dessus la mesure. Car il luy iura que si par son moyen Dieu
luy donnoit cette victoire, par laquelle il ne cher-
choit qu'à se venger de ses ennemis selon son
desir, et selon que le sang des siens le requeroit;
qu'en toute sorte de choses il le feroit semblable
à soy, ou du moins à qui que ce fust de ses enfans; dequoy George Mendez se treuua vn peu
embarrassé, pource qu'il luy sembla comme impossible que la chose arriuast iamais iusques à ce
poinct. Tellement que pour toute responce il
luy dict, qu'il ne l'entretiendroit pas dauantage
là-dessus, sinon qu'il luy pourroit possible bien

dire de quelle façon le chasteau se prendroit s'il
l'auoit veu de ses yeux, et que pour cet effect le
lendemain matin il le considereroit de bien pres,
et feroit la ronde tout à l'entour, suiuant quoy il luy
rendroit compte du proceder qu'il faudroit tenir
pour le prendre. Le Mitaquer et tous les autres
appreuuerent cette responce, et l'en loüerent
grandement. Alors on nous enuoya loger en vne
autre tente proche de celle où estoit le Mitaquer,
où nous passasmes tout le reste de la nuict auec
vne bonne et seure garde; considerez en quelle
apprehension nous estions, sçachans bien que si
la chose ne venoit à reüssir conformement au
desir de ces barbares, ils nous tailleroient tous
en pieces, pource qu'ils estoient des gens qui
pour peu de chose ne se soucioient point de tuer
vingt ou trente hommes, sans vser d'aucun respect ny enuers Dieu, ny enuers les creatures. Le
lendemain vn peu apres les neuf heures, George
Mendez et deux des nostres qui luy furent donnez pour l'accompagner, nous en allasmes recognoistre la place auec trente hommes de cheual qui nous assistoient. Apres que George
Mendez en eut bien remarqué la situation, ensemble l'endroit par où l'on pourroit plus facilement l'assaillir et la prendre, il fut ramené vers le
Mitaquer qui l'attendoit auec impatience. Comme
il l'eut abordé il luy rendit compte de ce qu'il

auoit veu, et luy facilita la prise du chasteau sans
aucun trauail, et auec peu de hazard; dequoy
le Mitaquer receut vn merueilleux contentement,
et en fut comme transporté en soy-mesme. De
maniere qu'à l'instant il nous fit oster le reste
des fers, et les chaisnes dont nous estions attachez par le col et par les pieds, nous iurant par
le riz qu'il mangeoit, qu'aussitost qu'il seroit
arriué à Pequin, il nous presenteroit au Roy, et
accompliroit sans faute tout ce dont il nous auoit
donné sa parole; dequoy il nous fit vne promesse signée en lettres d'or, affin que nous pussions nous reposer sur la verité de sa parole.
Cela faict il nous enuoya querir à manger, et
voulut que nous fussions assis pres de luy, mesme
il nous fit plusieurs autres honneurs selon sa
coustume ; dequoy nous fusmes grandement satisfaicts, mais d'autre part bien apprehensifs que
la fortune ne nous fust fauorable, arriuant que
pour nos pechez cette affaire n'eust point vn
succes selon l'esperance que le Mitaquer en auoit
desia conceuë. Ce mesme iour tous les Cappitaines
prirent resolution sur l'ordre qu'il falloit tenir en
l'assaut de la forteresse, dequoy George Mendez
faisoit le plan, et estoit le Maistre de Camp par
qui tous les autres se gouuernoient. Premierement donc on employa vne infinité de fascines
pour combler les fossez, et fit-on plus de trois

cent eschelles grandement fortes, et si larges
que trois hommes y pouuoient aisément monter
de front sans s'incommoder, et fit-on vn grand
amas de paniers et d'hoyaux qui furent treuuez
dans les maisons des villages et bourgades d'a-
lentour, que les habitans auoient delaissées au
bruict de cette guerre : et tout le reste du iour la
pluspart des soldats s'employerent à se fournir des
choses necessaires pour le lendemain que l'assaut
se deuoit donner. Cependant George Mendez s'en
alloit tousiours à cheual à costé du Mitaquer,
qui luy faisoit de grandes faueurs ; ce qui fut
cause que nous apperceusmes en luy vne contenance glorieuse, toute differente de celle qui se
remarquoit en luy es iours precedens, qui tous
estonnez que nous estions d'vne si grande nouueauté, il s'en treuua parmy nous (lesquels enuieux de la bonne fortune d'autruy, et par vn
mauuais naturel) ne purent s'empescher d'en
murmurer, se disant les vns aux autres par vne
maniere de mepris et de raillerie, que vous semble de ce chien-là? certes ou il sera cause que
demain matin l'on nous taillera tous par quartiers,
ou bien, si l'affaire qu'il a entreprise reussit
comme nous le desirons, il est à croire qu'il se
mettra si fort en credit parmy les Barbares.
que nous tiendrons pour vn grand bon-heur
d'estre ses valets. et voyla les paroles que nous

disions, et autres semblables. Le iour d'apres
tout le camp fut mis en ordre de bataille au son
de diuers instrumens de guerre, et diuisé en douze
bataillons dont se firent douze files completes, et
vne contrefile qui en l'auant-garde enuironnoit
tout le camp en façon de demie lune : sur les
ailes estoient les premiers auec toute cette grande
machine de fascines, eschelles, paniers, hoyaux
et autres materiaux pour combler le fossé, et le
rendre égal à la terre. Marchant en cet ordre,
comme il estoit desia grand iour, ils arriuerent
au chasteau qu'ils treuuerent plein de gens, et
de plusieurs drapeaux de soye et de guidons qui
estoient fort longs. La premiere salue que se donnerent les assiegez et les assaillans fut de quantité de flesches, de zagayes, de pierres et de pots
pleins de chaux viue ou de feu d'artifice, laquelle
dura enuiron vne bonne demie heure. Puis apres
les Tartares pour mettre à sec le fossé, le com-
blerent incontinent de quantité de fascines et de
terre ; apres que toutes ces choses furent acheuées l'on dressa les eschelles contre la muraille
qui paraissoit desia fort basse à cause du terreplain du fossé. Alors George Mendez fut le premier qui monta accompagné de deux des nostres,
qui en hommes determinez auoient resolu d'y
laisser la vie, ou de rendre leur valeur signalée
par quelque acte memorable. Comme en effect

il plut à nostre Seigneur que leur resolution
eust vn bon succez : car auec ce qu'ils y entrerent les premiers, ils planterent aussi le premier
guidon sur la muraille, dequoy le Mitaquer et
tous les autres qui estoient auec luy furent si
estonnez, qu'ils disoient les vns aux autres, sans
doute si le Roy de ces gens-là assiegeoit Pequin
comme nous la tenons assiegée, le Chinois qui
deffend cette ville perdroit son honneur plus
viste que nous ne le ferons perdre auec tant de
forces que nous auons ; cependant tous les autres
Tartares qui estoient au pied des eschelles suiuirent les trois Portugais, en quoy ils se comporterent si vaillamment, tant pour auoir vn Cappitaine
qui leur en monstroit le chemin, que pour estre
d'vn naturel presque aussi determiné que ceux
du Iappon, qu'en fort peu de temps il y eut au
haut des murailles plus de cinq mille hommes de
ceux de nostre party, lesquels auec vne estrange
impetuosité firent retirer les Chinois. A mesme
temps il se commença entre les vns et les autres,
vne si furieuse et si sanglante meslée, qu'en moins
de demie heure l'affaire fut toute vuidée, et le chasteau pris, auec la mort de deux mille Chinois et
Mogores qui estoient dedans, sans que des Tartares il en eust qu'enuiron six vingts de tuez.
Cela faict les portes furent ouuertes auec de
grandes acclamations et resiouïssance qui se firent

au son de leurs instrumens pour vn tesmoignage
de cette victoire ; le Mitaquer entra tout aussitost
dans la place d'armes de ce chasteau, accompagné de ses Cappitaines et des principaux de l'armée, qui furent tous estonnez de voir vn si grand
nombre de morts estendus par terre ; de maniere
que sans se mettre autrement en peine de ceux
de son party, lesquels auoient laissé la vie en fort
petit nombre, il enuoya brusler les drappeaux
des Chinois, et fit mettre les siens à leur place.
En suitte de cela, vsant d'vne autre nouuelle ceremonie d'instrumens de guerre, et de resiouïssance à la façon des Tartares, il donna des recompenses aux blessés, et arma Cheualiers quelques-
vns des plus valeureux, à la main droicte desquels
il mit vn brasselet d'or. Ces choses ainsi acheuées
enuiron vne heure apres midy, il mangea dans
le chasteau auec quelques-vns de ses amis, et fauoris, pour vn signal de plus grand triomphe.
Par mesme moyen il donna à George Mendez et
aux autres Portuguais des brasselets d'or, et les
fit asseoir pres de luy. Apres que les tables furent
leuées, il sortit hors du chasteau auec tous ceux
de sa compagnie, et fit demanteler premierement
toute la muraille, puis demolit la place de fonds
en comble, à laquelle on mit le feu auec quantité
de ceremonies en façon de triomphe, qui se firent
auec de grands cris et acclamations, et au son de

diuers instrumens de guerre. Dauantage il commanda que ce qui restoit de la desolation de ce chasteau fust tout arrousé du sang des ennemis, et fit couper la teste à tous ceux d'entr'eux qui se treuuerent là morts. Pour le regard des siens, il les ennoya enseuelir et fit fort soigneusement panser tous ceux qui estoient blessés. Apres cela il se retira en sa tente auec vne grande magnificence de beaux cheuaux qu'on menoit en main, ensemble accompagné de plusieurs massiers et grand nombre d'hommes de sa garde, ayant tousiours pres de luy George Mendez qui estoit à cheual. Et quant à nous autres huict auec grand nombre de Cappitaines et de tres-braue Noblesse nous le suiuions à pied. Arriué qu'il fut en sa tente qui estoit richement parée, il enuoya donner à George Mendez mille Tacis de recompense, et à nous cent seulement, dequoy quelques-vns, qui s'estimoient plus qualifiez, furent grandement tristes et mecontens comme ils virent qu'on leur portoit moins de respect qu'à luy, bien que par leur moyen l'on eust veu reussir heureusement cette entreprise, dont le bon succez fut cause que nous fusmes tous en honneur et en liberté.

CHAPITRE CXX.

Du partement de Mitaquer, pour s'en aller du chasteau de Nixiancoo au camp que le Roy des Tartares auoit mis autour de la ville de Pequin.

Le iour d'apres, le Mitaquer General des Tartares voyant qu'il n'auoit rien à faire où il estoit, se resolut de continuer son chemin vers la ville de Pequin où estoit le Roy, comme i'ay dict cy-deuant. Pour cet effect ayant mis son armée en ordonnance de bataille comme il auoit accoustumé, il partit de là sur les huict heures, et la faisant cheminer au petit pas au son de ses instrumens, le premier logement qu'il fit fut enuiron le midy sur le bord d'vne riuiere, dont la scituation estoit grandement agreable, et tout à l'entour s'y voyoient des arbres fruictiers en quantité : il y auoit aussi quelques maisons ou chasteaux qui paroissoient fort beaux, mais qui estoient tous deserts et inhabitez, sans qu'il y eust rien de quoy ces Barbares pussent proffiter et faire butin. Ayant là passé la plus grande chaleur du iour il se remit en campagne, et poursuiuit son

chemin iusqu'à ce qu'enuiron vne demie heure
de nuict il s'en alla loger à vn assez bon bourg
nommé Lantimay, que nous trouuasmes encore
desert, pource que toute cette contrée estoit
aussi depeuplée à cause de ces Barbares qui ne
pardonnoient à personne ; et quelque part qu'il
passast, il y mettoit tout à feu et à sang ; comme
en effect le lendemain sitost qu'il fut iour, cette
armée, qui n'estoit pas moins cruelle que son
General, brusla tout ce bourg, ensemble plusieurs autres lieux qui estoient le long de cette
riuiere ; en quoy ce qu'il y eut de plus déplo-
rable fut, qu'vne grande campagne nommée
Bumxay, dont l'estenduë estoit de plus de six
lieuës à la ronde, et pleine d'vne grande abondance de grains, qu'on y auoit semés, et qu'on
estoit sur le point de recueillir, fut la pluspart
consommée par le feu qu'on y mit, et reduite
en cendre. Cette belle action estant acheuée,
qui fut sans doute digne de la cruauté de celuy
qui la fit, l'armée se mit derechef à marcher,
composée qu'elle estoit de quelques soixante-
cinq mille hommes de cheual, car pour tous les
autres ils furent tous tuez, tant à la prise de
Quinçay, qu'en celle du chasteau de Nixiancoo,
puis l'on passa outre iusques à vne montagne nommée Pommitay, où l'on demeura cette nuict.
Le lendemain matin l'on deslogea de ce lieu, et

marchat'on vn peu plus à la haste que de coustume, afin de pouuoir arriuer de iour à la ville
de Pequin, qui estoit esloignée de cette montagne de quelques 7 lieuës. Trois heures apres
midy nous abordasmes la riuiere de Palamxitau,
où nous vint recevoir vn Cappitaine Tartare, accompagné de quelques cent cheuaux, auec lesquels il y auoit deux iours qu'il nous attendoit.
La premiere chose qu'il fit, ce fut de rendre vne
lettre de la part du Roy au General, qui l'estima
grandement, et la receut auec beaucoup de ceremonie et de courtoisie. Depuis cette riuiere
iusques au quartier du Roy, où il y pouuoit auoir
deux lieuës de chemin, l'armée marcha sans ordre, comme ne pouuant faire autrement, tant à
cause du grand nombre de gens qu'il y auoit par
les chemins, pour voir arriver le General, que
pour le train que les Seigneurs auoient auec eux,
qui estoit si gros qu'on ne voyoit autre chose par
la campagne. En cet ordre, ou plustost auec ce
desordre, nous arriuasmes au chasteau de Lautir,
qui estoit *le premier fort des neuf* qu'auoit le camp
pour la retraicte des espies. Là nous treuuasmes
vn ieune prince fils du Roy de Perse, appellé
Guijay Paran, que le Tartare y auoit enuoyé pour
accompagner nostre General; cettui-cy ne fut pas
sitost pres de ce prince qui l'attendoit à l'entrée
du chasteau, qu'il mit pied à terre. Puis ostant

son cymeterre de son costé, il luy en fit offre à
genoux, apres auoir baisé la terre par cinq fois,
qui est la ceremonie ou le compliment dont ils
ont accoustumé d'vser entr'eux. Le General fut
infiniment aise de cet honneur, et auec vn visage riant luy tesmoigna combien estoit grande
la reputation qu'il s'estoit acquise en la prise de
Quinçay. Cela faict, il se retira deux ou trois pas
en arriere, auec vne autre nouuelle ceremonie
et haussant sa voix auec plus de grauité qu'auparauant, comme celuy qui representoit la personne
du Roy au nom duquel il venoit, il luy dict :
« Celuy à qui ma bouche baise sans cesse le ri-
« che bord du vestement, et qui par vne gran-
« deur incroyable maistrise les sceptres de la
« terre, et les Isles de la mer, t'enuoye dire par
« moy qui suis son esclave, que ton honnorable
« arriuée ne luy est pas moins agreable que la
« douce matinée de l'Esté l'est à la terre lors que
« la rosée allege nostre corps et le rafraischit, et
« qu'ainsi, sans vser de plus long delay tu t'en
« viennes ouyr sa voix, montant pour cet effect
« sur ce cheual harnaché de la pierriere tirée de
« son thresor, en quoy son dessein est que tu
« marches à mon costé affin qu'en honneur tu sois
« fait esgal au plus grand de sa Cour, et que ceux
« qui te verront marcher de cette façon reco-
« gnoissent que ta dextre est puissante, et valeu-

« reuse à qui la fatigue des armes donne cette
« récompense. » Le Mitaquer prosterné par terre
auec les mains esleuées au Ciel, luy respondit
là-dessus : « Que ma teste soit foulée cent mille
« fois par la plante de son pied affin que tous
« ceux de ma race se ressentent d'vne si grande
« faueur, et que mon fils aisné la porte desor-
« mais pour vne marque d'honneur. » Alors ayant
monté sur le mesme cheual que ce Prince luy
auoit donné tout enharnaché d'or et de pierrerie, qu'on disoit estre de ceux que la personne
du Roy montoit quelquesfois, il se mit à sa main
droicte, et ainsi tous deux commencerent à marcher avec beaucoup d'appareil et de majesté. En
cette pompe se voyoient plusieurs cheuaux qu'on
menoit en main, ensemble quantité d'Huissiers
qui à nostre mode portoient des masses d'argent
et vne compagnie de 600 hallebardiers, dont la
pluspart estoit à cheual, et 15 charrettes, auec
cymbales d'argent, lesquelles ioinctes à vne autre
grande quantité d'instrumens barbares et mal
accordés, faisoient vn si grand bruict, qu'il n'y
auoit pas moyen qu'on se pust ouyr l'vn l'autre.
Auec cela en toute cette distance de chemin,
qui estoit d'vne lieuë et demie il y auoit tant de
gens à cheual qu'on ne pouuoit rompre cette
foule par aucun endroict. Auec ce triomphe le
Mitaquer estant arriué aux premieres tranchées

du camp, il nous enuoya par vn de ses hommes
au quartier où estoit la tente qui luy deuoit seruir de logement, et nous fit dire par luy-mesme.
que le iour d'apres il nous presenteroit au Roy
plus à loisir; comme en effect nous fusmes grandement bien receus et pourueus abondamment
de toutes les choses qui nous estoient necessaires.

CHAPITRE CXXI.

De quelle façon le Mitaquer nous emmena auec luy,
pour nous presenter au Roy, ensemble des choses que
nous vismes, et qui nous arriuerent deuant que les
voir.

QUATORZE iours apres que nous fusmes arriuez
en ce camp, vn Mercredy matin ce Mitaquer
nostre General nous fit appeller à sa tente où il
estoit alors accompagné de quelques-vns de ses
Gentils hommes, en la presence desquels il nous
dict; Demain matin à cette mesme heure tenez-
vous tout prests affin que ie puisse mettre en effect la parole que ie vous ay donnée, qui est de
vous faire voir la face de celuy que nous tenons

pour nostre souuerain Seigneur; ce qui est vne
grace qui vous est faicte pour mon respect particulier; Aussi sa Maiesté ne vous l'octroye pas
seulement, mais encore la liberté, chose que
i'ay obtenuë pour vn tres-grand honneur au mar-
chepied de son Tribunal, et dont ie vous puis
asseurer en verité, que ie ne l'estime pas moins
que la prise de Nixiancoo; dequoy vous luy pourrez dire des particularitez si vous estes si heureux
qu'il vous en demande quelques-vnes. Sur quoy
ie vous aduise que i'estimeray beaucoup si lors
que vous serez arriuez en la terre où vous dictes
qu'est vostre païs, vous vous souuenez que ie
vous ay tenu la parole que ie vous ay donnée, et
qu'en cela ie me suis monstré si punctuel, que
possible pour cette consideration ie n'ay point
voulu demander au Roy vne autre chose plus
proffitable, pour vous monstrer que cecy estoit
ce que ie desirois seulement. Aussi le Roy m'a-
t'il faict l'honneur de me l'accorder incontinent,
auec de si grandes demonstrations d'honneur,
qu'il faut que ie vous aduoüe, qu'en cela ie vous
suis beaucoup plus redeuable que vous ne l'estes
à moy. Nous ayant ainsi parlé nous nous prosternasmes tous à terre, et pour responce aux cour-
toisies que nous deuions à vne si bonne nouuelle,
Seigneur, luy respondismes-nous, le bien qu'il
vous a plu nous faire est si grand, que vous en

vouloir remercier de paroles (comme ceux du
monde ont accoustumé de faire) au temps où
nous sommes, seroit plustost vne ingratitude,
qu'vne vraye et deuë recognoissance ; ce qui nous
faict croire qu'il vaut mieux que nous le passions
sous silence dans le secret de cette ame que
Dieu a mise en nous. Or puis que la langue ne
nous sert de rien à cela, et qu'elle ne peut former des paroles qui soient capables de satisfaire
à vne si grande obligation comme celle-cy que
nous vous auons tout tant que nous sommes, il
faut qu'auec des larmes continuelles et des gemissemens infinis nous en demandions la grace
à ce Seigneur qui a faict le Ciel et la terre. Car
c'est luy qui par son infinie misericorde et bonté
a voulu prendre à sa charge, de payer pour les
pauures ce à quoy leurs foibles forces ne peuuent
atteindre ; ce sera donc luy qui enuers vous et
vos enfans sçaura veritablement recognoistre vn
si bon office, par lequel vous meriterez d'auoir
part à ses promesses, et de viure long-temps en
ce monde. Entre ceux qui accompagnoient alors
Mitaquer, il y en auoit vn nommé Boquina-
dau homme d'aage, des principaux Seigneurs du
Royaume, qui en cette armée seruoit de Cappitaine des nations estrangeres, et des Rhinoceros
de la garde du camp. Cettuy-cy à qui l'on portoit plus de respect qu'à tous les autres qui

estoient là presens, n'eut pas plustost ouy nostre
responce, que haussant les yeux au Ciel il se mit
à dire, O qui seroit si heureux, que pouuoir demander à Dieu l'explication d'vn si haut secret,
à quoy ne peut arriuer la foiblesse de nostre
pauure entendement! car ie voudrois bien sçauoir d'où vient qu'il permet que des gens si esloignez de la cognoissance de nostre verité, respondent si au despourueu en termes si pleins de
douceur et si agreables aux oreilles, que i'oseray bien dire, et mesmes ie mettrois volontiers
ma teste pour cela, que des choses de Dieu et
du Ciel ils en sçauent plus en dormant, que nous
autres n'en sçauons tous esueillez; d'où l'on peut
inferer qu'il faut qu'il y ait des Prestres entr'eux,
qui sçachent beaucoup mieux que nos Bonzes de
la maison Lechune, ce qui est du cours des estoiles et des mouuemens du Ciel. Sur quoy tous
ceux d'alentour le regardans, Sans mentir, luy
respondirent-ils, vostre grandeur a tant de raison
en ce qu'elle dict, que tous nous autres sommes
obligez de tenir cela pour vn article de foy. C'est
pourquoy il nous semble qu'il seroit fort à propos de ne point laisser sortir ces estrangers de
nostre pays, où comme nos Maistres et nos Doc-
teurs, ils nous pourroient enseigner ce qu'ils
sçauent des choses du monde. Ce que vous dictes,
repartit Mitaquer, n'est pas sans quelque appa-

rence, et neantmoins c'est vne chose que le Roy
ne permettroit iamais, quand mesme on luy donneroit tous les thresors de la Chine; pource que
s'il le faisoit il violeroit la verité de sa parole, et
ainsi il perdroit 'toute la reputation de sa grandeur. Cela estant on me doit tenir pour excusé,
si ie ne luy propose des choses qui peuuent estre;
ioinct qu'il ne seroit pas bon qu'elles arriuassent
comme vous dictes. Alors se tournant vers nous,
Allez-vous-en, nous dict-il, à la bonne heure, et
demain matin ne manquez point d'estre prests,
affin de venir quand ie vous enuoyeray querir. Ces
paroles nous contenterent grandement, comme
nous en auions bien du subiect. Le iour d'apres
à la mesme heure qu'il nous auoit donnée, il
nous enuoya à nostre tente neuf cheuaux bien
équippez, sur lesquels nous montasmes et nous
en allasmes à sa tente. Luy cependant se mit
dans vne Piambre (qui est comme vne littiere)
tirée par deux cheuaux fort bien enharnachez;
tout à l'entour de luy marchoient pour sa garde
soixante hallebardiers, six pages vestus de sa
liurée, et montez sur des courtauts blancs, et
nous autres neuf sur nos cheuaux vn peu plus en
arriere. Ie laisse à part les gens de pied qui l'accompagnoient, et les instrumens de Musique
qui ioüoient de temps en temps. Ainsi sans autre
pompe, ny appareil, il partit pour s'en aller où es-

toit le Roy, qu'il treuua logé dans le grand et somptueux edifice de la Deesse Nacapirau, que les Chinois appellent Royne du Ciel, dont i'ay desia parlé
assez amplement au chapitre cent dixiesme. Estant arriué aux premieres tranchées de la tente du
Roy, qui s'appelloit *Xuxiapom*, il descendit de sa
littiere, et tous les autres mirent pied à terre, affin
de parler au Nautaran ; puis auec vne honneste ceremonie à la façon des Gentils, il luy demanda permission d'entrer, ce qui luy fut accordé tout aussitost. Là-dessus le Mitaquer s'estant remis dans sa
littiere, entra par les portes auec la mesme pompe
qu'auparauant, accompagné de ses gens, et de
tous nous autres qui le suiuismes à pied. Comme il
fut arriué à une galerie assez basse et fort longue,
où il y auoit quantité de noblesse, là il descendit
derechef de sa littiere, et nous dict que nous
eussions à l'attendre, pource qu'il s'en alloit sçauoir s'il y auoit moyen de parler au Roy, et si
l'heure estoit commode ? Nous nous arrestasmes
donc là enuiron vne heure, durant laquelle quelques-vns des Gentils-hommes qui estoient à la
galerie, remarquant que nous estions estrangers
(comme iusques alors ils n'auoient point veu de
gens faicts comme nous) ils nous appellerent, et
auec vn fort bon accueil ils nous firent asseoir
aupres d'eux. Là nous passasmes vn fort long
temps à voir voltiger et chanter certains baste-

leurs dont ils faisoient grande estime ; mais que
nous ne prisions pas beaucoup, tant pour ne les
entendre, comme pour le peu de grace qu'ils
nous sembloient auoir en ce qu'ils faisoient ;
nous vismes sortir le General Mitaquer menant
auec soy quatre ieunes garçons fort beaux, vestus de iuppes à la Turque couuertes de bandes
vertes et blanches, portans au-dessus de la che-
uille du pied des petites bandes d'or en forme de
ceps. Les Gentils-hommes qui estoient là presens
ne le virent pas plustost, qu'ils se leuerent sur
pied, et tirant les coutelas qu'ils auoient à leur
costé, les mirent à terre auec vne nouuelle ceremonie qui nous sembla fort belle, disant par trois
fois, *Faly hincane midoo patinau dacorem,* c'est à
dire, *Viue cent mille ans le Seigneur de nos testes.*
Cependant comme nous tenions la teste panchée
vers terre, vn de ces ieunes garçons nous dict
tout haut, «Hommes du bout du monde, res-
«ioüissez-vous maintenant que voicy l'heure ar-
«riuée en laquelle vostre desir doit estre accom-
«ply, et que vous deuez auoir la liberté que
«le Mitaquer vous promit dans le chasteau de
«Nixiancoo : Sus donc leuez-vous de dessus la
«terre, et haussez vos mains au Ciel, rendant
«graces au Seigneur, qui durant la paisible nuict
«de nostre repos esmaille d'estoilles le firma-
«ment. puis que de soy seulement et sans merite

« d'aucune chair, il vous a faict rencontrer en cet
« exil vn homme qui deliure vos personnes. » A
ces mots tous prosternez que nous estions à terre,
nous leur fismes cette responce par nostre truchement, Vueille le Ciel nous combler de tant
de bonne fortune, que son pied foule nos testes.
A quoy ils nous repliquerent, Vostre souhait
n'est pas petit, et plaise au Seigneur vous accorder ce don de richesse.

CHAPITRE CXXII.

Du surplus que nous vismes iusqu'à ce que nous arriuasmes où estoit le Roy des Tartares, et de ce qui nous
aduint auec luy.

Ces quatre ieunes garçons et le Mitaquer qui
nous conduisoient, passerent de là par vne galerie esleuée sur vingt-cinq colomnes de bronze,
par laquelle nous entrasmes dans vne grande salle
où il y auoit quantité de Gentils-hommes, et
parmy eux plusieurs estrangers Mogores, Perses,
Berdios, Calaminhans, et Bramaas de Sornau
Roy de Siam. Apres que nous eusmes trauersé
cette salle sans nous y arrester par aucune cere-

monie, nous entrasmes dans vne autre qui s'appelloit *Tigihipau*, où il y auoit quantité d'hommes
armez, et qui se tenoient debout, rangez en cinq
files le long de la salle. Ceux-cy auoient sur l'espaule leur coutelas garny de plaques d'or. Ils arresterent vn peu le Mitaquer, et auec de grands
complimens luy firent quelques demandes, et
receurent son serment sur les masses qué portoient les ieunes garçons, chose qu'il fit à genoux, et baisa la terre par trois diuerses fois.
Apres cela l'entrée luy fut donnée par vne autre
porte qui estoit de front, par où nous arriuasmes
en vne grande place faicte en quarré comme vn
Cloistre; là se voyoient quatre rangs de statuës
de bronze en façon d'hommes sauuages, auec
des masses et des couronnes de mesme toutes dorées. Ces idoles ou ces Geants auoient chascun de
hauteur vingt-six empans, et six de large, tant
sur la poictrine, que sur les espaules. Ils auoient
la mine assez mauuaise et difforme, et les cheueux crespelus en façon de Cafres. Le desir que
nous eusmes d'abord de sçauoir ce que signi-
fioient ces figures, fit que nous le demandasmes
aux Tartares, qui nous respondirent que c'estoient
les trois cent soixante Dieux qui auoient faict les
iours de l'année, que l'on auoit là mis expres,
affin qu'en leurs effigies vn chascun les adorast
continuellement, pour auoir creé les fruicts que

la terre produict; qu'au reste le Roy de Tartarie
les auoit là faict transporter d'vn grand Temple
appellé *Angicamoy*, qu'il auoit pris en la ville de
Xipaton, en la Chappelle des Tombeaux du Roy
de la Chine affin de triompher d'eux, lors qu'à
la bonne heure il s'en retourneroit en son païs,
affin qu'il fust cognu par tout le monde qu'en despit du Roy de laChine il luy auoit captiué ses Dieux.
En cette mesme place dont ie parle dans vn lieu
planté d'orangers, enuironné d'vne palissade de
lierre, de rosiers, de rosmarin, ensemble de plusieurs autres fleurs de diuerses sortes que nous
n'auons point en Europe, se voyoit vne tente
faicte à plaisir sur douze balustres de bois de can-
fre, chascune en quatre tronçons d'argent en façon de cordeliere, plus grosse que le bras. Dans
cette Tribune il y auoit vn Throsne assez bas en
façon d'Autel, garny de fueillages de fin or auec
son daiz au haut parsemé de plusieurs estoilles
d'argent, où se voyoient le Soleil, la Lune, et
quelques nuës, les vnes blanches et les autres de
la couleur de celles qui paroissent en temps de
pluye, toutes esmaillées si au naturel et auec
tant d'artifice, qu'elles trompoient les yeux de
ceux qui les regardoient, car elles sembloient
pleuuoir veritablement, si bien qu'il ne se pouuoit rien voir de si accomply, tant en la proportion, qu'en la peinture. Au milieu de ce Throsne

estoit couchée sur vn lict vne grande statuë d'argent appellée *Abicaunilancor*, qui signifie, *Dieu
de la santé des Roys*, qu'on auoit encore prise
dans le temple d'Angicamoy. Or tout à l'entour
de cette mesme statuë se voyoient trente-quatre
Idoles de la hauteur d'vn enfant de cinq ou six
ans, lesquelles estoient rangées en deux files, et
mises à genoux, auec les mains haussées vers cette
Idole, comme s'ils l'eussent voulu adorer. A l'entrée de cette mesme tente il y auoit quatre ieunes
Gentils-hommes richement vestus, lesquels auec
leur encensoir à la main faisoient la ronde deux
à deux, puis au son d'vne cloche qu'ils frappoient,
ils se prosternoient par terre et s'encensoient les vns
les autres, disant à haute voix, « Hixapu alitau
« xucabim tamy tamy ora pani maguo, » c'est à
dire, « Que nostre voix arriue iusques à toy
« comme vn doux parfum, affin que tu nous
« exauces. » A la garde de cette tente il y auoit
soixante hallebardiers, qui en estant vn peu esloignez l'enuironnoient tout à l'entour. Ils estoient
vestus de cuir bronzé, et portoient sur leurs testes
des morions fort bien trauaillez; toutes lesquelles
choses ioinctes ensemble estoient des obiects fort
agreables et maiestueux. Au sortir de cette place
nous entrasmes en vn autre appartement, où il y
auoit quatre grandes chambres fort riches et bien
parées, dans lesquelles estoient plusieurs Gentils-

hommes, tant estrangers, que du païs. De là passant outre où le Mitaquer et les ieunes garçons nous conduisoient, nous arriuasmes à la porte d'vne grande salle basse fàicte en façon d'Eglise, où il y auoit six Huissiers auec leurs masses, lesquels auec vn nouueau compliment qu'ils firent au Mitaquer, nous firent tous entrer, refusant la porte à tous les autres. En cette salle estoit le Roy de Tartarie, accompagné de plusieurs Princes, Seigneurs et Cappitaines, tant estrangers, que du païs; entre lesquels estoient les Roys de Pafua, Mecuy, Capinper, Raia Benan, Anchesacotay, et autres Roys iusques au nombre de quatorze, lesquels auec des vestemens de festes fort riches, estoient tous assis au pied de la Tribune, et esloignez de deux ou trois pas. Vn peu plus à l'escart se voyoient trente-deux femmes fort belles, qui ioüans de diuers instrumens de musique, faisoient vn concert fort doux à l'oreille. Le Roy estoit assis en son Throsne sous vn riche daiz, et auoit autour de luy douze enfans qui se tenoient à genoux, auec de petites masses d'or en façon de sceptres, qu'ils portoient sur leurs espaules. Plus en arriere estoit vne ieune fille, grandement belle et fort richement vestuë auec vn esuentail à la main dont elle esuentoit le Roy de temps en temps. Celle-cy estoit sœur du Mitaquer nostre General, et fort aymée

du Roy. Aussi estoit-ce pour l'amour d'elle qu'il
auoit tant de credit et de reputation par toute
l'armée. Le Roy estoit aagé d'enuiron quarante ans,
d'vne haute taille, assez maigre, et de bonne mine.
Il auoit la barbe fort courte, les moustaches à la
Turque, les yeux à la Chinoise, et le regard seuere et maiestueux. Quant à son vestement il
estoit violet en façon de soustane à la Turque en
broderies de perles : En ses pieds il auoit des sandales vertes toutes ouuragées de canetilles d'or
auec quantité de perles : et à la teste vne salade
de satin de mesme couleur que sa iuppe, auec
vne riche bordure de diamans et de rubis entre-
meslez ensemble. Auparauant que passer outre,
comme nous eusmes faict dix ou douze pas dans
la salle, nous fismes nostre compliment baisant la
terre par trois diuerses fois, auec les autres ceremonies que les Truchemens nous enseignerent :
cependant le Roy commanda que la musique cessast, et s'addressant au Mitaquer : Demande vn
peu, luy dict-il, à ces gens du bout du monde s'ils
ont vn Roy, ensemble comme s'appelle leur païs,
et de combien il est esloigné de ce Royaume de la
Chine où ie suis maintenant? Là-dessus vn des
nostres prenant la parole au nom de tous les
autres respondit : que nostre païs s'appelloit Portugal, dont le Roy estoit grandement riche et
puissant; qu'au reste depuis là iusques à la ville

de Pequin, il y auoit bien pour trois ans de chemin. Cette responce estonna grandement ce
Prince, pource qu'il ne croyoit pas que le monde
fust si grand que cela, de maniere que se frappant trois fois la cuisse d'vne houssine qu'il auoit
en main, et haussant les yeux au Ciel, comme s'il
eust rendu graces à Dieu, il dict d'vne voix si
haute, que tous le purent entendre : « Iulicauan
« iulicauan minay dotoreu pisinan himacor da-
« uulquitaroo xinacopo nifando hoperau vuixido
« vultanitirau companoo foragem hupuchiday
« purpuponi hincau, « ce qui signifie, » O Createur
« de toutes choses, sommes-nous bien capables
« de comprendre les merueilles de ta grandeur,
« nous qui ne nous pouuons appeller que de pau-
« ures fourmis de terre? fuxiquidane fuxiquidane,
« qu'ils s'approchent, qu'ils s'approchent. » Là-
dessus nous faisant signe auec la main, il nous fit
approcher iusques au premier degré du Throsne
où estoient assis les 14 Roys, et nous demanda
derechef comme vn homme estonné de ce qu'il
nous auoit ouy dire *pucau pucau?* c'est à dire,
combien combien? A quoy nous respondismes de
mesme qu'auparauant, qu'il nous falloit bien trois
ans de chemin pour nous rendre dans nostre païs;
ensuitte de cela il voulut sçauoir pourquoy nous
n'estions plustost venus par terre que par mer où
il y auoit tant de trauaux et de dangers à courir?

à cela nous repliquasmes qu'il y auoit vne trop grande estenduë de terre, où nous n'estions pas asseurez de mettre le pied pour estre comman-dée par des Roys de diuerses nations. Que venez-vous donc chercher en ce païs, adiousta le Roy, et pourquoy vous exposez-vous à de si grands dan-gers? Alors apres que nous luy eusmes rendu rai-son de cette derniere demande auec toute la sub-mission qu'il nous fut possible, il fut quelque temps sans parler. A la fin ayant branslé la teste trois ou quatre fois, et s'addressant à vn vieillard qui estoit pres de luy : « Certainement, conti-« nua-t-il, il faut bien dire qu'il y doit auoir beau-« coup d'ambition et peu de iustice dans le païs « de ces gens-là, puis qu'ils viennent de si loing « pour y conquerir d'autres terres. » A ces mots le vieillard qui s'appelloit *Raia Benan*, ne fit point d'autre responce sinon, qu'il falloit bien en effect que cela fust ainsi : car, dict-il, des hommes qui ont recours à leur industrie et à leur inuention pour courir la mer affin d'acquerir ce que Dieu ne leur a point donné, se portent à cela neces-sairement ou par vne extreme pauureté qui leur faict entierement oublier leur païs, ou par vn excez d'aueuglement et de vanité causée par vne grande auarice qui est le subiect pour lequel ils renoncent à Dieu et à ceux qui les ont mis au monde. Cette replique du vieillard fut inconti-

ñent suiuie de plusieurs mots de raillerie de tous
les autres Courtisans, lesquels dirent là-dessus
assez de paroles de complaisance; ce qui plut
grandement au Roy; cependant les femmes re-
commencerent leur musique comme auparauant,
et employerent à cela quelque peu de temps; là-
dessus le Roy se retira dans vne autre chambre
en la compagnie de ces belles musiciennes et de
la ieune fille qui l'euentoit, sans que pas vn cour-
tisan de ceux qui estoient là presens y osast entrer. A mesme temps vn des 12 enfans qui portoient les sceptres, s'en vint au Mitaquer et luy
dict de la part de sa sœur, que le Roy luy commandoit de ne s'en point aller. Ce qu'il tint pour
vne singuliere faueur à cause que ce message luy
fut faict en la presence des Roys et des Seigneurs
qui estoient en la salle, tellement qu'il ne sortit
point de là, et nous enuoya dire que nous nous
en allassions à nostre tente auec asseurance qu'il
prendroit le soin de faire en sorte que le fils du
Soleil se souuinst de nous.

CHAPITRE CXXIII.

Comment le Roy des Tartares leua le siege qu'il auoit
mis deuant la ville de Pequin pour s'en retourner à son
Royaume, et des choses qui se passerent iusques à son
arriuée.

Il y auoit desia quarante-trois iours que nous
estions dans ce camp, durant lesquels se donnerent plusieurs combats et escarmouches, entre
les assiegeans et les assiegez, ensemble deux
assauts en plein iour, à quoy ceux de dedans re-
sisterent auec vn courage inuincible comme determinez qu'ils estoient : cependant le Roy des
Tartares voyant combien contraire auoit esté à son
esperance vne si grande entreprise en laquelle il
auoit consommé tant de finances, fit assembler
son Conseil de guerre où se treuuerent presens
les vingt-sept Roys qui l'accompagnoient, ensemble plusieurs Princes et Seigneurs, auec la pluspart des Cappitaines : en ce Conseil il fut resolu,
qu'attendu que l'on s'en alloit entrer dans l'Hyuer
et que les eaux des deux riuieres s'estoient desia
desbordées auec tant de force et d'impetuosité,

qu'elles auoient rauagé la pluspart des tranchées
et des palissades du camp, ioinct qu'il y estoit
mort de maladie quantité de gens de guerre, et
que les maladies s'augmentoient si fort qu'il ne se
passoit iour auquel ne mourussent quatre ou cinq
mille personnes à faute des uiures qui leur estoient necessaires, tellement que les Cappitaines
mesmes n'auoient pas dequoy fournir à leur despence ny à celle de leurs cheuaux, et que les
soldats ne pouuoient plus subsister, que ces
choses considerées le Roy ne pouuoit mieux faire
que de leuer le siege et s'en aller deuant que
l'hyuer fust venu, de peur que s'il tardoit dauantage il ne courust risque de se perdre. Toutes
ces raisons semblerent fort bonnes au Roy, qui
sans vser d'autre delay resolut de faire ce qu'on
luy conseilloit, et d'obeir à la necessité presente,
bien que ce fust à son grand regret, tellement
qu'à l'heure mesme il enuoya embarquer toute
son infanterie, ensemble tout ce qu'il auoit de
munitions, puis ayant faict mettre le feu au camp,
il s'en alla par terre auec trois cent mille hommes
de cheual, et vingt mille Rhinoceros. Or apres
qu'on eut faict le compte de tous les morts, il se
treuua par le memoire des Cappitaines, qu'ils
estoient 450 mille, la pluspart desquels estoient
morts de maladie, ensemble trois cent mille cheuaux, et soixante mille Rhinoceros, qui furent

mangez en deux mois et demy de famine, de maniere que de dix-huict cent mille hommes auec
lesquels le Roy de Tartarie partit de son Royaume
pour assieger la ville de Pequin, deuant laquelle
il fut six mois et demy, il en emmena de moins
750 mille, dont il y en eut 450 mille qui moururent de peste, de famine, et de guerre, et
trois cent mille qui s'allerent rendre au party des
Chinois, poussez à cela par la grande paye qu'ils
leur donnoient, ensemble par les autres aduantages d'honneur et de presens qu'ils leur faisoient continuellement; dequoy il ne faut pas
beaucoup s'estonner, puisque l'experience nous
monstre que cela seulement a beaucoup plus de
force pour obliger les hommes que toutes les
autres choses du monde. Apres que le Roy de
Tartarie fut party de cette ville de Pequin vn
Lundy 17 du mois d'Octobre auec trois cent
mille hommes de cheual, comme i'ay desia dict
cy-deuant, au lieu de six cent mille hommes
qu'il y auoit amenez auec luy; ce mesme iour
presque enuiron la nuict il s'en alla loger pres
d'vne riuiere appellée Quaytragun et le lendemain vne heure deuant le iour, l'armée se mit à
marcher au son de plusieurs tambours, fifres et
autres instrumens de guerre, selon l'ordre qui
luy auoit esté donné. Le Roy cependant enuoya
deuant ses espions et ses sentinelles à cheual, or-

donnant les Cappitaines de l'auant-garde et les
Teugauxes qui sont d'autres forces qui ont accoustumé d'aller apres le bagage et les gens de
seruice ; au moyen dequoy l'armée marche en
bien plus grande asseurance qu'elle ne faict entre
nous. Auec cet ordre il arriua enuiron le soir à
vne ville nommée Guiiampee qu'il treuua toute
depeuplée. Apres que son armée s'y fut reposée
enuiron vne heure et demie, qui estoit l'ordre
qu'elle en auoit, elle se remit en campagne, et
marchant à grands pas s'en alla loger au pied
d'vne grande montagne appellée *Liampeu*, d'où
elle partit encore vers le matin. Ainsi auec ce
mesme ordre elle marcha dix-sept iours, à huict
lieuës par iour, au bout desquels elle arriua à
vne bonne ville nommée *Guauxitim*, où il y
pouuoit auoir enuiron dix ou douze mille feux.
Là il fut conseillé de se pouruœir de viures dont
il auoit besoin. Pour cet effect il assaillit la ville
tout à l'entour, et l'eschella en plein iour, et n'y
treuuant que bien peu de resistance s'en fit maistre
en fort peu de temps, et la mit à sac auec vn si
cruel massacre des habitans, que mes compagnons et moy qui estions encore neuf de nombre,
en demeurasmes comme pasmez d'estonnement.
Ainsi apres que le fer et le feu y eurent consommé toutes choses, et que ce camp fut pourueu abondamment de munitions et de viures, il

partit vne heure auant le iour; le lendemain quoy
que son armée passast à la veuë de Caixiloo, si
ne voulut-il point l'attaquer pour estre grande
et forte, ioinct que son assiette la rendoit comme
imprenable. D'ailleurs il auoit ouy dire qu'il y
auoit dedans cinquante mille hommes, où estoient compris dix mille Mogors, Cauchins, et
Champaas, soldats determinez et plus aguerris
que ceux de la Chine. De là passant outre il arriua aux murailles de Singrachirau, qui sont
celles-là mesmes dont i'ay dict cy-deuant qu'elles
diuisent ces deux Empires de la Chine et de la
Tartarie; là ne treuuant aucune sorte de resistance il s'en alla loger de l'autre costé à Panqui-
nor, qui estoit sa premiere ville, située à trois
lieuës de cette muraille de Singrachirau, et le iour
d'apres il se rendit à Psipator où il congedia la
pluspart de ses gens. En ce lieu il ne tarda pas
dauantage de 7 iours, durant lesquels il acheua de
pourueoir à la paye des soldats, et à quelques
executions qui luy restoient à faire de ceux qu'il
amenoit prisonniers de guerre. Ces choses ainsi
expediées il s'embarqua auec peu de gens, comme
vn homme qui n'estoit point autrement content,
et prit la route de Lançame n'ayant que six vingt
Lanlees de rame, dans lesquelles pouuoient s'embarquer seulement quelques dix ou douze mille
hommes. Ainsi six iours apres son embarquement

il arriua à la ville de Lançame, où sans vouloir permettre qu'on luy fist aucune entrée, il mit pied à terre à deux heures de nuict.

CHAPITRE CXXIV.

Comme le Roy de Tartarie s'en alla de la ville de Lançame à celle de Tuymican, où quelques Princes le visiterent en personne, et d'autres par leurs Ambassadeurs.

Le Roy seiourna en cette ville de Lançame iusqu'à ce que tous les hommes, tant de pied que de cheval furent arriuez, ce qui fut dans vingt-six iours. Ainsi ayant toute son armée auec luy, il passa outre en vne autre ville beaucoup plus belle, appellée *Tuymican*, où il fut visité par quelques Princes ses voisins, et par les Ambassadeurs de plusieurs autres Roys et Souuerains des plus lointaines contrées, dont les principaux furent six assez grands et puissans, à sçauoir Xatamas Roy des Perses, Siamon Empereur des Gueos, dont le païs est limitrophe à celuy de Bramaa, de Tanguu, le Calamignan, *Seigneur de la force indomptable des elephans de la terre,*

comme ie diray cy-apres, quand ie traicteray do
luy et de son Estat, le Sournau de Odiaa qui se
faict nommer Roy de Siam, dont le Royaume
s'auoisine de sept cent lieuës de coste auec celuy
de Tanauserin, et du costé de Champaa auec les
Malayos, Berdios, et Patanes, et par le cœur du
païs auec Passioloque, Capinper et Chiammay
ensemble auec les Lauhos, et les Gueos, de maniere que celuy-cy seulement a 17 Royaumes en
ses Estats. A cause dequoy pour se rendre plus
redoutable parmy les Gentils, il se faict nommer
en plus haut degré, *Seigneur de l'elephant blanc.*
L'autre estoit le Roy des Mogores, dont l'Estat
est dans le cœur du païs, pres des Corazones,
Prouince proche de Perse, et le Royaume de
Dely et de Chitor, et vn Empereur nommé Caran, selon que nous l'auons appris icy, a les
bornes de sa souueraineté dans les montagnes de
Goncalidau, à soixante degrez plus auant, auec
des hommes que ceux du païs appellent Mosco-
uites, desquels nous en vismes quelques-vns en
cette ville, qui sont blonds, de belle taille, et
vestus de hauts de chausses, de casaques et de
chappeaux, comme les Flamans ou les Suisses
que nous voyons en Europe, dont les plus honorables auoient des robes fourrées de peaux, et les
autres de martres sebellines. Ils portoient tous
des espées larges et grandes et nous remarquas-

mes qu'en leur langage ils vsoient de quelques
mots Latins, mesme qu'en baaillant ils repetoient par trois fois, *Dominus*, *Dominus*, *Domi-*
nus; ce qui sembloit auoir en eux plus d'apparence d'idolatrie, que de religion, et ce qu'il y
auoit de pire en eux estoit le detestable pesché de
Sodomie, auquel ils estoient grandement addonnez. L'Ambassadeur de cet Empereur Caran se
fit plus remarquer par son entrée, que ne firent
tous les autres; il auoit pour sa garde quelques
six-vingts hommes armez de flesches, et de per-
tuisanes damasquinées d'or et d'argent, qui
auoient tous des habits de cuir bronzé, violet et
verd. Apres eux marchoient à cheual douze Huissiers qui portoient des masses d'argent, deuant
lesquels l'on menoit en main douze cheuaux harnachez d'incarnadin auec des bordures d'or et
d'argent. Ils estoient suiuis de douze hommes de
hauteur desmesurée, et qui paroissoient estre
des Geans, vestus de peaux de Tygres, comme
l'on a accoustumé de peindre les sauuages, chascun d'eux tenant en main vn leurier d'attache,
auec vne chaisne d'argent, et vne museliere où
pendoient encore plusieurs clochettes d'argent
en façon de testieres de cheuaux, lesquelles mu-
selieres qu'on leur auoit mises pour les empescher de mordre, se fermoient auec des crochets
de laiton, et auoient des bossettes dorées comme

celles qu'on met aux mords des cheuaux. Apres
ceux-cy paroissoient douze petits pages montez
sur des haquenées blanches harnachez à la Stra-
diote, auec des selles de veloux verd, et des rets
d'argent. Ils estoient tous vestus de mesme liurée.
auec des casaques de satin cramoisy doublées de
martres, des hauts de chausses et des chappeaux
de mesme, et de grosses chaisnes d'or en escharpe.
Ces douze ieunes garçons estoient tous esgaux,
si beaux de visage, si bien faicts par le corps, et
d'vne si belle proportion de membres, que ie ne
pense pas en auoir iamais veu de plus accomplis ;
car en pas vn d'eux il n'y auoit aucun defaut de
nature qui pust passer pour la moindre tache, et
voila tous les hommes de cheual que cet Ambassadeur auoit à sa suitte. Pour luy il estoit monté
sur vn chariot à 3 rouës de chasque costé, tout
garny d'argent, assis dans vne chaire de mesme
matiere. Tout à l'entour de ce Pyrange (ainsi se
nommoit le chariot) il y auoit quarante valets
de pied, vestus de colletins et de chausses de
drap verd et rouge, chamarrez en façon d'eschets
auec des passemens de soye incarnadine, des sou-
liers bouclez presque à l'ancienne mode des
Portugais, et des espées de plus de trois doigts
de large, auec la garde, la poignée, et la boute-
rolle d'argent, et de cors de chasse pendus en
escharpe auec des chaisnes qui estoient aussi

d'argent. Sur leurs testes ils portoient des salades en façon de capuchons, où se voyoient plusieurs plumes, garnies de quantité de papillottes d'argent. Ainsi l'equipage de cet Ambassadeur qui s'appelloit *Leyxigau*, estoit si maiestueux et si grand, qu'à le voir on iugeoit aussitost qu'il appartenoit à vn Prince fort riche et puissant. Or comme nous le fusmes vn iour visiter en la compagnie du Mitaquer, qui s'en alla le voir de la part du Roy; entre les autres choses que nous vismes dans son logis, nous y remarquasmes pour vne des plus merueilleuses beautez qui fussent en ce païs, cinq chambres tenduës de tapisserie de haute lice grandement riche, et semblable à celle dont nous vsons ordinairement. D'où l'on peut inferer que là où se faict celle-là mesme qui vient en ce Royaume, se faict encore celle dont se seruent ces gens-là. En chascune de ces cinq chambres il y auoit vn daiz de brocatel, et au dessous vne table auec vn bassin et vne esguiere d'argent, dont la façon estoit fort somptueuse, ensemble vne chaire de parade d'vne estoffe violette frangée d'or, et aux pieds vn coussin de mesme parure, sur des tapis extremement grands. Là se voyoit aussi vn grand brasier d'argent, auec vne casselette de mesme, d'où s'exhaloient des parfums tres-agreables à l'odorat. A la porte de chascune de ces cinq chambres estoient deux hallebardiers.

qui en permettoient l'entrée aux personnes de
qualité qui venoient là pour voir. En vne autre
salle fort grande faicte en façon de galerie, estoit dressée sur vn marche-pied fort grand et fort
haut vne petite table faicte à nostre mode, auec
deux nappes damassées mises l'vne sur l'autre et
frangées d'or où se voyoit encore vne seruiette sur
vn essay d'argent; ensemble vne cullier et vne
fourchette d'or comme aussi deux petites salieres
de mesme metail. Environ dix ou douze pas à
costé de cette table il y auoit deux buffets pleins
de vaisselle de grand prix, et d'vne grande quantité de vaisselle d'argent de toute sorte, et faicte
au tour. Dauantage aux quatre coins de cette
table estoient remarquables quatre cuuettes,
chascune desquelles tenoit bien autant qu'vn
muid, auec leurs chaudieres attachées à des
chaisnes, et garnies de tronçons dorez de la grosseur d'vn bras, ensemble deux chandeliers fort
grands auec des flambeaux pour brusler de nuict.
Il y auoit encore à la porte de cette chambre ou
galerie douze hallebardiers de fort bonne mine,
vestus d'vne mante fort veluë auec des capuchons
sur leur teste, et des cimeterres au costé, tous
couuerts de plaques d'argent, lesquelles gardes
(comme c'est leur ordinaire) estoient fort superbes et rudes en leurs responses qu'elles faisoient
à tous ceux qui les approchoient. Auec ce que

cet Ambassadeur s'estoit là rendu par vne forme
de visite comme les autres, le principal subiect
de son Ambassade estoit pour traicter du mariage
de l'Empereur Caran auec vne sœur du Tartare,
qui se nommoit *Meica vidau,* c'est à dire, *Riche
Saphir,* femme aagée de quelques trente ans,
mais de bonne mine, et qui auoit vne grande inclination à faire du bien aux pauures pour l'a-
mour de Dieu, laquelle nous vismes plusieurs
fois en cette ville, durant des festes les plus ce-
lebres que ce peuple a accoustumé de faire en
certains iours de l'année, pendant lesquels il se
resiouïst et passe son temps à la mode des Gentils. Mais laissant à part tout cecy, dont ie n'ay
parlé que par vne maniere de relation, touchant
les Ambassadeurs que nous vismes en cette Cour,
principalement de celuy-cy, pource qu'il m'a
semblé plus remarquable que tous les autres;
ie reuiens au subiect que i'ay commencé, tant
pour le regard de nostre liberté, que du chemin
que nous fismes iusques aux Isles de cette mer
de la Chine, où cet Empereur de Tartarie nous
fit conduire, affin que les hommes qui viendront
apres nous ayent cognoissance d'vne partie de
ces choses, dont ils n'auoient possible iamais ouy
parler iusques à maintenant.

CHAPITRE CXXV.

De quelle façon nous fusmes conduits de rechef deuant
le Roy de Tartarie, et de ce que nous fismes auec
luy.

———

QUELQUES iours s'estant escoulez apres l'arriuée de ce Roy, durant lesquels il y eut quelques
festes remarquables pour la conclusion du mariage de cette Princesse Meica vidau sœur du
Roy, auec l'Empereur Caran, comme i'ay dict
ci-deuant, le Tartare par le conseil de ses Cappitaines voulut de nouueau retourner au siege de
Pequin qu'il auoit quitté, prenant quasi pour vn
affront faict à sa personne le mauuais euenement
du passé. Cela fut cause qu'il fit incontinent assembler les Estats par tout son Royaume, et
mesme qu'à force de presens il se ligua auec
plusieurs Roys et Princes des terres frontieres.
Voyant donc combien cela nous pouuoit estre
dommageable à la promesse qu'on nous auoit
faicte de nous remettre en liberté, nous fusmes
derechef importuner le Mitaquer qui auoit la
charge de tout cela. luy remettant en memoire

certaines choses qui faisoient à nostre dessein,
et qui l'obligeoient à tenir la parole qu'il nous
auoit donnée; sur quoy nous voulant satisfaire,
Certainement, nous dict-il, vous auez beaucoup
de raison en ce que vous dictes, et i'en ay encore plus de ne vous point refuser ce que vous
me demandez auec tant de iustice. Voila pourquoy ie suis d'aduis d'en faire souuenir le Roy,
afin qu'à faute de secours vous ne soyez point
frustrez de vostre liberté. Il me semble aussi que
tant plustost vous serez hors d'icy, et tant plustost vous serez à couuert des trauaux que le
temps commence à nous preparer en l'entreprise
que son Altesse faict de nouueau par le conseil
de quelques particuliers, qui pour ne se sçauoir
gouuerner ont plus besoin d'estre conseillez eux-
mesmes, que la terre n'a besoin d'eau pour produire des fruicts qui soient conformes aux se-
mences qu'on y a iettées. Mais s'il plaist à Dieu
demain matin ie feray souuenir le Roy de vous
et de vostre pauureté. Par mesme moyen ie luy
representeray que vous auez des enfans orphe-
lins, comme vous m'auez dict quelquesfois, affin
que cela l'incite à ietter les yeux sur vous, comme
il a accoustumé de faire en des cas semblables
aux vostres; ce qui n'est pas vne des moindres
marques de sa grandeur. Là-dessus il nous congedia pour ce iour-là. Le lendemain matin il s'en

alla à *Pontiueu*, qui est vne maison où le Roy
souloit donner audience à tous ceux qui auoient
quelque chose à luy dire. Là s'estant addressé à
luy pour le prier de se souuenir de nous, il luy
respondit, Qu'aussitost, qu'il despescheroit vn
Ambassadeur vers le Roy de Cauchenchine, il
nous enuoyeroit auec luy pource qu'il l'auoit
ainsi resolu. Auec cette responce le Mitaquer s'en
retourna en sa maison où nous l'attendions desia,
et nous dict ce dequoy le Roy luy auoit donné sa
parole, ensemble qu'il recognoissoit en luy le desir qu'il auoit de nous faire du bien pour nostre
voyage. Bien contens d'vne si bonne nouuelle,
nous nous en retournasmes en nostre logis. Là
n'attendans plus rien que l'heure du succès de cette
promesse, nous fusmes vn assez long temps en
impatience, iusqu'à ce qu'au bout de dix iours le
Mitaquer par l'expres commandement du Roy
nous mena à la Cour, où nous faisant approcher
de sa Maiesté auec les ceremonies de grandeur
qu'on obserue en parlant à luy, et qui sont les
mesmes dont nous vsasmes à Pequin, comme i'ay
dict cy-deuant, apres nous auoir regardé d'vn
fort bon œil, il dict au Mitaquer qu'il nous de-
mandast si nous le voulions seruir, et qu'en cas
que cela fust, auec ce qu'il en seroit bien content, il nous feroit des recompenses et des conditions plus aduantageuses qu'à tous les autres

estrangers qui le suiuoient à la guerre. A cette
demande le Mitaquer respondit à nostre faueur,
Qu'il nous auoit ouy dire autresfois que nous estions mariez à nostre pays, et chargez de beaucoup d'enfans si incommodez, qu'ils n'auoient
autre chose que ce que nous leur pouuions
amasser par nostre trauail, dont nous les entre-
tenions assez pauurement. Le Roy ouït ces paroles auec quelque demonstration de pitié, ce
qui nous fit esperer qu'il se rendroit fauorable
à nostre dessein; de maniere qu'en regardant le
Mitaquer, « Ie suis bien aise, luy dict-il, de sça-
« uoir qu'ils ont en leur païs de si bons gages
« que ceux qu'ils disent, affin qu'auec plus de
« contentement ie m'acquitte de ce que tu leur
« as promis en mon nom. » A ces mots le Mitaquer et tous nous autres auec luy, leuant les
mains pour vn tesmoignage de ce que nous les
remercions, nous baisasmes la terre trois fois en
disant, «Hipausinafapo lagan companoo ducure vi-
« day harpane marcuto valem,» qui signifie, «Que
« tes pieds se reposent sur mille generations, affin
« que tu sois Seigneur de ceux qui habitent la terre.»
A ces mots le Roy se mit à sous-rire, et dict à vn
Prince qui estoit pres de luy, Ces gens icy parlent
comme s'ils auoient esté nourris pres de nous. Alors
iettant sa veuë sur George Mendez qui estoit deuant tous nous autres proche du Mitaquer, Et

toy, luy dict-il, en quels termes en es tu? veux-tu
t'en aller ou demeurer? Sur quoy Mendez qui
auoit desia medité sa responce de plus loing,
«Sire, luy repartit-il, pour moy qui n'ay ny femme,
ny enfans qui pleurent à mon absence, ce que ie
desire le plus au monde c'est de seruir vostre
Maiesté, puis qu'il luy plaist ainsi; à quoy i'ay
plus d'affection qu'à estre Chaem de Pequin mille
ans durant. » Le Roy se sous-rit encore là-dessus
auec quelques Seigneurs qui luy estoient fami-
liers, auec lesquels il se mist à passer le temps.
Auec cela nous nous retirasmes à nostre logis assez satisfaicts, et y demeurasmes plus de trois
iours, nous tenant tousiours presls à partir. Au
bout de ce temps-là à la requeste du Mitaquer,
et par le moyen de sa sœur, qui (comme i'ay
desia dict) estoit grandement bien venuë pres de
la personne du Roy, sa Maiesté nous enuoya pour
huict que nous estions deux mille Taeis, et nous
donna à son Ambassadeur qu'il enuoyoit à la ville
d'Vzanguee en la Cauchenchine, en la compagnie d'vn autre du mesme Roy Cauchin. Auec luy
nous partismes de là cinq iours apres, embarquez
dans le mesme vaisseau où il estoit. Mais auparauant nostre partement, George Mendez nous
donna mille ducats, ce qui luy estoit bien aisé de
faire, pource qu'il en auoit desia six mille de
rente, mesme il nous accompagna tout ce iour-

là, et enfin il se separa d'auec nous, non sans
respandre beaucoup de larmes, regrettant de fois
à autre de s'estre ainsi exposé à vn exil volontaire.

CHAPITRE CXXVI.

Du chemin que nous fismes depuis cette ville de Tuymicam, jusqu'à nostre arriuée en la place des ossemens
des deffuncts.

LE neufiesme iour du mois de May, en l'année
mil cinq cent quarante-quatre, estant partis de
cette ville de Tuymicam, ce mesme iour sur le
soir nous nous en allasmes coucher en vne Vniuersité appellée Guatypamor, dans vn Pagode
qu'on nommoit Naypatin, où les deux Ambassadeurs furent tous deux bien receus par le Tuyxi-
uau de la maison qui en estoit le Recteur, et
le lendemain comme il fut grand iour tous deux
continuerent leur route à val la riuiere chascun
dans son nauire, sans y comprendre les autres
deux où estoient leurs hardes. Enuiron deux
heures du soir nous arriuasmes à vne petite ville
nommée *Puxanguim*, bien fortifiée de tours et
de boullcuarts à nostre mode, ensemble de fossez

fort larges auec des forts ponts de pierre de taille.
Il y auoit aussi grande quantité d'artillerie ou de
canons de bois faicts comme des pompes de nauire, au derriere desquels on mettoit des boettes
de fer qui portoient leur charge estant posées et
arrestées par des bandes de fer. Quant aux bou-
lets qu'ils tiroient ils estoient comme ceux des
fauconneaux et demy noirs. Nous bien estonnez
de voir cela, nous demandasmes aux Ambassadeurs, qui estoient ceux qui auoient inuenté cette
maniere de bastons à feu? A quoy ils nous respondirent, que c'estoient certains hommes nommez
Alimanis, d'vne contrée nommée Muscoo, qui
par vn lac d'eau salée fort grand et profond estoient
venus aborder en ce lieu, dans neuf vaisseaux de
rame, en la compagnie d'vne femme vefue, Dame
d'vn lieu qui s'appelloit Gaytor, qu'on tenoit
auoir esté chassée de son païs par vn Roy de
Dannemarq, si bien que s'estant là refugiée auec
trois de ses enfans, le bisaieul de ce Roy de Tartarie les fit tous trois grands Seigneurs, et leur
donna en mariage quelques siennes parentes,
desquelles sont extraictes les principales familles
de cet Empire. Le lendemain matin nous partismes de cette ville-là, et fusmes coucher en
vne autre plus noble nommée Euxeau. Les cinq
iours suiuans nous continuasmes nostre voyage
à val de cette riuiere, vn samedy matin, et arri-

uasmes à vn grand temple nommé Singuafatur,
où se voyoit vn enclos de plus d'vne lieuë de circuit, dans lequel estoient basties cent et soixante
quatre maisons, fort longues et larges, en façon
d'arcenaux, toutes pleines iusques aux tuilles de
testes de morts, dont il y en auoit si grand nombre, que i'apprehende de le dire, tant à cause
qu'on le croira difficilement, que pour le grand
abus et l'aueuglement de ces miserables. Hors
de chascune de ces maisons se voyoient encore
de grandes piles d'ossemens de ces testes, qui
estoient si hautes, qu'elles alloient par-dessus les
tuilles de plus de trois brasses, de maniere que
la maison en sembloit estre enseuelie, sans qu'il
en parust autre chose que le frontispice où estoit
la porte; là sur vn petit tertre, qui du costé du
Sud s'esleuoit, estoit vne maniere de platte forme,
où l'on montoit par neuf rangs d'escaliers de fer,
et s'y donnoit-on vne entrée par quatre portes.
Dans cette platte forme estoit esleué sur pied, et
appuyé contre vn gros Donion de forte pierre de
taille, le plus haut, le plus difforme, et le plus
espouuantable monstre, que les hommes se puissent imaginer; il estoit de fer fondu, et d'vne sta-
ture si grande et si prodigieuse, qu'à le voir d'a-
bord l'on iugeoit qu'il auoit plus de trente brasses
de haut, et plus de six de large : Et neantmoins
cette difformité n'empeschoit pas qu'il ne fust

grandement bien proportionné en tous ses membres, reserué en la teste qui estoit vn peu petite
pour vn si grand corps. Ce monstre soustenoit
sur ses deux mains vne boule de mesme fer, de
circuit de trente-six palmes. Voyant vne chose si
estrange et si monstrueuse, nous en demandasmes
l'explication à l'Ambassadeur de Tartarie, qui
voulant satisfaire à nostre curiosité : « Si vous
« sçauiez, nous respondit-il, quelle est la puis-
« sance de ce Dieu, et combien il vous est ne-
« cessaire de l'auoir pour amy, il est tres-certain
« que vous tiendriez pour bien employez tous
« vos moyens quelques grands qu'ils fussent,
« quand vous luy en feriez present, et les luy
« donneriez plustost qu'à vos propres enfans; car
« il faut que vous sçachiez que ce grand sainct
« que vous voyez là est le Thresorier des osse-
« mens de tous ceux qui sont nais au monde,
« affin qu'au dernier de tous les iours, quand
« les hommes viendront à renaistre, il donne à
« chascun les mesmes os qu'il aura eus sur terre,
« pource qu'il les cognoist tous et qu'il sçait en
« particulier à quel corps peut auoir appartenu
« chascun de ces ossemens. Sur quoy il faut que
« vous sçachiez encore que celuy qui en cette
« vie sera si mal aduisé que de ne le point hono-
« rer et de luy faire l'aumosne, s'en treuuera fort
« mal en l'autre monde, et que ce sainct luy

« donnera les os les plus pourris qu'il treuuera
« sur la terre, ioinct qu'il luy en baillera vn ou
« deux de moins, affin que par ce moyen il de-
« meure contrefaict, estropié, ou tortu, et voyla
« pourquoy si vous voulez suiure mon conseil,
« vous vous ferez icy ses confreres, en luy offrant
« quelque chose, et vous verrez par espreuue
« que vous vous en treuuerez fort bien desor-
« mais. » Nous voulusmes sçauoir encore de luy
que signifioit cette boule que ce monstre auoit
en sa main, à quoy il nous respondit; « Qu'il la
« tenoit pour en donner sur la teste du serpent
« glouton qui viuoit dans le profond abisme de la
« maison de fumée, quand il viendroit là pour
« desrober ces ossemens. » En suitte de cela nous
nous enquismes de luy comment s'appelloit ce
monstre, et il nous respondit que son nom estoit
Pachinauau du beculem Pinaufaqué, et qu'il auoit
septante et quatre mille ans qu'il estoit né d'vne
Tortuë nommée Migania, et d'vn cheual marin
de cent trente brasses de long, appellé Tybrem
vucam, qui auoit esté Roy des Geants de Fanius,
et nous dict aussi plusieurs autres sottises et brutalitez que ceux du païs tiennent pour creance,
auec laquelle le diable les precipite tous en enfer, qu'ils appellent le profond precipice de la
maison de fumée; dauantage cet Ambassadeur
nous asseura que les aumosnes qui estoient faictes

à cette Idole par ses Confreres se montoient à plus
de deux cent mille Taeis de rente par an, sans y
comprendre ce qui reuenoit des Chappelles et
d'autres fondations d'obiits des principaux Seigneurs du païs, dont la rente estoit beaucoup
plus grande que celle de ces aumosnes. Pour
conclusion il nous dict que cette mesme Idole estoit
ordinairement seruye par douze mille Prestres,
ausquels on donnoit des viures et des habits, affin qu'ils priassent pour les deffuncts, c'est à dire
pour ceux à qui auoient esté ces ossemens. Il
nous fut encore asseuré que ces Prestres ne sortoient iamais de cet enclos sans la permission de
leurs superieurs, qu'ils nommoient *Chisangues*,
ausquels ils obeïssoient, mais qu'il y auoit dehors six cent seruiteurs, qui se donnoient le soing
de les pouruoir des choses necessaires : Qu'au
reste il n'estoit permis qu'vne fois l'an à ces Prestres de rompre dans cet enclos le vœu qu'ils
auoient faict de chasteté, mais que hors iceluy
ils pouuoient paillarder à leur volonté auec qui
que ce fust, sans commettre aucun pesché. Il y
auoit aussi vn Serrail, où estoient enfermées plusieurs femmes destinées pour cet effect. ausquelles leurs *Libangus* ou Prieuresses ne refu-
soient point d'auoir affaire aux Prestres de cette
secte brutale et diabolique.

CHAPITRE CXXVII.

Du chemin que nous fismes auparauant qu'arriuer à la
ville de Quanginau, et des choses que nous y vismes.

CONTINUANT nostre voyage hors de ce Pagode
ou de ce Monastere de Gentils, dont nous venons
de parler, le iour d'apres nous arriuasmes à vne
fort belle ville appellée *Qnauginau*, qui est sur
le bord de la riuiere, en ce lieu les deux Ambassadeurs demeurerent trois iours entiers pour s'y
pourueoir de certaines choses qui leur estoient
necessaires, comme aussi pour y voir les festes et
les resiouyssances qui se firent en ce temps-là à l'entrée du *Talapicor de l'Echune* qui est leur Pape,
qui s'en alloit pour lors treuuer le Roy, et le consoler sur le mauuais succez qu'il auoit eu à la
Chine. Entre les autres graces que fit ce Talapicor aux habitans de cette ville, pour recompense des fraiz qu'ils pouuoient auoir faicts en
sa reception, il leur octroya, qu'ils pussent tous
estre Prestres, et administrer ieurs sacrifices
quelque part qu'ils se treuuassent, mesme de

receuoir pour cet effect les mesmes gages et aumosnes qu'on auoit accoustumé de donner aux
autres Prestres, sans qu'il y eust aucune diffe-
rence d'eux à ceux qui par examen auroient esté
pourueus de cette dignité. Dauantage il leur permit de pouuoir passer des escripts ou des lettres
de change pour le Ciel à tous ceux qui leur feroient du bien çà bas. En suitte de cela il octroya pour vne singuliere faueur à l'Ambassadeur
de Cauchenchina, qu'estant estranger il pust legitimer par nouuelles parentez ceux qui le paye-
roient pour cela, et mesme donner aux Seigneurs
de la Cour des titres et des marques d'honneur
tout ainsi que s'il eust esté Roy, dequoy le sot
d'Ambassadeur s'en orgueillit tellement, que
toute auarice laissée à part, bien que ce fust vn
vice auquel il estoit enclin naturellement, il employa tout ce qu'il auoit là de bien en aumosnes
qu'il fit donner à ces Prestres. Dequoy n'estant
pas content il emprunta de nous les deux mille
Taeis que le Roy nous auoit donnez, et depuis il
nous en paya l'interest à quinze pour cent. Apres
ces choses les deux Ambassadeurs se resolurent
de continuer leur voyage. Mais auparauant que
partir ils s'en allerent visiter le Talapicor en vn
Pagode où il estoit logé : car pour estre grand et
tenu pour sainct, il ne pouuoit demeurer auec
aucun homme qu'auec le Roy seulement. Alors

sitost qu'il apprit que les Ambassadeurs le venoient treuuer, il leur fit dire qu'ils ne s'en allassent point de ce iour-là pour ce qu'il deuoit
prescher en vn Temple de Religieuses de l'inuocation de Pontimaqueu, l'vn et l'autre tindrent
cela pour vn grand honneur, et s'en allerent incontinent au Pagode où le sermon se deuoit faire.
A leur arriuée ils treuuerent qu'il y auoit vne si
grande affluence de personnes, que l'on fut contrainct de transporter la chaire à vne place fort
grande, qui en moins d'vne heure fut toute enuironnée d'eschaffaux tapissez de drap de soye,
où estoient les Dames richement vestuës, et de
l'autre costé la Princesse appellée *Vanguenarau*
auec toutes les *Menigregues* ou Religieuses du Pagode qui estoient plus de trois cent. Apres que le
Talapicor fut monté en chair, et qu'en l'exterieur
il eut donné plusieurs marques de saincteté, haussant de temps en temps les yeux et les mains au Ciel.
commença son sermon en ces termes; « Faxiti-
« nau hinagor datirem, vomeridané datur nati-
« gam filau impacur, coilouzaa patigan, etc. ,» c'est
à dire, « comme l'eau a cela de propre de net-
« toyer toutes choses, et le Soleil d'eschauffer
« toutes les creatures, ainsi le propre de Dieu
« c'est de faire du bien à tous par vne nature ce-
« leste et toute diuine. Voyla pourquoy nous
« sommes grandement obligez, tant les vns que

« les autres, à imiter ce Seigneur, qui nous a
« faicts, creés, et qui nous nourrit, en faisant
« generalement à ceux qui ont faute du bien du
« monde, ce que nous voudrions qu'ils nous fis-
« sent, veu que par cette œuure nous luy sommes
« beaucoup plus agreables, que par toutes les au-
« tres. Car comme le bon pere de famille se res-
« ioüit quand il voit que l'on fait des presens et
« des caresses à ses enfans, ainsi ce diuin Sei-
« gneur, qui est le veritable pere de tous, se res-
« ioüit encore, lors qu'auec vn zele de charité
« nous communiquons les vns auec les autres;
« par où il est euident que l'auare qui ferme la
« main quand les pauures luy demandent quel-
« que chose qui leur manque, contraincts à cela
« par la necessité, et qui se tourne d'vn autre
« costé sans les assister, sera traicté tout de
« mesme par vn iuste iugement de Dieu, et en-
« foncé dans la cloüaque de la nuict, où il criera
« sans cesse comme vne Grenoüille, tourmenté
« par la faim de son auarice. Cela estant, ie vous
« aduise et vous enioinct à tous vous autres, puis-
« que vous auez des oreilles pour m'escouter,
« que vous fassiez ce que la loy du Seigneur vous
« oblige de faire, c'est à dire que vous donniez
« de ce que vous auez trop, aux pauures qui n'ont
« pas dequoy se nourrir, affin que Dieu ne vous
« manque point quand vous serez au dernier sous-

« pir de la vie. Sus donc que cette charité soit si
« remarquable et si vniuerselle en vous; que
« mesmes les oyseaux de l'air se ressentent de
« vostre liberalité. Ce que vous deuez faire pour
« empescher que les pauures ayant faute de ce
« que vous possedez par excez, ne soient con-
« traincts par leur necessité de desrober le bien
« d'autruy, dequoy vous ne seriez pas moins blas-
« mables que si vous tuez vn enfant dans le ber-
« ceau. Ie vous recommande encore que vous
« ayez à vous ressouuenir de ce qui est escript
« dans le Liure de nostre verité, touchant les
« biens que vous estes obligez de faire aux Pres-
« tres qui prient pour vous, affin qu'ils ne se per-
« dent point à faute du bien que vous leur deuez
« faire, ce qui seroit deuant Dieu vn aussi grand
« pesché comme si vous esgorgiez vne petite ge-
« nisse blanche lorsqu'elle teteroit sa mere, par
« la mort de laquelle mourroient mille ames, qui
« sont enseuelies en elle comme dans vn cercueil
« d'or, en attendant le iour que se doibt accom-
« plir la promesse qui leur a esté faicte, auquel
« elles seront transformées en perles blanches
« pour danser au Ciel, comme les atomes qui
« sont dans les rayons du Soleil. » Ayant proferé
ces choses il en adiousta beaucoup d'autres, et
dict vne infinité d'extrauagances et de sottises,
apres lesquelles il s'eschauffa de telle sorte, que

c'estoit merueille de le voir; tellement que nous autres huict Portugais estions grandement estonnez de l'extreme deuotion qui se remarquoit en ces gens-là, et comme haussant les mains au Ciel ils repetoient de fois à autre, *Taiximida*, c'est à dire, *Nous le croyons ainsi*. Cependant vn des nostres appellé Vincent Morosa, voyant qu'en certains endroicts les Auditeurs vsoient du mot de *Taiximaida*, il disoit à leur imitation, *Telle soit ta vie;* et ce auec tant de grace et vne action si posée, sans qu'il parust en aucune façon qu'il se mocquast, qu'en toute cette assemblée il n'y en auoit pas vn qui pust s'empescher de rire. Luy cependant demeuroit tousiours ferme, et se r'asseuroit de plus en plus, si bien qu'il feignoit d'en pleurer par vn exces de deuotion. Or comme il auoit tousiours les yeux du costé de Talapicor, lorsque cettuy-cy se mit à le regarder, il ne put s'empescher de faire comme les autres; de maniere que sur la fin de son Sermon de la façon qu'il le conclud, tous ceux qui l'escoutoient se mirent à rire. La Prioresse mesme et toutes les Menigrepos de son Monastere ne se pouuoient remettre en leur humeur serieuse, s'imaginant que les actions et les grimaces du Portugais fussent des effects de sa deuotion, et qu'il les fist d'vn bon sens. Car si on l'eust creu autrement, et que c'eust esté par mepris, ou par raillerie, possible

l'eust-on si bien chastié qu'il ne s'en fust plus
mocqué. Ce sermon finy le Talapicor se retira
dans le Pagode où il logeoit, accompagné de tous
les plus honnorables de l'assemblée, comme aussi
les Ambassadeurs, et ne cessant le long du chemin de loüer la deuotion du Portugais. « Voyez
« vous, disoit-il, il n'y a pas iusques à ceux-cy,
« bien qu'ils viuent en bestes, et sans cognois-
« sance de nostre verité, qui ne voyent bien qu'il
« n'y a rien que de sainct en ce qu'ils m'ont ouy
« dire; » à quoy tous firent responce qu'il estoit
ainsi comme il le disoit.

CHAPITRE CXXVIII.

Continuation de nostre voyage depuis la ville de Quanginau iusques à celle de Xolor, et de ce que nous y
vismes.

Le iour d'apres nous partismes de cette ville de
Quanginau, et continuasmes nostre voyage à val
la riuiere par l'espace de quatre iours, durant
lesquels nous vismes aux deux costez quantité de
villes et de grands bourgs qui estoient le long de
l'eau. Au bout desquels nous arriuasmes à vne
ville appellée *Lechune*, capitale de la fausse reli-

gion de ces Gentils, et telle possible (sans comparaison) que peut estre Rome entre nous. En
cette ville se void vn Temple fort somptueux,
où il y a plusieurs edifices remarquables, où sont
enseuelis vingt-sept Roys ou Empereurs de cette
Monarchie de Tartarie. Leurs tombeaux sont en
des Chappelles grandement riches, tant pour
l'excellence de leur ouurage, qui est d'vne despence incroyable, que pour estre par le dedans
toutes couuertes de lames d'argent, où se voyent
encore diuerses Idoles de differentes formes aussi
faictes d'argent. Du costé du Nord vn peu à l'escart
du Temple est vn enclos remarquable tant pour
son estenduë, que pour sa fortification. Au dedans sont bastis deux cent et quatre-vingt Monasteres, tant d'hommes, que de femmes, dediez
à certaines Idoles, et tous ces Pagodes ou Temples à ce que l'on nous asseura, sont seruis par
quarante-deux mille Prestres et Meningrepes,
sans y comprendre ceux qui estoient logez hors
l'enclos pour le seruice de ces faux Prestres.
Nous remarquasmes qu'en ces deux cent et quatre-vingt maisons il y auoit vne infinité de colomnes de bronze, et sur le haut de chasque
colomne vne Idole de mesme metail doré, outre
celles qui s'y voyoient toutes d'argent. Ces Idoles
sont les statuës de ceux qu'en leur fausse secte
ils tiennent pour saincts, et desquels ils racon-

tent de si grandes sottises, que c'est merueille de
leur en ouyr parler. Car ils donnent à chascun
d'eux vne statuë plus ou moins riche et dorée,
selon les degrez de vertus qu'il a exercées en cette
vie. Ce qu'ils font expres, affin que les viuans qui
voyent ces grands honneurs qu'on leur rend,
soient incitez à les imiter, affin qu'on leur en
fasse autant quand ils seront morts. En vn de ces
Monasteres de l'Inuocation de *Quiay Frigau*,
c'est à dire, *Dieu des atomes du Soleil*, estoit dans
vn fort riche edifice vne sœur du Roy vefue de
Raia Benan Prince de Pafua, que la mort de son
mary auoit faict resoudre à s'enfermer dans ce
Monastere, 6000 femmes l'auoient suiuie, et qui
pour vn tiltre qu'elle estimoit le plus honnorable
de ceux qu'elle eust sceu prendre se faisoit nommer *Balay de la maison de Dieu*. Les Ambassadeurs s'en allerent voir cette Dame, et luy baiserent les pieds comme à vne saincte. Elle les receut
aussi fort courtoisement, et auec vne grande
discretion elle leur demanda plusieurs choses,
dont ils luy rendirent raison. Mais comme elle
vint à ietter sa veuë sur nous, qui estions vn peu
plus esloignez, ayant sceu qu'on n'auoit iamais
veu en ce païs des hommes de nostre nation, elle
s'enquit des Ambassadeurs de quel païs nous
estions? A quoy ils firent responce que nous
venions d'vne contrée du bout du monde, de

laquelle on ne sçauoit point le nom. A ces mots
elle demeura fort estonnée, et nous faisant approcher, elle nous demanda plusieurs choses,
dont nous luy rendismes compte le mieux que
nous pusmes à son grand contentement, et de
toutes celles qui se treuuerent là presentes. Cependant la Royne estonnée des responces que luy
faisoit vn des nostres, « Ils parlent, dit-elle,
« comme des hommes qui ont esté nourris parmy
« des peuples qui ont plus veu de monde que
« nous. » Ainsi apres nous auoir ouy parler quelque temps sur certaines choses qu'elle nous demanda, elle nous r'enuoya auec de bonnes paroles,
et nous fit donner cent Taeis d'aumosne. Les
Ambassadeurs ayant pris congé d'elle continuerent leur voyage à val la riuiere, si bien qu'au
bout de cinq iours nous arriuasmes à vne grande
ville nommée Rendacalem, située aux derniers
confins du Royaume de Tartarie. Hors de ce lieu
nous entrasmes dans l'Estat de *Xinaleygrau*, et
y marchasmes quatre iours durant, iusques à ce
que nous arriuasmes à vne ville qu'on nomme
Voulem, où les Ambassadeurs furent grandement
bien receus par le Seigneur du païs, et pourueus
abondamment des choses necessaires à leur
voyage, et de Pilotes qui les guidassent en ces
riuieres. De là nous poursuiuismes nostre route
sept iours durant, pendant lesquels nous ne

vismes aucune chose qu'on puisse autrement
priser, et allasmes ioindre en fin vn destroict
appellé Catencur, par où les Pilotes entrerent,
tant pour abreger leur voyage, que pour euiter
la rencontre d'vn fameux Pyrate qui auoit volé la
pluspart des richesses de ces contrées. Par ce
destroict courant par l'Est, ensemble à l'Est-
nord-est, et en certains endroicts à l'Est-oüest,
selon les destours par où l'eau s'estendoit, nous
arriuasmes au lac de Singapamor, que ceux du
païs appellent *Cunebetée*, lequel, selon que nous
dirent nos Pilotes, auoit trente-six lieuës d'estén-
duë, où nous vismes tant de diverses sortes
d'oyseaux, qu'il m'est impossible de le pouuoir
raconter. De ce lac de Singapamor (que par vn
chef-d'œuure admirable la nature a ouuert au
cœur de ce païs) sortent quatre riuieres fort larges et fort profondes, dont la premiere se nomme
Ventrau, qui trauerse droict à l'Oüest tout le
païs de Sornau, de Siam, et faict son entrée en
la mer par la barre de Chiantabuu, à vingt-six
degrez. La seconde, *Iangumaa*, qui allant du
Sud au Sud-est, et trauersant encore la plus
grande partie de cette contrée, comme le
Royaume de Chiammay, les Laos, les Gueos, et vne
autre partie du Danbambiur, s'engolfe en la mer
par la barre de Martabane au Royaume de Pegu,
et y a de distance de l'vn à l'autre par les degrez

de ces climats, plus de sept lieuës. La troisiesme
appellée *Pomphileu,* passe de mesme façon par
tous les païs de Capimper et Sacotay, et tournant par le haut de cette seconde riuiere court
tout l'Empire de Monginoco, auec vne partie de
Meleytay et de Souady, et se va rendre dans la
mer par la barre de Cosmim pres de Arracan. La
quatriesme qui doit estre de pareille grandeur
que les autres est incogneuë de nom, et les Ambassadeurs ne nous en sceurent rendre aucune
raison. Toutesfois il est à croire, conformement
à l'opinion de plusieurs, que c'est le Gange de
Sategan au Royaume de Bengala. De maniere
qu'en tout ce qu'il y a de descouuert en ces contrées Orientales, l'on tient qu'il n'y a point de
plus grande riuiere que celle-cy, ioinct qu'apres
auoir trauersé ce lac nous y trouuasmes le païs
moins peuplé qu'en toute autre contrée par où
nous passasmes. De là nous continuasmes nostre
route par l'espace de sept iours, à la fin desquels
nous arriuasmes à vn lieu nommé *Caleypule,* dont
les habitans ne nous voulurent iamais permettre
d'aborder leur terre; car les Ambassadeurs s'estant mis en denoir de le faire, ils nous traicterent si mal à grands coups de dards et de pierres
qu'ils nous tirerent de dessus leur bord, que nous
creusmes n'auoir pas faict peu de chose pour
nostre bien de nous en estre heureusement deli-

urez. Ainsi apres que nous fusmes hors de ce lieu, fort ennuyez pour le mauuais traictement qu'on nous y auoit faict; ce qui nous affligeoit le plus c'estoit de nous voir despourueus des choses qui nous estoient necessaires, si bien que suiuant le conseil de nos Pilotes, nous nauigeasmes par vne autre riuiere plus large que le destroict que nous auions laissé, et ce par l'espace de neuf iours, au bout desquels il plut à Dieu nous faire arriuer à vne fort bonne ville appellée Tarem, le Seigneur de laquelle estoit subiect du Cauchin, qui receut le sien Ambassadeur auec de grandes demonstrations d'amitié, et le pourueut en abondance de tout ce dont il auoit besoin. Le iour d'apres nous partismes de là enuiron le Soleil couché, et continuasmes nostre route à val la riuiere plus de sept iours, apres lesquels nous allasmes moüiller l'ancre au port de Xolor, qui est vne fort bonne ville, où se faict toute la pourcelaine esmaillée que l'on transporte à la Chine. Là les Ambassadeurs demeurerent cinq iours entiers, pendant lesquels à force de barques ils firent aborder à terre leurs Nauires qui estoient fort pesans. Cela faict, comme ils se furent pourueus des choses necessaires, ils s'en allerent voir certaines minieres que le Roy de Cauchin a en ce lieu, d'où l'on tiroit grande quantité d'argent, qu'on chargeoit sur des charrettes pour le mettre à la fonte. A quoy trauailloient plus de mille hommes, sans y comprendre ceux qu'on employoit aux minieres, qui estoient en beaucoup plus grand nombre. Tellement que les Ambassadeurs ayant voulu sçauoir quelle quantité d'argent on tiroit bien de ce lieu tous les ans, il leur fut respondu, que le tout se montoit à quelques six mille Picos, qui font huict mille quintaux de nostre poids.

CHAPITRE CXXIX.

Des choses qui nous aduindrent depuis nostre partement de la ville de Xolor iusqu'à nostre arriuée en la Cour du Roy de Cauchenchine.

Au sortir de cette ville de Xolor, nous poursuiuismes tousiours nostre route plus de cinq iours par cette grande riuiere, et vismes durant ce temps-là le long d'icelle quantité de grands bourgs et de belles villes. Car en ce climat la terre y est meilleure qu'ailleurs, fort peuplée et pleine de richesses; ioinct que les riuieres y sont grandement frequentées de quantité de vaisseaux de rame, et les champs fort bien cultiuez et pleins de quantité de bleds, de riz, et de toute sorte de

legumes, et de cannes de succre fort grandes,
dont il y en a vne merueilleuse abondance en
tout ce païs. Les Gentils-hommes y sont ordinairement vestus de soye, et montez sur des cheuaux fort bien harnachez : pour le regard des
femmes elles sont extremement blanches et belles. Or ce ne fut pas sans beaucoup de trauail,
de danger et de peine, que nous passasmes ces
deux canaux, ny auec moins de fatigue aussi que
nous allasmes sur la riuiere de *Ventinau*, à cause
des Pyrates qui s'y rencontrent d'ordinaire : Neantmoins nous arriuasmes en fin à la ville de *Mana-*
quileu, qui est située au bas des montagnes de
Chomay, aux frontieres des deux Royaumes de
la Chine et de Cauchin, où les Ambassadeurs
furent tous deux biens receus de celuy qui
en estoit Gouuerneur. Le lendemain matin ils
partirent promptement de ce lieu, et s'en allerent coucher en vne ville qui s'appelloit *Quinan-*
caxi, qui estoit du domaine d'vne tante du Roy
qu'ils s'en allerent visiter. La reception qu'elle
leur fit fut tres-bonne, ioinct qu'elle leur dict
pour nouuelle, que le Roy son nepueu estoit
desia de retour de la guerre de Tinocongos, et
grandement content du bon succez qu'il auoit
en icelle. A quoy elle adiousta plusieurs autres
particularitez, qu'ils furent bien aises d'apprendre, principalement quand elle les asseura que

le Roy apres auoir licentié toutes les troupes qu'il auoit menées avec luy, s'en estoit allé à peu de train en la ville de Fanaugrem, où il y auoit pres d'vn mois qu'il passoit le temps à la chasse et à la pesche, en intention de s'en aller hyuerner à Vzanguée, ville capitale de cet Empire de Cauchin. Apres que tous deux eurent tenu conseil sur cette nouuelle, ils resolurent entr'eux d'enuoyer tous les quatre vaisseaux à *Vzanguée*, et qu'eux cependant auec peu de gens s'en iroient par terre à Fanaugrem, où ils auoient nouuelle qu'estoit le Roy. Cette deliberation prise ils la mirent incontinent en execution par l'aduis de cette Princesse, qui pour cet effect leur fit donner des cheuaux pour eux et pour leurs gens, ensemble huict Rhinoceros pour transporter leur bagage. Ils se mirent donc en chemin trois iours apres, et comme ils eurent faict quatre-vingt-six lieuës, à quoy ils employerent treize iours entiers auec assez de trauail, à cause de quelques montagnes de large estenduë, et fort raboteuses, qu'il leur falloit trauerser, à la fin ils arriuerent à vn grand logis appellé *Taraudachu*, qui estoit sur le bord d'vne riuiere. Là ils passerent toute la nuict, et le lendemain matin ils en partirent pour s'en aller à vne ville qui s'appelloit *Lindau Panoo*. où ils furent fort bien receus du Cappitaine. parent de l'Ambassadeur de Cauchenchina. qui depuis

cinq iours seulement estoit arriué de Fanaugrem
où le Roy estoit encore à sçauoir à quinze lieuës
de là. Apres que ce Cappitaine eut dict à cet
Ambassadeur son parent quelques nouuelles de
la Cour, et du succez de la guerre, il l'aduertit
encore qu'vn sien gendre estoit decedé, pour
l'amour duquel sa fille, qui estoit femme du deffunct, s'estoit iettée dans vn bucher tout ardent,
dequoy tous ses parens estoient grandement con-
solez, à cause que par vne fin si genereuse elle
auoit donné des preuues de ce qu'elle auoit tousiours esté. Ce mesme Ambassadeur pere de cette
deffuncte, tesmoigna encore qu'il receuoit vn extreme contentement de cecy, disant : « C'est
« maintenant, ma fille, que ie sçay asseurement
« que tu es saincte, et que tu sers ton mary au
« Ciel, à cause dequoy ie te promets, et te iure,
« que pour vne fin si memorable en laquelle tu
« donnes vne infaillible preuue du sang Royal
« dont tu es descenduë, ie te feray bastir pour la
« memoire de ta bonté, vne maison si magnifique
« et si honnorable, qu'elle te fera prendre enuie
« de venir d'où tu es, pour t'y recreer à l'imita-
« tion de ces bien-heureuses ames que nous te-
« nons auoir faict iadis le mesme. » Cela dict, il
se laissa cheoir auec le visage panché en terre, et
demeura en cet estat iusques au iour suiuant,
qu'il fut visité de tous les Religieux du pays qui

le consolerent en termes fort amples, l'asseurant
que sa fille estoit saincte, et qu'ainsi tous tant
qu'ils estoient luy donneroient permission de luy
dresser vne statuë d'argent. Ces asseurances de
ces Prestres plurent grandement à l'Ambassadeur,
qui pour cet effect leur en fit de grandes recog-
noissances, et leur donna de l'argent ensemble à
tous les pauures qui estoient en cette contrée;
en ce lieu-là nous passasmes neuf iours à faire les
funerailles de la deffuncte, et en partismes apres
que ce terme fut expiré. Le lendemain nous nous
en allasmes en vn Monastere appellé *Latiparau*,
c'est à dire, *remede des pauures*, où les deux Ambassadeurs demeurerent trois iours en attendant
des nouuelles du Roy qu'ils auoient desia faict aduertir de leur arriuée. Mais pour responce le
Roy leur enuoya dire, qu'ils eussent à s'en aller
en vne ville appellée *Agimpur*, qui est à trois
lieuës de là, et à vne seule lieuë de *Fanaugrem*,
et que là mesme il les enuoyeroit querir quand
il en seroit temps.

CHAPITRE CXXX.

De la reception que le Roy de Cauchenchina fit à l'Ambassadeur de Tartarie en la ville de Fanaugrem.

———

Le Roy ayant eu aduis par son Ambassadeur
comme il en menoit vn autre auec luy de la part
du Roy de Tartarie, l'enuoya chercher le iour
d'apres en la ville d'*Agimpur* par vn sien parent
frere de la Royne sa femme, Prince fort valeureux et fort riche, qui s'appelloit Passilau Vacam.
Il estoit monté sur vn chariot à trois rouës de
chasque costé, tout garny de plaques d'argent
par dedans, et tiré par quatre cheuaux blancs
tous harnachez de broderie d'or : ce chariot que
ceux du païs appellent *fiambre* estoit accompagné
de 60 valets de pied qui l'enuironnoient rangez
en deux files, ils auoient des habits de cuir verd,
des cymeterres au costé, dont les fourreaux estoient couuerts de plaques d'or, et auec ceux-cy
marchoient 12 Huissiers qui portoient leurs masses. Apres ces files marchoient d'autres hommes
ayant des hallebardes garnies d'argent, des robes,

des hauts de chausse de soye verte et grise, et des
cymeterres aux costés. Ceux-cy estoient d'vne
mine altiere, faisant les refronguez, tellement
que par leur semblant exterieur qui en toutes
leurs actions paroissoit conforme à leur inclination dedaigneuse, ils se rendoient redoutables
en quelque sorte. Trente pas apres cette garde
suiuoient 80 Elephans fort bien harnachez, auec
des chaires et des chasteaux garnis d'argent qu'ils
portoient sur leurs dos, et sur leurs dents leurs
panores ou deffences de guerre, ensemble plusieurs clochettes de mesme metail qui leur pendoient à l'entour du col. Deuant ces Elephans,
que l'on disoit estre de la garde du Roy, estoient
à cheual plusieurs Gensdarmes fort bien equippés,
et en l'auant-garde de ces preparatifs se voyoient
douze chariots auec des cymbales d'argent, et leurs
housses de soye. Comme ce Prince fut arriué en ce
superbe equippage vers l'Ambassadeur de Tartarie qui l'attendoit, apres qu'ils se furent faict
l'vn et l'autre tous les complimens qu'ils ont accoustumé de faire entr'eux, qui durerent presqu'vn quart d'heure, le Prince donna à l'Ambassadeur le chariot sur lequel il estoit venu, et se
mit sur vn courtant à sa main droicte, et l'autre
Ambassadeur du Roy qui venoit avec nous, à la
gauche. En cette pompe et auec le mesme ordre
qu'ils estoient venus, ensemble au bruit de plu-

sieurs instrumens de Musique ils arriuerent à la
premiere cour de l'hostel du Roy, où le Broquem
Cappitaine de la garde du Palais l'attendoit de
pied ferme, accompagné de quantité de noblesse,
sans y comprendre les gens de cheual, qui le
long de la basse cour estoient rangez en deux files.
Apres qu'auec vne autre ceremonie nouuelle tous
eurent faict leurs complimens ils s'en allerent à
pied à la porte du palais, où ils rencontrerent vn
vieillard aagé de plus de quatre-vingts ans qui
s'appelloit *Vuemmiserau*, qu'on disoit estre oncle
du Roy. Cettui-cy estoit accompagné de quantité
de grands Seigneurs, et ne fut pas plustost apperceu par les Ambassadeurs, qu'auec vne autre
nouuelle sorte de compliment ils luy baiserent le
cymeterre, qu'il auoit à la ceinture, surquoy il
leur rendit le semblable, auec vn honneur qu'ils
n'estiment pas petit entr'eux, qui fut de leur mettre la main sur la teste, tandis qu'ils estoient
deuant luy prosternez à terre. Alors ayant faict
leuer le Tartare, et le faisant marcher presqu'à
l'égal de luy, il le mena par vne salle fort longue
iusques à vne porte qui estoit au bas d'icelle. Là
il n'eut pas plustost frappé trois fois qu'il ouyt
quelqu'vn qui luy demandoit qui il estoit, ou ce
qu'il vouloit? A quoy se mettant en deuoir de
respondre auec vne voix posée : « Il est arriué,
« dict-il, par vne ancienne coustume de vraye

« amitié, vn Ambassadeur du grand Xinarau de
« Tartarie, pour auoir icy audience du Prech au
« Guimian, que nous tenons tous pour le Seigneur
« de nos testes. » Cette responce estant faicte les
portes leur furent ouuertes, par où ils entrerent
incontinent : le Prince marchoit le premier auec
l'Ambassadeur de Tartarie, qui le tenoit par la
main, et l'autre, qui estoit celuy du Roy, marchoit vn peu plus esloigné avec le Cappitaine des
gardes, puis suiuoient trois à trois tous ceux de
leur compagnie. Comme on eut trauersé cette
salle, où il n'y auoit point d'autres gens que ceux
des gardes, qu'on y voyoit à genoux, auec des
hallebardes en main, nous entrasmes en vne autre
salle beaucoup plus grande, et plus belle, qui
s'appelloit *Nagantilay*. Là nous vismes soixante-
quatre statuës de bronze et dix-neuf d'argent
toutes attachées par le col à des chaisnes de fer.
Vne chose si extraordinaire nous estonna grandement d'abord; mais apres que nous en eusmes
demandé la cause, il nous fut respondu par vn de
leurs Grepes ou Prestres : Que les statuës que
nous voyons là et dont nous estions si fort effrayez estoient les huictante et trois dieux des
Timochouhos, que le Roy leur auoit pris en
guerre dans vn grand Temple où ils estoient : car,
adiousterent-ils, la chose de monde que le Roy
estime le plus et qu'il tient à plus grand honneur,

c'est de triompher des dieux de ses ennemis qu'il
a amenez captifs en despist d'eux. Les ayant enquis là dessus pourquoy on les auoit mis là : c'est
nous, respondirent-ils, affin qu'à mesme temps
que le Roy fera son entrée en la ville d'*Vzanguée*, où il est en estat de s'acheminer, il les fasse
paroistre en son triomphe ainsi enchaisnez, pour
marque de la victoire qu'il a gaignée. Apres que
nous eusmes passé par cette salle où estoient ces
Idoles, nous entrasmes en vne autre chambre fort
grande où nous vismes quantité de fort belles
femmes, qui estoient assises tout du long, dont
les vnes trauailloient à diuers ouurages, et les
autres chantoient et ioüoient de quelques instrumens de musique, ce que nous fusmes fort contens de voir. Passant outre nous arriuasmes à la
porte de la chambre du Roy, où nous treuuasmes six femmes qui en estoient comme portieres,
et auoient des masses d'argent. Là estoit le Roy
en la compagnie de quelques vieillards, bien qu'ils
ne fussent pas beaucoup, et là mesme se voyoient
en plus grand nombre des ieunes femmes qui
auoient de certains instrumens de Musique, au
son desquels chantoient de petites filles. Le Roy
estoit assis en vn Throsne de 8 degrez en façon
d'autel, au haut duquel estoit vn daiz soustenu
par des balustres, le tout couuert de plaques
d'or. Prez de luy estoient à genoux six petits

enfans auec des sceptres en main, et vn peu plus
loing se voyoit vne femme assez aagée qui l'esuentoit de temps en temps, et qui auoit au col
vn gros chappellet. Ce Prince estoit aagé de
quelques trente-cinq ans, et de fort bonne mine.
Il auoit les yeux grands, la barbe blonde, et bien
faicte, le visage graue, la physionomie seuere,
et le regard d'vn Roy genereux, qui le representoit en tout le reste de son maintien. Si tost que
les Ambassadeurs furent entrez dans la Chambre,
ils se prosternerent trois fois par terre, et la troisiesme le sien y demeura couché tout à faict. Cependant celuy du Roy de Tartarie passa outre;
Estant arriué aupres du Throsne où estoit ce
Prince, comme il fut au premier degré il luy dict
auec vne voix si haute que tous les assistans le
purent ouyr, « O Tinam cor Validrate Prechau
« Companoo, » c'est à dire, « O l'appuy des forces
« de la terre, et l'haleine du haut Dieu qui a creé
« toutes choses, puisse le maiestueux estre de ta
« grandeur prosperer à tout iamais, affin que tes
« sandales seruent de cheueux à la teste de tous
« les Roys, te faisant semblable aux os et à la
« chair du grand Prince des montagnes d'argent,
« par le commandement duquel ie te suis venu
« visiter, comme tu pourras voir par cette sienne
« lettre cachetée de ses armes Royales. » Comme
il eut acheué de parler ainsi, le Cauchin le regar-

dant auec vn visage ioyeux : « Que le Soleil, luy
« respondit-il, mette vne conformité entre les
« desirs du Roy ton maistre et les miens, et ce
« par la douce ardeur de ses amoureux rayons,
« affin que la grande amitié qui est entre nous
« puisse durer et demeurer ferme iusques au der-
« nier bruict que fera la Mer, et qu'ainsi le Sei-
« gneur soit eternellement loüé en sa paix. » A ces
mots tous les Seigneurs qui estoient dans la
chambre respondirent d'vne mesme voix : « Ainsi
« le permette le Seigneur puissant, qui donne
« l'estre à la nuict et au iour. » Alors ces mesmes
femmes, qui auparauant ioüoient des instrumens
de musique, ayant recommencé leur concert, le
Roy ne parla pas dauantage, si ce n'est qu'en
accueillant l'Ambassadeur : Ie verray, luy dict-il,
la lettre de mon frere *Xinarau;* et y respondray
conformement à ton desir, affin que tu t'en ailles
content de moy. L'Ambassadeur ne fit point
d'autre replique à cela, si ce n'est qu'il se prosterna derechef au bas du Throsne Royal, mettant
par trois fois la teste sur le degré où le Roy auoit
les pieds. Cela faict, le Cappitaine des gardes le
prit par la main et le mena en sa maison, où il
logea durant les trois iours qu'il fut là, au bout
desquels le Roy partit pour s'en aller à Vzanguée.

CHAPITRE CXXXI.

Comme le Roy Cauchin s'en alla de Fanaugrem à la ville
d'Vzanguée, et en quel triomphe il y entra.

TREIZE iours apres nostre arriuée en la ville de
Fanaugrem pource que le Roy Cauchin partit
pour s'en aller à Vzanguée, cet Ambassadeur de
Tartarie n'eut audience que deux fois, en l'vne
desquelles il luy parla de ce qui nous touchoit
en particulier, selon l'expresse commission qu'il
en auoit en son memoire et en l'ordre de son
Ambassade, et tient-on que le Roy l'escouta fort
volontiers, mesme qu'il luy respondit, ie feray
ce que tu desires; et c'est pourquoy n'oublie
point à m'en faire souuenir quand tu verras qu'il
en sera temps, affin qu'ils ne perdent ny la saison, ny le vent propre pour nauiger, et qu'ils
s'en retournent où ils desirent d'aller. L'Ambassadeur n'eust pas plustost appris vne si bonne
nouuelle qu'il s'en vint à nous grandement content, et nous demanda que pour recognoissance
d'vn si bon office nous eussions à luy escrire
quelques oraisons de celles que nous addressions

à nostre Dieu, adioustant qu'il desiroit infiniment
d'estre son esclaue, pour les grandes excellences
qu'il nous auoit ouy dire de luy. Or d'autant que
nous ne pretendions autre chose que ce dequoy
il venoit de nous donner aduis, nous en fusmes
grandement contens, et l'en remerciasmes de
bonne façon; car nous desirions bien plustost
cela que tous ces grands proffits que le Roy des
Tartares nous faisoit esperer, et dont il nous sol-
licitoit de fois à autre si nous voulions demeurer
à son seruice. Apres que le Roy fut party de cette
ville de Fanaugrem, vn Samedy matin il continua
son voyage à six lieuës par iour seulement, à
cause du grand nombre de gens qu'il menoit
auec luy. Le premier iour il s'en alla disner à
vne petite ville appellée *Benau,* où il s'entretint
iusques au soir, et s'en alla coucher en vn Monastere nommé Pomgatur. Le iour d'apres il
partit du matin et à fort petit train, et tira droict
à Mecuy, et ainsi n'ayant auec luy que quelques
trois mille hommes de cheual, il suiuit son chemin neuf iours durant, passant par plusieurs
belles villes, du moins elles estoient telles en
apparence, sans vouloir permettre qu'en icelles
on lui fist aucune entrée ny reception, alleguant
pour raison, que ces resiouïssances que faisoit
le peuple, rendoient les Officiers Tyrans, et estoient cause qu'ils desroboient les pauures, en

quoy Dieu estoit grandement offensé. De cette
façon il arriua à la ville de *Lingator*, située le
long d'vne riuiere d'eau douce, qui pour estre
fort large et profonde, est frequentée par quantité de vaisseaux de rames. Là il s'arresta cinq
iours, pour se treuuer mal disposé à cause de la
fatigue du chemin. De ce mesme lieu il partit deuant le iour, ne voulant pour toute compagnie
que trente hommes de cheual, et ainsi se desrobant
à la communication de tant de gens qui l'impor-
tunoient, il se desennuya à voir voler l'oyseau, à
quoy l'on tient qu'il se plaisoit fort, et à plusieurs autres chasses de venerie, que les habitans des lieux par où il passoit luy tenoient prestes. Cependant il passoit tousiours chemin, et
dormoit la pluspart du temps par vne maniere
d'habitude dans les bois les plus espais, en des
tentes qu'on luy dressoit pour cet effect. Comme
il fut arriué à la riuiere de Baguetor, qui est l'vne
de ces trois qui (comme i'ay dict cy-deuant)
sortent du lac de *Famstir* au Royaume de Tartarie, il passa de l'autre costé sur des Lauiers et
Ioangas de rame qu'on luy tenoit prestes, et là
mesme il continua sa route à val la riuiere, iusqu'à ce qu'il aborda à vne grande ville appellée
Natibasoy, où il mit pied à terre sur le soir sans
aucune sorte de pompe. Il fit le reste de son
chemin par terre, si bien qu'au bout de treize

iours il se rendit à Vzanguée, où luy fut faicte
vne grande reception. En cette entrée marchoient
deuant luy comme en triomphe, toutes les des-
poüilles qu'il auoit prises à la guerre, dont les
principales et celles qu'il estimoit le plus, estoient
douze chariots chargez des Idoles, desquelles i'ay
parlé cy-deuant, et dont les formes estoient differentes, comme ils ont accoustumé de les auoir
en leur Pagode. De ces Idoles il y en auoit
soixante-quatre de bronze, qui paroissoient des
Geans, et dix-neuf d'argent de mesme hauteur;
car, comme il me semble auoir desia dict, ce dequoy le peuple se picque le plus, c'est de triompher de ces Idoles, disant, « Que malgré leurs
« ennemis il faict leurs Dieux ses esclaues. » Tout
à l'entour de ces douze chariots marchoient trois
à trois plusieurs Prestres attachez à des chaisnes
de fer, et qui s'en alloient pleurant. Apres eux
suiuoient encore 40 autres chariots, chascun desquels estoit traisné par 2 Rhinoceros, et pleins
depuis le bas iusques au haut d'vne infinité d'armes et de bannieres traisnantes. Il y en auoit encore 20 qui suiuoient de mesme façon, et sur lesquels estoient 20 quaisses fort grandes, barrées
de fer, et où l'on disoit qu'estoit le thresor des
Timocouhos. En ce mesme ordre marchoient
toutes les autres choses qu'ils ont accoustumé
de priser le plus en de semblables entrées de

triomphe, comme 200 Elephans armez de chasteaux et de Panoures de guerre, qui sont certaines espées qu'on leur met sur les dents quand
ils combattent, et vn grand nombre de cheuaux
chargez de sacs pleins de testes et d'ossemens
de morts; de maniere qu'en cette entrée ce Roy
Cauchin fit voir au peuple tout ce qu'à la pointe
de sa lance il auoit gaigné sur les ennemis en la
bataille qui s'estoit donnée contre eux. Apres que
nous eusmes esté un mois entier en cette ville,
où durant nostre seiour nous vismes faire quantité de ieux et de festes fort remarquables, ensemble plusieurs manieres de resiouïssances, que les
grands et le peuple mesme ne cessoient de faire,
le tout accompagné de banquets splendides et de
grands fraiz, l'Ambassadeur de Tartarie qui nous
auoit menez, parla au Roy sur ce qui estoit de
nostre voyage, et le Cauchin le luy accorda tres-
facilement, si bien qu'à l'heure mesme il commanda qu'on nous donnast vn vaisseau pour nous
en aller à la coste de la Chine, où nous croyons
treuuer quelques Nauires de Portugais pour nous
en aller à Malaca, de là aux Indes; tellement que
nostre dessein fut incontinent mis en execution,
et sans vser d'autre delay nous fismes les preparatifs necessaires à nostre partement.

CHAPITRE CXXXII.

Quel fut nostre partement de cette ville d'Vzanguée, et de ce qui nous aduint iusques à nostre arriuée en l'isle de Tanixumaa, qui est la premiere terre du Iappon.

Le douziesme de Ianuier nous partismes de la ville d'Vzanguée auec vn extresme contentement de nous estre eschappez de tant de trauerses et de trauaux que nous auions soufferts par le passé. Nous estant donc embarquez sur vne grande riuiere d'eau douce, de la largeur de plus d'vne lieuë, nous leuasmes la prouë à diuers rhombs, à cause des destours que la riuiere faisoit; cependant que, par l'espace de sept iours que nous y fusmes, nous vismes quantité de grands bourgs et de fort belles villes, lesquelles à ce que nous en pouuions iuger par les apparences, ne pouuoient estre peuplées que par des gens grandement riches. Ce qui estoit bon à iuger, tant pour la somptuosité des edifices qui se voyoient aux maisons des particuliers, mais encore plus aux Temples dont les clochers estoient tous couuerts d'or, et mesme par le grand nom-

bre de vaisseaux de rame qui estoient sur cette
riuiere, chargez en abondance de toute sorte de
prouisions et de marchandises. Or comme nous
fusmes arriuez à vne fort belle ville appellée *Quan-
geparuu*, où il y pouuoit auoir quinze ou vingt
mille feux, le Naudelum qui estoit celuy qui nous
conduisoit par l'expres commandement du Roy,
s'y arresta douze iours durant pour y faire son
commerce en eschange d'argent et de perles. A
quoy il nous confessa d'auoir gaigné quatorze
pour vn, et que s'il eust esté si aduisé que d'y
conduire du sel, il eust doublé son argent plus
de trente fois. L'on nous asseura qu'en cette ville,
des seules minieres d'argent le Roy auoit de rente
mille et cinq cent Picos, qui sont quatre mille
quintaux de nostre poids, sans y comprendre les
grands reuenus qu'il tiroit de plusieurs autres
choses differentes. Cette ville n'a pour toutes for-
tifications qu'vne foible muraille de brique, de
huict empans de long, et vn fossé de six brasses
de large, et de sept empans de fonds. Les habitans sont foibles et desarmez, qui n'ont ny artillerie, ny chose quelconque pour leur deffence,
qui pust empescher que cinq cent soldats bien
resolus ne la prissent. Nous partismes de ce lieu
vn Mardy matin, et continuasmes touiours nostre
route plus de treize iours, à la fin desquels nous
gaignasmes le port de Sanchan au Royaume de

la Chine, qui est l'Isle où mourut depuis le bien-
heureux Pere sainct François Xauier, comme ie
diray cy-apres. Or d'autant qu'il n'y auoit là aucuns vaisseaux de Malaca, pour en estre partis
depuis neuf iours, nous nous en allasmes 7 lieuës
plus auant en vn autre port nommé Lampacau,
où nous trouuasmes 2 Iuncos de Malaye, vn de
Patane, et l'autre de Lugor; et d'autant que nous
autres Portugais tenons cela de nostre nation
d'abonder en nostre sens, et de tenir ferme en
nos opinions, il y eut entre 8 que nous estions
vne si grande contrarieté d'aduis sur vne chose
en laquelle rien ne nous estoit si necessaire que
de nous maintenir en paix et en vnion, que nous
fusmes presque sur le poinct de nous entretuer.
Mais pource que le fait seroit assez honteux à raconter de la façon qu'il se passa, ie n'en diray
autre chose sinon que le Necoda de la Lorche
qui nous auoit là conduits d'Vzanguée, estonné
d'vne si grande barbarie que la nostre, se separa
d'auec nous fort fasché, et sans vouloir se charger ny de nos messages, ny de nos lettres, disant
qu'il aymoit beaucoup mieux que le Roy luy fist
trancher la teste, qu'offenser Dieu en apportant
auec luy quoy que ce fust qui nous appartinst.
Ainsi differens que nous estions en nos opinions,
et en tres mauuaise intelligence, nous tardasmes
en cette petite Isle plus de 9 iours, dans lesquels

les 2 Iuncos partirent, sans que pas vn d'eux
nous voulust receuoir et nous ramener, à cause
dequoy nous fusmes contraincts de demeurer en
ces solitudes, exposez à plusieurs grands dangers,
desquels ie ne croyois pas que nous pussions iamais nous eschapper, si Dieu ne se fust souuenu
de nous; car y ayant desia 17 iours que nous
estions là en vne grande misere et sterilité, il
vint surgir fortuitement en ce lieu vn Corsaire
appellé *Samipocheca*, qui mis en desroute s'en alloit fuyant la flotte *d'Aytao de Chincheo*, qui de
28 voiles qu'auoit ce Pyrate luy en auoit pris 26
si bien que luy s'estoit eschappé auec les deux
vaisseaux qui luy restoient seulement, dans lesquels la pluspart de ses gens estoient blessez; tellement qu'il fut contrainct de s'arrester là 20
iours, affin de les y faire panser. Or la necessité
presente nous contraignant de nous ranger de
quelque costé que ce fust, nous fusmes contraincts
de prendre party auec luy, et de nous laisser mener où il voudroit, iusqu'à ce qu'il plust à Dieu
nous mettre en vn Nauire plus asseuré pour nous
en aller à Malaca. Ces vingt iours estant passez,
pendant lesquels les blessez furent gueris, sans
que durant ce temps-là il y eust entre nous aucune sorte de reconciliation du discord passé.
Ainsi en mauuaise intelligence que nous estions,
nous nous embarquasmes auec ce Corsaire, à

sçauoir 3 dans le Iunco où il estoit, et cinq dans
l'autre, dont il auoit faict Cappitaine vn sien nepueu. Estant partis de ce lieu en intention d'aller
surgir à vn port appellé *Lailoo*, à sept lieuës de
Chincheo, et à quatre-vingt de cette Isle, nous
continuasmes nostre route auec bon vent le long
de la coste de Lamau par l'espace de 9 iours,
iusques à ce qu'vn matin s'estant presque tourné
en Nord-oüest, Sud-est, comme nous fusmes
pres de la riuiere du sel, qui est à cinq lieuës de
Chabaquée, le malheur voulut pour nous que
nous fusmes attaquez par vn Corsaire, qui auec
sept Iuncos fort grands se mit à nous combattre
depuis les six heures du matin iusques à dix, en
laquelle meslée nous fusmes traictez à grands
coups de traicts, et à force de pots tous pleins de
feu d'artifice, si bien qu'à la fin il y eut trois
voiles bruslées, à sçauoir deux du Corsaire, et
vne des nostres, qui estoit le Iunco où estoient
les cinq Portugais que nous ne pusmes iamais secourir, pource qu'en ce temps-là la pluspart des
nostres estoient blessez. Mais en fin enuirou le
soir nous estant bien rafraischis du zephyr de
l'apres disnée, il plut à nostre Seigneur nous
faire eschapper des mains de ces Pyrates. Ainsi
tout mal equippez que nous estions, nous continuasmes nostre route trois iours durant, à la fin
desquels nous fusmes accueillis d'vne si grande et

si impetueuse tempeste, que cette mesme nuict
qu'elle nous attaqua, nous perdismes la coste ; et
d'autant que l'impetuosité du vent ne nous permit iamais de l'aborder derechef, il nous fut
force d'arriuer en pouppe en l'Isle des Lequiens,
où le Corsaire qui nous menoit estoit grandement cognu, tant du Roy, que de ceux du païs.
Auec cette resolution nous nous mismes à nauiger par cet Archipelago de l'Isle, où toutesfois
nous ne pusmes prendre terre, pour n'auoir aucun Pilote qui sceust gouuerner le vaisseau,
pource que le nostre estoit mort en la derniere
meslée, ioinct que nous nauigions auec des
vents Nord-est qui nous estoient contraires, et les
marées aussi. Parmy tant de trauerses nous borde-
gasmes vingt-trois iours d'vn rhomb de l'autre
auec assez de trauail, à la fin desquels Dieu nous
fit la grace de descouurir la terre, d'où nous ap-
prochant pour voir si nous n'y remarquerions
point quelque apparence de port, ou de bon an-
crage, nous apperceusmes du costé du Sud,
presque vers l'horizon de la mer vn grand feu ; ce
qui nous fit croire qu'en ce lieu nous treuue-
rions possible quelque bourg, où pour nostre argent nous aurions moyen de nous fournir d'eau
douce, dont nous auions grand besoin. Ainsi nous
allasmes surgir tout deuant l'Isle à septante brasses, et vismes à mesme temps s'en venir à nous

de terre deux petites Almedias dans lesquelles il
y auoit six hommes, qui apres auoir ioinct nostre
bord en nous faisant des complimens à leur mode
nous demanderent d'où venoit le lunco? à quoy
leur ayant faict responce qu'il venoit de la Chine
auec de la marchandise en intention de faire
quelque commerce en ce lieu, si l'on en donnoit
la permission, vn des six nous respondit : Que le
Nautaquin, Seigneur de cette Isle, appellée Tanixumaa, le souffriroit tres-volontiers, moyennant
les droicts qu'on auoit accoustumé de payer au
Iappon, qui est, continua-t'il, ce grand païs que
vous voyez là deuant vous. Ces nouuelles et plusieurs autres choses qu'ils nous dirent nous resiouyrent infiniment, de sorte qu'apres nous auoir
monstré le port, nous leuasmes l'ancre, et nous
estant mis dans vn batteau, allasmes par proüe
nous mettre à l'abry d'vne calle que la terre faisoit du costé du Sud, où il y auoit vne grande
ville appellée *Miaygimaa*, d'où nous vindrent
incontinent à bord plusieurs Paraoos auec des
rafraischissemens que nous acheptasmes.

CHAPITRE CXXXIII.

Comme nous mismes pied à terre en cette Isle de Tani-
    xumaa, et de ce qui nous aduint auec le Seigneur de
    ce lieu.

I̲L̲ n'y auoit pas plus de deux heures que nous
auions pris terre en cette calle de *Miaygimaa*
lors que le Nautaquin, Prince de cette Isle Tanixumaa, s'en vint droict à nostre Iunco, accompagné de plusieurs Marchands et Gentils-hommes
qui faisoient porter des quaisses pleines de lingots d'argent pour en faire eschange auec nos
marchandises. Ainsi apres que de part et d'autre
l'on se fust faict des compliments ordinaires, et que
le Nautaquin eust parole de pouuoir venir à nous
en toute asseurance, il s'y rendit incontinent, et
ne nous apperceut pas plustost nous autres trois
Portuguais, qu'il demanda quels gens nous estions, adioustant que par nos barbes et par nos
visages nous ne pouuions passer pour Chinois.
A cette demande le Corsaire fit responce, que
nous estions d'vn pays qui s'appelloit Malaca, où
depuis plusieurs années nous estions venus d'vne

autre contrée que l'on nommoit Portugal, dont
ce Roy, selon qu'il nous auoit ouy dire autresfois, demeuroit au bout de la grandeur du monde.
A ces mots le Nautaquin demeura tout estonné,
et se tournant du costé des siens qui estoient là
presens : « Ie veux qu'on me tuë, leur dict-il, si
« ces gens icy ne sont les Chienchicogis, dont il
« est escrist dans nos liures, que volant par le haut
« des eaux, ils subiugueront sur elles les habi-
« tans de la terre, où Dieu a creé les richesses du
« monde, c'est pourquoy ce nous sera vne bonne
« fortune, s'ils viennent en nostre pays soubs le
« tiltre de bons amis. » Là-dessus ayant appellé
une femme Lechia qu'il auoit prez de luy qui
seruoit comme de truchement, si bien que par
son moyen l'on pouuoit entendre les Cappitaines
Chinois Seigneurs du Iunco : Demande un peu au
Necoda, luy dict-il, où est-ce qu'il a treuué ces
hommes, ou soubs quel tiltre il les amene auec
luy en nostre pays du Iappon? Le Cappitaine luy
repartit à cela, que nous estions marchands et
gens de bien, et que nous ayant treuuez à La-
pacau, où nous nous estions perdus, il nous
auoit retirez affin de nous ayder de ses aumosnes
comme il auoit accoustumé de faire aux autres
qu'il rencontroit, affin que Dieu lui fist la grace
à luy-mesme d'estre deliuré des impetueuses tempestes par la violence desquelles ceux qui naui-

geoient estoient subiects à se perdre. Ces raisons
du Corsaire semblerent si bonnes au Nautaquin,
qu'il entra tout aussitost dans le Iunco ; et parce
que les gens de sa suitte estoient en grand nombre, il commanda qu'il n'y eust seulement que
ceux qu'il nommeroit qui entrassent auec luy.
Apres qu'il eut veu toutes les particularitez du
Iunco, il s'assit en vne chaire prez du demy-
pont, et commença de s'enquerir de nous de
certaines choses qu'il voulut sçauoir. A quoy
nous luy respondismes conformement à ce que
nous iugions estre de son humeur, tellement
qu'il nous tesmoigna d'en receuoir vn extresme
contentement. En cet entretien il passa auec
nous vne grande espace de temps, nous faisant
voir par toutes ses demandes qu'il estoit homme
fort curieux et enclin à sçauoir des nouueautez.
Cela faict il se separa d'auec nous et du Necoda
Chīnois sans se soucier beaucoup des autres,
disant : Venez-moy voir demain à ma maison, et
m'apportez pour present vne ample relation des
nouuelles de ce grand monde, par ou vous auez
voyagé, ensemble des terres que vous auez veuës,
et souuenez-vous par mesme moyen de me dire
comme elles s'appellent ; car ie vous iure que
i'achepteray plus volontiers cette marchandise que
toute celle que vous me sçauriez vendre. Cela
dict, il s'en retourna à terre, et le lendemain

comme il fut iour, il nous enuoya à nostre Iunco
vn grand Parao, plein de diuerses sortes de ra-
fraischissements, où il y auoit des raisins, des poi-
res, des melons, et de toutes sortes d'herbages
de cette contrée ; dequoy nous rendismes graces
à nostre Seigneur. En eschange de ce present,
le Necoda luy enuoya par le mesme messager
quelques pieces riches, ensemble quelques ioliuetez de la Chine : par mesme moyen il luy
fit dire, qu'aussitost que son Iunco seroit à l'ancre et en seureté du temps, il s'en iroit le voir
à terre, et luy porteroit des eschantillons de la
marchandise qu'il auoit à vendre ; comme en effect le matin d'apres il mit pied à terre, et nous
mena tous trois auec luy, ensemble plus de dix
ou douze Chinois de ceux qui luy sembloient
plus graues; afin qu'à cette premiere veuë il donnast meilleure opinion de soy pour satisfaire à
la vanité à laquelle ce peuple se porte d'inclination. Nous en allasmes donc à la maison du Nautaquin, où nous fusmes les tres bien receus, et
le Necoda luy fit vn riche present. Apres cela il
luy monstra des eschantillons de toute la marchandise qu'il auoit, dequoy il demeura grandement content, et fit appeller à mesme temps
les principaux marchands du pays, auec lesquels
il fut traitté du prix de ses marchandises. En estant demeuré d'accord, il fut resolu que le iour

d'apres on les transporteroit en vne certaine maison, où le Necoda se retira auec ses gens en attendant qu'il pust faire voile à la Chine. Apres
que tout cela fut ainsi resolu, le Nautaquin se
mit de rechef à s'entretenir auec nous, et nous
demanda beaucoup de choses par le menu; à
quoy nous luy respondismes plustost pour nous
accommoder au goust qu'il y pouuoit prendre,
que pour luy dire reellement ce qui estoit de la
verité, ce que toutesfois nous n'obseruasmes
qu'en quelques demandes qu'il nous fit où nous
iugeasmes estre necessaire de nous seruir de certaines choses feintes à plaisir, pour ne deroger à
la bonne opinion qu'il auoit de nostre païs. La
premiere chose qu'il mit en auant fut d'auoir appris des Chinois et des Lequiens, que le Portugal estoit beaucoup plus riche et de plus grande
estenduë que tout l'Empire de la Chine, ce que
nous luy accordasmes. La seconde, qu'on l'auoit
encore asseuré, que nostre Roy auoit conquesté
sur mer la plus grande partie du monde, ce que
nous luy certifiasmes aussi. La troisiesme, que
nostre Roy estoit si riche en or et en argent,
qu'on tenoit pour chose certaine, qu'il auoit plus
de deux mille maisons qui en estoient pleines
iusques au toict, et à cela nous repartismes, que
pour le nombre des maisons nous ne le sçauions
pas au vray, à cause que le Royaume de Portu-

gal estoit si grand, si plein de thresors et si peuplé, qu'il estoit impossible de pouuoir specifier
cela. Ainsi apres que le Nautaquin se fut entretenu plus de deux heures auec nous de ces demandes et autres semblables, se tournant du
costé des siens; « asseurement, leur dict-il, pas
« vn de ces rois que nous sçauons maintenant
« estre sur la terre, ne doit estre tenu pour heu-
« reux s'il n'est vassal d'vn si grand Monarque
« qu'est l'Empereur de ces gens-cy. » Sur quoy
ayant congedié le Necoda auec ceux de sa compagnie, il nous pria de vouloir passer là cette
nuict à terre auec luy, pour contenter l'extreme
desir qu'il auoit de s'enquerir de nous touchant
plusieurs choses du monde, à quoy il estoit grandement porté d'inclination. Par mesme moyen
il nous asseura que le lendemain matin il nous
feroit donner vn logis aupres du sien qui estoit
au lieu le plus commode de la ville ; ce que nous
acceptasmes tres volontiers ; et cependant il nous
enuoya en la maison d'vn marchand grandement
riche, qui nous traitta fort splendidement, non
seulement cette nuict, mais durant les douze iours
que nous y demeurasmes.

CHAPITRE CXXXIV.

Du grand honneur que le Nautaquin fit à l'vn des nostres,
pour l'auoir veu tirer d'vne harquebuze et de ce qui en
arriua.

Le iour suiuant le Necoda Chinois desambar-
qua toute sa marchandise, comme le Nautaquin
luy auoit enioinct, et la mit en de fort bonnes
chambres, qui pour cet effect luy furent données.
Il la vendit toute dans trois iours, tant pour n'en
auoir que fort peu, qu'à cause que par vn grand
bon-heur pour luy il se treuua que le pays en estoit depourueu pour lors. Aussi ce Corsaire y
proffita tellement, que par cette vente il se remit tout à faict de la perte de vingt-six voiles que
les Chinois luy auoient prises; car on luy accordoit aussitost le prix qu'il en demandoit, de maniere qu'il nous confessa que de la valeur de
deux mille et cinq cent Tacis qu'il pouuoit auoir
de bien, il en auoit tiré plus de trente mille; Et
pour le regard de nous autres trois Portugais,
comme nous n'auions aucune marchandise pour
nous occuper à la vendre, nous employons le
temps à pescher, à nous en aller à la chasse, et

à voir les Temples de ces Gentils, qui estoient
fort maiestueux et fort riches, dans lesquels les
Bonzes qui sont leurs Prestres, nous receuoieut
fort courtoisement; aussi est-ce la coustume de
ceux du Iappon d'estre naturellement fort courtois et de bonne compagnie. Ainsi comme nous
ne sçauions à quoy nous occuper, vn des trois
que nous estions, appellé Diego Zeimoto, s'en alloit quelquesfois tirer par plaisir d'vne harquebuze qu'il auoit; à quoy il estoit fort adroict,
tellement que luy estant arriué vn iour de s'en
aller à vn marescage où il y auoit grande quantité
d'oyseaux de toute sorte, il tua à cette fois quelques vingt-six canettes. Cependant ces peuples
voyant cette façon de tirer qu'ils n'auoient point
encore veuë en estoient fort estonnez, si bien
que cela vint iusques aux oreilles du Nautaquin
qui en ce temps-là s'amusoit à courir des cheuaux qu'on luy auoit amenez de dehors. Or
comme il ne sceut que penser de cette nouueauté, il fit incontinent appeller Zeimoto en ce
mesme marescage où il chassoit : mais quand il
le vid venir auec sa harquebuze sur son espaule,
ensemble deux Chinois auec luy chargez de gibier, il commença de faire vn si grand estat de
cela, qu'il ne le pouuoit assez admirer. Car comme par le passé on n'auoit veu en ce pays aucune
sorte de baston à feu, l'on ne pouuoit comprendre

ce que c'estoit, de maniere qu'à faute d'entendre
le secret de la poudre, ils demeurerent tous d'accord qu'il falloit necessairement que ce fust quelque sortilege. Là-dessus Zeimoto les voyant si
estonnez, et le Nautaquin si content, tira trois
coups deuant eux, dont l'effect fut tel qu'il tua
vn milan et deux tourterelles. En vn mot, pour
ne perdre le temps à encherir cecy par les paroles, ou par la loüange, ensemble pour m'excuser de le raconter par le menu, parce que cela
passeroit pour vne chose incroyable, ie n'en diray pas dauantage, sinon que le Nautaquin fit
monter Zeimoto à la crouppe de son cheual, et
qu'ainsi accompagné d'une foule de peuple et de
quatre Huissiers qui auoient en main des bastons ferrez, et lesquels s'en alloient criant parmy
le peuple dont le nombre estoit infiny. « L'on
« faict à sçauoir que le Nautaquin Prince de cette
« Isle de Tanixumaa et Seigneur de nos testes,
« enioinct et commande expressement, que tous
« vous autres, qui habitez la terre qui est entre
« les deux mers, ayez à honnorer ce Chenchico-
« gin du bout du monde : car des auiourd'hui et
« cy-apres il le fait son parent, de mesme que les
« Iacharons, qui sont assis pres de sa personne;
« et quiconque ne le fera de bonne volonté, qu'il
« s'asseure de perdre la teste. » A quoy tout le
peuple respondoit auec vn grand bruit : « Nous

« le ferons ainsi pour iamais. » Auec cette pompe
Zeimoto estant arriué à la premiere place du Palais, le Nautaquin mit pied à terre, et le prit par
la main. Cependant que nous autres deux demeurasmes derriere vn assez long-temps, et le
mena tousiours à son costé, iusques à vne chambre, où il le fit asseoir à sa table ; et pour l'honnorer plus que tous les autres il voulut encore
qu'il y couchast cette nuict, le fauorisant beaucoup à l'aduenir, et nous tous de mesme à cause
de luy. Alors Zeimoto iugeant bien qu'il ne pouuoit mieux s'acquitter d'vne partie des honneurs
que le Nautaquin luy faisoit, qu'en luy donnant
sa harquebuze, qu'il l'accepteroit sans doute
comme vn present tres agreable, vn iour qu'il
estoit venu de la chasse, il la luy offrit auec quantité de colombes et de tourterelles, ce qu'il receut
tres volontiers, comme vne chose de grand prix,
et l'asseura qu'il estimoit plus cela que tous les
thresors de la Chine, aussi pour recompence il
luy fit donner mille Taeis en argent, et le pria
tres-instamment de luy apprendre à faire la poudre, disant que sans cela la harquebuze ne luy
seruiroit de rien, comme n'estant qu'vne piece
de fer inutile ; dequoy Zeimoto luy donna sa parole, et en effect il l'executa depuis. Comme le
Nautaquin mettoit tout son passe-temps à tirer
de cette harquebuze, ses subiects voyans qu'ils

ne le pouuoient mieux contenter en aucune
chose qu'en ce à quoy il tesmoignoit de prendre
vn si grand plaisir, prirent le modelle de celle-cy
pour en faire plusieurs autres, dequoy l'effect
s'ensuiuit tout aussi-tost ; de maniere que dans
l'ardeur de ce desir cette curiosité prit pied si
auant, qu'à nostre partement (qui fut cinq mois
et demy apres) il se treuua qu'il y en auoit plus
de six cent dans le pays. Ie diray bien dauantage,
c'est que depuis, à sçauoir la derniere fois que le
Vice-Roy Dom Alphonse de Noronha m'enuoya
là auec vn present pour le Roy de Bungo, ce qui
arriua en l'année 1556 ceux du Iappon m'affirmerent qu'en cette ville de Fucheo (qui est la
capitale de ce Royaume) il y en auoit plus de
trente mille ; dequoy me treuuant bien estonné,
pour me sembler impossible que cette inuention
se fust multipliée de telle sorte, i'appris de quelques marchands, hommes d'honneur et de qualité, qui me l'affirmerent ainsi auec beaucoup de
paroles, qu'en toute l'Isle du Iappon il y auoit
plus de trois cent mille harquebuzes, et qu'eux
seulement en auoient transporté en marchandise
au pays des Lequiens, à six diuerses fois qu'ils y
auoient esté, iusques au nombre de vingt-cinq
mille ; de maniere que par le moyen de celle-cy
seulement, que Zeimoto donna au Nautaquin, en
intention de luy rendre le reciproque de son

amitié, et s'acquitter d'vne partie des honneurs
et des bons offices qu'il auoit receus de luy,
comme i'ay dict cy-deuant, le païs en fut remply
en si grande abondance, qu'auiourd'huy il n'y a
si petit hameau où il n'y en ait plus de cent. Car
pour le regard des citez et des grandes villes il s'y
en treuue à milliers, par où l'on peut voir quelle
est l'inclination de ce peuple, et combien il est
addonné naturellement à la milice, à laquelle il
prend plus de plaisir, que ne font toutes les autres nations dont nous auons cognoissance.

CHAPITRE CXXXV.

Comme ie fus enuoyé par le Nautaquin au Roy de Bungo,
et des choses que i'y vis, et qui se passerent iusqu'à
ce que i'arriuay à sa Cour.

Il y auoit desia vingt-trois iours que nous estions
en l'Isle de Tanixumaa, où fort contens et en
grand repos nous passions le temps à la pesche,
et à diuerses sortes de chasses ausquelles ce peuple du Iappon est fort enclin, lors qu'il vint à surgir en ce port vn vaisseau du Roy de Bungo, où

il y auoit plusieurs marchands, qui n'eurent pas
plustost mis pied à terre, qu'ils furent voir le
Nautaquin auec leurs presens, comme c'est leur
ordinaire. Parmy ceux-cy il y auoit vn vieillard
fort bien accompagné, et à qui tous les autres
parloient auec beaucoup de respect, lequel s'estant mis à genoux deuant le Nautaquin, luy donna
vne lettre et vn riche coutelas garny d'or, ensemble vne boüette pleine d'esuentaux; ce que le
Nautaquin receut auec vne grande ceremonie.
Apres ces choses ayant passé vn long temps auec
luy à s'enquerir de quelques particularitez, il leut
la lettre à part soy, et lors qu'il en sceut la substance, il fut quelque temps plus en suspens qu'auparauant; de maniere qu'ayant congedié celuy qui
l'auoit apportée, auec commission expresse aux
siens de le traicter honnorablement, il nous appella pres de luy, et fit signe au Truchement
qui estoit vn peu plus esloigné, qu'il eust à nous
dire ces mots de sa part, « Mes bons amis, ie vous
« prie d'ouyr cette lettre que m'enuoye le Roy
« de Bungo, mon Seigneur et oncle, et ie vous
« diray par apres ce que ie desire de vous. », Alors
l'ayant donnée à vn sien Thresorier, il luy commanda de la lire; ce qu'il fit à l'instant, et ces
paroles s'y treuuerent escriptes. « Oeil droit de
« mon visage qui est assis à mon costé, comme
« chascun de mes fauoris Hyascarangoxo Nauta-

« quin de Tanixumaa, moy Orgemdoo qui suis
« vostre pere en l'amour veritable de mes en-
« trailles, comme celuy de qui vous auez pris le
« nom et l'estre de vostre personne, Roy de
« Bungo et Facataa, Seigneur de la grande Mai-
« son de Fiancima, Tosa et Bandou, Chef sou-
« uerain des petits Roys des Isles de Goto et de
« Xamanaxeque, ie vous fais sçauoir, mon fils,
« par les paroles de ma bouche, qui sont dictes de
« vostre personne, que les iours passez des
« hommes venus de cette contrée m'ont asseuré
« que vous auez en vostre ville trois Chenchico-
« gins du bout du monde, gens qui s'accommo-
« dent fort bien auec ceux du Iappon, qui vont
« vestus de soye, et portent ordinairement l'es-
« pée au costé, non comme marchands qui exer-
« cent le commerce, mais en qualité de per-
« sonnes qui font profession d'honneur, et qui
« par ce seul moyen pretendent rendre leurs
« noms immortels. Au reste i'ay appris au vray
» que ces hommes-là vous ont entretenu fort am-
« plement de toutes les choses de l'Vniuers, et
« vous ont affirmé par leur verité qu'il y a vn autre
« monde plus grand que le nostre, peuplé de
« gens noirs et bazanez, desquels ils vous ont
« conté des choses qui sont incroyables à nostre
« iugement. à cause dequoy ie vous prie infini-
« ment comme si vous estiez mon fils. que par

« Fingeandono à qui i'enuoye visiter ma fille,
« vous me mandiez vn de ces trois Estrangers
« qu'on m'a dict que vous auiez en vostre maison;
« puis que comme vous sçauez ma longue indis-
« position accompagnée de douleurs, de tristesses
« et de grands ennuis a besoin de diuertissement.
« Que si de hazard ils y viennent à contre-cœur,
« en tel cas vous les pourrez asseurer, tant par
« vostre verité, que par la mienne, que ie ne tar-
« deray gueres à les renuoyer en toute seureté.
« Cela estant, comme vn vray fils qui desire se
« rendre agreable à son pere, faites en sorte que
« ie me resiouïsse par leur veuë, et que de ce
« costé-là mon desir soit accomply. Ce que i'ay à
« vous dire de surplus vous l'apprendrez de mou
« Ambassadeur Fingeandono, par lequel ie vous
« prie de me faire part liberalement des bonnes
« nouuelles de vostre personne, et de celles de
« ma fille, puis que vous sçauez qu'elle est le
« sourcil de mon œil droit, de qui la veuë est
« toute la ioye de mon visage. De la maison de
« Fucheo le septiesme mamoque de la Lune. »
Apres que le Nautaquin eut leu cette lettre, Le
Roy de Bungo, nous dict-il, est mon Seigneur et
mon oncle frere de ma mere, et sur tout il est
mon bon pere, car ie l'appelle de ce nom, pource
qu'il l'est de ma femme; ce qui est la cause qu'il
ne m'ayme pas moins que ses enfans. C'est pour-

quoy ie m'estime si fort obligé, et desire tellement de luy plaire, que ie serois content maintenant de donner la meilleure partie de mon bien,
affin que Dieu me transformast en vn de vous,
tant pour m'en aller vers luy, que pour luy donner
le contentement de vous voir, et que ie sçay asseurement que du naturel dont il est, il le prisera
plus que tous les thresors de la Chine. Puis donc
que ie vous ay faict sçauoir quelle est sa volonté,
ie vous prie infiniment de vous y vouloir rendre
conformes, et qu'vn de vous deux prenne la peine
de s'en aller à Bungo, pour y voir ce Roy que ie
tiens pour mon pere et pour mon Seigneur; car
pour le regard de cet autre, à qui i'ay donné le
nom et l'estre de parent, ie ne desire point l'esloigner de moy iusques à ce qu'il m'ait appris à
tirer comme luy. Alors Christofle Borralho et moy
grandement satisfaicts de la courtoisie du Nautaquin, luy fismes responce que nous baisions les
mains à son Altesse, pour le grand honneur qu'il
nous faisoit de se vouloir seruir de nous, et que
puis que sa volonté estoit telle, qu'il choisist pour
cet effect celuy que bon luy sembleroit d'entre
nous, et qu'il ne manqueroit point tout aussi-tost
de se tenir prest pour ce voyage. A ces mots s'estant monstré vn peu pensif auparauant que faire
cette eslection, il me monstra moy, et me regardant, Ie suis d'aduis, respondit-il, d'y enuoyer

cettuy-cy, pource qu'il me semble estre moins
posé et d'vne humeur plus gaillarde, à quoy ceux
du Iappon se plaisent infiniment, ioinct que par
ce moyen il pourra mieux desennuyer le malade,
parce que la trop serieuse grauité de cet autre,
dit-il, se tournant vers Borralho, bien que grandement loüable pour les choses les plus importantes, ne seruiroit neantmoins qu'à entretenir la
melancholie du malade, au lieu de la diuertir. Là-
dessus s'estant mis à railler auec les siens, en
termes pleins de galanterie, et de mots pour rire;
à quoy les peuples du Iappon sont fort enclins;
le Fingeandono arriua auquel il me donna, et me
recommanda à luy en termes expres touchant
l'asseurance de ma personne, dequoy ie me tins
pour grandement satisfaict, et m'ostay des lors
de la fantaisie certains soupçons que ie m'y estois
mis, pour le peu de cognoissance que i'auois de
l'humeur de ces gens-là. Cela faict, le Nautaquin
commanda qu'on me donnast deux cent Tacis
pour mon voyage, dont ie me seruis à faire mes
preparatifs le plustost qu'il me fust possible; ces
choses ainsi pesées, le Fingeandono et moy nous
mismes dans vn vaisseau de rame qu'ils appellent Funce, et dans vne seule nuict ayant trauersé toute cette Isle de Tanixumaa, au matin
nous allasmes moüiller l'ancre en vn havre nommé *Hiamangoo*, et de là nous en allasmes en vne

bonne ville qui s'appelloit Quanquixumaa, d'où
continuant nostre route auec le vent en pouppe,
et vn temps bouasse, nous arriuasmes le iour
d'apres en vn fort beau lieu nommé Tanora, d'où
le lendemain nous fusmes coucher à Minato, et
de là à Fiungaa. Ainsi mettant pied à terre à chasque iour, sans oublier à nous pourueoir de bons
rafraischissemens, nous arriuasmes à vne forteresse du Roy de Bungo, appellée Osquy, à six
lieuës de la ville. En ce lieu le Fingeandono s'arresta quelques iours, à cause que le Cappitaine
de cette place (qui estoit son beau-frere) se trouuoit fort indisposé. Là-mesme nous laissasmes le
vaisseau dans lequel nous estions venus, et nous
en allasmes par terre droit à la ville. Y estans arriuez sur le midy, pource que ce temps n'estoit
pas propre à parler au Roy, le Fingeandono s'en
alla descendre en sa maison, où il fut grandement bien receu de sa femme et de ses enfans,
qui me firent aussi vn fort bon accueil. Apres le
disner comme il eut vn peu reposé, il prit vn
habillement de parade, et accompagné de quelques siens parens, il s'en alla à cheual au Palais du
Roy, où il me mena auec luy. Le Roy ne fut pas
plustost aduerty de sa venuë, qu'il l'enuoya receuoir à la basse-cour par vn sien fils aagé de
neuf ou dix ans, lequel accompagné de quantité
de Noblesse, vestu richement, et faisant marcher

deuant luy ses Huissiers auec leurs masses, prit
le Fingeandono par la main, et le regardant auec
vn visage fort ioyeux, « Que ton entrée, luy dit-
« il, en cette Maison du Roy mon Seigneur, te
« puisse apporter autant de contentement et
« d'honneur que tes enfans en meritent, et que
« pour estre tiens ils soient dignes de s'asseoir à
« la table auec moy aux festes de l'année. » A ces
mots le Fingeandono s'estant prosterné par terre,
« Ie supplie tres humblement, Seigneur, respon-
« dit-il, ceux qui sont là-haut au Ciel, qui t'ont
« appris à estre si courtois et si bon, ou de res-
« pondre pour moy, ou de me donner vne langue
« aussi desliée que les rayons du Soleil, pour te
« remercier auec vne musique qui soit agreable à
« tes oreilles, du grand honneur qu'il te plaist
« me faire maintenant; car si ie faisois autrement
« ie ne pescherois pas moins que ces ingrats qui
« habitent dans l'estang le plus bas de la profonde
« et obscure maison de fumée. » Cela dict, il se
ietta sur le coutelas que ce ieune Prince auoit à
son costé en intention de le baiser; ce que luy
ne voulut iamais permettre, mais le prenant par
la main en la compagnie des Seigneurs qui
estoient venus auec luy, il le mena iusques à la
Chambre du Roy. L'ayant treuué au lict où il
estoit malade, il fut receu auec vne autre nouuelle ceremonie, que ie ne suis pas d'aduis de

rapporter icy, pource que l'Histoire en seroit
trop longue. Là-dessus ayant leu la lettre que
l'Ambassadeur luy auoit apportée de la part du
Nautaquin, et s'estant enquis de luy-mesme de
quelques nouuelles particularitez touchant sa
fille, il luy dict qu'il m'appellast, pource qu'en
ce temps-là ie me tenois vn peu à l'escart. Luy
s'en vint à moy incontinent, et me presenta au
Roy, qui me faisant vn fort bon accueil, « Ton
« arriuée, me dict-il, en ce mien païs ne m'est
« pas moins agreable que la pluye qui tombe du
« Ciel est vtile à nos campagnes semées de riz. »
Me treuuant assez embarrassé par la nouueauté de
ces termes, et de cette façon de saluer, ie ne luy
fis aucune responce pour le present; ce qui fut
cause que le Roy regardant les Seigneurs qui
estoient autour de luy, Ie m'imagine, dit-il, que
cet estranger s'estonne de voir icy tant de gens,
ne l'ayant pas possible accoustumé; c'est pourquoy il me semble à propos de remettre cecy à
vne autre fois qu'il sera mieux appriuoisé, et qu'il
ne se rebutera point de voir les personnes. A ces
paroles du Roy ie respondis alors par mon Truchement, car i'en auois vn fort bon, Que pour
le regard de ce que son Altesse disoit, que ie me
treuuois estonné, ie l'estois veritablement et le
confessois ainsi, non pour raison de tant de gens
dont ie me voyois enuironné, pour en auoir bien

veu dauantage; mais que mon estonnement procedoit de ce que ie me representois d'estre maintenant deuant les pieds d'vn si grand Roy, ce qui
suffisoit pour me faire muet cent mille ans, si i'en
eusse eu autant de vie. A ces paroles i'adioustay,
que ceux qui estoient là presens ne me paroissoient que des hommes comme moy; mais que
pour le regard de son Altesse, Dieu luy auoit
donné de si grands aduantages par dessus tous,
qu'il auoit voulu qu'il fust Seigneur, et que les
autres ne fussent que simples scruiteurs, mesmes
que ie ne fusse qu'vne fourmy si petite à comparaison de sa grandeur, que ny son Altesse mesme
ne me pouuoit voir à cause de ma petitesse, ny
moy-mesme ne pouuois respondre aux demandes
qu'il me faisoit. Tous les assistans firent tant d'estat de cette brusque et grossiere responce, que
battant des mains par maniere d'estonnement ils
dirent au Roy, Que vostre Altesse voye vn peu
comme il parle à propos. Certainement il y a de
l'apparence que cet homme n'est point vn marchand qui se mesle de choses basses comme
d'achepter, et de vendre. mais plustost vn Bonze
qui administre les sacrifices au peuple, ou si cela
n'est, il faut sans doute que ce soit quelque grand
Cappitaine qui ait long-temps couru les mers.
Cela est vray. respondit le Roy, ie suis bien de
ce mesme aduis, puis que ie voy qu'il a ainsi las-

ché la bride à la coüardise, c'est pourquoy con-
tinuons de luy faire d'autres demandes, et que
personne ne parle, à cause que ie veux estre seul
à l'interroger, car ie vous asseure que ie prens
vn si grand plaisir à l'ouyr parler, que possible
cela me fera venir l'appetit, pource que ie ne
sens maintenant aucune douleur. Alors la Royne
et ses filles, qui estoient assises pres de luy, se
resioüirent de ces paroles, et pour tesmoigner
leur contentement, mettant les genoux à terre,
et haussant les mains au Ciel, elles remercierent
Dieu des grandes graces qu'il leur faisoit.

CHAPITRE CXXXVI.

D'vn grand malheur qui arriua dans cette ville au fils du
Roy de Bungo, et de l'extreme danger que ie courus
pour cela.

Vn peu de temps apres le Roy me fit approcher
de son lict, où il estoit detenu, et trauaillé des
douleurs de la goutte. Comme ie fus prez de luy:
Ie te prie, me dict il, de ne te point ennuyer de
te tenir icy aupres de moy, pource que ie suis
bien aise de te voir et de parler à toy, tu m'obli-

geras aussi de me dire si en ton païs, qui est au
bout du monde, tu n'as point appris quelque remede à ce mal dont ie suis estropié, ou au de-
goust que ie sens, pource qu'il y a tantost deux
mois que ie ne puis manger aucune chose. A
quoy ie fis responce, que ie ne faisois point profession de medecine, pour n'auoir iamais appris
cette science, mais que dans le Iunco où i'estois
venu de la Chine il y auoit vn certain bois qui
mis en infusion dans l'eau guerissoit des maladies
beaucoup plus grandes que celle dont il se plai-
gnoit, et que s'il en prenoit il gueriroit asseurement, ce qu'il fut bien aise d'apprendre, tellement que transporté d'vn desir extreme de se
guerir il en ennoya chercher à *Tanixumaa* où
estoit le Iunco, si bien qu'en ayant vsé 3o iours
durant il fut parfaictement guery de cette maladie, qui depuis deux ans luy faisoit garder le lict,
sans qu'il luy fust possible de bouger d'vne place,
ny de remuer tant soit peu les bras. Or durant le
temps que ie demeuray à mon grand contentement dans cette ville de Fuchée, qui fut de vingt
iours, ie ne manquay pas de subiects de me diuertir, car ores ie m'employois à respondre à
diuerses demandes que le Roy, la Royne, les
Princes, et les Seigneurs me faisoient, comme
gens qui ne pensoient pas qu'il y eust d'autre monde
que le Iappon; mais sans m'amuser icy à deduire

en particulier ce dequoy ils m'interrogeoient, il
me suffira de dire, que i'y respondois facilement,
à cause que les choses qu'on me demandoit estoient de fort petite consequence, c'est pourquoy ie ne m'arresteray point icy à les rapporter,
attendu que ce ne seroit proprement que broüil-
ler le papier. Quelquesfois aussi ie m'amusois à
voir leurs solemnitez, les maisons où ils faisoient
leurs prieres, leurs exercices de guerre, leurs
flottes nauales, ensemble leurs pesches et leurs
chasses ausquelles ils se plaisent grandement, sur
tout à la haute vollerie des faucons et des vautours,
où ils se gouuernent à nostre mode. Souuent ie
passois mon temps auec ma harquebuze à tuer
des tourterelles et des cailles dont il y en auoit
abondance dans le païs. Cependant cette nouuelle façon de tirer ne sembloit pas moins merueilleuse et nouuelle aux habitans de cette contrée qu'à ceux de Tanixumaa, de maniere que
voyant vne chose qu'ils n'auoient point encore
veuë, ils en faisoient tant d'estat qu'il me seroit
impossible de vous le dire, ce qui fit que le second fils du Roy nommé Arichaudono, aagé de
16 à 17 ans, que le Roy aimoit beaucoup, me
pria vn iour de luy apprendre à tirer, dequoy ie
m'excusois tousiours, disant qu'il falloit pour cela
beaucoup plus de temps qu'il ne pensoit : mais
luy ne se payant point de ces raisons se plaignit

de moy au Roy son pere, qui pour luy complaire
me pria de bailler au Prince vne couple de charges, affin de luy faire passer cette fantaisie. A
quoy ie luy fis responce, que ie luy en donnerois
autant qu'il plairoit à son Altesse. Or pource que
ce iour-là il mangea auec son pere, la partie fut
remise à l'apresdinée; en quoy neantmoins il n'y
eut aucun effect, pource qu'alors il accompagna
la Royne sa mere à vn village prochain où l'on
accouroit en pelerinage de toutes parts à cause
d'vne certaine feste qu'on y faisoit pour la santé du
Roy. Le iour d'apres ce icune Prince s'en vint
au logis où i'estois, sans auoir que deux ieunes
Gentils-hommes qui le suiuoient. M'ayant treuué
endormy sur de la natte, et ma harquebuze penduë à vn crochet, il ne voulut m'esueiller qu'il
n'eust tiré vne couple de charges, se proposant,
comme il me dict depuis, qu'en ces coups qu'il
tireroit à part ne seroient point compris ceux que
ie luy auois promis. Ayant donc commandé à vn
des ieunes Gentils-hommes qui le suiuoient qu'il
s'en allast bellement allumer la meche, il prit la
harquebuze au lieu où elle estoit penduë, et la
voulant charger comme il m'auoit veu faire quelquesfois, ne sçachant pas la quantité de poudre
qu'il y falloit mettre, il emplit le canon de la
hauteur de plus de deux [empans, puis y mit la
balle, la coucha en ioug en intention de tirer

contre vn oranger qui n'estoit pas loing de là :
mais le feu s'y estant pris, le malheur voulut pour
luy que la harquebuze creua par trois endroicts,
et le blessa de deux coups, dont l'vn luy estropia
presque le poulce de la main droicte. A l'heure
mesme ce ieune Prince se laissa cheoir comme
mort ; ce que voyant les deux Gentils-hommes
de sa suitte ils prirent la fuitte vers le Palais, et
s'en allerent criant par les ruës que la harquebuze
de l'Estranger auoit tué le Prince. A cette triste
nouuelle il se leua tout à coup vn si estrange
bruict, que les habitans accoururent incontinent
auec des armes et de grands cris en la maison où
i'estois, Dieu sçait si ie ne fus pas bien estonné
lors que venant à m'esueiller ie vis cette emotion,
ensemble ce ieune Prince estendu par terre pres
de moy et qui estoit comme noyé dans son sang
sans remuer ny pied ny main. Tout ce que ie pus
faire alors fut de l'embrasser, si hors de moy-
mesme que ie ne sçauois où i'estois. Durant ces
choses, voyla suruenir le Roy assis sur une chaire
à bras, où quatre hommes le portoient sur leurs
espaules, et si deffaict qu'il semble qu'il paroissoit estre plus mort que vif. Apres luy venoit la
Royne à pied qui se soustenoit sur deux de ses
Dames, qui estoit suiuie tout de mesme par ses
deux filles, qui marchoient toutes escheuelées et
enuironnées d'vn grand nombre de Dames, qui

estoient toutes comme pasmées. Sitost qu'elles
eurent mis le pied dans la chambre et veu le
ieune Prince estendu par terre, comme s'il eust
esté mort, cependant que ie le tenois embrassé,
et que nous estions tous deux veautrez dans le
sang, ils conclurent tous que ie l'auois tué, si
bien que deux de la troupe, tenans en main leurs
cymeterres tous nuds me voulurent oster la vie;
Dequoy s'estant apperceu le Roy: Tout beau,
s'escria-t'il, tout beau, qu'on sçache premierement comment la chose s'est passée; car i'ay
peur que cela ne vienne de plus loing, et que
cet homme-là n'ait esté corrompu par les parens
des traistres que ie fis executer dernierement. Là-
dessus ayant faict appeller les deux ieunes Gentils-hommes qui auoient accompagné le Prince
son fils, il les interrogea fort exactement. La responce qu'ils luy firent à cela fut, que ma harquebuze l'auoit tué auec les enchantemens qui
estoient dans le canon. Cette deposition ne seruit qu'à aigrir plus fort les courages des assistans,
qui tous forcenez s'addressant au Roy : Quoy!
Sire, s'escrierent-ils, qu'est-il besoin d'en ouyr
dauantage? n'en voyla que trop, qu'on le face
mourir cruellement. En mesme temps ils firent
appeller à la haste le *Iarubaca*, qui estoit le truchement par le moyen duquel ie me faisois entendre à eux; or d'autant qu'aussitost que ce de-

sastre arriua l'extreme apprehension qu'il eut luy
fit prendre la fuitte, ils l'amenerent au Roy, es-
troictement lié. Alors deuant que l'interroger ils
luy firent de grandes menaces deuant tous ses
Officiers de Iustice, en cas qu'il ne voulust dire la
verité, à quoy il respondit tout tremblant et les
larmes aux yeux, qu'il confesseroit ce qu'il en
sçauoit. L'on fit venir à l'heure mesme trois Greffiers, et cinq bourreaux qui tenoient en main des
cymeterres tous nuds; i'estois cependant deuant
eux à genoux, et les mains liées, et ce fut alors
que le *Bonzo Asqueran Teixe*, President de leur
Iustice, ayant les deux bras retroussez iusques
aux espaules et vn poignard à la main trempée
dans le sang de ce ieune Prince se mit à me dire :
« Ie te coniure comme fils que tu es de quelque
« demon, et coulpable du mesme crime que ceux
« qui habitent la maison de fumée, où ils sont
« enseuelis dans l'obscure et profonde fosse du
« centre de la terre, que tu me confesses icy d'vne
« voix si haute, que chascun te puisse ouyr,
« quelle a esté la cause pour laquelle tu as voulu
« par ces sortileges et enchantemens tuer ce
« ieune innocent, que nous tenions comme les
« cheueux et le principal ornement de nostre
« teste. » A cette demande ie ne sceus que respondre d'abord, pour estre si hors de moy-
mesme, que qui m'eust osté la vie, ie ne croy pas

que ie l'eusse senty. Ce qu'apperceuant le President, et me regardant auec vne mine farouche :
« Vois-tu bien, continua-t'il, si tu ne responds
« aux demandes que ie te fais, tu te peux bien
« tenir pour condamné à vne mort de sang, de
« feu, d'eau, et de souffles de vent ; car tu seras
« deffaict et desmembré en l'air comme les plu-
« mes des oyseaux morts, que le vent emporte
« de part et d'autre, separées des corps auec qui
« ils s'entretenoient durant leur vie. » Cela dict
il me donna vn grand coup de pied pour m'esueiller, et s'escria derechef : Parle, confesse qui sont
ceux qui t'ont corrompu ? quelle somme d'argent
t'ont-ils donné ? comment s'appellent-ils ? et où
est-ce qu'ils sont maintenant ? A ces mots estant
vn peu reuenu à moy, ie luy respondis que Dieu
le sçauoit, et que ie le prenois pour iuge de cette
cause. Mais luy qui ne se contentoit pas de ce
qu'il auoit faict, recommença ses menaces plus
fort que iamais, et mit deuant les yeux vne infinité de tourmens et de choses terribles. A quoy
se passerent plus de trois heures, durant lequel
temps il plut à Dieu que le ieune Prince reuinst
à luy. Alors il n'eut pas plustost veu le Roy son
pere, ensemble sa mere, et ses sœurs qui se fon-
doient en larmes, qu'il les pria de ne point pleurer, et qu'en cas qu'il vinst à mourir ils n'attri-
buassent sa mort qu'à luy-mesme qui en estoit la

seule cause; les coniurant derechef par le sang
où ils le voyoient trempé, qu'ils me fissent deslier
sans autre delay s'ils ne le vouloient faire mourir
de nouueau. Le Roy bien estonné de ces langages,
me fit incontinent oster les manottes qu'on m'a-
uoit mises, et cependant voyla suruenir quatre
Bonzes pour luy appliquer des remedes, mais
lors qu'ils virent de quelle façon il estoit accom-
modé et comme son poulce ne se tenoit qu'à la
peau, ils se troublerent si fort de cela, qu'ils ne
sçauoient qu'en dire: A quoy le blessé ayant pris
garde, sus dict-il, qu'on me face sortir d'icy ces
demons, et que d'autres viennent qui ayent plus
d'esprit que ceux-cy à iuger de mon mal, puis
qu'il a pleu à Dieu de me l'enuoyer. A l'heure
mesme l'on fit sortir les quatre Bonzes, et il en
vint autres quatre à leur place, qui n'eurent iamais la hardiesse de le panser. Ce qu'ils n'eurent
pas plustost dict au Roy, que de tristesse qu'il en
eust, il ne fut pas capable d'aucune consolation.
Neantmoins il se resolut en fin de se seruir là-
dessus du conseil de ceux qui estoient prez de
luy, qui furent d'aduis d'enuoyer chercher vn
Bonze appellé *Teixe Andono*, homme de grande
reputation parmy eux, et qui demeuroit pour lors
en la ville de Facataa à 70 lieuës de là; et le Prince
blessé ne pouuant souffrir tous ces delays; Ie ne
sçay, leur respondit-il, ce que vous voulez dire

par le conseil que vous donnez à mon pere me
voyant au deplorable estat où ie suis : car là où ie
deurois desia estre pansé, affin de ne perdre
plus de sang, vous voulez que i'attende apres
vn vieillard tout pourry qui ne peut estre icy
qu'on n'ait faict cent quarante lieuës, tant pour
aller que pour reuenir, de maniere qu'auparauant
qu'il soit arriué il y aura vn mois d'escoulé. Ne
me parlez donc plus de cela, et si vous me voulez
faire plaisir relaschez vn peu cet Estranger, le
rasseurant de la peur que vous luy auez faicte :
par mesme moyen qu'on me face sortir de ceans
toute cette foule. Celuy que vous croyez m'auoir
blessé me guerira comme il pourra. Car i'ayme
bien mieux mourir de la main de ce pauure infortuné, qui a tant pleuré pour moy, qu'estre
touché par le Bonze de Facataa qui en l'aage qu'il
a de nonante-deux ans, ne voit pas plus loing que
son nez.

CHAPITRE CXXXVII.

Du surplus qui se passa en la guerison du ieune Prince
de Bungo, ensemble de mon embarquement pour
m'en aller en l'Isle de Tanixumaa à Liampoo.

LE Roy de Bungo se trouuant alors extremement affligé et comme pasmé de voir le desastre
de son fils, se tourna vers moy, et me regardant
auec vn visage fort doux : Estranger, me dict-il,
voy, ie te prie, si tu peux assister mon fils en ce
peril de sa vie, car ie te iure que si tu le fais ie
ne t'estimeray pas moins que luy-mesme, et te
donneray tout ce que tu me demanderas. A cela
ie respondis au Roy que ie suppliois sa Maiesté
de faire sortir ces gens-là, pource que le grand
bruict qu'ils faisoient me donnoit l'alarme, et que
ie verrois alors si les blessures estoient dange-
reuses ; qu'au reste si ie me croyois capable de
les guerir, ie le ferois tres-volontiers. Le Roy
commanda tout aussi-tost qu'vn chacun eust à
sortir, et alors m'estant approché du ieune Prince,
i'apperceu qu'il n'auoit que deux blessures, l'vne
au haut du front qui n'estoit pas autrement dan-

gereuse, et l'autre en la main droicte, à sçauoir
au poulce, qui n'estoit pas tout à faict couppé.
Alors nostre Seigneur me donnant vn nouueau
courage, qui me fut comme inspiré d'en-haut, ie
dis au Roy qu'il ne s'attristast point, et que i'es-
perois qu'en moins d'vn mois ie luy rendrois son
fils en vne parfaicte santé. L'ayant ainsi r'asseuré
ie me mis à faire des appareils pour panser le
Prince. Mais durant ces choses le Roy fut grandement tansé par les Bonzes, qui luy dirent,
qu'asseurement son fils mourroit cette nuict, et
qu'ainsi il feroit bien mieux de m'enuoyer trancher la teste, que de permettre que ie tuasse tout
à faict le Prince, adioustant, que si telle chose
aduenoit, comme il y en auoit des apparences
bien grandes, auec ce que cette mort le diffame-
roit, tous ses subiects l'en estimeroient beaucoup moins. A ces paroles des Bonzes le Roy fit
responce, qu'il voyoit bien qu'ils ne manquoient
pas de raison en ce qu'ils disoient, et que cela
estant il les prioit de luy dire de quelle façon il
s'y deuoit gouuerner. Il faut, repartirent-ils, que
vous attendiez que le Bonze Teixeandono soit
venu, et que vous ne suiuiez point d'autre aduis
que celuy-là; car nous vous asseurons que pour
estre plus sainct que tous les autres, il n'aura pas
plustost mis la main sur luy, qu'il le guerira
comme il en a desia guery plusieurs. dequoy

nous sommes tesmoins. Comme le Roy estoit
desia resolu de suiure le maudict conseil de ce
seruiteur du diable, le Prince commença de se
plaindre que ses playes luy faisoient grand mal,
et qu'en tout cas on luy apportast tel remede
qu'on voudroit, pource qu'il n'en pouuoit souffrir les douleurs. Là-dessus le Roy prist derechef
les aduis de ceux qui estoient auec luy, et les
pria que veu d'vn costé le different aduis des
Bonzes, et de l'autre l'extreme danger que son
fils couroit de sa vie, ensemble le mal qu'il sentoit, ils eussent à le conseiller touchant ce qu'il
auoit à faire en cette angoisse en laquelle il manquoit de resolution. Il n'y eust celuy de la compagnie qui ne respondist alors, qu'il valoit beaucoup mieux le panser presentement, qu'attendre
le temps que disoient les Bonzes. Ce conseil
ayant esté approuué par le Roy, comme le meilleur de tous, il en remercia ceux qui le luy auoient
donné; de sorte que s'en estant reuenu à moy,
il me fit derechef plusieurs caresses, et me pro-
mist de me combler de grands biens si ie luy
guerissois son fils. A quoy ie luy respondis les
larmes aux yeux, que ie le ferois aydant Dieu,
et y employerois tout le soing que ie pourrois,
comme luy-mesme en seroit tesmoin. Ainsi me
recommandant à Dieu, et me remettant (comme
l'on dit) moy-mesme le cœur au ventre, pource

que ie voyois bien que ie ne pouuois me sauuer
autrement que par ce moyen, et qu'en cas que
ie n'en vinsse à bout l'on me trancheroit la teste,
ie preparay tout ce qui me sembla necessaire
pour cette guerison. Or d'autant que la blessure
de la main droicte me sembloit moins dangereuse,
ie commençay par celle-cy à laquelle ie fis sept
poincts, et possible que si vn Chirurgien l'eust
pansée il en eust donné beaucoup moins. Mais
quant à celle de la teste ie ne luy en fis que 5
pour estre beaucoup plus petite que l'autre.
Apres cela i'appliquay des estouppes trempées
en des blancs d'œufs auec de bonnes ligatures,
comme i'auois veu faire aux Indes. Cinq iours
apres ie couppay les poincts, et continuay de panser ainsi le blessé, iusqu'à ce que 20 iours apres
il plut à Dieu qu'il fust entierement guery, sans
que de tout ce mal il luy restast qu'vne bien petite incommodité au poulce. Ce qui fut cause
que depuis ce temps-là le Roy et tous ses Seigneurs me firent beaucoup d'honneurs et de caresses, ioinct que la Royne et les Princesses ses
filles me donnerent quantité d'habillemens de
soye, et les principaux de la Cour des euentaux
et des cymeterres. Auec cela, le Roy me fit present de 600 Taeis, si bien que de cette façon ie
receus de recompense de cette mienne cure plus
de 1500 ducats que i'emportay de ce lieu. Apres

que ces choses se furent ainsi passées, ayant eu
aduis par les lettres que m'ennoyerent deux Portugais qui estoient demeurez à Tanixumaa, que
le Corsaire Chinois auec qui nous estions là venus, faisoit ses preparatifs pour s'en aller à la
Chine en aduertir le Roy de Bungo, ie luy demanday permission de m'en retourner; ce qu'il
m'octroya tres-volontiers, et me remercia fort
courtoisement de la guerison que i'auois donnée
à son fils. En suitte de cela il me fit équipper vne
Funce de rame, pourueuë de toutes les choses
necessaires, où commandoit vn homme de qualité, qui auoit soubs luy vingt seruiteurs du Roy,
auec lesquels ie partis vn Samedy matin de cette
ville de Fucheo, et le Vendredy suiuant à Soleil
couché i'arriuay à Tanixumaa, où ie retreuuay
mes deux compagnons qui me receurent auec
beaucoup d'allegresse. Là nous demeurasmes encore 15 iours, durant lesquels le Iunco acheua
de se preparer tout à faict, et ainsi nous fismes
voile à Liampoo, qui est vn port de mer du
Royaume de la Chine, dont i'ay parlé cy-deuant
assez amplement, et où en ce temps-là les Portugais faisoient leur commerce. Ayant bien continué nostre route il plut à Dieu que nous y arriuasmes à bon port, et n'est pas à croire combien
grand fut l'accueil que les habitans du lieu nous
y firent. Neantmoins pource qu'ils tenoient tous

pour vne grande nouueauté de voir comme nous
estions ainsi sousmis volontairement à la mauuaise foy des Chinois, ils nous demanderent de
quel pays nous venions, et en quel lieu nous nous
estions embarquez auec eux? Sur quoy nous leur
declarasmes librement ce qui estoit de la verité,
et leur rendismes compte de nostre voyage, ensemble de la nouuelle terre du Iappon que nous
auions descouuerte, comme aussi de la grande
abondance d'argent qu'il y auoit, et du grand
proffit qu'on y pouuoit faire, en y apportant des
marchandises de la Chine; de quoy ils furent tous
grandement contens, et ordonnerent incontinent
vne deuote Procession pour remercier Dieu d'vne
si grande grace. Cette Procession se fit depuis
l'Eglise de Nostre Dame de la Conception, iusques à celle de sainct Iacques qui estoit au bout
de la ville, et là mesme on y dict la Messe et la
Predication. Vne œuure si saincte et si deuote
estant acheuée, l'ambition commença tout aussitost de saisir de telle sorte les cœurs de la pluspart des habitans, chascun desquels vouloit estre
le premier en ce voyage, que les vns et les autres
vindrent à se diuiser par trouppes, et à faire diuers partis; de maniere que les armes à la main
ils mirent presse à l'achapt des marchandises qu'il
y auoit en toute cette contrée; ce qui fut cause
que les marchands Chinois voyant combien es-

toit desreglée l'auarice des nostres, mirent leur
marchandise à si haut prix, que là où le Pico de
soye ne valoit alors que quarante Taeis, il se
monta à cent soixante deuant qu'il fust huict
iours, encore les marchands le sembloient donner à contre-cœur, et comme l'on dict leur corps
deffendant. Ainsi par le moyen de cette conuoitise et de ce desreglé appetit de gaigner, dans
quinze iours neuf Iuncos qu'il y auoit alors au
port furent prests à partir, bien que pour en dire
le vray ils fussent tous si mal en ordre et si despourueus, que quelques-vns d'entr'eux n'auoient
pour Pilotes que leurs Maistres mesmes, qui n'a-
uoient aucune cognoissance de la nauigation. En
ce mauuais ordre ils partirent tous de compagnie vn Dimanche matin, quoy qu'ils eussent le
vent, la saison, la mer, et toute autre chose
contraire; ioinct qu'ils ne se laissoient guider ny
par la raison, ny par la consideration des dangers
que peuuent encourir ceux qui vont sur cet ele-
ment. Car ils estoient si obstinez et si aueuglez
qu'ils ne se representoient aucun inconuenient,
et ie fus moy-mesme si malheureux que ie me
mis dans vn de leurs vaisseaux en leur compagnie. De cette façon ils firent voile tout ce iour-
là, comme à tastons entre les Isles et la terre
ferme. Mais enuiron la minuict il suruint par
l'obscurité vne si grande tempeste, accompagnée

d'vne horrible pluye, que se laissant emporter à
la mercy du vent, ils s'eschoüerent sur les bancs
de Gotom, qui sont de trente-huict degrez, où de
neuf luncos qu'ils estoient, il n'y en eut que
deux qui s'eschapperent par vn grand miracle.
Tellement que tous les autres sept furent perdus,
sans qu'il y eust pas vn homme qui s'eschappast.
Laquelle perte fut estimée se monter à plus de
trois cent mille ducats de marchandise, sans y
comprendre l'autre plus grande qui fut de six
cent personnes qui y laisserent la vie, dont il y
auoit cent quarante Portugais, tous hommes
riches et honnorables. Quant aux deux autres luncos qui resterent, dans l'vn desquels ie me treuuay de bonne fortune, s'estant ioincts de conserue
ils suiuirent la route qu'ils auoient commencée,
iusqu'à ce qu'ils aborderent en l'Isle de Lequios.
Là nous fusmes battus d'vn si furieux vent Nord-
est qui s'augmenta par la conionction de la Lune,
que nos deux vaisseaux furent separez l'un d'a-
uec l'autre, et ne se purent iamais reuoir. Sur
l'apresdisnée le vent se changea à Oüest-nord-
oüest; ce qui fit que la mer fut si esmeuë et que
les vagues s'esleuerent auec tant de fureur, que
c'estoit vne chose effroyable de les voir. Alors
nostre Cappitaine qui se nommoit Gaspar Melo,
Gentilhomme fort courageux, voyant que la pluspart de la proüe du lunco estoit entr'ouuerte, et

qu'il y auoit neuf empans d'eau au fonds du
Nauire, se resolut par l'aduis des Officiers de
coupper les deux masts, dont la pesanteur estoit
cause que le Iunco s'entr'ouuroit. A quoy l'on
ne sceut apporter tant de soin et de preuoyance,
que le grand mast venant à cheoir n'accablast
quatorze personnes, où il y auoit cinq Portugais
qui furent tous escrasez, et chascun d'eux mis en
mille pieces; ce qui fut vne chose si pitoyable à
voir, que les forces nous defaillant nous en demeurasmes comme pasmez. Or d'autant que la
tourmente s'augmentoit plus fort que iamais, nous
fusmes contraints de nous laisser emporter à la
mercy de la mer, presque iusques à Soleil couché que le Iunco s'acheua d'ouurir. Alors nostre
Cappitaine et tous tant que nous estions, voyant
le deplorable estat où nos pechez nous auoient
reduits, nous eusmes recours à vne image de
Nostre Dame que nous priasmes à force de larmes
et de grands cris, de nous obtenir de son Fils
remission de nos pechez; car pour ce qui estoit
de la vie il n'y auoit pas vn de nous qui s'y atten-
dist. Voilà comme nous passasmes la moitié de la
nuict, et comme nostre Iunco estant à demy dans
l'eau, courut hazardeusement iusques à la fin du
premier quart de la veille que nous coulasmes par
dessus vn banc, où du premier coup il fut mis en
pieces; dequoy l'euenement fut si deplorable que

62 hommes y laisserent la vie, dont les vns furent noyez, et les autres escrasez sous la quille; ce qui fut veritablement vn desastre bien digne de compassion, comme les bons iugemens se le peuuent imaginer.

CHAPITRE CXXXVIII.

Des choses qui nous aduindrent à terre apres que nous nous fusmes sauuez de ce naufrage.

Nous ne fusmes que 24 de nombre, sans y comprendre quelques femmes qui nous eschappasmes de ce miserable naufrage. Or pource qu'aussitost qu'il fut iour nous recognusmes que la terre où nous estions s'appelloit la grande Lequio, par les monstres de l'Isle de feu et de la montagne de *Taydican*, nous estant tous ioincts ensemble ainsi blessez que nous estions, pour nous estre froissez contre les cailloux et les coquilles du banc, nous nous recommandasmes à Dieu auec les larmes aux yeux, puis marchant enfoncez dans l'eau iusqu'à l'estomach, nous trauersasmes quelques bras d'eau à la nage, et ainsi

nous allasmes 5 iours auec vn fort grand trauail,
sans que durant ce temps-là il nous arriuast de
treuuer aucune chose à manger que du limon que
la mer reiettoit sur la vase. Mais en fin Dieu nous
fit la grace d'aborder à terre, où marchant dans
les bois, la prouidence diuine nous donna pour
alimens certaines herbes qui sont comme de
l'ozeille, dont il y en auoit quantité le long de
ces costes. Ce fut toute la nourriture que nous
prismes trois iours durant que nous fusmes là,
iusqu'à ce qu'en fin nous fusmes apperceus par
vn ieune garçon qui gardoit du bestail, qui ne
nous eut pas plustost descouuerts que s'estant
mis à courir vers la montagne, s'en alla en donner aduis au prochain hameau qui estoit à vn
quart de lieuë de là. Les paysans de ce village ne
manquerent pas à l'heure mesme de faire assembler tous leurs voisins au son de tambours et de
cornets ; de sorte que dans trois ou quatre heures
ils firent vne compagnie de quelques deux cent
hommes, dont il y en auoit quatorze à cheual.
Sitost qu'ils nous descouurirent de loing ils s'en
vindrent droict à nous. Alors nostre Cappitaine
voyant le miserable estat auquel la fortune nous
auoit reduits, se mit à genoux, et commença de
nous encourager auec beaucoup de paroles, nous
priant de nous souuenir, « Qu'il n'y auoit rien dans
« le monde qui pust agir sans la volonté de Dieu,

« et qu'ainsi comme Chrestiens que nous estions,
« nous deuions tenir pour chose asseurée, que
« c'estoit le bon plaisir de Dieu que cette heure
« fust la derniere de nos vies ; qu'au reste nous
« ne pouuions mieux faire que de nous rendre
« conformes à sa saincte volonté, et prendre auec
« patience cette pitoyable fin, qui nous venoit
« de sa main toute-puissante : Qu'ainsi nous cus-
« sions du profond de nostre cœur, et auec
« beaucoup d'efficace, à luy demander pardon
« des peschez que nous auions commis par le
« passé, et que pour luy il auoit tant de confiance
« en sa misericorde, que nous repentant deuë-
« ment comme sa saincte loy nous y obligeoit,
« il ne nous oublieroit point à cette derniere
« heure. » Nous ayant faict cette exhortation, et
haussé les mains et la veuë au Ciel, il dict par
trois fois auec vne grande abondance de larmes : « Seigneur Dieu misericorde, » paroles qui
furent incontinent accompagnées de celles de
tous les autres ; mais auec des gemissemens de
vrays Chrestiens, si pleins de deuotion et de zele,
que ie puis asseurer sans mentir que la chose
qu'on sentoit le moins alors estoit celle qu'on
redoute le plus naturellement. Comme nous estions en si penibles angoisses six hommes de
cheual s'en vindrent à nous, et nous voyant ainsi
nuds, sans armes, les genoux à terre, et deux

femmes mortes deuant nous, ils en furent tellement touchez de compassion, que quatre des
leurs ayant rebroussé chemin vers les gens de
pied qui venoient derriere les firent tous arrester, sans vouloir permettre que pas vn d'eux
nous fist aucun mal. Neantmoins ils s'en revin-
drent à nous vn peu apres, menant auec eux six
hommes de pied qui en apparence estoient Officiers de la Iustice temporelle, ou du moins de
celle que nous croyons alors qu'il plust à Dieu
estre faicte de nous. Ceux-cy par l'exprez commandement des gens de cheual nous attacherent
trois à trois, et auec quelque demonstration de
pieté ils nous dirent : « Que nous n'eussions
« point de peur, pource que le Roy des Lequiens
« estoit homme qui craiguoit Dieu grandement,
« et qui auoit de l'inclination pour les pauures,
« ausquels il faisoit ordinairement de grandes
« aumosnes. » Sur quoy ils nous affirmoient en
toute verité, et nous iuroient par leur loy, qu'il
ne nous seroit faict aucun tort. Or bien qu'en
apparence il y eust quelque espece de compassion meslée à toutes ces consolations; neantmoins
elles ne nous allegeoient pas beaucoup, car en
ce temps-là nous nous defions si fort de nos vies.
que mesme quand des personnes dignes de foy
nous en eussent asseurez, difficillement les en
eussions-nous creus et par consequent beaucoup

moins des Gentils cruels, tyrans detestables, et
qui n'auoient ny loy ny cognoissance de Dieu.
Comme ils nous eurent attachez ensemble, les
hommes de pied nous mirent au milieu d'eux,
cependant que ceux de cheual s'en alloient courant deuant de part et d'autre, comme s'ils eussent faict des rondes. Ainsi nous n'eusmes pas
plustost commencé de marcher, que les trois
femmes qui estoient auec nous plus mortes que
viues ne purent bouger de la place, et demeurerent toutes pasmées, tant pour leur naturelle
foiblesse, que pour la peur qu'elles auoient; tellement qu'il fut force aux gens de pied de les
prendre entre les bras, chascun les portant à son
tour, ce qui n'empescha pas qu'auparauant qu'arriuer au lieu où l'on nous menoit, des trois
qu'elles estoient il n'en mourust deux qui dans
ce bois furent laissées en proye aux renards, aux
loups, et à tels autres animaux, dont nous y en
auions veu grande quantité. Mais en fin apres
auoir bien marché, enuiron Soleil couché nous
arriuasmes en vn grand bourg de plus de cinq
cent feux, appellé *Cypautor*. Là nous fusmes
incontinent mis dans vn grand Pagode qui estoit
vn Temple où ils faisoient leurs fausses adora-
tions, enuironné de murailles fort hautes. Et affin
que nous n'eussions moyen de nous eschapper
nous passasmes toute cette nuict soubs la garde

de plus de cent hommes, qui parmy des cris en-
tremeslez au bruict de plusieurs tambours nous
veillerent iusques au lendemain, sans que cependant il nous fust possible de prendre aucune
sorte de repos, attendu que le temps present et
nostre malheur nous le deffendoient.

CHAPITRE CXXXIX.

Comme nous fusmes menez en la ville de Pungor, et
presentez au Broquen de la Iustice, Gouuerneur du
Royaume.

LE lendemain comme il fut grand iour, les
femmes les plus honnorables de ce bourg s'en vindrent nous visiter, et pour vne œuure de charité
nous apporterent quantité de riz et de poisson
cuit, ensemble quelques fruicts du pays, affin
que nous eussions à manger, nous tesmoignant
cependant d'estre grandement touchées de nostre misere, tant par leurs paroles, que par leurs
larmes, elles-mesmes voyant l'extresme besoin
que nous auions de vestemens, pource qu'en ce
temps-là nous en auions fort peu sur nous, ou point
tout à faict, non plus qu'au iour que nous estions
sortis du ventre de nos meres. Six d'entr'elles, qui

pour cet effect furent choisies par les autres, s'en
allerent en queste pour nous par toutes les ruës,
disant : « O gens, ô gens qui faictes profession
« de la loy du Seigneur, de qui le propre est,
« s'il faut ainsi dire, d'vser de prodigalité enuers
« nous, en nous communiquant ses biens sortez de
« l'enclos de vos maisons pour voir la chair de nos-
« tre chair, que l'ire de la main du Seigneur tout-
« puissant a touchée, et secourez-les de vos aumos-
« nes, affin que la misericorde de sa grandeur ne
« vous abandonne comme eux; » paroles qui eurent
tant de force à nous faire donner l'aumosne, qu'en
moins d'une heure nous fusmes pourueus en abondance de ce qui nous estoit necessaire. Mais trois
heures apres midy, il aduint fortuitement vn courrier qui s'estant rendu en diligence dans ce bourg,
donna vne lettre au Xinalon du lieu, qui estoit
Cappitaine de ces gens-là. Il ne l'eut pas plustost
leuë qu'il fit battre deux tambourgs en façon
d'alarmes, au bruict desquels tout le peuple s'assembla dans vn grand Temple de leur Pagode.
Alors luy monté sur vne fenestre se mit à parler à tous, et les aduertit par le commandement
du Broquen Gouuerneur du Royaume, qu'on
eust à nous mener à la ville de Pungor qui estoit à sept lieuës de là. La pluspart d'entr'eux le
refuserent d'abord par six ou sept fois, si bien
qu'il y eut de grands differens là dessus. De ma-

niere que ce iour-là l'on ne put demeurer d'accord en aucune chose; ce qui fut cause qu'on
renuoya le Courrier au Broquen, auec vne relation de ce qui se passoit. Ainsi on fut contrainct
de nous laisser là iusques au lendemain à huict
heures, que deux *Peretandaos*, qui sont comme
Iuges, s'en vindrent accompagnez de plusieurs
bourgeois, ensemble de quelques vingt hommes
de cheual, et se saisissant de nous, à la fin apres
plusieurs escriptures qui furent faictes là-dessus
par des Greffiers publics, ils nous emmenerent
ce mesme iour : il estoit presque nuict quand
nous arriuasmes à vne ville appellée *Gondexilau*,
où nous fusmes mis dans vn cachot faict en façon
de cisterne, où nous demeurasmes iusques au
lendemain, enfoncez en de l'eau croupie où il y
auoit vne infinité de sangsuës, qui nous mirent
tous en sang. Le lendemain matin nous fusmes
conduicts à la ville, et y arriuasmes à quatre heures
apres midy. Or pource qu'il estoit desia tard, le
Broquen ne nous vid que trois iours apres, et
ainsi garrotez que nous estions, il nous fit conduire par les quatre principales ruës de la ville,
où le peuple accouroit à la foule de toutes parts,
qui nous voyant sembloit estre touché de nostre
misere, principalement les femmes. De cette
façon nous arriuasmes à vne Chambre de Iustice,
où il y auoit vne grande garde d'Officiers, parmy

lesquels nous demeurasmes long-temps pource
que ce n'estoit point encore l'heure que le Iuge
deuoit venir. A la fin à trois coups d'vne cloche
que l'on sonna, voyla qu'on ouurit incontinent
vne porte qui estoit vis à vis du lieu où nous attendions; ce fut par là qu'on nous fit entrer dans
vne fort grande salle où estoit le Gouuerneur assis sur vn Throsne enrichy de grands tapis de soye
et d'vn daiz de brocat. Tout à l'entour il y auoit six
Huissiers, qui se tenoient à genoux auec des masses en main. Et en bas le long de la salle se voyoient
plusieurs gardes qui portoient des hallebardes
damasquinées d'or et d'argent. Tout le reste de
ce Palais estoit plein de gens de diuerses nations,
dont nous n'en auons encore point veu de semblables en ces contrées. Apres qu'on eut imposé
silence aux assistans qui faisoient du bruict, nous
nous prosternasmes deuant le Throsne où estoit
le Broquen, et luy dismes en pleurant : « Seigneur,
« par le Dieu qui a faict le Ciel et la terre, de la
« puissance duquel nous despendons tous tant
« que nous sommes, nous te prions de prendre
« pitié de nostre miserable fortune, car puisque
« les vagues de la mer nous ont mis en ce deplo-
« rable estat, et en la disgrace où tu nous voids,
« nous te supplions tres-instamment, que ton
« bon naturel nous mette en vn autre meilleur
« deuant le Roy, affin qu'il soit incité à prendre

« pitié de nous qui sommes de pauures estran-
« gers, destituez du secours et de la faueur du
« monde, pour ce qu'il plaist à Dieu le permettre
« ainsi pour nos peschez. » A ces mots le Broquen
regardant ceux qui estoient à l'entour de luy,
apres auoir faict quelques signes de teste : « Que
« vous semble de ces gens-là, leur dict-il, certes
« en voicy vn qui parle de Dieu en homme qui
« a cognoissance de sa verité ; puisque cela est,
« il faut bien sans doute qu'il y ait encore quel-
« que autre grand monde, dont nous n'auons
« point cognoissance, et ainsi attendu que ces
« hommes cognoissent la source de tout bien,
« il est raisonnable qu'on procede enuers eux
« conformement à ce qu'ils nous demandent par
« leurs larmes. » Alors se tournant vers nous qui
cependant estions prosternez par terre, auec les
mains haussées comme si nous eussions adoré
Dieu : « Il faut que i'aduouë, nous dict-il, que
« i'ay si grande compassion de vostre misere, et
« tant de douleur de vous voir pauures comme
« vous estes, que ie vous asseure en verité si le
« bon plaisir du Roy estoit tel, i'aymerois beau-
« coup mieux estre comme vn de vous autres,
« quelque miserables que vous soyez, que me voir
« en cette charge, qui sans doute m'a esté donnée
« pour mes peschez : car i'ay peur de vous scan-
« daliser, ce que ie ne voudrois faire pour rien

« du monde; neantmoins pource que le debuoir
« m'oblige de faire ce qui est de ma charge, ie
« vous prie en qualité d'amis de ne vous point
« estonner si ie vous fais quelques demandes qui
« sont necessaires pour le bien de la Iustice;
« quant au surplus qui touche vostre deliurance,
« si Dieu me donne vie, asseurez-vous que vous
« l'aurez, et vous reposez sur cette mienne pro-
« messe : car ie suis tres-asseuré que le Roy mon
« maistre est porté enuers les pauures d'vne vo-
« lonté qui est vrayement Royalle. » Ces promesses nous contenterent grandement, et pour
l'en remercier nous eusmes recours aux larmes,
que nous respandismes en abondance, pour ce
que nous auions le cœur si saisy, qu'il nous fut
impossible de nous seruir de paroles pour luy
respondre.

CHAPITRE CXL.

Des demandes qui nous furent faictes en la seconde audience que nous eusmes, ensemble de ce que nous y
respondismes, et des autres choses qui nous arriuerent.

— — — —

Le Broquen fit incontinent venir deuant luy
quatre Greffiers et les deux Peretandaos de cour,
lesquels, comme i'ay dit cy-deuant, sont comme
Iuges subalternes, ensemble dix ou douze autres
Officiers de Iustice. Alors s'estant leué sur pied
auec vne mine seuere et vn cymeterre nud en
main il commença à nous interroger auec vne
voix vn peu haute, affin qu'vn chascun le pust
ouyr : « Moy, dict-il, Pinaquila Broquen de cette
« ville de Puugor, par la volonté de celuy que
« nous tenons tous pour les cheueux de nos testes,
« Roy de la nation des Lequios et de tout ce païs
« des deux mers, où les eaux douces et salées di-
« uisent les minieres de ses thresors, vous aduise.
« et vous commande par la rigueur et par la force
« de ma parole, que vous ayez à me dire claire-
« ment, et auec vn cœur net, quels gens vous
« estes, et de quelle nation, ensemble quel est

II. 24

« vostre païs et comme il s'appelle? » A cette demande nous respondismes conformement à la verité : que nous estions Portugais, natifs de Malaca. Voyla qui est bien, adiousta-il, mais quelle
aduenture vous a conduits en cette contrée, et
où est-ce que vous auiez intention d'aller, quand
vous auez faict naufrage? nous luy repartismes là-
dessus, qu'estans marchands qui ne faisions point
d'autre profession que du traffic, nous nous
estions embarquez dans le Royaume de la Chine
pour nous en aller du port de Liampoo à Tanixumaa où nous auions esté autresfois; mais qu'estant arriuez bien prez de l'Isle du Feu, vne si
grande tourmente nous auoit surpris, que ne
pouuant nous opposer à la violence de la mer
nous auions esté contraincts de courir en pouppe
à la mercy des vents par l'espace de trois iours,
et autant de nuicts, à la fin desquels nostre Iunco
s'estoit coulé pardessus le banc de Taeidacan, où
de nonante et deux personnes que nous estions,
il s'en estoit noyé soixante-huict, sans que de ce
grand nombre il se fust sauué que nous autres
vingt-quatre qu'il voyoit deuant luy tous couuerts
de playes, laquelle chose ils recognoissoient estre
aduenuë par vn particulier miracle de Dieu. A
ces paroles s'estant vn peu arresté : « Et soubs
« quel tiltre, repliqua-t'il, possediez-vous tant
« de richesses, et tant de pieces de soye qui

« estoient dans vostre Iunco et qui valoient plus
« de cent mille Taeis, à ce que i'en ay appris?
« Certes il n'est pas croyable que vous puissiez
« auoir acquis tant de biens autrement que par
« vollerie, qui pour estre vne grande offence qui
« se commet contre Dieu, est vne chose propre
« aux seruiteurs du serpent de la maison de la
« fumée, et non pas à ceux de la maison du So-
« leil, où ceux qui sont iustes, et qui ont le cœur
« net, se baignent parmy les parfums dans l'es-
« tang du tres-haut Seigneur. » Nous luy repliquasmes à cela, qu'asseurement nous estions
marchands et non pas larrons comme il nous auoit
dit tant de fois, parce que le Dieu en qui nous
croyons nous deffend par sa saincte loy, de tuer
et de desrober. A ces mots le Broquen regardant
ceux qui estoient autour de luy : « Sans doute.
« continua-t'il, si ce que ces gens affirment est
« veritable, nous pouuons bien dire qu'ils sont
« comme nous et que leur Dieu est beaucoup
« meilleur que tous les autres, ce qui semble
« que l'on peut inferer au vray de leurs paroles. »
Alors s'estant mis à nous regarder derechef, il
nous interrogea comme auparauant, en monstrant tousiours vn visage fort seuere et l'action
d'vn homme fasché, comme vn Iuge qui exerçoit
sa charge auec integrité. En ces demandes il employa bien pres d'vne heure, et nous dict en der-

nier lieu, « Ie voudrois bien sçauoir pourquoy
« ceux de vostre païs, quand ils prirent autres-
« fois Malaca, poussez à cela par vne extresme
« auarice, tuerent les nostres auec si peu de pi-
« tié? dequoy font encore foy quelques vefues
« qui en ces contrées ont suruescu à leurs ma-
« ris. » Nous luy respondismes à cette demande,
Que telle chose estoit arriuée plustost par vne
aduenture de guerre, que par vn desir de voler;
ce que nous n'auions accoustumé de faire en aucun lieu que ce fust, « Qu'est-ce que vous dites
« là? repartit-il, pouuez-vous nier que celuy qui
« conqueste ne desrobe point? qui force ne tue-
« t'il pas? qui maistrise ne scandalise-t'il point?
« qui se monstre auare n'est-il point larron? qui
« opprime ne fait-il point l'action d'vn Tyran; et
« voyla toutes les belles qualitez qu'on vous donne,
« et dont on vous rend coulpables, ce qui est vne
« chose que l'on asseure de vous par la Loy de
« toute verité. Cela estant, il est manifeste que
« ce que Dieu vous abandonne, et qu'il relasche
« sa main, permettant aux vagues de la mer de
« vous engloutir, est plustost vn pur effect de sa
« Iustice, que non pas aucune iniure qui vous
« soit faicte. » Là-dessus il se leua de la chaire où
il estoit assis, et commanda aux Officiers qu'ils
nous remenassent en prison, nous promettant de
nous donner audience conformement à la grace

qu'il plairoit au Roy nous faire, et à la compassion qu'il voudroit auoir de nous; dequoy nous
demeurasmes fort affligez, et sans aucune esperance de vie. Le iour d'apres le Roy fut aduisé par
les lettres du Broquen, tant de nostre emprisonnement, que des responces que nous auions faictes,
et y entremesla quelque chose en faueur de nous,
à cause dequoy il ne nous fit point executer,
comme l'on disoit qu'il auoit resolu de faire pour
quelques faux rapports que les Chinois luy auoient
faict de nous. En cette prison nous fusmes bien
pres de deux mois auec beaucoup de peine, sans
que durant tout ce temps-là on nous parlast en
aucune façon que ce fust de cette premiere procedure. Or d'autant que le Roy desiroit d'estre
plus amplement informé de nous par d'autres enquestes plus particulieres que les lettres du Broquen, il enuoya vers nous vn certain homme nommé
Randinaa, pour s'en venir secrettement en la prison où nous estions, affin que sous pretexte d'estre
vn marchand estranger, il apprist exactement le
subiect de nostre arriuée en ce lieu, et que selon
le rapport qu'il en feroit au Roy il pust passer
outre, et faire ce qui luy sembleroit de iustice.
Or bien que cela se fist secrettement, si est-ce que
le bon-heur voulut pour nous, que le iour d'auparauant nous eusmes aduis de la venuë de cet
homme. Ce qui fut cause que nous nous ar-

masmes par le dehors de toutes les apparences
de misere et d'affliction dont nous pusmes nous
aduiser, et qu'il nous fust possible de feindre.
Comme en effect apres l'assistance qu'il plut à
Dieu nous donner, cet expedient nous seruit plus
que ne firent tous les autres que nous pusmes
chercher. Cet homme s'en vint donc vn matin
bien accompagné dans le *Vileu* (ainsi se nommoit
la prison où nous estions) et apres nous auoir
veus tous l'vn apres l'autre, il appella le Iurubaça
qu'il auoit auec luy, et qui luy seruoit d'inter-
prete, Demande, luy dict-il, à ces hommes quelle
est la cause que la puissante main de Dieu les a
ainsi abandonnez, en permettant par vn effect de
sa diuine Iustice, que leurs vies soient soumises
au iugement des hommes, sans que le remors de
leur conscience soit capable de faire qu'ils se
mettent deuant les yeux l'effroy de la vision redoutable qui a de coustume d'espouuanter l'ame
au dernier iour de la vie. Car il est à croire que
ceux qui ont faict ce que ie remarque en eux ont
entassé peschez sur peschez. Nous luy respondismes à cela qu'il ne manquoit pas de raison,
pour la grande apparence qu'il y auoit que les
peschez des hommes estoient la principale cause
de leurs trauaux; mais qu'en cela neautmoins
Dieu comme souuerain Seigneur auoit accoustumé
de prendre pitié de ceux, qui à force de gemis-

semens et de larmes l'inuoquoient continuellement; que c'estoit aussi en luy en la bonté duquel nous auions mis nos esperances, affin qu'il
luy plust inspirer dans le cœur du Roy qu'il s'in-
formast de nous, et nous fist iustice selon nos
œuures, pource que nous estions de pauures
estrangers despourueus de toute faueur, chose
dont les hommes faisoient le plus d'estat en ce
monde. Ce que vous dites là, nous repliqua-t'il,
va fort bien, pourueu que vostre cœur soit conforme à vos paroles. Que si cela est, vous n'estes
aucunement à plaindre, car c'est vne chose asseurée que celuy qui esmaille tout ce que nos yeux
voyent pour la beauté de la nuict, et qui a faict
encore tout ce que le iour nous monstre pour la
nourriture des hommes qui ne sont que des vers
de terre, ne vous refusera point vostre deliurance,
puis que vous la luy demandez auec tant de gemissemens et de larmes. C'est pourquoy ie vous
prie que vous ne feigniez point de me confesser
en verité ce que ie desire d'apprendre de vous
maintenant, à sçauoir quels gens vous estes? de
quelle nation? en quelle partie du monde vous
habitez, et comment se nomme le Royaume de
vostre Roy? A quoy vous adiousterez la cause qui
vous a faict venir icy, et en quel lieu vous alliez
auec tant de richesses que la mer a iettées aux
plages de Taydicau; dequoy tous les habitans

ont esté si estonnez qu'ils ont creu que vous estiez
Seigneurs de tout le commerce de la Chine, qui
est le meilleur du monde. A ces demandes et aux
autres semblables que nous fit cet espion en
assez bon nombre, nous luy respondismes conformement à ce qu'il nous estoit necessaire de
luy dire en cette communication; dequoy il se
monstra si content, que nous faisant par fois plusieurs offres, il nous promit qu'il parleroit au
Roy touchant nostre deliurance. Cependant il ne
nous disoit mot du subiect pour lequel il estoit
enuoyé vers nous; au contraire il feignoit tousiours qu'il estoit estranger, et marchand comme
quelqu'vn de nous autres. Neantmoins quand il
s'en alla il nous recommanda grandement au Geolier, et luy dict qu'il ne nous laissast manquer
d'aucune chose, l'asseurant qu'il le payeroit à sa
volonté. Nous le remerciasmes là-dessus auec les
larmes aux yeux, dequoy il fut beaucoup esmeu
à compassion, et nous donna vn brasselet d'or
qui pesoit trente ducats, ensemble six sacs de
riz, et auec cela il nous pria de luy pardonner
pour le petit present qu'il nous faisoit. Apres ces
choses il s'en alla treuuer le Roy, auquel il rendit compte de tout ce qui s'estoit passé auec nous,
l'asseurant que nous n'estions point tels que les
Chinois luy auoient faict à croire, et que pour
preuue de cela il perdroit la teste mille fois s'il

en estoit besoin; ce qui fut cause que le Roy ra-
batit beaucoup de tous les autres soupçons où ils
l'entretenoient sur nostre façon de viure. Mais
comme il estoit resolu de nous enuoyer eslargir,
tant sur le rapport de cet homme, qu'à cause de
la lettre que le Broquen luy auoit escripte, il arriua au port vn Corsaire Chinois auec quatre Iuncos, à qui le Roy donnoit son païs pour lieu de
retraicte, à condition qu'il luy fist part de la moitié du butin qu'il emporteroit de la Chine; à
cause dequoy il auoit beaucoup de faueur pres
du Roy, et enuers tous ceux du païs. Or parce
que nos peschez voulurent que ce Pyrate fust vn
des plus grands ennemis que les Portugais eussent en ce temps-là, à cause d'vn combat que
nous auions eu contre luy auparauant au port de
Lamau, où commandoit Lancerot Pereyra natif
du port de Lyma, en laquelle meslée on luy
auoit bruslé deux Iuncos, et tué trois cent
hommes des siens; ce chien ne fut pas plustost
aduerty de nostre emprisonnement, et comme
le Roy auoit resolu de nous r'enuoyer absous,
qu'il broüilla l'affaire d'vne estrange sorte, et luy
dict tant de mensonges de nous, que peu s'en
fallut qu'il ne luy fist à croire que nous serions
bien-tost cause de la perte de son Royaume. Car
il l'asseura que c'estoit nostre coustume de faire
les espions dans vn païs soubs pretexte de mar-

chandise, puis de nous en emparer comme voleurs que nous estions, faisant passer par le fil
de l'espée tout ce que nous y trouuions ; ce qui
agist si puissamment dans l'esprit du Roy qu'il
reuoqua tout ce qu'il auoit resolu, et changeant
d'aduis ordonna que veu ce qu'on luy venoit
dire de nous, l'on eust à nous desmembrer en
quatre quartiers qui seroient mis aux ruës publiques, affin que tout le monde sceust que nous
auions merité d'estre ainsi traictez.

CHAPITRE CXLI.

Comme le Roy enuoya sienne sentence au Broquen de la
ville où nous estions prisonniers, affin qu'il l'executast,
et de ce qui en arriua.

APRES que ce cruel arrest de mort fut donné
contre nous, le Roy enuoya vn Peretanda au
Broquen de la ville où nous estions prisonniers,
affin que dans quatre iours l'execution en fust
faicte sur nos personnes. Ce Peretanda partit incontinent, et à son arriuée à la ville il plust à Dieu

qu'il s'en allast loger en la maison d'vne certaine
vefue sa sœur, qui estoit vne femme fort honnorable, de qui nous auions receu plusieurs aumosnes. Cettuy-cy l'ayant aduertie secrettement
du subiect de son arriuée, et comme quoy il ne
falloit pas qu'il s'en retournast qu'auec de bons
certificats, pour monstrer au Roy comment cette
execution auoit esté faicte, et qu'il s'estoit ac-
quitté du deuoir de sa charge, selon l'expres
mandement du Roy; cette Dame s'en alla tout
aussitost aduertir vne sienne niepce fille du Broquen Gouuerneur de la ville, en la maison de
laquelle se retiroit vne Portugaise, femme d'vn
Pylote qui estoit prisonnier auec nous, ensemble
deux de ses enfans. La voulant donc consoler,
elle luy descouurit ce qu'elle venoit d'apprendre.
Ce que la Portugaise n'eust pas plustost appris,
qu'extrememement affligée d'vne si triste nouuelle,
l'on tient qu'elle se laissa cheoir par terre sou-
dainement, où elle fut vn assez long temps sans
parler. A la fin estant reuenuë à soy, elle se des-
chira si cruellement le visage à belles ongles, que
ses deux iouës en furent toutes sanglantes, chose
qui pour estre nouuelle et extraordinaire en ce
païs-là, le bruict en fut incontinent semé par la
ville, tellement que toutes les femmes en furent
si fort effrayées, que la plusgart d'elles sortirent
de leurs maisons, menans par leurs mains leurs

enfans. Ce que ne purent empescher toutes les
remonstrances de leurs maris, ioinct que cela ne
fut pas capable de retenir les langues du vulgaire
oisif et mesdisant, qui poussé par son mauuais
naturel a de coustume d'expliquer en mauuaise
part plusieurs choses, qui pour estre faictes à
bonne intention ne laissent pas bien souuent
d'estre agreables à Dieu. Ainsi toutes ces femmes
estans arriuées en la maison de la fille du Broquen où estoit la Portugaise, plus en estat de
mourir, que de respondre à ce que les vns et les
autres luy demandoient; ces femmes en furent
esmeuës de compassion, de maniere que pour
l'amour de la premiere et principale cause qui
est Dieu autheur de tout bien, qui par vn effect
de son infinie misericorde et bonté donne des
remedes certains à ceux qui se treuuent en affliction, lors que leurs malheurs sont plus grands et
leurs trauaux plus insupportables, combien
qu'elles n'eussent aucune cognoissance du vray
Dieu, elles furent neantmoins si fort esmeuës du
desastre de cette pauure estrangere, ensemble
des larmes qu'elle respandoit, et de l'extraordinaire sentiment de douleur qu'elles remarquerent
en elle, que toutes ensemble elles resolurent
d'escrire à nostre faueur vne lettre à la Royne
Mere du Roy. ce qu'elles firent incontinent en
cette lettre, elles luy rendirent compte de tout

ce qui estoit de la verité de nostre affaire, ensemble de ce qu'elles en auoient appris par le
commun bruict, et auec combien d'iniustice l'on
auoit donné contre nous cet arrest de mort. A
quoy elles adiousterent ce que cette Portugaise
auoit faict, et aussi auec quelle douleur elle auoit
mis son visage en sang, en pleurant tout haut la
mort de son mary et de ses enfans, l'asseurant
pour conclusion qu'il ne se pouuoit faire autrement que Dieu ne se fust reserué la punition
d'vne si grande iniustice, les paroles de cette
lettre estoient telles. « Saincte perle, congelée
« dans la plus grande coquille du plus profond
« des eaux, estoile esmaillée de rayons de feu,
« tresse de cheueux dorez entremeslée d'vn
« chappeau de roses, de qui les pieds sont si
« pleins de grandeur qu'ils s'appuyent sur le plus
« haut de nos testes, comme des rubis enchassez
« en or, dont le prix est inestimable. Nous qui
« ne sommes que les fourmis de ta despense,
« logées dans l'oubly de tes miettes, filles et pa-
« rentes de la femme du Broquen auec toutes les
« autres captiues qui auons signé icy, te faisons
« vne plainte de ce que nous auons veu de nos
« yeux, c'est vne pauure femme estrangere qui
« ne semble auoir ny chair ny visage, noyée
« qu'elle est dans vn estang de sang, se battant
« le sein auec tant de cruauté, qu'elle eust faict

« pitié aux bestes farouches qui sont dans les
« bois, et donné de la peur à toute sorte de gens.
« Dauantage nous l'auons ouy crier si haut, que
« nous t'asseurons par la loy de toute verité, que
« si Dieu luy preste l'oreille comme nous croyons
« qu'il fera, pource qu'il assiste ordinairement les
« pauures qui sont mesprisez du monde; il est à
« craindre qu'vn grand chastiment de faim et de
« feu ne tombe sur nous. C'est pourquoy l'extreme
« apprehension que nous auons de ces choses,
« faict que ioignant toutes nos voix ensemble
« comme de petits enfans affamez apres leurs
« meres, que iettant les yeux sur l'ame du Roy
« ton mary, pour l'amour duquel nous te deman-
« dons, tu daignes te faire de la nature des
« saincts, laissant à part tout le respect de la
« chair. Car tant plus tu feras pour Dieu, et plus
« tu seras grande dans sa maison, où nous tenons
« pour certain que tu treuueras le Roy ton mary,
« chantant au son de la harpe des petits enfans
« qui n'ont iamais pesché, le cantique de cette
« charitable aumosne que nous te prions pour
« Dieu et pour luy de faire auec vne grande effi-
« cace'au Roy ton fils. Ce sera le moyen de l'es-
« mouuoir pour l'amour de Dieu et de toy en-
« semble par la force de nos larmes et de nos
« cris, à prendre pitié de ces estrangers et leur
« pardonner librement toutes les fautes dont on

« les blasme iniustement, puisque, comme tu
« sçay, ce ne sont pas les Saincts du Ciel qui
« ont accoustumé de nous accuser, mais bien des
« hommes infames et de mauuaise vie, ausquels il
« est deffendu de prester l'oreille. Concheniiau ,
« belle Damoiselle et bien née, mais sur tout plus
« honnorable que toutes celles de cette ville,
« pour auoir esté esleuée à ton seruice par ta
« mere, t'asseurera de la part de Dieu et du Roy
« ton mary, pour l'amour de qui nous te faisons
« cette requeste, de toutes les autres particula-
« ritez de cette affaire , ensemble des larmes
« et des gemissemens de ces pauures gens,
« comme pareillement de l'extreme tristesse et
« de la frayeur de tous les habitans de cette ville,
« qui par la force de leurs aumosnes et de leurs
« icusnes te supplient tres-humblement de pre-
« senter leur humble requeste au Roy, qui est
« ton fils chery par dessus toute sorte de person-
« nes, auquel plaise au Seigneur de tous biens
« en faire en si grand nombre, que de ce qu'il luy
« en restera seulement se remplissent tous ces
« peuples qui habitent la terre et les Isles de la
« Mer. » Cette lettre signée de la main de plus
de cent femmes qui estoient des principales de
toute la ville, fut enuoyée par vne Damoiselle
fille du Mandarin Comanilau Gouuerneur de
l'Isle de Baucaa , qui est du costé du Sud de celle

des Lequios, et la bonne fortune voulut que cette ieune fille y arriua à deux heures de nuict, la veille de ce mesme iour, que la sentence de mort deuoit estre executée (car il falloit necessairement que cela fust ainsi) accompagnée de deux siens freres, et de dix ou douze Gentils-hommes ses parens, et des plus honnorables de la ville.

CHAPITRE CXLII.

De quelle façon cette Damoiselle donna sa lettre à la Royne Mere du Roy, et de la responce qu'elle luy fit.

CETTE Damoiselle estant arriuée à la ville de Bintor où estoient le Roy et la Royne sa mere, à six lieuës de Pangor, elle s'en alla loger en la maison d'vne sienne tante, premiere Dame d'honneur de la Royne, qui l'aymoit infiniment. A son arriuée elle luy rendit compte du subiect qui l'amenoit là, et luy representa par mesme moyen combien il importoit à son honneur et à son credit, puisque toutes les autres l'auoient choisie pour cette affaire, d'auoir de son Altesse la grace que toutes ensemble luy demandoient; cette

Dame ayant faict à sa niepce tout le bon accueil
qu'il luy fut possible, en luy donnant de veritables demonstrations de son amitié, luy dict, que
puis qu'elle l'asseuroit qu'en cette affaire il y
alloit de son honneur, elle tascheroit par tous
moyens de faire en sorte qu'elle ne s'en retournast point mecontente, et frustrée de l'esperance
de sa requeste, principalement puisque la chose
estoit iuste de soy, comme elle disoit, et qu'il y
auoit tant de grandes Dames qui par leur seing
la demandoient par vne maniere d'aumosne,
comme l'on pouuoit voir par leurs lettres. Là-
dessus l'on tient que cette Damoiselle l'ayant fort
humblement remerciée, la supplia de faire reussir la chose au plustost, luy disant que nous n'a-
uions plus que deux iours de vie, qui estoit le
temps destiné à nostre execution, et qu'apres ce
terme il ne luy restoit plus rien à esperer de ce
costé-là. Par les paroles que vous venez de me
dire, luy respondit sa Tante, ie voy bien que
cette affaire est pressée, et qu'à faute d'y employer la diligence requise, ces pauures miserables souffriront le chastiment auquel le Roy les a
destinez par le rapport des Chinois. Mais sitost
que la Royne sera esueillée, ce qui arriuera dans
vne heure, elle me treuuera à ses pieds, affin que
cette nouueauté m'y oblige, pource qu'il y a plus
de six ans que ie n'en ay faict autant à cause de

mon indisposition. A mesme temps ayant laissé
sa niepce dedans sa chambre elle ouurit la porte
d'vne gallerie dont elle seule auoit la clef, et entra dans la chambre où la Royne estoit couchée.
Cependant la Royne s'estant esueillée demie
heure apres, comme elle la sentit à ses pieds ;
Qu'est cecy, luy dict-elle, Nhay Meicamur ?
car c'estoit ainsi que se nommoit cette Dame.
quelle fantaisie vous a pris de passer la nuict en
ce lieu ? asseurement cela n'est pas sans quelque
grande noueauté. Madame, luy respondit-elle,
ce que vostre Maiesté vient de me dire est tres-
veritable, et ie ne doute point que cette affaire
ne semble aussi extraordinaire à vos oreilles,
comme i'ay treuué estrange de voir depuis peu
ma niepce arriuée en cette ville auec tant de
tristesse et d'ennuy, que ie ne suis pas capable
de l'exprimer de paroles. Alors la Royne luy
ayant commandé de l'appeller elle la fit entrer
incontinent. La premiere chose que fit alors
cette ieune Damoiselle comme elle se vid deuant
la Royne, qui estoit au lict, fut de se proster-
ner deuant elle ; puis apres luy auoir faict les
submissions et les complimens necessaires, elle
luy dict en pleurant le subiect qui l'auoit là
menée, et par mesme moyen luy donna sa lettre
que la Royne luy commanda de lire, pour laquelle faueur la Damoiselle luy ayant baisé la

main, elle la leut conformement à son dessein,
et tient-on que la Royne en fut tellement touchée
de compassion, que ne pouuant permettre qu'elle
l'acheuast de lire, elle luy dict plusieurs fois auec
les larmes aux yeux: C'est assez, ie n'en veux
pas ouyr dauantage pour maintenant, et puisque
l'affaire se passe de la façon que vous dictes, à
Dieu ne plaise, ny à l'ame du Roy mon mary,
pour le respect duquel toutes ces Dames me demandent cette aumosne, que ces pauures miserables perdent la vie si iniustement. Les faux
rapports que les Chinois ont faict d'eux, et les
trauaux endurez sur mer leur tiennent lieu d'assez grands supplices. C'est pourquoy reposez-
vous sur moy de vostre requeste, et cependant
retirez-vous iusques à demain de grand matin,
que nous nous en irons toutes trois treuuer le
Roy mon fils deuant qu'il soit iour, et alors vous
luy lirez cette lettre comme vous me l'auez leuë
à moy, affin qu'esmeu à pitié il ne face point de
difficulté de nous accorder ce que nous auons à
luy demander auec tant de raison. Cette resolution prise, la Royne ne fut pas plustost leuée le
lendemain, que prenant auec elle sa premiere
femme de chambre, et cette Damoiselle sans
qu'il y eust autre personne, elle se coula par vne
gallerie dans la chambre du Roy son fils, qu'elle
treuua encore couché, et luy rendant compte du

subiect qui l'amenoit là , elle commanda à sa Damoiselle de lire la lettre , ensemble luy dire de
bouche tout ce qui s'estoit passé sur cette affaire ;
ce que la Damoiselle fit aussitost fort exactement,
et non sans mesler ses larmes à celles de sa Tante,
selon ce que nous en sceusmes depuis ; durant ces
choses le Roy regardant sa mere ; Madame . luy
respondit-il , il faut que ie vous die en verité que
i'ay songé cette nuict, que ie me voyois deuant
vn Iuge fort courroucé , qui portant sa main par
trois fois dessus son visage, comme si'l m'eust
menacé, Ie te promets, me disoit-il , que si le
sang de ces estrangers reiaillit iusques à moy . ou
s'il crie vengeance à mes oreilles, toy et les tiens
satisferez à ma iustice, ce qui me faict croire
qu'asseurement cette vision vient de Dieu, pour
l'amour duquel ie fais cette aumosne à sa loüange,
et leur donne à tous la vie et la liberté, affin
qu'ils s'en puissent aller où ils voudront ; et outre
cela ie veux qu'on leur equippe vn vaisseau à mes
despens, et qu'on les fournisse de toutes les autres choses qui leur seront necessaires. La Reyne
remercia le Roy son fils d'vne si grande grace qu'on
leur faisoit, par mesme moyen elle commanda à
sa Dame d'honneur, et à la Damoiselle, de luy
baiser toutes deux les pieds, ce qu'elles firent
incontinent , et là-dessus la Reyne se retira. Cependant le Roy ennoya tout aussitost appeller le

Chumbin pour luy commander que cette sentence
n'eust point d'effect, et en suitte de cela il luy
raconta tout ce qui se passoit, tant pour le regard
du songe, que de ce que la Royne sa mere luy
auoit requis, et qu'il luy auoit accordé. Alors
tous les Officiers de la Iustice loüerent grandement le Roy de cette action, et à l'heure mesme
reuoquant cette sentence, ils en donnerent vne
autre d'abolition à nostre faueur, qui contenoit
les paroles de cette substance. «Broquen de ma
« ville de Pungor, moy Seigneur de sept genera-
« tions et les cheueux de ta teste t'enuoye le ris
« de ma bouche, affin que ta reputation en soit
« augmentée. Veu les aduis que m'auoient donné
« les Chinois de la pernicieuse façon de viure de
« ces estrangers, m'asseurant par vn serment so-
« lemnel et sur la foy qu'ils doiuent à tous leurs
« Dieux. Qu'infailliblement c'estoient des Cor-
« saires, et des voleurs qui ne faisoient point d'au-
« tre mestier que de desrober le bien d'autruy,
« et de tremper leurs mains dans le sang de ceux
« qui deffendent le leur auec raison, ce qu'ils
« disoient estre manifeste à tout l'vniuers qu'ils
« auoient rodé mille fois sans laisser Isle, terre,
« port de mer, ny riuiere, où ils ne missent le
« feu, exerçant des actions si criminelles, et si
« enormes, que pour n'offencer Dieu ie les passe
« soubs silence, toutes lesquelles choses m'ont

« semblé dignes d'abord d'estre punies par la ius-
« tice conformement aux loix de mon Royaume.
« I'ay donc baillé ce procez à rapporter aux princi-
« paux officiers de ma Couronne, qui tous d'vn
« commun consentement, m'ont iuré que ces
« estrangers ne meritoient pas seulement vne
« mort, mais plusieurs s'il estoit possible, à cause
« dequoy m'arrestant à leur aduis, i'ay escript à
« Nhay Perctanda qu'il eust à t'enioindre de ma
« part que dans quatre iours tu ne manquasses
« point de mettre en execution le mien arrest.
« Et d'autant que les principales Dames de cette
« ville que ie tiens pour mes parentes, m'ont
« presenté requeste depuis affin que i'eusse à leur
« faire vne aumosne de leurs vies, m'alleguant
« pour cet effect dans leurs lettres plusieurs rai-
« sons qui me pouuoient induire à ne leur point
« refuser cela, mais bien à leur accorder, la peur
« que i'ay euë qu'en cas de refus leurs cris n'ar-
« riuassent au plus haut des Cieux, où vit re-
« gnant ce Seigneur, de qui le propre est d'auoir
« pitié des larmes, qui sont veritablement res-
« panduës par ceux qui ont vn vray zele à sa
« saincte loy, a faict que me delivrant de cette
« aueugle passion à laquelle la chair me rendoit
« enclin, i'ay voulu que ma cholere ne se pre-
« ualust point du sang de ces miserables. Pour
« ces causes ie te commande qu'aussitost que

« cette Damoiselle qui est de noble extraction,
« et ma parente, te presentera ces lettres signées
« de ma main, dont ie confesse estre bien con-
« tent, à cause des personnes qui m'ont faict
« cette requeste, tu t'en ailles à la prison où tu
« as fait mettre ces estrangers, et que sans autre
« delay tu les elargisses, mesme tu leur fournisses
« vn batteau à mes despens, et leur donnes les
« aumosnes que la loy du Seigneur te commande
« de leur faire, sans que l'auarice ferme les
« mains ; surquoy tu leur diras qu'ils s'en peuuent
« aller sans voir ma personne, et que ie les en
« tiens pour excusez, tant pour ce que ce trauail
« leur seroit inutile, qu'à cause que faisant
« comme ie fais l'Office de Roy, il ne m'est per-
« mis de voir des gens qui ont vne grande cognois-
« sance de Dieu, et qui toutesfois monstrent faire
« peu d'estat de sa loy en ce qu'ils font coustume
« de voler le bien d'autruy. Donné à Beintor en
« la troisiesme chaneque du premier mamoque
« de la Lune en la presence de la Royne ma mere,
« source de mon œil droict, et Dame de tout
« mon Royaume. Et signé au bas, Hira Pitau
« Xinancor Ambulec, ferme estançon de toute
« iustice. » Sitost que la Damoiselle se vid en
main la lettre du Roy elle n'eut iamais de repos
qu'elle ne fust partie d'auec sa tante, ce qu'ayant
faict elle se mit en chemin, et vsa d'vne si grande

diligence, qu'en peu de temps elle arriua dans
la ville et rendit la lettre au Broquen, qui la
voyant fit incontinent assembler tous les Peretandas, Chumbins, et autres Officiers de iustice,
et s'en alla droict à la prison où nous estions en
ce temps-là fort bien gardez. Alors comme nous
les vismes entrer nous nous escriasmes tous ensemble trois ou quatre fois: Seigneur Dieu misericorde; dequoy le Broquen et tous les autres de
sa suitte, dont la prison estoit pleine, furent si
fort effrayez qu'il y en eut parmy eux qui ne
purent retenir leurs larmes, poussez à cela par la
compassion qu'ils auoient de nous. Cependant
le Broquen se mit à nous consoler en termes
fort remarquables et qui procedoient d'vne grande
charité. Par mesme moyen il nous fit oster les
fers des pieds et des mains, et nous tirant dans
vne cour qui estoit plus auant, il nous raconta
tout ce qui s'estoit passé sur nostre affaire; dequoy nous n'auions sceu aucune chose iusques
alors à cause des gardes qu'on nous auoit données en fort grand nombre. Là-dessus ayant enuoyé publier la lettre que le Roy luy auoit en-
voyée : Mes amis, nous dict-il, maintenant que
Dieu vous faict vne si grande grace, que de vous
deliurer comme vous voyez, i'ay vne priere à
vous faire ; c'est que pour l'amour de moy vous
l'en remerciez du profond du cœur, et luy en

donniez des loüanges : car si vous vsez de recognoissance enuers luy, il vous communiquera
d'en-haut d'où tout bien procede, vn agreable
repos, ce qui est vne chose qui nous est beaucoup plus conuenable que de viure quatre iours
dans les miseres de ce monde, où l'on n'a rien que
du trauail, de la douleur, des grandes afflictions,
et sur tout de la pauureté, qui est le comble de
tous les autres maux, par où d'ordinaire nos
ames se consument entierement dans le profond
abysme de la maison de fumée.

CHAPITRE CXLIII.

Du surplus qui nous aduint iusques à nostre arriuée à
Liampoo, ensemble la description de l'Isle des Lequios.

Le Broquen fit incontinent porter en ce lieu
deux paniers plein d'habillemens, et nous les dis-
tribua selon qu'il voyoit qu'vn chascun de nous
en auoit besoin. Cela faict, il nous mena en sa
maison où sa femme et toutes les autres Dames
du païs nous vindrent voir, nous temoignans à
leur mine qu'elles se resiouyssoient grandement

du bon succes de nostre deliurance. Aussi nous
consolerent-elles auec vne grande demonstration de pitié, ce qui est un effect du bon naturel
des femmes de ce pays, qui leur est ordinaire à
toutes; dequoy n'estans pas contentes elles nous
traicterent en leurs maisons les vnes apres les
autres durant tout le temps que nous y fusmes
iusques à nostre partement. Car nous demeurasmes là depuis l'espace de quarante-six iours, durant lesquels nous fusmes pourueus de toutes les
choses qui nous estoient necessaires, et ce en si
grande abondance, qu'il n'y eut pas vn de nous
qui n'emportast plus de cent ducats. Quant à la
femme Portugaise dont i'ay parlé cy-deuant, elle
en eut plus de mille, tant en argent, qu'en autres
presens qu'on luy fit, par le moyen dequoy son
mary recouura en moins d'vn an toutes les pertes
qu'il auoit faictes. Apres que nous eusmes là passé
auec vn grand repos ces quarante-six iours, la
saison propre à nostre voyage estant arriuée, le
Broquen nous fit donner vne place dans le Iunco
de certains Chinois qui s'en alloient au port de
Liampoo au Royaume de la Chine; en quoy il
voulut s'acquitter de l'expres mandement que
luy en auoit faict le Roy. Mais auparauant il fallut que le Cappitaine du Iunco donnast de grandes cautions touchant la seureté de nos personnes, afin qu'on ne nous fist aucune trahison le

long du voyage. De cette façon nous partismes
de cette ville de Pungor capitale de l'Isle de Lequios, de laquelle ie feray icy vne briefue relation, comme i'ay faict des autres pays dont i'ay
traicté cy-deuant, afin que s'il aduient vn iour
qu'il plaise à Dieu d'inspirer la nation Portugaise,
affin qu'en premier lieu, principalement pour
l'exaltation et l'accroissement de sa saincte foy
Catholique, et apres cela pour le grand proffit
qu'on en peut tirer, s'il luy aduient d'entreprendre la conqueste de cette Isle, elle sçache premierement par où y mettre les pieds, ensemble
les grands proffits qui luy en pourront reuenir, et
combien est facile cette conqueste. Il faut donc
sçauoir que cette Isle de Lequios située à vingt-
neuf degrez, a deux cent lieuës de circuit,
soixante de longueur, et trente de largeur. Le
païs est presque comme celuy du Iappon, si ce
n'est qu'il est vn peu plus montagneux en certains endroicts, mais en son milieu plus plat et fertile. Elle est renduë agreable par plusieurs campagnes qui sont arrosées de diuerses riuieres d'eau
douce, et d'où se recueillent des grandes prouisions, principalement de riz et de bled. Elle a des
montagnes desquelles on tire quantité de cuiure,
qui pour y estre en abondance est si commun
parmy ces gens-là, qu'on y en charge des Nauires
pour en trafiquer par tous les ports de la Chine.

de Lamau, de Sumbor, de Chabaquée, de Tosa,
de Miacoo, et du Iappon ; ensemble par toutes les
autres Isles qui sont du costé du Sud, comme
celles de Sesirau, de Goto, de Fucanxi, et de
Pollem. Dauantage dans tout ce pays des Lequiens, il y a encore vne grande abondance de
fer, d'acier, de plomb, d'estain, d'alun, de sal-
nitre, de souffre, de miel, de cire, de succre, et
de gingembre, beaucoup meilleur que celuy qui
vient des Indes. Auec cela il y a beaucoup de bois
d'angelin, de chastaigner, de buys, de chesne,
et de cedre, dont se peuuent faire des vaisseaux
à milliers. Elle a du costé de l'Oüest cinq Isles
fort grandes, où se treuuent plusieurs mines d'argent, ensemble des perles, de l'ambre, de l'en-
cens, de la soye, de l'ebene, du bresil, de la
poix sauuage, et beaucoup d'vn certain bois
propre à la charpenterie appellé Poytan. Il est
vray que pour le regard de la soye elle n'y est pas
en si grande abondance qu'en la Chine. Les habitans de tout ce païs de mesme que les Chinois
s'habillent de lin, de cotton, de soye, et de quelques estoffes de damas qui leur viennent de Nanquin. Ils sont grands mangeurs, fort addonnez
aux delices de la chair, peu enclins aux armes, et
fort despourueus d'icelles. Ce qui me faict croire
qu'il seroit fort facile de les conquester, attendu
qu'en l'année mil cinq cent cinquante-six, il ar-

riua à Malaca vn Portugais nommé Pero Gomez
d'Almeyda, seruiteur du Grand-Maistre de S.
Iacques, auec vn riche present, et des lettres du
Nautaquin Prince de l'Isle de Tanixuma, le tout
addressé au Roy Don Iean troisiesme que Dieu
absolue, dont la substance et du contenu de sa
requeste estoit fondée à luy demander cinq cent
hommes, affin que par leur secours, et par le moyen
de ses gens il pust conquester cette Isle de Lequios,
et luy demeurer pour cela tributaire par chaque année de 5000 quintaux de cuiure, et mille de laiton,
laquelle Ambassade n'eut aucun effect, pource
que le Messager fut perdu dans la galiotte où
perist encore Manuel de Souza de Sepulueda.
Plus auant dans le Nord en cette Isle de Lequios,
il y a vn grand Archipelago de petites Isles, d'où
l'on tire quantité d'argent, lesquelles à mon
aduis, et selon l'opinion que i'en ay tousiours
euë, parce que i'en ay veu à Maluco par les requestes que Ruy Lopez de Vilhalobos General
des Castillans fit à Dom Georges de Castro pour
lors Cappitaine de Ternate, doiuent estre celles
dont les habitans auoient quelque cognoissance,
et qu'ils nommoient des Isles d'argent; et toutesfois ie ne puis comprendre auec quelle raison
cela pouuoit estre, pource que selon ce que i'en
ay veu et leu, tant dans les escripts de Ptolomée,
que des autres Geographes, pas vn de ceux-cy

n'entra dans le Royaume de Siam, et en l'Isle de
Sumatra, si ce ne furent nos Cosmographes, lesquels depuis le temps d'Alphonse d'Albuquer-
quan passerent vn peu plus auant, et traicterent
des Selebres, Pafuaas, Mindauans, Champas, ensemble de la Chine et du Iappon, mais non encore des Lequiens, ny des autres Archipelagos
qui sont à descouurir dans la vaste estenduë de
cette mer. De cette briefue relation que ie viens
de faire de l'Isle de Lequios, l'on peut inferer,
tant par ce que i'en ay ouy dire, que par les
choses que i'en ay veuës, qu'auec deux mille
hommes tant seulement l'on pourroit prendre
cette Isle, ensemble toutes les autres de ces Archipelagos, d'où l'on tireroit beaucoup plus de
proffit que des Indes, et les conserueroit-on auec
moins de fraiz, tant pour ce qui est des hommes,
que pour le regard du reste; car nous auons parlé
icy à des marchands qui nous ont asseuré, que le
seul reuenu des trois doüanes, et de cette Isle de
Lequios se montoit à vn million et demy d'or,
sans y comprendre le massis de tout le Royaume,
non plus que les mines d'argent, de cuiure, de
laiton, de fer, d'acier, de plomb et d'estain, qui
est d'vn reuenu beaucoup plus grand que les
doüanes. Ie ne parleray pas dauantage des autres
particularitez de cette Isle, que ie pourrois rapporter icy, à cause qu'il me semble que cela suf-

fira pour esueiller les courages des Portugais, et les inciter à vne entreprise qui est de si grand seruice pour nostre Roy, et de si grand proffit pour eux.

~~~~~~

CHAPITRE CXLIV.

Comme de Liampoo ie fis voile à Malaca, où le Cappi- taine de la forteresse m'enuoya à Martabane au Cham- bainhaa.

────────

Estans arriuez à Liampoo, nous y fusmes tous fort bien receus des Portugais, qui pour lors y demeuroient. Vn peu apres ie m'embarquay en ce mesme lieu dans vn Nauire d'vn Portugais appellé Tristan de Gaa, pour m'en aller à Malaca, en in- tention d'y retourner derechef tenter la fortune qui m'auoit esté si souuent contraire, comme l'on peut voir par les choses que i'en ay dites. Ce Na- uire estant arriué à bon port à Malaca, ie m'en allay tout incontinent vers Pedro de Faria Gou- uerneur de la forteresse, qui pour le desir qu'il auoit de m'estre vtile deuant que le temps de son gouuernement fust escheu, me fit entrepren- dre le voyage de Martabane, d'où l'on tiroit vn

grand proffit, et ce dans vn lunco d'vn Mahume-
tan nommé *Necoda Mamude*, qui auoit femme
et enfans à Malaca. Or comme le principal dessein
de ce voyage estoit de conclure la paix auec le
Chaimbainhaa Roy de Martabane, ensemble d'empescher que le commerce de ceux de ce païs-là
ne cessast auec nous, pource que leurs luncos
seruoient grandement aux prouisions de nostre
forteresse, qui en estoit alors despourueuë à
cause des succez des guerres de Iaoa. D'ailleurs
i'auois vn dessein en ce mien voyage non moins
important que les autres, qui estoit de faire venir vn nommé Lançarot Guerreyro, qui estoit
pour lors en la coste de *Tanauçarim* auec cent
hommes, dans quatre Fustes, sous le nom de re-
belle ou de mutiné, tellement que i'auois à luy
dire qu'il s'en vinst au secours de la forteresse,
à cause qu'on tenoit pour chose certaine que le
Roy d'Achem s'en venoit fondre sur elle. Ainsi
Pedro de Faria se voyant grandement despourueu
de tout ce qui luy estoit necessaire pour soustenir
ce siege, et de gens aussi, treuua à propos de se
seruir de ces cent hommes, tant pour estre plus
proches, et que par ce moyen ils pouuoient venir
en plus grande diligence, que pour l'alarme qu'il
se donnoit à cause qu'en l'exercice de sa charge
il auoit besoin de grandes munitions pour soustenir le siege qui l'attendoit. En troisiesme lieu

il m'enuoyoit là en partie pour vn subiect assez important, à sçauoir pour donner aduis aux Na-uires de Bengala, affin qu'ils eussent à venir tous ioincts ensemble en bonne asseurance, de peur qu'en leur nauigation leur nonchalance ne fust cause de quelque desastre. I'entrepris donc ce voyage tres volontiers, et partis de Ma-laca vn Mercredy neufuiesme du mois de Ianuier mille cinq cent quarante-cinq. M'estant mis à la voile ie continuay ma route auec bon vent ius-ques à Pullo Pracelar, où le Pilote s'arresta vn peu à cause des bancs qui trauersent tout ce ca-nal de la terre ferme, iusques en l'Isle de Suma-tra. Comme nous en fusmes dehors auec beau-coup de peine, nous passasmes outre aux Isles de Pullo Sambillan, où ie me mis dans vne Manchua que i'auois fort bien equippée, et nauigeant en icelle par l'espace de 12 iours, conformement à l'ordre que Pedro de Faria m'en auoit donné, i'espiay toute la coste de ce païs de Malaye, qui contient cent trente lieuës iusques à Iunçalan, entrant par toutes les riuieres de Barruhaas, Sa-langor, Panaagim, Queda, Parles, Pendan, et Sambilan Siam, sans qu'en aucune d'icelles ie pusse iamais apprendre des nouuelles de ses en-nemis. Ainsi continuant cette mesme route par l'espace de plus de neuf iours, qui estoit le vingt-trois de nostre voyage, nous allasmes moüiller l'ancre en vne petite Isle qui s'appelloit *Pisan-durée*, en laquelle il fut necessaire au Necoda (qui estoit le Mahometan Cappitaine du Iunco) de faire vn cable, ensemble de s'y pourueoir d'eau et de bois. Auec cette resolution ayant mis pied à terre, nous trauaillasmes apres auec toute la diligence qui nous fut possible, et nous employasmes chascun au seruice qui nous sembloit le plus necessaire. A quoy l'on passa presque tout le iour. Or cependant qu'on trauailloit à cela, le fils de ce Cappitaine Mahometan s'en vint me demander si ie m'en voulois aller auec luy, pour voir si nous pourrions tuer vn cerf, dont il y en auoit grande quantité dans cette Isle. A quoy ie fis response que i'en estois tres-content, si bien qu'ayant pris vne harquebuze, ie m'en allay auec luy à trauers le bois. Là nous n'eusmes pas marché plus de cent pas, que nous descouurismes plusieurs sangliers qui s'en alloient foüiller la terre pres d'vne mare. Ayant descouuert cette chasse, nous nous en approchasmes le mieux que nous pusmes, et tirant à trauers nous en portasmes deux par terre. Resiouys que nous estions d'vn si bon succez, nous fismes incontinent vn grand cry, et accourusmes droict à la plaine où nous les auions veu foüiller. Alors chose espouuantable à voir, en ce mesme lieu nous trouuasmes douze corps qu'on auoit deterrez, et autres dix ou douze à

demy mangez. Cet obiect nous ayant rendu
d'abord comme pasmez et confus, nous nous ti-
rasmes vn peu à l'escart à cause de la grande
puanteur qui s'exhaloit de ces corps. Là-dessus
voyla que le Sarrazin auec qui i'estois, et qui ne
s'estonnoit pas moins que moy; Il me semble,
me dict-il, que nous ne ferions pas mal d'aller aduertir de cecy mon pere, qui est (comme vous
sçauez) à la rade, où il faict vn cable, affin que
sans autre delay on fasse la ronde par toute cette
Isle, pour voir si l'on ne descouuriroit point quelques Lanchares de Corsaires; car il y en pourroit
bien auoir de cachées derriere cette pointe que
voyla, si bien que nous courrions icy fortune de
nos vies, comme il est aduenu par fois à d'autres
Nauires, où plusieurs hommes ont esté tuez par
la nonchalance de leurs Cappitaines. Ce conseil du
Sarrazin ne me sembla point hors de propos, tellement qu'à l'heure mesme nous rebroussasmes
chemin vers la rade, où il rendit compte à son
pere de ce que nous auions veu. Or d'autant que
le Necoda estoit homme fort prudent, et eschau-
dé (comme l'on dict) par de semblables incon-
ueniens, il enuoya de ce pas faire la ronde par
toute l'Isle, il fit embarquer les femmes et les
enfans auec le linge, bien qu'il ne fust qu'à demy
laué. Luy cependant suiuy de 40 hommes armez
d'harquebuzes et de lances, s'en alla droict au lieu

où nous auions descouuert ces corps , et les voyant
l'vn apres l'autre en se bouchant les narines à
cause de la puanteur qui estoit insupportable , il
en fut esmeu à compassion, et commanda aux
Mariniers de faire vne grande fosse pour les y enseuelir. Mais comme on leur voulut rendre ce dernier debuoir en les retournant voir, on trouua
aux vns des bayonnettes garnies d'or, et aux autres des brasselets. Alors le Necoda entendant
fort bien ce mystere, me dict, que sans autre delay i'eusse à despescher le vaisseau de rame que
i'auois, vers le Cappitaine de Malaca, et qu'il
m'asseuroit en verité que ces morts qu'ils voyoient
là, estoient des Achems qui auoient esté defaicts
pres de Tanauçarim , où leurs armées se retiroient
ordinairement à cause de la guerre qu'ils auoient
contre le Roy de Siam. La raison qu'il nous alle-
gua de cecy fut, que ceux que nous voyous là
estendus morts, ayant des brasselets d'or, estoient
des Cappitaines d'Achem , qui se faisoient enseuelir, sans vouloir permettre qu'on les leur ostast,
et qu'il vouloit perdre la teste si cela n'estoit ainsi.
Pour vne plus grande preuue de cela il adiousta,
qu'il en vouloit faire deterrer quelques-vns; ce
qu'il fit incontinent; et comme l'on en eut tiré
hors de terre quelques trente-sept, on leur trouua
seize brasselets d'or, auec douze bayonnettes
fort riches, et plusieurs bagues, de maniere que

ne pensant aller qu'à la chasse nous fismes vn butin de plus de mille ducats que le Necoda prit,
sans y comprendre ce que l'on cacha. Il est vray
que cela ne fut pas tout à faict à nostre aduantage;
car presque tous les nostres furent malades à
cause de l'extresme puanteur de ces corps. A
l'heure mesme ie depeschay à Malaca le vaisseau
de rame que nous auions, et aduertis Pedro de
Faria de tout le succez de nostre voyage. Par
mesme moyen ie luy manday quelle route nous
auions prise, ensemble en quels ports et en quelles
riuieres nous estions entrez, sans luy dire d'autres
nouuelles de ses ennemis, sinon qu'on les soup-
çonnoit d'estre à Tanauçarim, où par les apparences de ces corps morts il estoit à croire qu'ils
auoient esté defaicts; à quoy i'adioustay pour conclusion, que si i'en apprenois de plus asseurées
nouuelles, ie luy en donnerois aduis tout aussitost, quelque part que ie me treuuasse.

CHAPITRE CXLV.

De nostre arriuée à vne Isle appellée Pullo Tinhor, et de
ce que i'y fis auec le Roy.

APRES que i'eus despesché ce vaisseau de rame
à Malaca auec les lettres que i'addressay à Pedro
de Faria, et que, nostre Iunco pourueu de toutes
les choses qui luy estoient necessaires, nous fismes voile du costé de Tanauçarim, où, comme
i'ay desia dict, i'auois ordre de mettre pied à terre
pour y traitter auec Lancerot Guerreyro, affin
que luy et les autres Portugais, qui estoient en sa
compagnie s'en vinssent au secours de Malaca,
que les Achems vouloient assieger, selon la nouuelle qu'on en auoit euë. Nous estant mis à la
voile, nous arriuasmes à vne petite Isle d'vne
lieuë de circuit, appellée *Pullo Hinhor.* Là s'en
vint au deuant de nous vn Parao où il y auoit
six hommes bazannez, pauurement vestus et qui
portoient des bonnets rouges. Comme leur barque gaignoit le bord de nostre Iunco, qui estoit
pour lors à la voile ils nous saluërent auec vne

demonstration de paix, à quoy nous respondismes de mesme façon. Cela faict ils nous demanderent s'il y auoit point parmy nous quelques Portugais? à quoy l'on respondit, qu'ouy. Neantmoins se deffiant d'abord de ce que le Sarrazin
leur disoit, ils le prierent de leur en faire voir
vn ou deux dessus le tillac, parce, adiousterent-
ils, qu'il importe que cela soit ainsi. Le Necoda
me pria pour lors de monter en haut ; ce que ie
fis incontinent, bien qu'en ce temps-là ie me fusse
enfermé à la chambre d'embas, où ie me treuuois fort mal. Comme ie fus au haut du tillac,
i'appellay ceux qui estoient dans le Parao, qui ne
m'eurent pas plustost veu, et recogneu que i'estois Portugais, qu'ils firent un fort grand cry ;
et frappant des mains en signe de ioye, entrerent
dans nostre Iunco. Alors vn d'entr'eux qui paroissoit à sa mine auoir plus d'auctorité que les
autres, se mit à me dire, Seigneur, deuant que
que ie te demande congé de parler, ie te prie
de voir cette lettre, affin qu'elle te fasse croire plus
facilement les choses que i'ay à te dire. Là-dessus
d'vn meschant haillon fort sale il en tira vne lettre,
que ie n'eus pas plustost ouuerte que i'y treuuay
ces paroles : « Seigneurs Portugais, qui estes
« vrays Chrestiens, cet honnorable homme, qui
« vous monstrera cette lettre est Roy de cette
« Isle, nouuellement conuerty à la foy, et appellé

« Dom Lançarot. Il a rendu beaucoup de bons
« offices, non-seulement à ceux qui ont signé cet
« escript, mais à nous-mesmes qui auons nauigé
« en ces costes. Car il nous a donné des aduis
« fort importans touchant les trahisons que les
« Achems et les Turcs tramoient contre nous,
« tellement que par le moyen de cet homme de
« bien nous auons descouuert tous leurs desseins;
« ioinct que Dieu s'est seruy de luy pour nous
« donner depuis peu vne grande victoire con-
« tr'eux, en laquelle nous luy auons pris une ga-
« lere, quatre galliotes, et cinq fustes, auec la
« mort de plus de mille Sarrazins. C'est pourquoy
« nous vous prions par les playes de nostre Sei-
« gneur Iesus-Christ, et par les merites de sa
« saincte Passion, d'empescher qu'on luy fasse
« aucun tort, mais plustost de l'assister de tout
« vostre possible, comme c'est la coustume des
« bons Portugais, affin que cela serue d'exemple
« à ceux qui sçauront cecy, et qu'ils fassent à
« vostre imitation. Nous vous baisons mille fois
« les mains ; Ce troisiesme iour de Nouembre,
« 1544. » Cette lettre estoit signée par plus de
cinquante Portugais, parmy lesquels estoient
compris les quatre Cappitaines que ie cherchois,
à sçauoir Lancerot Guerreyra, Antonio Gomez,
Pedro Ferreyra, et Cosmo Bernaldes. Comme
i'eus veu cette lettre, et avec quelle efficace et

paroles elle estoit escripte, ie fis quelques offres
de ma personne à ce pauure Roytelet ; car pour
le reste, mon pouuoir estoit si petit, qu'il ne put
s'estendre plus loing qu'à luy donner un mauuais disner, et un bonnet rouge que i'auois, qui
tout vsé qu'il estoit ne laissoit pas d'estre meilleur que le sien. Alors apres que ce pauure Roy
m'eut fait quelque recit de soy-mesme et de ses
miseres, haussant ses deux mains au Ciel, et
versant des larmes en abondance ; Nostre Seigneur Iesus-Christ, me dict-il, et sa saincte Mere,
de qui ie suis esclaue, sçauent combien grand
besoin i'ai maintenant de la faueur et du secours
de quelques Chrestiens : car pour estre Chrestiens comme eux, il y a quatre mois qu'vn mien
esclaue Mahometan m'a reduit aux extremitez où
ie me voys maintenant, sans qu'en l'estat où ie
suis ie puisse faire autre chose que leuer les yeux
au Ciel, et pleurer mon infortune auec beaucoup
de douleur, et peu de remede. Surquoy ie t'asseure par la verité de cette saincte et nouuelle
loy, de laquelle ie fays profession maintenant,
que c'est seulement pour estre Chrestien et amy
des Portugais que ie suis ainsi persecuté. Or
d'autant que pour estre seul comme tu es, il
n'est pas possible que tu m'assistes, ie te prie,
Seigneur, de me vouloir prendre auec toy, pour
empescher que cette ame que Dieu a mise en

moy ne perisse, et pour recompense ie te promets de te seruir d'esclaue autant que ie seray
en vie. Voyla ce que dict ce pauure Roy auec
les larmes aux yeux qu'il respandoit en si grande
abondance que c'estoit pitié de le voir, cependant le Necoda qui estoit d'vne humeur fort douce,
et fort enclin à faire du bien, fut grandement
touché du desastre de cet infortuné Roy, si bien
qu'il luy donna un peu de riz, et un linge pour
le couvrir : car il estoit tellement pauure, qu'on
luy voyoit la chair de toutes parts. Apres qu'il se
fut informé de luy de certaines choses dont la cognoissance lui estoit importante, il luy demanda
où estoit son ennemy, et quelles forces il auoit?
A quoy il fit responce, qu'il estoit à un quart de
lieuë de là, dans vne cabane couuerte de chaume,
n'ayant auec luy que trente pescheurs qui estoient presque tous sans armes. A ces mots le
Necoda porta sa veuë sur moy, et me voyant
triste, pource que ie n'estois pas capable moy
seul de donner secours à ce pauure Chrestien,
ioinct qu'en cela il croyoit m'obliger beaucoup,
Seigneur, me dict-il, si tu estois maintenant Cappitaine de ce Iunco comme ie suis, quel remede
voudrois-tu donner aux larmes de ce pauure
homme ausquelles tes yeux participent encore?
Ie ne sçeu que luy respondre à cela, pour estre
grandement desolé. A quoy ie me sentois obligé

parce que ie voyois ainsi souffrir mon prochain
qui estoit Chrestien comme moy, ce qu'apperceuant le fils du Necoda, qui comme i'ay dict,
estoit vn ieune homme de bon esprit, et nourry
parmy les Portugais, et iugeant à peu pres en
quel honte et en quel sentiment de douleur
m'engageoit cette contraincte, il pria son pere de
luy donner vingt mariniers de son Iunco, affin
que par leur moyen il pust retablir ce pauure
Roy, et chasser ce larron hors de cette Isle. Le
Necoda luy respondit là-dessus, que si ie luy de-
mandois il le feroit tres-volontiers. Alors m'estant ietté à ses pieds pour les embrasser, ce qui
est le compliment le plus humble dont ils ont
accoustumé d'vser entr'eux, ie luy dis les larmes
aux yeux, que s'il me faisoit ce plaisir ie serois
son esclaue toute ma vie, durant laquelle luy et
ses enfans cognoistroient quels seroient les effects
de mon amitié. Luy ayant confirmé cela par serment, il m'accorda tres-volontiers ma demande,
tellement qu'à l'heure mesme ayant faict surgir
le Iunco pres de l'Isle, il se tint prest auec tous
les siens dans trois Nauires de rame, auec vn fauconneau, cinq berches, et soixante hommes Iaos,
et Lesons tous bien armez : car il y en auoit trente
qui portoient des harquebuzes, les autres des
lances, et les autres des flesches, sans y comprendre les grenades et autres tels artifices de feu que
nous iugeasmes conformes à nostre dessein.

CHAPITRE CXLVI.

De ce qui aduint aux nostres contre les ennemis de ce
Roytelet, et d'vne grande victoire que les Portugais
gaignerent en cette coste contre vn Cappitaine Turc.

Iʟ pouuoit estre enuiron deux heures apres
midy, quand nous mismes tous pied à terre, et
nous en allasmes droict à la tranchée où estoient
les ennemis. Le fils du Necoda faisoit l'auant-
garde auec quarante hommes, vingt desquels
estoient armez de harquebuzes, et les autres de
lances et de flesches. Le mesme Necoda estoit en
l'arriere-garde auec trente soldats, et portoit vne
banniere que Pedro de Faria luy auoit donnée à
son partement de Malaca, où estoit peincte vne
Croix, affin de se faire cognoistre pour vassal de
nostre Roy en cas qu'il rencontrast sur mer quelques-vns de nos Nauires; marchant en cette
ordonnance dans l'Isle où ce Roytelet nous seruoit de guide, nous arriuasmes où estoit le mutiné auec ses hommes tous rangez par ordre, et
qui par les huées et les crys qu'ils nous faisoient,
tesmoignoient en apparence de ne se soucier pas

beaucoup de nous. Ils estoient enuiron cinquante,
mais tous foibles, desarmez et despourueus des
choses necessaires à leur deffence, pource qu'ils
n'auoient pour toutes armes que des bastons, dix
ou douze lances, et vne harquebuze. Sitost que
les nostres les descouurirent ils mirent le feu au
fauconneau, et aux berches, et tirant à mesme
temps vingt harquebuzes, ils combattirent ces
voleurs qui se mirent incontinent à prendre la
fuitte, presque desia tous blessez, et faisant retraitte sans aucun ordre. Nous les poursuiuismes
alors et les hastasmes si bien d'aller que nous les
attrapasmes au haut d'vne butte, où ils furent
defaicts en moins de deux *Credo*, sans qu'il s'en
eschappast que trois ausquels nous donnasmes
la vie pource qu'ils se confesserent estre Chrestiens. Cela faict nous nous en allasmes en vn village où il n'y auoit que vingt cabanes fort basses
et toutes couuertes de chaume. Là nous trouuasmes quelques 64 femmes auec de petits enfans,
qui ne nous apperceurent pas sitost, que toutes
ensemble elles se mirent à pleurer en criant :
« Chrestien, Chrestien, Iesus, Iesus, saincte
« Marie, » et quelques-vns *Pater noster*, et ainsi
du reste. A ces mots ne pouuant croire autre
chose sinon qu'ils estoient Chrestiens, ie priay le
Necoda de faire retirer son fils et de ne permettre qu'on tuast aucun d'eux, puis qu'ils n'estoient

point Gentils. Luy s'y accorda tout incontinent,
et cela neantmoins n'empescha pas que ces cabanes ne fussent incontinent saccagées, dans toutes
lesquelles il ne se treuua pas la valeur de cinq
ducats. Car les gens de cette Isle sont si pauures,
que chascun d'eux n'a pas valant cinq sols. Ils ne
se nourrissent d'autre chose que de quelques
poissons qu'ils prennent à la ligne, qu'ils mangent rostis à la braise et sans sel, et toutesfois ils
sont si presomptueux et si vains qu'il n'y en a
point parmy eux, qui ne se dise Roy de quelque
meschante piece de terre où il n'aura qu'vne
petite cabane. A quoy i'adiouste, que ny les
hommes ny les femmes n'ont pas seulement dequoy couurir leur nudité. Apres que ce Sarrazin
reuolté eut esté mis à mort auec tous ceux de sa
suitte, et qu'on eut restably ce pauure Roy
Chrestien, le mettant en possession de sa femme
et de ses enfans, que son ennemy auoit faict
esclaues, ensemble plus de soixante-trois ames
Chrestiennes, nous ordonnasmes là vne maniere
d'Eglise, pour l'instruction de ceux qui estoient
nouuellement conuertys. Cela faict nous retournasmes vers nostre Iunco, où nous estant embarquez, nous nous mismes incontinent à la voile,
et continuasmes nostre route vers Tanauçarim,
où ie me promettois de treuuer Lancerot Guerreyra, et ses compagnons, pour traitter auec eux

de l'affaire dont i'ay parlé cy-deuant : mais d'autant qu'en la lettre que ce Roytelet m'auoit
monstrée, le Portugais y faisoit mention d'vne
victoire que Dieu leur auoit donnée contre les
Turcs et les Achems de cette coste, il me semble à propos de rapporter icy comment telle
chose aduint, tant pour le plaisir que le lecteur
y pourra prendre, comme pour monstrer qu'il
n'est point d'entreprise de laquelle les vaillans
soldats ne puissent venir à bout au besoin, à cause
dequoy il importe grandement de les cherir, et
d'en faire estat. Il y auoit desia pres de huict
mois que nos cent Portugais couroient cette coste
dans quatre Fustes bien equippées, auec lesquelles ils auoient pris vingt-trois vaisseaux fort
riches, et plusieurs autres petits Nauires, tellement que ceux qui auoient accoustumé de nauiger
en ces costes, furent tout à coup si espouuantez
du seul nom des Portugais, qu'ils quitterent là
leur commerce sans se seruir plus de leurs vaisseaux qui estoient à terre. Cependant ce relasche
estoit cause que les doüanes des ports de Tanauçarim, Iunçalan, Merguim, Vagaruu, et Tauay,
perdoient beaucoup de leur revenu; de sorte
que ces peuples furent contraincts d'en donner
aduis à l'Empereur de Sornau Roy de Siam, et
Seigneur souuerain de tout ce païs, le priant de
mettre remede à ce mal dont vn chascun se plai-
gnoit. A l'heure mesme il fit venir en diligence

de la ville d'Odiaa où il estoit alors de la frontiere
de Lauhos, vn sien Cappitaine Turc nommé Heredim Mahomet, qui estoit celuy-là mesme qui
en l'année mille cinq cent trente-huict s'en vint
de Suez à l'armée de Solyman Bacha Vice-Roy
du Caire, quand le grand Turc les enuoya fondre
sur les Indes. Mais il arriua que celtuy-cy s'estant
escarté du corps de l'armée, s'en vint aborder
dans vne galere à la coste de Tanauçarim, où il
prit party chez le Sornau Roy de Siam, et
moyennant la pension de douze mille ducats par
an, luy seruit de General de cette frontiere. Or
d'autant que ce Roy tenoit ce Turc pour inuincible, et en faisoit plus d'estat que de tous les
siens, il le fit venir alors de la frontiere où il
estoit, auec trois cent Ianissaires qu'il auoit auec
luy, et luy donnant vne grosse somme d'argent
le fit General de la coste de cette mer. et auec
cela il luy donna des lettres de Roy absolu sur
tous les *Oyaas*, qui sont comme Ducs, affin de
rendre ces peuples libres de la guerre que les
nostres leur faisoient ; ioinct qu'il luy promit de
le faire Duc de Banchaa. qui est vn Estat de
grande estenduë, s'il luy pouuoit apporter les
restes des quatre Cappitaines Portugais. Ce superbe Turc rendu plus insolent que iamais, par
les nouuelles recompenses et par les promesses
que le Roy luy faisoit. partit incontinent pour

s'en aller en diligence à Tanauçarim. Y estant
arriué, il fit vne flotte de dix voiles pour nous
combattre, se croyant si asseuré de nous vaincre,
que pour responce à certaines lettres que le Sornau luy auoit escriptes d'Odiaa, il s'en treuua
vne où estoient ces paroles : « Des le iour que ma
« teste s'esloigna des pieds de vostre Altesse pour
« executer cette petite entreprise, en laquelle il
« semble qu'elle prenne plaisir que ie la serue,
« ie continuay mon voyage iusqu'à ce qu'en fin
« i'arriuay à Tanauçarim au bout de neuf iours.
« Là ie me pourueus tout incontinent des voiles
« qui m'estoient necessaires, et n'en voulus que
« deux seulement. Car ie tiens pour chose in-
« faillible que cela suffit pour chasser ces larron-
« neaux ; neantmoins pour ne desobeyr à la com-
« mission que m'a donnée Combraçalon Gouuer-
« neur de l'Empire, scellée de vos armes Royales,
« ie fais tènir preste la grande galere, ensemble
« les quatre petites, et les cinq Fustes auec quoy
« ie me propose de partir au premier iour. Car
« i'apprehende que ces chiens n'ayent nou-
« uelles de ma venuë, et que pour mes peschez
« Dieu ne soit si fort leur amy, qu'il leur donne
« temps de fuyr. Ce qui me seroit vn si grand
« creuc-cœur, que la seule imagination de cela
« me pourroit faire mourir, ou par vn exces de
« desespoir me rendre semblable à eux. Mais i'es-

« pere que le Prophete Mahomet, de la loy du-
« quel i'ay faict profession des mon enfance, ne
« me voudra pas tant de mal que de permettre
« que ces choses arriuent pour mes peschez. » Cet
Heredim Mahomet estant arriué à Tanauçarim
(comme i'ay desia dict) fit incontinent tenir
preste sa floite, qui estoit composée de cinq
Fustes et quatre galiottes, et vne galere Royale.
Dans ces vaisseaux il fit embarquer huict cent
Mahumetans, gens de combat, sans y comprendre
dre la chourme, entre lesquels il y auoit trois
cent Ianissaires; et pour les autres ils estoient
Turcs, Grecs, Malabares, Achems, et Mogores,
tous hommes d'eslite et si aguerris, que le Cappitaine tenoit desia la victoire pour toute asseurée.
Assisté de ces forces il sortit du port de Tanauçarim pour s'en aller en queste des nostres, qui
en ce temps-là estoient en cette Isle de Pullo
Hinhor, dont ce Chrestien estoit Roy. Or durant
ces leuées de gens de guerre, ce Roytelet s'en
estant allé à la ville pour y vendre quelque poisson
sec, sitost qu'il prit garde à ce que l'on brassoit
contre nous, il quitta là toute sa marchandise,
et s'en retourna en diligence à cette sienne Isle.
Là trouuant les nostres fort en repos, pource
qu'ils ne sçauoient rien des choses qui se passoient en leurs quatre Fustes à terre, il leur en
fit le recit, dont ils se treuuerent autant eston-

nez que le pouuoit requerir l'importance de cette affaire. Tellement que cette mesme nuict et le iour suiuant ayant bien calfustré leurs vaisseaux, ils les mirent sur mer apres auoir embarqué leurs prouisions, leur eau, leur artillerie, et leurs munitions. Ainsi ils mirent la rame à la main, en intention (comme ie leur ouy dire depuis) de s'en aller à Bangala ou à Racan, pour n'auoir l'asseurance de se battre contre vne si grosse armée. Mais comme ils estoient irresolus là-dessus et divisez d'opinions, voyla qu'ils virent paroistre toutes les dix voiles ioinctes ensemble, et derriere elles 5 gros vaisseaux de Guzarates, dont les maistres auoient donné trente mille ducats à Heredim Mahomet pour les asseurer contre les nostres. La veuë de ces 15 voiles mit nos Portugais en vne fort grande confusion, et d'autant qu'ils n'auoient pas le pouuoir pour lors de se tourner sur la mer à cause que le vent leur estoit contraire, ils se mirent derriere vne cale que l'Isle faisoit du costé du Sud, et qui estoit enuironnée d'vne falaise, et se resolurent d'attendre là ce que la fortune leur enuoyeroit, puis qu'ils n'y voyoient point d'autre remede. Cependant les cinq Nauires des Guzarates se firent voir à pleines voiles dessus la mer, et les dix voiles de rame s'en allerent droict à l'Isle, où elles arriuerent à Soleil couché. Alors le Cappitaine Turc

enuoya des espions aux portes, où il auoit eu
nouuelles que nous estions, et entra peu à peu
dans l'embouchure du Haure affin de se rendre
plus asseuré de la prise qu'il pretendoit faire.
auec esperance qu'aussitost qu'il feroit iour il
nous prendroit tous, et ainsi pieds et poings liez
nous presenteroient au Sornau de Siam, qui pour
recompence de cela luy auoit promis l'estat de
Banchaa, comme i'ay dict cy-deuant. La Manchua
qui auoit esté au port pour nous espier, s'en retourna ioindre la flotte à deux heures de nuict,
et dict pour nouuelles à Heredim, que nous avions
desia pris la fuitte; dequoy l'on tient que ce
barbare fut si affligé, se deschirant les ioües, et
s'arrachant la barbe, « l'ay tousiours bien appre-
« hendé, dict-il en pleurant, que mes peschez se-
« roient cause qu'en l'execution de cette entre-
« prise Dieu se monstreroit plus Chrestien que
« Sarrazin, et que Mahomet seroit tel que chas-
« cun de ces chiens, apres lesquels ie m'en allois
« en queste. » Cela dict il se laissa cheoir comme
mort, et fut ainsi estendu emmy la place l'espace
d'vne grande heure, sans pouuoir dire aucun mot.
Neantmoins estant reuenu à soy il mit ordre
comme Cappitaine à tout ce qu'il iugea necessaire. Premierement donc il enuoya les quatre
galiottes en queste apres nous en vne Isle appellée
Taubasoy, esloignée dans la mer de celle de Pullo

Hinhor de quelques sept lieuës. Car il se faisoit à
croire que les nostres se seroient là retirez, parce
que cet abry estoit bien meilleur que celuy de
l'Isle d'où ils estoient partis. Quant aux cinq
Fustes il les diuisa en trois, dont il en enuoya
deux à l'autre Isle nommée *Sambilan*, et les autres deux à celles qui estoient là plus proches de
la terre ferme, pource que tous les lieux estoient
fort propres pour s'y mettre à couuert. Quant à
la cinquiesme Fuste, pource que c'estoit la plus
legere de toutes, il enuoya pres des quatre galiottes, affin que deuant qu'il fust iour elle luy apportast nouuelles de ce qui seroit arriué, promettant
des recompences de six mille ducats; mais durant
ces choses les nostres qui auoient tousiours l'oreille
à l'erte, voyant que le Turc s'estoit desfaict des
plus grandes forces qu'il eust, et qu'il ne luy restoit plus que la galere où il estoit, se resolurent
de le combattre, et ainsi sortant la rame au poing
de la cale où ils s'estoient mis à l'abry, ils s'en
allerent à elle le plus librement qu'ils purent.
Or pource qu'il estoit desia minuict passé, et que
les ennemis auoient de fort foibles sentinelles,
parce qu'ils s'estimoient estre en assez grande
asseurance, et ne pensoient pas qu'il y eust là
personne en embusche pour les combattre, nos
quatre Fustes allerent ioindre la galere toutes
ensemble, dans laquelle se ietterent soixante

hommes auec beaucoup de force et d'impetuosité , lesquels auparauant que les ennemis fussent
reuenus à eux pour se seruir de leurs armes, durant
l'espace de deux ou trois Credo mirent au fil de
l'espée plus de quatre-vingt Turcs; et pour le regard des autres ils se ietterent tous dans la mer,
sans qu'vn seul homme restast en vie. Le chien de
Heredim Mahomet fut aussi mis à mort comme
les autres, et en cette grande action Dieu fauorisa
tellement les nostres, et leur donna cette victoire
à si bon marché, qu'il n'y eust qu'vn ieune
homme de tué, et neuf Portugais de blessez. Ils
m'affirmerent depuis qu'en fort peu de temps
dans cette galere perdirent la vie, ou par le fer,
ou par l'eau , plus de trois cent Mahumetans, dont
la pluspart estoient Ianissaires du carquan d'or. ce
que parmy les Turcs est vne marque d'honneur
et de leur noblesse , laquelle execution fut entierement mise à fin à deux heures apres la minuict.
Comme nos Portugais eurent passé le reste de la
nuict auec beaucoup de contentement, et faisant
tousiours bonne garde, le lendemain matin nostre Seigneur par sa misericorde infinie, permist
que deux Fustes arriuerent de l'Isle où elles
auoient esté enuoyées, qui sans rien sçauoir de
ce qui s'estoit passé s'en vindrent vers eux sans
se tenir sur leurs gardes, doublant la poincte du
haure où estoit la galere; tellement que quatre

Fustes s'en saisirent aussitost, les ayant combat-
tuës sans perdre beaucoup de gens; apres vn si
bon succez, qu'ils tindrent pour vne grande faueur donnée de la main de Dieu, ils dirent tous
vn deuot *Salue*, et luy rendirent graces en le
comblant de loüanges; puis le prierent les larmes
aux yeux de ne les point abandonner, puis que
pour l'honneur de son sainct Nom ils s'offroient
tous à luy en sacrifice, et à exposer leurs vies pour
la deffence de sa saincte foy Catholique. Apres
cela s'estant mis à trauailler en diligence à la
fortification des deux Fustes et deux galeres qu'ils
auoient prises, ils flanquerent du costé du Sud
5 grosses pieces d'artillerie pour deffendre l'entrée
du haure. Et voilà qu'enuiron le soir les autres
deux Fustes arriuerent, qui s'en vindrent aborder
la terre ferme auec la mesme indiscretion que les
autres. Et bien qu'il y eust vn peu de peine à les
ioindre, neantmoins elles furent contrainctes en
fin de se rendre, sans qu'il y mourust que deux
Portugais, du nombre desquels fut Lopo Sar-
dinha Facteur de Ceilan. Là-dessus les nostres
s'estant mis à fortifier derechef ces deux autres
Fustes, se resolurent d'attendre les quatre galiottes qui restoient, et qu'on auoit enuoyées en l'Isle
prochaine, et Dieu voulut que le iour d'apres il
suruint vn si grand vent du Nord, que deux d'i-
celles furent iettées à la coste, dont pas vne ne

se sauua. Quant aux autres deux enuiron le soir
nous les descouurismes fort en deroute, despour-
ueuës de rames, et separées l'vne de l'autre de
plus de trois lieuës. Mais en fin à Soleil couché il
y en eut vne qui vint aborder le port, et qui
courut la mesme fortune que les precedentes,
sans qu'on sauuast la vie à pas vn des Sarrazins.
Le lendemain vne heure auant le iour le vent estant grandement calme, les nostres descouurirent l'autre galiotte qui restoit, et qui pour estre
desgarnie de tout l'equippage de rame ne pouuoit
gaigner le port que sur le soir auec le vent Oüest;
ce qui fit que les nostres s'estant resolus de l'aller
chercher, la furent ioindre de fort pres, et auec
deux coups de canon qu'ils tirerent, tuerent la
pluspart de ceux qui estoient dedans. Cela faict
ils l'aborderent, et la prirent sans aucun trauail.
Or d'autant que tous ceux de dedans estoient
presque morts ou blessez, ils la tirerent à terre
à force d'autres batteaux; tellement que des dix
voiles de cette flotte les nostres en eurent la galere, deux galiottes, et quatre Fustes; pour le
regard des autres trois Nauires et les deux galiottes, elles demeurerent en l'Isle de Taubasoy dont
i'ay desia parlé, et pour l'autre Fuste l'on n'en
sceut aucunes nouuelles; ce qui fit croire qu'elle
pouuoit bien auoir faict naufrage, ou que le vent
l'auoit iettée en quelqu'vne des autres Isles. Cette

glorieuse victoire qu'il plut à Dieu nous donner,
fut gaignée au mois de Septembre de l'année 1544
enuiron le soir, la veille de la feste de l'Archange
saint Michel; ce qui rendit si fameux le nom Portugais par toutes ces costes, que plus de trois ans
apres il ne s'y parla d'autre chose; dequoy le
Chaubainhaa Roy de Martabane ayant eu aduis,
il les enuoya chercher aussitost, et leur promit
de grands aduantages s'ils le vouloient secourir
contre le Roy de Bramaa, qui en ce temps-là
faisoit ses preparatifs en sa ville de Pegu pour s'en
aller assieger Martabane, auec vne armée de sept
cent mille hommes.

CHAPITRE CXLVII.

Continuation de nostre voyage iusques à la barre de
Martabane.

ESTANT partis, comme i'ay desia dict, de cette
Isle de Pullo Hinhor, nous continuasmes nostre
route vers le port de Tarnassery pour l'affaire
dont i'ay desia parlé : mais comme la nuict fut
venuë, le Pilote voulant esquiuer quantité de

bancs qu'il auoit à prouë, se mit à costoyer la
mer, en intention qu'aussitost qu'il seroit iour.
il se remettroit à chercher la terre par le moyen
des vents Oüest, qui venoient en ce temps-là
des Indes à cause de la saison. Il y auoit desia
cinq iours que nous tenions cette route, courant
auec assez de trauail par des rumbes fort differens, lorsqu'il pleut à Dieu nostre Seigneur de
nous faire descouurir fortuitement vn petit vaisseau; et pource qu'il nous sembla que c'estoit
vne barque de pescheurs, nous l'allasmes chercher pour nous informer d'eux de l'endroict où
nous estions, et sçauoir par mesme moyen combien de lieuës il y pouuoit auoir de là iusqu'à
Tarnassery. Mais pource qu'ayant passé tout aupres, et crié tout haut, personne ne nous respondit, nous fusmes contraincts d'y enuoyer vne
chalouppe bien fournie de gens, affin de le contraindre de venir à bord. Ainsi nostre batteau
s'en estant allé en diligence droict au Nauire que
nous auions veu, il luy fut aisé de le remolquer;
mais lorsque nous y fusmes entrez dedans, nous
demeurasmes fort estonnez et confus; car nous
trouuasmes que c'estoit vn batteau où il y auoit
cinq Portugais, deux morts, et trois en vie, et
vn coffre, auec trois sacs pleins de tangues et la-
rins, qui est vne monnoye de ce païs, et vn pa-
quet où il y auoit des tasses et des aiguieres d'ar-

gent, ensemble deux bassins fort grands. Ayant
faict mettre le tout en bonne garde, ie retiray
les Portugais dans le Iunco, ausquels faisant tout
le bon traittement que ie peus, ie les garday
deux iours sans en pouuoir tirer vn seul mot.
Mais en fin à force de iaunes d'œufs et de bons
boüillons que ie leur fis prendre, ils reuindrent
à eux, si bien qu'en six ou sept iours ils furent
en estat de me pouuoir rendre raison de leur accident. L'vn de ces Portugais s'appelloit *Christophle Doria*, qui fut enuoyé depuis en ce païs-là
pour Cappitaine à sainct Tomé : l'autre Louys
Taborda, et le troisiesme Simon de Brito, tous
hommes d'honneur, et riches marchands. Ceux-
cy nous conterent, que comme ils venoient des
Indes dans le vaisseau de George Manhoz, marié à
Goa, en intention de s'en aller au port Chatingan,
au Royaume de Bengala, ils s'estoient perdus au
banc de Racan par la mauuaise garde qu'ils auoient
faicte, de maniere que de huictante trois personnes
qu'ils estoient dans le vaisseau, dix-sept s'estant
seulement sauuées, ils auoient continué leur
route le long de la coste cinq iours durant, en
intention de s'en aller gaigner la riuiere de Cosmin au Royaume de Pegu, affin de s'y embarquer pour aller aux Indes dans le vaisseau de la
Gomme de Laque du Roy, ou de quelque marchand
qu'ils rencontreroient au port ; qu'au reste estant

en cette resolution ils auoient esté poussé par
vn vent d'Oüest si impetueux, qu'en vn iour et
vne nuict ils auoient perdu la terre de veuë; de
sorte que se treuuant en pleine mer, sans auoir
ny voiles ny rames, et sans que pas vn d'eux eust
cognoissance des vents, ils auoient continué en
ce trauail seize iours durant, au bout desquels
l'eau leur venant à manquer, ils estoient tous
morts dans le batteau, reseruè les trois qu'il
voyoit deuant luy. De cette plage nous continuasmes nostre route plus de quatre iours durant,
au bout desquels il plut à nostre Seigneur qu'au
matin nous nous treuuasmes entre cinq vaisseaux
Portugais, qui de Bengala faisoient voile à Malaca : Leur ayant monstré l'ordre que i'auois de
Pedro de Faria, ie les priay de se tenir tous ioincts
ensemble, à cause de l'armée des Achems qui
rangeoit la coste, de peur que leur imprudence
ne fust cause de quelque malheur, et de cela ie
leur demanday vn certificat qu'ils me donnerent
tres volontiers; ioinct qu'ils me pourueurent en
abondance de tout ce qui m'estoit necessaire.
Ayant faict ces diligences nous continuasmes nostre
route, et neuf iours apres nous rendismes à la
barre de Martabane, vn Vendredy vingt-septiesme
Mars 1545 apres auoir passé par Tarnassery,
Touay, Merguim, Iuncay, Pullo, Camude, et
Vagaruu, sans qu'en pas vn de ces ports i'eusse

nouuelle des cent Portugais que ie m'en allois chercher, pource qu'en ce temps-là ils auoient pris party au seruice du Chaubainhaa Roy de Martaban, lequel, à ce qu'on disoit, les auoit faict appeller pour se seruir d'eux contre le Roy de Vraamaa, qui le tenoit assiegé auec vne armée de sept cent mille hommes, comme i'ay dict cy-deuant : neantmoins ils n'estoient desia plus à son seruice, ainsi que nous verrons tout maintenant, et c'est dequoy ie ne puis rendre raison.

CHAPITRE CXLVIII.

De quelques particularitez qui arriuerent à Martabane.

Il estoit presque deux heures de nuict quand nous arriuasmes à l'emboucheure de la riuiere où nous fusmes moüiller l'ancre en intention de nous en aller le lendemain matin surgir à la ville. Apres auoir esté quelque temps sans faire aucun bruit, nous ouysmes de fois à autre plusieurs coups d'artillerie, ce qui nous embarrassa tellement, que nous ne sçauions à quoy nous resoudre. Comme le Soleil fut leué, le Necoda fit assembler le con-

seil ; car en semblables occasions il auoit tousiours accoustumé de le faire ainsi. Alors il dict à
ses gens que puis qu'ils deuoient tous auoir leur
part du peril, il falloit aussi que tous donnassent
leurs voix : là-dessus il leur fit vne harangue en
laquelle il leur representa ce qu'il auoit ouy cette
nuict, et qu'il apprehendoit pour cela de s'en
aller aborder la ville. Il y eut differens aduis sur
cela, nonobstant lesquels on ne laissa pas de conclure, qu'il falloit que leurs yeux fussent les tesmoins de ce dont ils se donnoient si fort l'alarme.
Pour cet effect nous nous mismes à la voile, ayant
ensemble vent et marée, et doublasmes vne
pointe appellée *Mounay*, d'où nous descouurismes
mes la ville enuironnée d'vn grand nombre de
gens qui bornoient vne partie de la veuë, et sur
la riuiere il y auoit presque autant de voiles de
rame ; et encore bien que nous eussions soupçon
de ce que cela pouuoit estre, parce que nous en
auions ouy desia, nous ne laissasmes pas de vo-
guer iusques au port où nous abordasmes auec
beaucoup de prudence. Là comme nous eusmes
faict nostre salve accoustumée pour vne demonstration de paix, nous vismes venir de terre droict
à nous vn vaisseau fort bien equippé, où il y auoit
six Portugais, dont la veuë nous resiouit extresmement. Ceux-cy monterent d'abord dans vn de
nos Nauires, où ils furent les tres-bien receus, et

nous ayant declaré tout ce qu'il falloit que nous
fissions pour l'asseurance de nos personnes, ils nous
conseillerent de ne point bouger de là pour rien
du monde, comme nous leur auions dict que
c'estoit nostre resolution de nous enfuyr cette
nuict à Bengala; parce que si nous suiuions le
dessein que nous auions proietté, nous nous per-
drions asseurement, et nous ferions prendre par
l'armée que le Roy de Bramaa auoit en ce lieu qui
estoit de mille et sept cent voiles de rame, où
estoient comprises cent galeres toutes bien pour-
ueuës d'estrangers. En suitte de cela ils adiousterent qu'ils estoient d'aduis, que ie m'en allasse
à terre auec eux vers Iean Cayeyro qui estoit pour
Cappitaine des Portugais, affin de luy rendre
compte du subiect qui m'amenoit en ce lieu:
qu'au reste ie ne me tromperois point au conseil
qu'il me donneroit, pource qu'il estoit homme
de tres-bon naturel, et grand amy de Pedro de
Faria, à qui ils auoient ouy plusieurs fois donner
de grandes loüanges, tant pour sa noble extraction, que pour les belles qualitez qui estoient en
luy. Par mesme moyen ils m'aduiserent que
ie treuuerois Lançarot Guerreyro, ensemble les
autres Cappitaines ausquels i'auois à donner les
susdites lettres, et que rien ne s'y passeroit contre
le seruice de Dieu et du Roy. Ce conseil me semblant fort bon ie m'en allay tout incontinent à

terre auec tous les Portugais pour y voir Iean
Cayeyro, de qui ie fus grandement bien receu,
et de tous les autres qui estoient en son retran-
chement, iusques au nombre de sept cent Portugais, tous hommes riches et de bonne mine.
Ie monstray donc à Iean Cayeyro mes lettres, et
l'ordre que Pedro de Faria m'auoit donné. Par
mesme moyen ie traictay auec luy de l'affaire qui
me menoit là; surquoy ie remarquay, qu'il fit
vne grande priere aux quatre Cappitaines ausquels i'estois addressé, qui luy respondirent,
qu'ils estoient prests à seruir le Roy en toutes les
occasions qui s'en presenteroient, et que neantmoins puisque la lettre de Pedro de Faria Cappitaine de Malaca n'estoit fondée que sur la crainte
qu'il auoit de l'armée des Achems, composée de
cent trente voiles, dont le General estoit *Biiaya
Sora* Roy de Peedir, estant arriué que son Ami-
ral, qui estoit desia venu à Tarnassery auoit esté
defaict par ceux du païs, auec la perte de septante
Lanchares, et de six mille hommes, il n'estoit
nullement necessaire qu'ils bougeassent pour
cela : car suiuant ce qu'ils en auoient veu de
leurs propres yeux, les forces de cet ennemy
estoient si fort affoiblies, qu'ils ne pensoient pas
qu'en dix ans il se pust remettre de la perte qu'il
auoit faicte. A cette raison ils en adiousterent
plusieurs autres qui les firent tous demeurer d'ac-

cord, qu'il n'estoit aucunement besoin qu'ils s'en
allassent à Malaca. Apres ces choses ie priay Iean
Cayeyro de me passer vne declaration de tout ce
qui estoit arriué en tel cas, affin de m'en seruir
comme d'vn certificat lors que ie serois de retour
en nostre forteresse, me deliberant des lors
qu'aussitost que ie l'aurois ie m'en irois de ce
lieu, pource que ie n'y auois rien à faire. Auec
cette resolution ie m'arrestay là en la compagnie
de Iean Cayeyro. attendant tousiours à m'en aller
dans le Iunco quand il en seroit temps, et continuay auec luy le trauail de ce siege par l'espace
de quarante et six iours qui fut le principal temps
du seiour que fit là ce Roy de Brama, duquel ie
diray icy quelque chose en peu de mots, pource
qu'il me semble que les curieux seront bien contens d'apprendre quel succez eut en cette guerre
le Chambainhaa Roy de Martaban. Il y auoit desia six mois et treize iours que ce siege duroit,
qui fut le temps dans lequel la ville fut assaillie
cinq fois à pleine veuë, et plus de trois mille eschelles furent posées contre la muraille ; mais les
assiegez se deffendirent tousiours vaillamment,
et tesmoignerent qu'ils estoient hommes de grand
courage. Mais pource que le temps et le succez
de la guerre les sappoient insensiblement, et qu'il
ne leur venoit point de secours d'aucun lieu, les
ennemis estoient, sans comparaison, en beaucoup,

II.   28

plus grand nombre qu'eux, tellement que le
Chambainhaa se treuuoit si fort despourueu de
gens, qu'on asseuroit qu'il n'y auoit pas dauantage de cinq mille hommes dans la ville, parce
que les cent trente mille soldats qu'on tenoit y
estre dedans au commencement du siege, estoient
desia morts de faim, ou par le fer; à cause dequoy
le Conseil s'estant assemblé pour deliberer de ce
qu'il falloit faire là dessus, il fut resolu que le
Roy deuoit sonder l'ennemy par ses interests,
ce qu'il exeuta tout incontinent. Pour cet effect
il luy enuoya dire, que s'il vouloit leuer le siege
il luy donneroit trente mille bisses d'argent qui
valoient vn million d'or, et se rendroit son tributaire de soixante mille ducats par an. La responce que fit à cela le Roy de Brama, fut qu'il
ne pouuoit accepter aucun party de luy s'il ne se
liuroit à luy premierement. La seconde fois il luy
proposa qu'il le laissast sortir de la ville, et luy
permist de se retirer dans deux Nauires, en l'vn
desquels seroit son thresor, et en l'autre sa femme
et ses enfans, auec lesquels il s'en iroit vers le
Sornau Roy de Siam; et qu'en cas qu'il voulust
consentir à cela il luy liureroit la ville et tout ce
qu'il y auoit dedans. Mais le Roy de Brama ne
voulut non plus entendre à cela qu'au reste. La
troisiesme proposition qu'il luy fit, fut : Qu'il eust
à se retirer auec son armée en *Talagaa*, qui estoit à

six lieuës de là, affin de luy donner moyen de sortir
librement auec les siens, et qu'en tel cas il luy liureroit la ville et le Royaume, ensemble le thresor qui auoit esté au Roy son predecesseur, ou
bien qu'au lieu de cela il luy donneroit trois millions d'or. Mais il fit encore refus de cette derniere offre, de maniere que des lors le Chambainhaa desesperant de pouuoir iamais faire sa
paix auec vn si cruel ennemy, se mit à mediter à
part soy tous les moyens qui luy semblerent les
plus propres pour se sauuer d'entre les mains de
ses ennemis. Apres auoir bien pensé là-dessus il ne
treuua point de meilleur remede que de se seruir en
cela du secours des Portugais : car il se fit à croire
que par leur moyen il se pourroit sauuer du danger present. Il enuoya donc dire secrettement à
Iean Cayeyro qu'il eust à s'embarquer de nuict
dedans ses quatre Nauires affin de le sauuer, ensemble sa femme et ses enfans ; adioustant qu'il
luy donneroit pour cela la moitié de son thresor ;
laquelle affaire il fit traicter le plus à couuert qu'il
luy fut possible, par vn certain Paul de Seixas natif de la ville d'Obidos, qu'il auoit auec luy dans
la ville. Cettuy-cy donc s'estant desguisé d'vn ha-
bit de Pegu affin de n'estre cogneu, s'en vint vne
nuict à la tente où estoit Iean Cayeyro, à qui il
donna vne lettre de la part du Chambainhaa où
ces paroles estoient escriptes. « Valeureux et

« fidele Cappitaine des Portugais, par la grace du
« grand Roy du bout du monde, Lyon fort, et
« d'vn rugissement espouuantable, auec vne Cou-
« ronne de Maiesté en la maison du Soleil, moy
« malheureux Chambainhaa autresfois Prince, et
« qui ne le suis plus maintenant, me treuuant as-
« siegé dans cette ville, qui est vrayement esclaue
« et malheureuse, Ie te fay sçauoir par des paroles
« prononcées de ma bouche auec vne asseurance
« qui n'est pas moins fidele que veritable, que ie
« me rends des maintenant, et me recognois pour
« vassal du grand Roy de Portugal, souuerain
« Seigneur de mes enfans et de moy, auec re-
« cognoissance d'hommage, et d'vn riche tribut
« qu'il m'imposera à sa volonté. C'est pourquoy
« ie te requiers de sa part, qu'aussitost que Paul
« de Seixas te donnera cette mienne lettré, tu
« t'en viennes promptement auec tes Nauires
« pres du boulleuart du quay de la Chappelle,
« où tu me treuueras sur pied pour t'attendre,
« et alors sans prendre autre conseil, ie me liure-
« ray à ta mercy, auec tous les thresors que i'ay
« en or et en pierreries, dont ie donne tres-vo-
« lontiers la moitié au Roy de Portugal, à con-
« dition qu'il permettra qu'aux despens de ce
« qu'il me reste, ie pourray leuer en son Royaume,
« ou aux forteresses qu'il a dans les Indes, deux
« mille Portugais, ausquels ie promets de donner

« vne grosse paye, affin que par leur moyen ie
« me retablisse dans vn bien que ie suis mainte-
« nant contrainct de lascher, puis que ma mau-
« uaise fortune le veut ainsi. Au reste pource
« qui est de toy et de tes gens, ie leur promets
« par la foy de ma verité, qu'en cas qu'ils m'assis-
« tent à me sauuer, ie partageray si liberalement
« mon thresor auec eux, qu'ils en seront tous sa-
« tisfaicts et contens. Et pource que le temps ne
« peut souffrir que ie te fasse vne plus longue let-
« tre, Paul de Seixas par qui ie te l'enuoye, t'as-
« seurera tant de ce qu'il a veu, que du reste que
« ie luy ay communiqué. » Iean Cayeyro n'eut
pas plustost leu cette lettre qu'il fit secrettement
assembler au conseil ceux qu'il tenoit pour les
honnorables des siens, et qui auoient le plus de
reputation. Leur ayant monstré la lettre il leur
remonstra combien il estoit important et proffitable au seruice de Dieu et de nostre Roy d'accepter le party que le Chambainhaa leur propo-
soit. Sur quoy faisant prester serment de nouueau
à Paul de Seixas, il luy dict, Qu'il eust à declarer
librement ce qu'il sçauoit de cecy, et s'il estoit
vray que le thresor du Chambainhaa fust si grand
qu'on disoit. A cela il respondit que par le serment qu'il faisoit, qu'il ne sçauoit pas de certaine
science combien estoit grand ce thresor; mais
qu'il estoit bien asseuré d'auoir veu cinq fois de

ses propres yeux, vne maison en forme d'Eglise
moyennement grande, toute pleine iusques aux
tuiles de pains et de barres d'or, ce qui pouuoit
bien faire la charge de deux grands Nauires. En
suitte de cela il dict auoir veu encore vingt-six
quaisses fermées et liées de fortes cordes, où selon le rapport du Chambainhaa estoit le thresor
de deffunct *Bresagucan* Roy de Pegu; qu'au reste
cette quantité d'or qui estoit de cent trente mille
bisses, chascune desquelles valoit cinq cent ducats, toutes ramassées ensemble, faisoit la somme
de soixante millions d'or. Il les aduisa par mesme
moyen qu'il ne sçauoit pas au vray la quantité des
pains d'or qu'il auoit veus dans le Temple du Dieu
des Tonnerres; mais qu'il estoit bien asseuré pourtant que cela feroit bien la charge de quatre bons
vaisseaux. Pour conclusion il luy dict que ce
mesme Chambainhaa luy auoit monstré la statuë
d'or de *Quiay Frigau,* qu'on auoit prise à Degum
toute pleine de pierrerie si resplendissante et si riche, qu'il tenoit pour luy qu'en tout le monde
il n'y auoit rien d'esgal à cela; de maniere que
cette declaration que cet homme fit en public,
apres auoir presté serment de dire la verité, estonna si fort ceux qui l'escoutoient, qu'ils tindrent
cela comme vne chose impossible. Alors apres qu'ils
l'eurent faict sortir de la tente, ils entrerent en con-
sultation sur cette affaire en laquelle il ne fut rien

resolu, et ie croy que nos peschez en furent cause.
Car il y eut en cette assemblée tant d'opinions
differentes, que Babylone n'eut iamais tant de
diuersitez de langues. Ce qui proceda principalement (à ce que l'on dict) de l'enuïe de six ou sept
hommes qui se treuuerent là presens, lesquels
voulant trancher des serieux et des braues, se
firent accroire que s'il aduenoit que cette affaire
eust lieu comme on esperoit, Iean Cayeyro (pour
qui les autres n'auoient de bonne volonté) s'en
iroit de là en Portugal auec tant d'honneur et de
bonne reputation, que ce seroit peu de chose au
Roy de luy donner des Comtez ou des Marqui-
sats ; et qu'il ne le recompenseroit pas bien à
moins de le faire Gouuerneur des Indes ; de maniere qu'apres que ces ministres du diable eurent
mis en auant quelques raisons pour monstrer
que cela ne se pouuoit, ce qui n'estoit que le
masque de leur foiblesse et de leur mauuais naturel ; ioinct qu'ils les alleguoient possible de
peur qu'ils auoient de perdre leurs biens et leurs
testes si le Roy de Brama venoit à le sçauoir, ils
ne voulurent point demeurer d'accord de cette
affaire. Au contraire ils declarerent à Iean Cayeyro, que s'il ne se desistoit de ce dessein auquel
ils le voyoient porté, qui estoit d'accepter l'offre
que le Chambainhaa luy faisoit, ils le descouuri-
roient au Brama ; tellement que Cayeyro fut con-

trainct alors de dissimuler cette affaire pour
l'apprehension qu'il auoit que s'il se roidissoit
là-dessus , les Portugais mesmes ne vinssent à
le descouurir, comme ils l'en menaçoient desia ,
sans auoir ny crainte de Dieu, ny honte des
hommes.

CHAPITRE CXLIX.

De la resolution que prit le Chambainhaa, comme il
sceut qu'il ne pouuoit estre secouru par les Portugais.

IEAN CAYEYRO voyant combien peu toute sa
diligence luy proffitoit, et qu'il n'y auoit aucun
remede à mettre en effect ce qu'il desiroit si fort,
escriuit vne lettre au Chambainhaa, dans laquelle
il luy donnoit plusieurs foibles excuses de ce
qu'il ne faisoit point ce qu'il luy demandoit, et
la donnant à Paul de Seixas, il le despescha affin
qu'il s'en retournast auec cette responce. Comme
en effect il partit incontinent à trois heures apres
la minuict. Estant arriué à la ville il treuua le
Chambainhaa qui l'attendoit au mesme lieu où il
luy auoit dict par la lettre. et luy mit en main

la responce qu'il auoit. Apres qu'il l'eut veuë, et qu'il eut sceu par mesme moyen qu'il ne pouuoit estre secouru par les nostres, comme il auoit tousiours creu, l'on tient qu'il en demeura si hors de soy-mesme, que de tristesse et de douleur qu'il en eut il se laissa cheoir comme mort. A la fin apres auoir demeuré quelque temps estendu par terre, comme il fut reuenu à soy, se donnant plusieurs coups sur le visage, et regrettant sa miserable fortune. « Ha ! Portugais, dict-il les lar-
« mes aux yeux, et les soupirs à la bouche, que
« vous recognoissez mal ce que i'ay faict tant de
« fois pour vostre subiect, m'imaginant que par
« ce moyen ie ferois acquisition de vostre amitié
« comme d'vn thresor, affin que comme fideles
« vous me fussiez secourables par vne si grande
« necéssité qu'est celle-cy en laquelle ie suis
« maintenant; dequoy ie ne pretendois autre
« chose que de sauuer la vie à mes enfans, en-
« richir vostre Roy, et vous tenir dans mon païs
« en qualité d'amis, où vous-mesmes deuiez estre
« les principaux; et plust à celuy qui regne en la
« beauté de ces estoiles, que vous eussiez merité
« deuant luy de me faire ce bien dont mes seuls
« peschez ont destourné le succez! Car en tel cas
« par mon moyen vous eussiez augmenté sa loy.
« et ie me fusse sauué moy-mesme dans les pro-
« messes de sa verité. » Alors ayant renuoyé Paül

de Seixas, auec vne ieune fille de laquelle il auoit
deux fils, il luy donna deux brasselets, et luy
dict, Ie te prie qu'il ne te souuienne point de ce
peu dequoy ie te fais present, mais bien de la
grande amitié que ie t'ay tousiours portée. Sur
tout n'oublie de dire aux Portugais auec combien
de subiect et de douleur ie me plains de leur extresme ingratitude, dont ie proteste de les rendre
criminels deuant Dieu, au Iugement vniuersel
qui se doibt faire de tous les morts. La nuict sui-
uante ce mesme Paul de Seixas s'en reuint vers
les Portugais, auec deux enfans et vne ieune Damoiselle fort belle qui estoit leur mere, auec qui
il se maria depuis à Coromandel. Par mesme
moyen il monstra à Michel Ferreyra, à Simon de
Binte, et à Pedro de Bruge lapidaire, les brasselets que le Chambainhaa luy auoit donnez, lesquels les acheterent trente-six mille ducats, et
en eurent depuis quatre-vingt mille de Trimira
Raia Gouuerneur de Narzingue. Cinq iours apres
que ce Paul de Seixas vint de la ville vers le
camp, où il raconta toutes les choses que i'ay
dictes cy-deuant, le Chambainhaa se voyant despourueu de tous les remedes humains, prit conseil des siens pour sçauoir d'eux à quoy il se deuoit resoudre en de si fortes disgraces qui luy
arriuoient tous les iours les vnes dessus les autres.
En cette assemblée il fut resolu de mettre à mort

toutes choses viuantes qui ne seroient pas capables de combattre, et de tout ce sang en faire vn
sacrifice à *Quiay Nyuandel,* Dieu des batailles du
champ Vitau, puis de ietter dans la mer tous les
thresors affin que leurs ennemis n'en profitassent
point, et en suitte de tout cela mettre le feu à
toute la ville ; qu'au reste tous ceux qui pourroient porter les armes se fissent *Amoucos,* c'est
à dire determinez, ou resolus de mourir ou de
vaincre, en combattant contre les Bramaas. Le
Chambainhaa approuua fort ce conseil, et le treuuant meilleur que tous les autres, il voulut qu'on
s'y arrestast. Auec cette resolution l'on fit incontinent desmolir les maisons, et amonceler
quantité de bois pour effectuer ce dequoy il estoit
question. Cependant vn des Cappitaines des trois
principaux de la ville, apprehendant ce qui deuoit arriuer le iour d'apres, se ietta la nuict sui-
uante dans le camp du Bramaa, et s'alla rendre à
luy auec quatre mille hommes; ce qui fut cause
que les courages de tous les autres furent si fort
abbattus par vne fuitte et infidelité si estrange,
que pas vn d'eux ne se soucia depuis d'accourir
aux alarmes, ny de faire le guet, et se tenir au
corps de garde comme auparauant. Au contraire
tous tant qu'ils estoient ils ne craignoient point
de dire publiquement. Que si le Chambainhaa
ne prenoit vne prompte resolution de se rendre

au Bramaa, ou de les deliurer de sa tyrannie en
quelque façon que ce fust, il luy ouuriroient les
portes de la ville, pource que ce leur seroit bien
vn moindre mal de mourir en combattant, que
de se laisser consommer peu à peu comme du
bestail malade. Le Chambainhaa les voyant resolus à cela, et voulant appaiser l'esmotion que l'on
commençoit desia de faire, leur respondit que la
chose se feroit comme ils le desiroient; et en
mesme temps il enuoya faire vne nouuelle reueuë
de ceux qui pouuoient combattre. Mais il se
treuua qu'ils n'estoient que deux mille de nombre,
si despourueus de courage, qu'à peine ils eussent
pu resister à des foibles femmes. Se voyant donc
reduict au dernier desespoir, il communiqua son
dessein à la Royne seulement, pour n'auoir en
ce temps-là personne de qui il pust prendre conseil, ny qui le luy donnast aussi veritablement.
Le dernier expedient qu'il treuua, fut de se rendre entre les mains de son ennemy, et de se remettre à la mercy de sa clemence, ou de sa
rigueur. Le lendemain à six heures du matin on
vid paroistre sur les murailles vn estendart blanc
en signe de paix. A quoy ceux du camp respondirent de mesme auec vne autre banniere. En
suitte de cela le *Xenimbrum*, qui estoit comme
le Mareschal de Camp, enuoya vn homme de
cheual au boulleuart où estoit la banniere, à qui

il fut dict du haut de la muraille, Que le Chambainhaa desiroit d'enuoyer vne lettre au Roy, en
cas qu'on luy donnast vn sauf-conduict pour cela.
Le Xenimbrum l'enuoya tout aussitost par deux
Bramaas à cheual, hommes de condition, et des
principaux de l'armée, lequel passe-port estoit
dans vne feuille d'or battu, où se voyoit le seing
du Roy. Alors ces deux Bramaas estant demeurez
en ostage dans la ville, le Chambainhaa luy enuoya
vne lettre par vn de ses Prestres aagé de 80 ans,
et qu'ils tenoient pour vn sainct. En cette lettre
estoient contenuës ces paroles. « L'amour des en-
« fans a tant de pouuoir en cette maison de nostre
« foiblesse, que parmy nous qui en sommes peres,
« il ne s'en treuuera pas vn seul qui pour leur
« consideration ne soit bien content de descendre
« mille fois en la profonde fosse de la maison du
« serpent. Que si cela est, combien est-ce vne
« plus grande chose d'exposer la vie pour eux, et
« la mettre entre les mains de celuy qui vse tou-
« siours d'vne si grande clemence enuers ceux
« qui se rendent à luy? Cette raison m'a faict re-
« soudre cette nuict auec ma femme et mes en-
« fans, pour me debroüiller des opinions contrai-
« res à ce bien que ie tiens pour le plus grand que
« tous les autres de me rendre à vostre Altesse,
« affin qu'elle fasse d'eux et de moy ce qu'il luy
« plaira, et qui sera le plus conforme à sa volonté.

« Quant à la faute qu'on me peut alleguer, et que
« ie veux sousmettre à vos pieds, ie vous supplie
« de n'y auoir point esgard, affin que le merite
« de la misericorde dont vous vserez enuers moy
« soit plus grand deuant Dieu et deuant les
« hommes. Que vostre Altesse enuoye donc tout
« maintenant prendre possession de ma personne,
« de ma femme, de mes enfans, de la ville, du
« thresor, et de tout le Royaume. Des à present
« ie vous remets tout cela comme à mon vray Sei-
« gneur et Roy legitime. Toute la priere que ie
« vous fais là-dessus les genoux en terre, c'est
« que tous tant que nous sommes cedant à la pau-
« ureté, puissions auec vostre permission finir nos
« iours dans vn Cloistre. Là ie fais desia vœu de
« pleurer tousiours ma faute passée, et d'en auoir
« vne grande repentance. Car pour ce qui tou-
« che les honneurs et les Estats du monde dont
« vostre Altesse me peut enrichir, comme Sei-
« gneur de la pluspart de la terre et des Isles de
« la mer, ce sont choses ausquelles ie renonce
« deuant vos pieds. En vn mot ie vous fais de
« nouueau vn hommage perpetuel, et vn serment
« solemnel deuant le plus grand de tous les Dieux,
« qui auec le doux bransle de sa main puissante
« faict mouuoir les nuës du Ciel, de ne sortir de
« toute ma vie de la religion dont vostre volonté
« me commandera que ie fasse profession, où

« Dieu veuille que tout me puisse manquer, af-
« fin qu'ainsi affamé de promesses, et desabusé
« des vaines esperances de la terre, ma penitence
« soit renduë plus agreable à celuy qui pardonne
« toutes choses : ce sainct Crepo Talopoy Doyen
« de la maison dorée du sainct Quiay, qui par son
« auctorité et par sa vie austere a tout le pouuoir
« de ma personne, vous fera vn plus ample recit
« du reste, que ie ne fais en cette lettre, et vous
« pourra dire ce qui touche particulierement
« l'offre que ie vous fais de me rendre, affin que
« m'asseurant sur la realité de sa parole, les in-
« quietudes dont mon ame est sans cesse agitée
« se puissent calmer. » Le Roy Bramaa ayant veu
cette lettre en fit incontinent pour responce vne
autre toute pleine de promesses et de sermens,
Le contenu en estoit : « Qu'il oublioit tout le passé,
« et qu'à l'aduenir il le pouruoyroit d'vn Estat
« dont les terres luy seroient d'vn si grand reuenu
« qu'il s'en tiendroit pour tres-content. » Ce que
neantmoins il accomplit fort mal, comme ie diray cy-apres. Cette nouuelle fut publiée par tout
le camp auec beaucoup de resiouyssance. Le lendemain matin l'on vid paroistre tout l'equippage
du Roy et tout le train qui estoit à son quartier.
Là se remarquoient huictante-six tentes de camp,
grandement riches, chascune desquelles estoit
enuironnée de trente Elephans rangez en aisles à

deux files, comme s'ils eussent esté prests à combattre auec leurs chasteaux semez de bannieres et leurs panores en leurs trompes, tout leur nombre se montoit à deux mille cinq cent huictante, et non loing d'eux estoient douze mille cinq cent Bramaas, tous montez sur des cheuaux fort richement harnachez. Auec l'ordre qu'ils tenoient ils enfermoient tous les quartiers du Roy par quatre files et estoient tous armez de corselets ou de colletins, ou de cottes de maille auec des lances, des cymeterres et des boucliers dorez qu'ils portoient. Apres ces hommes de cheual suiuoient quatre autres files de gens de pied tous Bramaas, qui estoient plus de vingt mille de nombre. Pour tous les autres soldats du camp il y en auoit tant qu'on ne les eust pu compter, et ils marchoient tous en ordre pres leurs Cappitaines; en cette monstre publique se voyoit quantité de guidons et de bannieres fort riches. L'on oyoit aussi plusieurs instrumens de guerre, dont le bruict ioinct à celuy que faisoient les soldats estoit effroyable et si grand qu'on ne pouuoit s'entr'ouyr. Sur les aisles de cette armée paroissoient plusieurs hommes de cheual, qui courant de part et d'autre auec leurs lances en main faisoient de grands cris, et mettoient les compagnies en ordre. Or d'autant que ce Roy Bramaa voulut ce iour-là faire monstre de sa grandeur en la red-

dition du Chambainhaa, il commanda exprez que
tous les Cappitaines estrangers auec leurs gens
à s'armer et à se vestir d'habits de feste, et qu'ainsi
se rangeant en deux files ils fissent comme vne
maniere de ruë par où le Chambainhaa passeroit.
Cela fut executé tout incontinent, et cette ruë
commençoit depuis la porte de la ville iusques à
sa tente, ce qui faisoit bien la distance de trois
quarts de lieuës. En cette ruë il y auoit trente-
six mille estrangers de quarante-deux peuples differens, qui estoient Portugais, Grecs, Venitiens,
Turcs, Ianissaires, Iuifs, Armeniens, Tartares,
Mogores, Abyssins, Raizbutos, Nobins, Coraçones, Perses, Tuparaas, Gizares, Tanocos de
l'Arabie heureuse, Malabares, Iaos, Achems,
Moens, Siams, Lussons de l'Isle bornée, Chaco-
mas, Arracons, Predins, Papuaas, Selebres,
Mindanaos, Pegus, Bramaas, Chaloens, Iaque-
salens, Sauanis, Tangus, Calaminhans, Chaleus,
Andamoens, Bengales, Gusarates, Andraguirées,
Menancabos, et plusieurs autres dont ie ne sçay
point leur nom. Toutes ces nations se rangerent
comme il leur fut ordonné par le Xenimbrum
Mareschal de camp, qui mist les Portugais en
l'auant-garde, qui estoient pres de la porte de la
ville par où le Chambainhaa deuoit sortir. Apres
eux suiuoient les Armeniens, puis les Ianissaires
et les Turcs, et ainsi des autres. Tellement que

II.   29

ces estrangers rangez de cette sorte s'en alloient
aboutir, comme i'ay desia dict, iusques au quartier du Roy, où estoient les Bramaas de la garde
du camp.

CHAPITRE CL.

De quelle façon le Chambainhaa se rendit au Roy de
Bramaa, et du grand affront que receurent les Portugais.

ENVIRON vne heure apres midy l'on tira vn
coup de canon, qui fut le signal auquel les portes de la ville furent incontinent ouuertes. Alors
on vid sortir tous les premiers les soldats que le
Roy y auoit enuoyez pour gardes, qui estoient
quatre mille Sions et Bramaas, tous harquebu-
ziers, hallebardiers, et picquiers, auec plus de
trois cent Elephans armez, desquels estoit Cappitaine vn Bramaa oncle du Roy, appellé *Mon-
pocasser* Bainha de la ville de *Meleitay*. Dix ou
douze pas apres cette garde d'Elephans marchoient plusieurs Seigneurs par qui le Roy l'auoit
enuoyé receuoir, entre lesquels les plus remarquables estoient ceux qui suiuent, le Chircaa de
Malacou, en ayant pres de luy vn autre duquel

ie ne sçay pas le nom, tous deux montez sur des
Elephans richement harnachez, ayant des chaires
couuertes de plaques d'or, et des colliers de pierreries; incontinent apres eux marchoient en
mesme ordre, le Bainhaa Quendou Seigneur de
Cosmin, qui est vne fort belle ville au Royaume
de Pegu, et le Mongibray Dacosem. Ils auoient
derriere eux le Bainhaa Braiaa, le Chaumalacur,
le Nhay Vagaru, le Xemim Ansedaa, le Xemim
de Catan, le Xemim Guarem fils de Moncamicau,
Roy de Iangomaa, le Bainhaa de Laa, le Raya
Sauady, le Bainhaa Chaque, Gouuerneur du
Royaume, le Dambambuu, Seigneur de Merguim,
le Raya Sauady, frere du Roy de Berdio, le Bainhaa Basoy, le Coutalanhameydoo, le Monteo de
Negrais, et le Chircaa de Coulaam. En suitte de
ces Princes et autres semblables en grand nombre,
desquels ie ne sçay point les noms, venoient à la
distance de huict ou dix pas le Rolim de Monnay
Talapoy souuerain sur tous les autres Prestres du
Royaume, et tenu en reputation d'vn sainct per-
sonnage. Celluy-cy tout seul estoit pres du Chambainhaa, comme entremetteur entre luy et le Roy.
Immediatement apres estoit portée dans vne littiere à bras, *Nhay Conatoo*, fille du Roy de Pegu,
à qui ce Bramaa auoit pris son Royaume, et femme
du Chambainhaa, qui auoit pres d'elle quatre
petits enfans, à sçauoir deux garçons et deux

filles, dont le plus grand n'auoit pas plus de sept
ans; tout alentour d'elle se voyoient trente ou
quarante ieunes femmes de noble extraction et
grandement belles. Elles auoient toutes les visages panchez vers la terre, et les larmes aux yeux,
s'appuyant sur d'autres femmes. Apres elles marchoient par ordre certains Talagrepos, qui sont
entr'eux comme les Capucins entre nous, qui
tous pied nud et la teste descouuerte s'en alloient
priant, et tenoient en main une maniere de chappelets. Auec cela ils encourageoient ces Dames
le mieux qu'ils pouuoient, et leur iettoient de
l'eau sur le visage, pour les faire reuenir lorsque le
cœur leur failloit, ce qui leur arriuoit assez souuent; spectacle si lamentable, qu'il n'estoit pas
possible de le considerer sans en respandre des
larmes. Cette desolée compagnie estoit suiuie
d'vne autre garde de gens de pied, et apres tous
ceux-cy marchoient quelques cinq cent Bramaas
à cheual. Le Chambainhaa estoit aupres d'eux,
monté sur vn petit Elephant, en signe de pauureté et de mepris du monde, conformement à
la religion en laquelle il s'estoit proposé d'entrer
de nouueau. Il n'y auoit point pres de luy de
plus grande pompe que celle-là, et il estoit vestu
simplement d'vne soutane de velours noir assez
longue, pour marque de son dueil, ayant la
barbe, les cheueux et les sourcils rasez, ioinct

qu'il s'estoit faict mettre au col vne vieille corde
affin de se rendre au Roy. En cet equippage il
estoit si triste et si affligé, qu'à voir son visage il
estoit impossible de s'empescher de pleurer. Pour
le regard de son visage, il auoit enuiron soixante-
deux ans, la taille fort haute, la mine graue et
seuere; et le regard d'vn Prince fort genereux.
Sitost qu'il fut arriué à vne place qui estoit pres
de la porte de la ville où l'attendoient pesle-mesle
les femmes, les enfans, et les vieillards, comme
ils le virent tous en vn estat si deplorable, deuant
qu'il fust sorty hors la ville ils firent tous par six
ou sept fois vn cry si haut et si effroyable, qu'on
eust dict que la terre s'escrouloit soubs les pieds.
Or ces lamentations et ces plaintes furent incontinent suiuies de quantité de coups qu'ils se donnerent sur le visage, se frappant à grands coups
de pierre, auec si peu de pitié d'eux-mesmes,
qu'ils estoient la pluspart tous sanglans. Cependant choses si horribles à voir et si funestes à ouyr
affligeoient si fort tous les assistans, que mesme
les Bramaas de la garde bien que gens de guerre,
et par consequent peu enclins à compassion, et
ennemis du Chambainhaa, ne laissoient pas d'en
pleurer comme des enfans. Ce fut encore en ce
lieu-là que le cœur faillit par deux fois à Nhay
Canatoo femme du Chambainhaa, et à toutes les
autres Dames, dont elle estoit enuironnée, ce

qui fut cause qu'il le fallut descendre de l'Elephante sur laquelle il estoit monté, affin de luy
donner moyen d'encourager sa femme et la consoler. Alors la voyant couchée par terre comme
morte, et tenant embrassez ses quatre petits enfans, il mit les deux genoux à terre, et regardant
le Ciel auec les larmes aux yeux. « O haute puis-
« sance de Dieu, s'escria-t'il, qui pourroit com-
« prendre les iugemens equitables de ta diuine
« iustice, en ce que sans auoir egard à l'inno-
« cence de ces petites creatures, tu donnes lieu
« à ton ire, passe au-delà de ce que nos foibles
« entendemens ne peuuent comprendre! mais
« ô mon Seigneur, souuienne-toy qui tu es, et
« non qui ie suis. » Cela dict il donna du visage
en terre aupres de la Royne sa femme, ce qui fut
cause que toute l'assemblée, qui estoit là sans
nombre, se mit derechef à faire vn cry si haut et
si horrible, que mes paroles ne sont pas capables
de l'exprimer; et pour reuenir au Chambainhaa,
se voyant en ces extremitez il prit de l'eau en sa
bouche et en ietta sur sa femme, si bien qu'il la
fit reuenir par ce moyen; puis l'ayant prise entre
ses bras il se mit à la consoler vn assez long-
temps en termes si pleins de zele et de deuotion,
qu'à les ouyr on l'eust plustost pris pour vn
Chrestien, que pour vn Gentil. Apres qu'il eut
employé à cela enuiron vne demie heure de temps,

et qu'on l'eut remis dessus l'Elephante où ils suiuirent tous leur chemin auec le mesme ordre
qu'auparauant, sitost que le Roy fut hors de la
porte de la ville, et qu'il eut gaigné la ruë qui se
formoit des compagnies de tous les soldats estrangers, rangés en deux files, il vint fortuitement à
porter sa veuë du costé où estoient les 700 Portugais, tous vestus d'habits de feste auec leurs
colletins de buffle, et leurs toques sur leurs testes
garnies de quantité de plumes, ensemble leurs
harquebuzes sur l'espaule. Alors le prince affligé
voyant au milieu d'eux Iean Cayeyro, vestu de
satin incarnadin, et tenant en main vn espadon
doré, auec lequel il faisoit faire place, comme
il le recognut, incontinent il se laissa cheoir sur
le col de l'Elephante, et s'arrestant là sans vouloir passer outre, il dict les larmes aux yeux à
ceux dont il estoit enuironné : « Mes freres et
« bons amis, ie vous proteste que ce m'est vne
« moindre douleur de faire de moy-mesme ce
« sacrifice que la Iustice de Dieu permet que ie luy
« face auiourd'huy, que de voir des hommes si
« ingrats et si meschans que ceux-cy. Qu'on me
« tuë donc, ou qu'ils se retirent de là, ou bien
« ie n'iray point plus auant. » Cela dict il se tourna
par trois fois pour ne nous point voir, et pour
monstrer quel ressentiment il auoit de nous.
Aussi le tout bien consideré ce fut ne possible pas

sans raison qu'il nous traitta de cette sorte pour le
subiect que i'ay dict cy-deuant : durant ce temps-
là le Cappitaine de la garde voyant le retardement
que faisoit le Chambainhaa, et la cause pour laquelle il ne vouloit point passer outre, sans que
neantmoins il pust s'imaginer pourquoy il se plai-
gnoit ainsi des Portugais, il tourna fort à la haste
son Elephant vers Cayeyro, et le regardant d'vn
œil de trauers : « Passe promptement, luy dict-il,
« car de si meschans hommes que vous estes,
« ne meritent pas de marcher sur la terre qui
« porte du fruict; et prie Dieu qu'il pardonne à
« celuy qui a mis dans l'esprit du Roy, que pour
« luy vous luy pouviez estre vtiles en quelque
« chose. C'est pourquoy rasez vos barbes plus-
« tost pour ne tromper le monde comme vous
« faictes, et nous aurons des femmes à vostre
« place qui nous seruiront pour nostre argent. »
Là-dessus les Bramaas de la garde commençant
desia de s'irriter contre nous, nous ietterent hors
de là auec assez d'affront et de blasme. Aussi,
pour n'en point mentir, iamais rien ne me fut si
sensible que cela pour l'honneur de mes com-
patriotes. Ces choses ainsi arriuées le Chambainhaa continua de marcher iusques à la tente du
Roy qui l'y attendoit auec vne pompe Royale :
car il estoit accompagné d'vn grand nombre de
Seigneurs, entre lesquels il y auoit quinze Bain-

haas qui sont comme les Ducs parmy nous, et de
six ou sept autres qui estoient encore plus quali-
ficz que ceux-cy. Comme le Chambainhaa se vid
pres de luy, il se ietta à ses pieds, et ainsi prosterné par terre il y demeura vn long temps
comme esuanoüy sans pouuoir dire vn seul mot.
Mais le Rolin de Mounay, qui estoit pres de luy,
supplea à ce deffaut; et comme Religieux qu'il
estoit, il parla pour luy au Roy, disant : « Sei-
« gneur, c'est icy vn spectacle capable d'amolir
« ton cœur à pitié, bien que le crime soit tel qu'il
« est. Souuienne-toy donc, que la chose du monde
« qui est la plus agreable à Dieu, et à laquelle
« les effects de sa misericorde se communiquent
« plustost, c'est vne action comme celle-cy que
« tes yeux voyent maintenant, et vne submission
« volontaire. C'est à toy maintenant à imiter sa
« clemence, dequoy te supplient tres-humble-
« ment les cœurs de tous ceux qui sont amolis
« par vne disgrace de fortune si grande que celle-
« cy : Que si tu accordes à leurs prieres vne chose
« qu'ils te demandent auec tant d'instance, as-
« seure-toy que Dieu t'en sçaura bon gré, et qu'à
« l'heure de ta mort il estendra sur toy sa puis-
« sante main, affin que tu demeures exempt de
« toutes sortes de fautes. » A ces paroles il en
adiousta plusieurs autres qui porterent le Roy à
luy pardonner aussitost, du moins il le promit

ainsi. Dequoy le Rolin et tous les autres Seigneurs
là presens tesmoignerent d'estre fort contens, et
mesme ils le loüerent grandement de cette action, s'imaginant que l'effect en seroit conforme
à ce qu'il en auoit dict deuant tous. Or d'autant
qu'il estoit desia nuict, il commanda à la pluspart
de ceux qui estoient pres de luy, qu'ils eussent
à se retirer. Pour le regard du Chambainhaa il le
mit entre les mains d'vn Cappitaine Bramaa,
nommé *Xemin Commidau*, et la Royne sa femme.
ensemble ses enfans et toutes les autres Dames
furent mises soubs la garde de *Xemin Ansedaa*,
tant pour ce qu'il auoit là sa femme, qu'à cause
que c'estoit vn honnorable vieillard, à qui le Roy
Bramaa se fioit beaucoup.

CHAPITRE CLI.

Du saccagement de la ville de Martabane, ensemble l'execution qui fut faicte de la Royne Nhay Canatoo, et des
autres femmes qui l'accompagnoient.

L'APPREHENSION qu'eut le Roy Bramaa, que les
gens de guerre n'entrassent dans la ville de Martabane, et qu'ils n'en prissent pour eux le butin
à cause qu'il estoit desia nuict, deuant qu'on

eust faict tout ce que ie viens de raconter, fut
cause qu'il enuoya par toutes les portes de la ville,
qui estoient vingt-quatre, des Cappitaines Bramaas pour les garder, auec de tres-expresses deffences, que sur peine de la vie on n'y laissast
entrer personne qu'il n'eust mis ordre à cela,
conformement à la promesse qu'il auoit faicte
aux estrangers, de leur donner le pillage ; mais
il n'vsa pas tant de cette diligence pour la consideration qu'il disoit, que pour sauuer le thresor
du Chambainhaa. Pour cet effect il fut deux iours
entiers sans parler de l'affaire des prisonniers
qu'il auoit en son pouuoir, durant lequel temps
il eut moyen de mettre à couuert tout ce thresor,
qui estoit si grand, que mille hommes occupez
à cela sans faire autre chose eurent bien de la
peine à le serrer. Apres que ces deux iours furent
passez , le Roy s'en alla de grand matin sur vne
colline appellée *Beidao*, esloignée de là de deux
traits de fauconneau, et fit retirer les Cappitaines
qui estoient à la garde des portes. Alors la miserable ville de Martabane fut liurée à la mercy
des hommes de guerre, et l'on tira pour dernier
signal vn coup de canon. Tous les soldats y entrent incontinent pesle-mesle, et si à foule, que
l'on tient qu'à l'entrée des portes il y en eut plus
de trois cent d'estouffez : car comme il y auoit
là une infinité d'hommes de guerre de differentes

nations, la pluspart sans Roy, sans loy, et sans
crainte ny cognoissance de Dieu, ils s'en alloient
tous au butin à yeux clos, et s'y monstroient si
acharnez, que ce dequoy ils faisoient le moins
d'estime c'estoit de tuer cent hommes pour vn
escu. Comme en effect ce desordre fut si grand
dans la ville, que par six ou sept fois il fallut que
le Roy mesme s'y en allast en personne pour l'appaiser. Le sac de cette ville dura trois iours et
demy, auec tant d'auarice et de cruauté de ces
ennemis Barbares, qu'elle fut entierement pillée.
sans qu'il y restast plus rien qui pust donner de
la conuoitise aux yeux. Cela faict, le Roy auec
vne nouuelle ceremonie de publications fit desmolir les Palais du Chambainhaa, qui estoient
fort beaux et fort riches, et auec eux trente ou
quarante maisons qui appartenoient aux principaux Cappitaines, ensemble les Pagodes et les
Temples de toute la ville; tellement que selon
l'opinion de plusieurs, l'on tient que la perte de
ces edifices magnifiques fut prisée à plus de dix
millions d'or; dequoy n'estant pas content il fit
mettre le feu à tous les bastimens de la ville qui
estoient demeurez sur pied, qui par la violence
du vent s'alluma si fort, que seulement en cette
premiere nuict il n'y demeura aucune chose qui
ne s'embrasast, et mesme les murailles, les tours,
et les boulleuarts bruslerent et se consommerent

iusques aux fondemens : le nombre des morts
fut de plus de soixante mille personnes, et celuy
des prisonniers ne fut guere moindre. Il y eut
cent quarante mille maisons, et mille sept cent
Temples bruslez, dans lesquels bruslerent aussi
soixante mille statuës d'Idoles de diuers metaux.
Auec cela durant ce siege ceux de la ville man-
gerent trois mille Elephans. On y treuua dedans
six mille pieces d'artillerie de bronze et de fer,
cent mille quintaux de poiure, et autant de diuerses drogues, de sandal, benjoin, lacre, bois
d'aloës, camphre, soye, et de plusieurs autres
sortes de marchandises fort riches, mais sur tout
vne infinité de hardes qui estoient là venuës des
Indes en plus de cent vaisseaux de Cambayha,
d'Achem, de Melinde, de Ceilam, et de tout le
destroit de la Mecque, de Lequios, et de la
Chine. Quant à l'or, à l'argent et à la pierrerie
qu'on y treuua, l'on ne le peut pas sçauoir au
vray, parce qu'on cele ordinairement ces choses,
c'est pourquoy il me suffira de dire que ce que
le Roy Bramaa eut de liquide pour luy du thresor
du Chambainhaa se montoit, à ce qu'on asseuroit, à plus de cent millions d'or, desquels, comme
i'ay dict cy-deuant, nostre Roy en perdit plus de
la moitié, tant pour nos peschez, que pour la
foiblesse et l'enuie des courages lasches et pleins
de mauuaises inclinations. Le lendemain, apres

que la ville fut mise au pillage, bruslée et des-
molie, l'on vid vn matin sur cette mesme colline
où estoit le Roy, vingt et vn gibets, vingt desquels estoient d'vne mesme hauteur, et l'autre
plus petit dressé sur des pilliers de pierre, et entouré de grilles d'eliane. Au-dessus il y auoit vn
daiz de bois auec des gyroüettes dorées, et cent
Bramaas à cheual qui le gardoient. Là mesme se
voyoient tout alentour plusieurs tranchées fort
larges, où l'on auoit planté quantité de bannieres
tachetées de gouttes de sang. Comme cette nouueauté promettoit de soy-mesme ce dequoy personne n'auoit ouy parler iusques alors, nous y
accourusmes six Portugais que nous estions pour
en apprendre des nouuelles : mais comme nous
allions à dessein de voir tous ces eschaffauts destinez à de sanglantes executions, nous ouysmes
du costé du camp vn bruict que faisoient les gens
de guerre. D'abord cela nous mit en desordre et
en confusion, et ainsi sur le poinct que nous ne
sçauions qu'en iuger, nous vismes sortir du quartier du Roy quantité de gens de cheual, qui auec
leurs lances en main preparoient vne grande ruë,
et disoient tout haut : «Que sur peine de la vie
«aucun n'eust à paroistre en armes, ny à dire de
«bouche ce qu'il pensoit en son cœur. » Assez
loin de ces gens de cheual se voyoit le Xenimbrum auec cent Elephans armez, et quantité de

gens de pied. Apres ceux-cy suiuoient mille cinq
cent Bramaas à cheual, rangez en quatre ordres
de files, chascune de six, dont estoit Cappitaine
le *Tanalagybras*, vice Roy de Tangu. Le Chau-
seroo Siammon venoit apres luy auec trois mille
Siamnes armez de harquebuzes, et de lances, et
tous en un gros. Au milieu de ceux-cy se voyoient
cent quarante femmes attachées et liées quatre
à quatre, et accompagnées de Talagrepos hommes de grande austerité, et qui sont tels que
les Capucins entre nous, lesquels taschoient de
tout leur possible de les consoler en ce dernier
acte de la vie. Derriere elles estoient douze Huissiers auec des masses d'argent, qui marchoient
deuant Nhay Canatoo fille du Roy de Pegu, à qui
ce Tyran Bramaa auoit vsurpé son Royaume, et
la femme du Chambainhaa, auec quatre siens
enfans, qui estoient portez par autant d'hommes
de cheual, toutes lesquelles patientes estoient
femmes ou filles des principaux Cappitaines que
le Chambainhaa auoit auec luy dans la ville, ausquelles par vne maniere de vengeance bien estrange le tyran Bramaa voulut faire sentir les effects de
sa felonnie et de la hayne qu'il auoit tousiours
portée aux femmes. La pluspart de ces pauures
infortunées n'estoient aagées que de dix-sept à
vingt-cinq ans, toutes extremsement blanches et
belles, et qui auoient les cheueux fort blonds.

mais les corps si foibles, qu'à chasque cry qu'elles
faisoient elles se laissoient cheoir esuanoüies
par terre. Alors d'autres femmes qui les soustenoient taschoient de les remettre le mieux qu'elles
pouuoient ; et leur presentoient pour cet effect
quelques confitures, mais elles n'en daignoient
prendre, pour auoir, comme i'ay dict, tous les
sens si foibles et si perclus, qu'elles ne pouuoient
presque ouyr ce que les Talagrepos leur disoient,
mais seulement de temps en temps elles leuoient
les mains au Ciel. En suitte de cette Princesse
marchoient deux files de soixante Grepos priant
en des liures, auec les visages baissez, et les
yeux baignez de larmes. Quelquefois aussi ils disoient auec un ton à peu pres tel que celuy des
Litanies : « Toy qui ne tiens d'autre que de toy-
« mesme ton estre, iustifie nos œuvres affin qu'elles
« soient agreables à ta iustice. » A quoy d'autres
respondoient en pleurant : « Fay que cela soit
« ainsi, Seigneur, affin que par nostre faute nous
« ne perdions point les riches dons de tes pro-
« messes. » Apres ces Grepos suiuoit vne procession de plus de trois ou quatre cent petits enfans, tous nuds depuis la ceinture iusques en bas.
et qui auoient aux mains des cierges de cire
blanche, et des cordes au col. Ceux-cy, comme
les autres, d'vne voix triste et lamentable, qui
esmouuoit à grande compassion, proferoient ces

paroles : « Seigneur, nous te supplions tres-hum-
« blement qu'il te plaise escouter nos cris et ge-
« missemens, et faire misericorde à ces tiennes
« captiues, affin qu'auec vne pleine resiouyssance
« elles prennent part aux graces et aux bien-faicts
« de tes riches thresors, » et ainsi ils disoient
plusieurs autres semblables choses en faueur de
ces pauures patientes. Cette procession auoit à
sa suitte vne autre garde de gens de pied, qui
estoient tous Bramaas, armez de lances ou de
fleches, et quelques-vns de harquebuzes. Quant
à l'arriere-garde, elle estoit de cent Elephans,
tels que ceux qui marchoient les premiers. De
sorte que le nombre des gens de guerre qui assistoient à cette execution, tant pour la garde, que
pour la pompe de la Iustice, estoit de dix mille
hommes de pied, et de deux mille cheuaux, et
deux cent Elephans, sans y comprendre vne infinité d'autres hommes, tant estrangers que du
païs, qui s'y estoient assemblés pour voir la fin
d'vne action si funeste et si lamentable.

CHAPITRE CLII.

De quelle façon fut executé l'Arrest de mort en la personne du Chambainhaa Roy de Martabane, de Nhay
Canatoo sa femme, de ses quatre enfans, et des autres
cent quarante patiens.

———————

CES pauures patiens furent menez au supplice
en cet ordre en trauersant le camp, se rendirent
en fin au lieu où ils deuoient estre executez, et y
arriuerent auec assez de trauail : car comme les
femmes estoient grandement foibles, et la pluspart d'elles ieunes, et de complexion fort deli-
cate, elles s'euanoüissoient à chasque pas. Comme
elles furent au lieu où l'on auoit dressé ces potences iusques au nombre de vingt et vne, les
six Huissiers qui estoient à cheual se mirent derechef à faire leur publication à haute voix :
« Que les gens, disoient-ils, escoutent et voyent
« la sanglante iustice que faict faire le Dieu vi-
« uant, Seigneur de toute verité, et Roy souue-
« rain de nos testes, qui veut de puissance abso-
« luë que ces cent et quarante femmes meurent
« et soient iettées en l'air, pource que par leur

« conseil leurs peres et leurs maris se sont soubs-
« leuez dans cette ville, où ils ont tué à telle fois
« iusques à douze mille Bramaas du Royaume de
« Tangu. » Alors au son d'vne cloche tous ces
Officiers et Ministres de la Iustice pesle-mesle
auec les gardes se mirent à faire vn si grand cry,
que c'estoit vne chose effroyable de les ouyr.
Cependant les cruels bourreaux voulant mettre
en execution cet arrest de mort, ces pauures patientes s'embrasserent les vnes les autres, et respandant des larmes en abondance, puis iettant la
veuë sur Nhay Canatoo, qui en ce temps-là estoit
desia comme morte et appuyée sur le gyron d'vne
vieille femme, plusieurs d'entr'elles luy firent les
derniers complimens, et ce fut alors qu'vne de
cette troupe prenant la parole pour toutes ies
autres que leur extresme foiblesse empeschoit
de proferer vn seul mot, « Excellente Dame, luy
« dict-elle, qui es vne couronne de roses à nos
« testes, maintenant qu'en qualité de tes hum-
« bles esclaues nous allons entrer dans ces fu-
« nestes maisons où la mort reside, console-nous
« s'il te plaist par ta chere veuë, affin qu'auec
« moins de douleur nous quittions ces corps
« pleins d'angoisses pour nous en aller voir le
« iuste luge de la main puissante, deuant lequel
« nous protestons les larmes aux yeux, que nous
« implorons à iamais sa Iustice pour vne perpe-

« tuelle vengeance de l'offence qu'il nous a faicte. »
Alors Nhay Canaloo les regardant toutes auec vn
visage plus mort que viuant, leur respondit d'vne
voix si foible, qu'on la peuuoit ouyr bien à peine.
« Hiche hocam finorato quiay vanzilau maforem
« hotapir, c'est à dire, Ne partez pas si tost mes
« sœurs, et m'aydez à soustenir ces petits en-
« fans. » Cela dict, elle s'appuya derechef sur le
gyron de cette femme, sans proferer aucune parole. A l'heure mesme les Ministres du bras de
la vengeance, c'est ainsi qu'ils appellent les
Bourreaux, se mettant à faire leur charge empoi-
gnerent ces pauures femmes, et les pendirent
toutes en vingt potences dressées expres, à sçauoir sept en chascune. De cette façon attachées
qu'elles furent les pieds contre-mont, et la teste
en bas, vne si penible mort leur fit pousser d'estranges sanglots, iusqu'à ce qu'en fin le sang les
estouffa toutes en moins d'vne heure. Les hommes
de cheual furent alors derechef escarter le peuple qui s'y voyoit en si grand nombre, qu'il n'estoit pas possible d'en rompre la foule. En mesme
temps Nhay Canaloo fut conduicte par les quatre
femmes sur qui elle s'appuyoit, droict à la po-
tence où elle deuoit estre penduë auec ses quatre
enfans; mais vn peu auparauant le Rolim de Mounay (qui estoit tenu parmy eux pour vn sainct
homme), luy dict quelques paroles pour l'en-

courager à souffrir la mort ; sur quoy elle demanda
qu'on luy donnast vn peu d'eau, qui luy estant
apportée elle en prist sa bouche pleine, et en ar-
rousa ses quatre enfans qu'elle tenoit alors entre
ses bras, puis les ayant baisez plusieurs fois elle
leur dict en pleurant, « O mes enfans, mes en-
« fans, que i'ay de nouueau engendrez dans l'in-
« terieur de mon ame, que ie m'estimerois heu-
« reuse de rachepter vos vies en exposant pour
« cet effect mille fois la mienne s'il m'estoit pos-
« sible ! Car ie vous asseure que pour l'apprehen-
« sion et l'angoisse où ie vous voy maintenant,
« et où tous me voyent aussi, ie receurois la
« mort d'aussi bon cœur de la main de ce cruel
« ennemy, comme de bon cœur ie desire de me
« voir en la presence du souuerain Seigneur de
« toutes choses dans le repos de sa demeure ce-
« leste. » Alors iettant sa veuë sur le Bourreau
qui auoit desia attaché ses deux petits garçons,
« Mon amy, luy dict-elle, ne sois point ie te prie
« si peu sensible à la pitié, que de me faire voir
« mourir mes enfans ; car si tu le faisois tu com-
« mettrois vne grande offence : donne-moy pre-
« mierement la mort à moy-mesme, et ne me re-
« fuse point cette aumosne que ie te demande
« pour l'amour de Dieu. » Apres qu'elle eut ainsi
parlé elle prist derechef ses enfans entre ses bras
et les ayant baisez plusieurs fois en leur disant le

dernier adieu, elle rendit l'esprit sur le gyron de
la femme qui la soustenoit, sans qu'elle remuast
plus depuis. Ce que le Bourreau ayant apperceu
il accourut incontinent à elle, et la pendit comme
les autres; puis il en fit autant de quatre petits enfans, dont il en mit deux de chaque costé, et la
pauure mere au milieu. A ce cruel et pitoyable
spectacle il se fit incontinent parmy tout ce peuple vn si grand cry, que parmy le bruict et le
tumulte confus il sembloit que la terre tremblast
sous les pieds de ceux qu'elle soustenoit. En suitte
de cela tout le camp se mutina de telle sorte, que
le Roy fut contrainct de se fortifier dans son quartier de six mille Bramas à cheual, et de trente
mille hommes de pied. Et neantmoins auec tout
cela il ne se croyoit point à couuert de cette mutinerie qu'il auoit tousiours apprehendée; elle
s'appaisa pourtant par la venuë de la nuict, qui
seule fut capable de calmer les furieux mouuemens de ces gens de guerre. Car des sept cent
mille hommes qui estoient dans le camp, il y en
auoit six cent mille qui estoient Pegus de nation,
le Roy desquels auoit esté pere de cette Royne
qu'on venoit de faire mourir. Mais ce Roy Brama
les auoit si bien assuiettis et desnuez d'armes,
qu'ils n'osoient pas seulement hausser les yeux
pour le regarder. Voyla de quel infame genre de
mort finit ses iours Nhay Canatoo, femme de

Chaubainhaa Roy de Martabane, et fille du Roy
de Pegu, Empereur de neuf Royaumes, Princesse
grandement accomplie, et dont le reuenu se montoit à trois millions d'or. Quant à l'infortuné Roy
son mary cette mesme nuict il fut ietté dans la
mer vne pierre au col, auec cinquante ou soixante
de ses vassaux, parmy lesquels il y auoit des Seigneurs de 30 ou 40 mille ducats de rente, tous
lesquels estoient ou peres, ou marys, ou freres
des 140 femmes, qui par vne grande iniustice
auoient receu vne mort si ignominieuse, parmy
lesquels estoient encore comprises trois Damoi-
selles de cette Princesse, que le Roy Brama auoit
faict demander en mariage au temps qu'il n'estoit
qu'vn simple Comte, sans que pas vn de leurs
peres s'y fust voulu accorder; par où l'on peut
voir combien grandes sont les reuolutions du
temps et de la fortune.

CHAPITRE CLIII.

De l'infortune que i'eus à Martabane, et de ce que fit le
Roy de Brama depuis qu'il fut arriué à Pegu.

APRES que le Tyran Brama eut faict faire cette
rigoureuse Iustice, il s'arresta là neuf iours entiers, durant lesquels plusieurs habitans de la ville
furent aussi executez. A la fin il partit pour s'en
aller à Pegu, et laissa là *Bainhaa Chaque* son premier Maistre d'Hostel, pour y ordonner de quelques choses necessaires à pacifier ce Royaume, et
y pourueoir aux reparations de ce que le feu auoit
consommé. Pour cet effect il y mit vne fort
bonne garnison, et emmena auec soy tout le
reste de son armée. Iean Cayeyro le suiuit aussi
auec sept cent Portugais, sans que là il en demeurast dans les ruines de Martabane que trois
ou quatre seulement, qui n'estoient pas autrement considerables. Il est vray qu'outre ceux-cy
il y en resta vn autre appellé Gonçalo Falcan Gen-
til-homme de tres-bon lieu. et que ces Gentils
appelloient ordinairement *Crisna Pacau*, c'est
à dire, *Fleur des Fleurs*; tiltre fort honnorable

entr'eux, que le Roy de Brama luy auoit donné
pour recompence de ses seruices. Et parce qu'à
mon partement de Malaca, Pedro de Faria me
donna vne lettre qui s'addressoit à luy, par laquelle il le prioit de m'assister de sa faueur, en
cas que i'en eusse besoin en l'affaire pour laquelle
il m'enuoyoit là, tant pour le seruice du Roy,
que pour l'obliger luy; sitost que ie fus arriué à
Martabane où ie le treuuay resident, ie luy rendis cette lettre. Par mesme moyen ie luy rendis
compte du subiect qui m'amenoit là, qui estoit
pour confirmer l'ancien traicté de paix que le
Chaubainhaa auoit faict par ses Ambassadeurs
auec ceux de Malaca, au temps que Pedro de
Faria en fut premierement Gouuerneur; dequoy
luy pouuoit auoir vne grande cognoissance, adioustant que pour cet effect il luy apportoit vne
lettre pleine de grandes protestations d'amitié,
et vn present de quelques pieces de la Chine fort
riches. Alors ce Gonçalo Falcan s'imaginant que
par ce moyen il s'insinueroit plus fort que iamais
aux bonnes graces du Roy de Brama, dans le
party duquel il s'estoit ietté durant le siege de
la ville, quittant celuy du Chaubainhaa qu'il seruoit auparauant, s'en alla treuuer ce sien Gouuerneur trois iours apres le partement du Roy,
et luy dict qu'il estoit là venu comme Ambassadeur du Cappitaine de Malaca, pour traicter auec

le Chaubainhaa à qui le Cappitaine ennoyoit faire
offre de grandes forces contre le Roy de Brama,
pour lequel ceux du païs estoient alors sur le
poinct de se fortifier dans Martabane, et chasser
les Bramas hors du Royaume. A quoy il adiousta
tant d'autres choses semblables, que le Gouuerneur m'enuoya prendre incontinent, et apres
m'auoir mis sous vne bonne et seure garde, il s'en
alla droict au Iunco où i'estois venu de Malaca.
Cela faict, il se saisit de toute la marchandise
qui estoit dedans, qui valoit plus de cent mille
ducats. Auec cela il fit prisonnier le Necoda Cappitaine et Maistre du Iunco, auec tous les autres
qui s'y treuuerent iusques au nombre de cent
soixante et quatre personnes, où estoient compris quarante fort riches marchands Malayes,
Menancabos, Mahumetans, et Gentils, natifs de
Malaca. Tous ceux-cy furent condamnez incontinent à une confiscation de leurs biens, et à demeurer prisonniers du Roy aussi bien que moy,
pour estre complices de la trahison que le Cappitaine de Malaca brassoit en secret auec le
Chaubainhaa contre le Roy de Brama. Ainsi les
ayant tous faict mettre dans vne basse-fosse, il les
enuoya foüetter cruellement; de maniere qu'vn
mois apres leur emprisonnement des 164 qu'ils
estoient, il en mourut de lethargie, de faim et de
soif, iusqu'au nombre de 19. Quant aux 45 qui

resterent, on les fit mettre dans vne miserable
chalouppe sans voiles et sans rames, dans laquelle
ils furent exposez à val la riuiere. En cet equippage
liurez à la mercy de la fortune, ils furent iettez
par les vents en vne Isle deserte appellée *Pullo
Camude,* qui s'aduançoit de vingt lieuës dans la
mer de cette barre. Là ils se fournirent de quelques prouisions de marée et de fruicts qu'ils
treuuerent dans le bois; en cette necessité faisant
vne maniere de voile des vestemens qu'ils auoient.
et de deux rames qu'ils treuuerent possible là,
ou qu'ils firent eux-mesmes, ils prirent leur route
le long de la coste de Iunçalau, et de là vn autre
lieu; à quoy ils employerent bien deux mois, et
arriuerent en fin à la riuiere de Parlés au Royaume
de Queda, où ils moururent presque tous de certaines apostumes qui leur vindrent à la gorge en
maniere de charbons; de sorte qu'il n'en arriua
que deux à Malaca, qui racontrent à Pedro de
Faria tout le succes de ce triste voyage, et comment
l'on m'auoit condamné à mourir. Comme en effect ie n'attendois qu'apres l'heure qu'on me menast au supplice, quand il plust à Dieu m'en
deliurer miraculeusement; car incontinent apres
que le Necoda et les marchands furent bannis de
la façon que ie viens de dire, ie fus mis à vne
autre prison plus esloignée, où ie demeuray
trente-six iours chargé de chaisnes et de fers

auec vne cruauté vrayment insupportable. Durant tout ce temps-là le traistre Gonçalo faisoit
de iour en iour contre moy de nouuelles proce-
dures par des faux libelles, dans lesquels il me
chargeoit d'vne infinité de choses ausquelles ie
n'auois iamais pensé ; ce qu'il ne faisoit à autre intention que pour estre cause de ma mort, et pour
me voler comme il auoit volé tous les autres qui
estoient dans le Iunco. Pour cet effect m'ayant
interrogé par trois fois en iugement, ie ne respondis iamais à ses demandes aucune chose qui
fust à propos, dequoy tous mes ennemis se mirent fort en cholere, disant que ie le faisois par
vne maniere d'orgueil, et par vn mespris de la
Iustice ; tellement que pour punition de cela ils
me donnerent le foüet deuant tous, et firent de-
goutter sur moy quantité de lacre toute chaude,
qui est comme de la cire d'Espagne ; ce qui me
fut si sensible, qu'il s'en fallut fort peu que ie
n'en mourusse, et mesme il n'y eut personne
qui me voyant ne me prist pour vn homme mort.
Or d'autant que ne sçachant la pluspart du temps
ce que ie disois, ie parlois en homme desesperé,
il m'aduint trois ou quatre fois de dire, que pour
me voler mon bien ils me mettoient en-auant
tous ces faux tesmoins ; mais que le Cappitaine
Iean Cayeyro qui estoit à Pegu rendroit bien-
tost compte au Roy d'vn si cruel traictement ;

cela fut cause que ie n'en mourus point ; car sur
le poinct que ce meschant s'en alloit faire executer la sentence qui s'estoit donnée contre moy
quelques-vns de ses amis luy conseillerent de
n'en rien faire, disant que s'il me faisoit mourir,
tous les Portugais qui estoient à Pegu ne man-
queroient point de s'aller plaindre de luy au Roy,
et de luy dire, Que pour me voler cent mille
ducats que i'auois là en marchandises, qui appartenoient au Cappitaine de Malaca, il m'auoit faict
mourir sans raison. Que cela estant, le Roy luy
demanderoit compte de toutes ces marchandises
ou de cet argent, et que mesmes quand ils luy
rendroient tout ce qu'ils m'auroient pris, cela ne
le contenteroit pas, s'imaginant tousiours qu'il y
en auoit dauantage ; par où il se mettroit tellement hors de bonnes graces du Roy, qu'il n'y
pourroit iamais r'entrer ; ce qui seroit cause et
de sa ruine totale, et de celle de ses enfans, sans
le deshonneur qui luy en reuiendroit. Ce chien
de Gouuerneur Bainhaa Chaque apprehendant
que cela n'arriuast comme on luy disoit, se desista de sa premiere opiniastreté, et corrigeant la
derniere sentence qu'il auoit donuée, il ordonna,
Que ie ne mourrois point, mais que mon bien
seroit confisqué, et moy arresté prisonnier du
Roy. Comme en effet sitost que ie fus guery des
blesseures que la lacre qu'on auoit bruslée sur

moy, et les coups de foüet m'auoient faictes,
ie fus conduit à Pegu tout enchaisné que i'estois.
et là comme prisonnier l'on me mit entre les
mains d'vn Brama Thresorier du Roy, appellé
Diosoray, qui auoit encore sous sa garde huict
Portugais, ausquels leurs peschez auoient causé
les mesmes disgraces, que les miens m'auoient
suscitées. Car il y auoit desia pres de six mois
qu'il gardoit ces pauures infortunez, desquels
l'on s'estoit saisi dans le Nauire de Don Henry
Deça de Cananor, que la tempeste auoit ietté en
cette coste. Or puis que iusques icy i'ay traicté du
succes de mon voyage de Martabane, et du profit
qui me reuint d'y estre allé pour le seruice du
Roy, qui ne fut autre que la perte de mes biens,
et l'emprisonnement de ma personne ; deuant
que m'enfoncer dauantage dans ces relations, ie
suis resolu de traitter des diuerses fortunes que
ie courus en ce Royaume durant deux ans et
demy que i'y voyageay, ce qui fut le temps de ma
captiuité, ensemble des diuerses contrées par où
mes infortunes et mes trauerses furent cause que
ie m'en allay courant, ce que i'estime necessaire
entierement à la declaration de ce que ie vay
continuant. Ie diray donc qu'apres que ce Roy
de Bramaa fut party de la ville de Martabane,
comme i'y faict voir cy-deuant, il fit si bien par
ses iournées qu'à la fin il se rendit à Pegu, où

auparauant que licentier ses Cappitaines il fit la
reueuë de ce qu'il auoit de gens, et treuua que
des sept cent mille hommes qu'il auoit amenez
pour assieger le Chambainhaa, il s'en manquoit
quatre vingt-six mille. Et pource qu'en ce temps-
là il auoit eu vent que le Roy d'Anaa allié auec
les Sauadis et Chalens donnoit entrée au Syan-
mon, dont le païs par le milieu de çe Royaume
du costé de l'Oüest et de l'Oüest-nord-oüest est
limitrophe du Calaminhan Empereur de l'indomptable force des Elephans de la terre, comme
ie diray cy-apres quand ie traitteray de luy, affin de gaigner à ce Bramaa les forteresses du
royaume Tanguu, luy comme bon Cappitaine
qu'il estoit et fort rusé en matiere de guerre,
deuant que passer outre fit des leuées de gens
dont il fit pouruoir, ensemble de toutes les autres choses necessaires, ces quatre principales
forteresses d'où luy venoient ses plus grandes
apprehensions. Par mesme moyen ayant resolu
de s'en aller attaquer la ville de Prom, il retint
pour cet effect l'armée qu'il auoit desia, et fit de
nouueau de fort grands preparatifs par tout le
Royaume, vsant d'vne si grande diligence à leuer
des gens qu'en six mois de temps il eust iusques
à neuf cent mille hommes, auec lesquels il partit
de la ville de *Bagou*, qu'on appelle ordinairement *Pegu*. Les ayant faict embarquer en douze

mille vaisseaux de rames, deux mille desquels
estoient Seroos, Laulers, Caturos, et Fustes,
toute cette grande flotte partit le 9 iour du mois
de Mars 1545 à mont la riuiere d'Ansedaa, et s'en
alla iusques à Danapluu, où elle se fournit de
quelques prouisions qui luy estoient necessaires.
De ce lieu suiuant sa route par vne grande riuiere
d'eau douce, appellée *Picau Malacou*, qui auoit
plus d'vne lieuë de largeur, à la fin le troisiesme
d'Auril elle s'en alla surgir à la veuë de Prom.
Là par les espions qui furent pris cette nuict,
elle eust nouuelles que le Roy estoit mort, et
qu'il auoit laissé pour successeur au Royaume vn
sien fils aagé de treize ans, que le Roy son pere
auparauant que mourir auoit marié auec la sœur
de sa femme, niepce de ce mesme ieune prince,
et fille du Roy d'Auaa. Ce ieune Prince ne fut
pas plustost aduerty que le Roy de Brama s'en
venoit l'assieger dans sa ville de Prom, qu'il enuoya demander secours au Roy son pere, et tient-
on aussi qu'il ne manqua point de l'assister, et
que pour cet effect il mist sur pied vne armée
de soixante mille Mons, Tarées, et Chalens,
hommes d'eslite et fort aguerris, desquels estoit
General vn sien fils frere de la Royne. Cependant
le Brama ayant eu aduis de cela, fit toute sorte
de diligence affin d'assieger la ville deuant qu'vn si
grand secours luy arriuast. A raison dequoy ayant

faict mettre pied à terre à son armée en vne
plaine appellée *Meigauotau*, à deux lieuës plus
bas que la ville, il fut là cinq iours à faire tous
les preparatifs qui luy estoient necessaires. Ayant
mis ordre à tout, vn matin auant le iour il fit
marcher son armée droict à la ville, au son des
tambours, des fifres, et autres tels instrumens
de guerre. Comme elle y fut arriuée enuiron
onze heures, sans trouuer aucun obstacle, il
commença tout incontinent d'asseoir son camp
à son ordinaire, de sorte qu'auparauant qu'il fust
nuict toute la ville fut enuironnée de tranchées
et de fossez grandement forts, ensemble de six
rangs de canons et d'autres pieces d'artillerie.

CHAPITRE CLIV.

Des choses qui se passerent entre la Royne de Prom, et
le Roy de Bramaa, ensemble du premier assaut qui fut
donné à la ville, et de ce qui en arriua.

Il y auoit desia cinq iours que le Roy Bramaa
estoit arriué pres de la ville de Prom, lors que la
Royne qui gouuernoit l'Estat à la place de son
mary, se voyant ainsi assiegée ennoya visiter ce

sien ennemy auec vne riche enseigne de pierrerie
qui luy fut presentée par vn Talagrepo ou Religieux aagé de plus de cent ans, qu'ils tenoient
entr'eux pour vn sainct, et par mesme moyen
vne lettre où ces paroles estoient escriptes :
« Grand et puissant Seigneur, plus fauorisé_en
« la maison de fortune que tous les Roys de la
« terre, force d'vn pouuoir extreme, accroisse-
« ment des mers salées, où se vont rendre tous
« les autres petits ruisseaux, escu plein de fort
« belles deuises, possesseur des plus grands Es-
« tats, au throsne desquels tes pieds se reposent
« auec vne maiesté merueilleuse; Moy Nhay Ni-
« uolau, pauure femme, Gouuernante et Tutrice
« de mon fils qui est orphelin, me prosterne de-
« nant toy les larmes aux yeux, et auec le respect
« qui te doit estre rendu, ie te prie de ne mettre
« point l'espée à la main contre ma foiblesse,
« car tu sçais que ie ne suis qu'vne femme; mais
« seulement pleurer deuant Dieu les offences qui
« me sont faictes; aussi est-ce vne chose telle-
« ment propre à sa diuine nature de secourir auec
« misericorde, et chastier auec iustice, que pour
« grands que soient les Estats du monde, il les
« foule aux pieds auec vne puissance si redoutable
« qu'il n'est pas iusques aux habitans de la pro-
« fonde maison de fumée, qui ne craignent et
« ne tremblent deuant ce puissant Seigneur. Ie te

« prie et te coniure de ne me vouloir point pren-
« dre le mien, puisque, comme tu sçais, c'est si
« peu de chose que tu n'en seras pas plus grand
« quand tu l'auras ny moindre aussi quand tu ne
« l'auras point. Comme au contraire, Seigneur,
« si tu te monstres pitoyable enuers moy, cet acte
« de clemence te mettra en si grande reputation,
« que les petits enfans mesme cesseront de tetter
« la blanche mamelle de leurs meres, pour te
« loüer auec les pures levres de leur innocence;
« ioinct que tous ceux de mon païs et les estran-
« gers se souuiendront de cette aumosne que tu
« m'auras faicte, et moy-mesme la feray grauer
« dessus le tombeau des morts, affin qu'eux et
« les viuans te sçachent bon gré d'vne chose que
« ie te demande si instamment et du plus profond
« de mon ame. Le sainct Auemlachim qui te
« rendra cette lettre escripte de ma main, a
« pouuoir et auctorité au nom de ce mien fils or-
« phelin de traitter auec toy de tout ce qui sera
« iugé raisonnable touchant le tribut et l'hom-
« mage que tu treuueras bon qu'il te soit rendu,
« et ce à condition qu'il te plaise nous laisser
« posseder nos maisons, affin que soubs l'asseu-
« rance de la verité nous esleuions nos enfans,
« et recueillions le fruict de nos trauaux pour la
« nourriture des pauures habitans de ce meschant
« bourg, qui te seruiront tous, et moy auec eux

« auec vn humble respect en toutes les choses aus-
« quelles il te plaira nous employer comme tu
« voudras. » Le Bramaa receut cette lettre et cette
ambassade auec beaucoup d'auctorité, et receut
auec honneur le Religieux qui la luy donna, tant
à cause de son aage, que pour estre estimé sainct
parmy eux. Par mesme moyen il luy accorda certaines choses qui luy furent d'abord demandées,
comme vne trefue et cessation d'armes iusques
à ce qu'on fust demeuré d'accord de ces articles;
ensemble vne permission aux assiegez de con-
uerser auec les assiegeans, et autres choses semblables qui estoient de fort peu de consequence ;
cependant iugeant bien en son ame que toutes
ces offres que cette pauure Royne luy faisoit, et
les humbles submissions de sa lettre ne procedoient que de foiblesse et d'apprehension, il ne
voulut iamais respondre à propos, et ouuerte-
ment à l'Ambassadeur. Au contraire il fist raua-
ger secrettement tous les lieux d'alentour, qui
luy sembloient foibles et desarmez, dont les habitans rendus plus hardis par leur pauureté, n'estoient pas plustost sortis des cabanes qu'ils auoient
dans les bois, qu'ils se treuuoient enueloppez
par ces ennemis cruels et barbares, ausquels ne
pouuans resister ils estoient contraints de ceder
à leur cruauté qui estoit si grande, qu'on tient
qu'en cinq iours ils tuerent 14 mille personnes.

la pluspart desquels estoient femmes, enfans,
et vieillards, qui ne pouuoient porter les armes.
Alors le Rolim qui auoit porté cette lettre, se
desabusant des fausses promesses de ce Tyran,
et se treuuant mescontent du peu de respect qu'il
luy portoit, luy demanda permission de s'en retourner à la ville, ce que le Bramaa ne luy refusa
point, et luy respondit, Que si la Royne se vouloit liurer à luy auec ses thresors, son Royaume,
et ses vassaux, il la recompenseroit d'vn autre
costé de la perte qu'elle feroit de son Estat;
Qu'au reste elle eust à luy respondre là-dessus
dans ce mesme iour, qui estoit tout le temps
qu'il luy pouuoit donner, affin que suiuant sa
response il aduisast à ce qu'il auroit à faire. Le
Rolim s'en retourna à mesme temps, et ne fut
pas plustost à la ville qu'il rendit compte à la
Royne de toutes ces choses, disant : que ce Tyran
estoit vn homme sans foy, et plein d'vne damna-
ble intention ; pour preuue de cela il luy mit deuant les yeux le siege de Martabane, le traittement qu'il auoit faict au Chambainhaa apres
s'estre rendu à luy sur sa parole, et comme il
l'auoit faict ignominieusement mettre à mort,
ensemble sa femme, ses enfans, et toute la noblesse de son Royaume. Ces choses considerées
il fut resolu tout incontinent, tant par la Royne,
que par tous ceux de son Conseil, qu'il falloit

necessairement qu'elle deffendist sa ville iusqu'à
ce que le secours de son pere luy vinst, qui ne
pouuoit pas tarder plus de quinze iours, surquoy elle prit de nouueau le serment des principaux de son Estat. Cette resolution prise, sans
vser d'autre delay, poussée qu'elle estoit d'vn
assez grand courage, elle mit ordre à toutes les
choses que l'on iugea plus importantes à la deffence de la ville, animant pour cet effect ses
gens auec vne grande prudence accompagnée
d'vn courage d'homme, bien qu'elle ne fust
qu'vne femme. Dauantage, auec ce qu'elle leur
fit part liberalement de son thresor, elle leur promit à tous qu'elle sçauroit bien recognoistre leurs
bons seruices par les recompenses et les honneurs qu'elle promettoit de leur faire, par où ils
furent grandement encouragez au combat. Cependant le Roy Bramaa voyant que le Rolim ne
luy venoit point rendre responce dans le temps
qu'il luy auoit donné pour cet effect, commença
des le lendemain de fortifier tout le quartier du
camp par des doubles rangs d'artillerie, afin de
battre la ville tout à l'entour. Or afin d'assaillir
les murailles il fit faire vn grand nombre d'eschelles, et apres cela il fit publier dans son camp
que soubs peine de la vie il n'y eust point de
soldat qui dans trois iours ne fust prest à donner
l'assaut. Le iour en estant donc venu qui fut le

troisiesme de May en l'année 1545 vne heure
auant le iour le Roy sortit de son quartier, où
il estoit à l'ancre sur la riuiere auec deux mille
vaisseaux de gens d'eslite, et faisant le signal aux
Cappitaines qui estoient à terre de luy monstrer
qu'ils estoient prests, tous ensemble ioincts en vn
corps ils assaillirent les murailles auec vn si grand
cry, qu'à les ouyr l'on eust dict que le ciel et
la terre estoient assemblez, de maniere que les
ennemis venant à se ioindre pesle-mesle de part
et d'autre, il se fit entr'eux une si cruelle meslée
qu'en fort peu de temps l'air fut veu tout en feu,
et la terre toute sanglante, à quoy venant à se
ioindre l'esclat des espées et des lances, qui de
temps en temps donnoient dans la veuë et l'es-
bloüissoient, le spectacle en estoit si espouuantable que nous autres Portugais qui voyions ces
choses en demeurions comme pasmez et hors de
nous-mesmes. Ce combat dura bien cinq heures,
à la fin desquelles le Tyran Bramaa voyant que
ceux de dedans se deffendoient vaillamment, et
que si desia la pluspart des siens s'affoiblissoit, il
mit pied à terre auec 10 ou 12 mille des meil-
leurs soldats de son armée, et renforçant auec
diligence les compagnies de ceux qui combat-
toient, la meslée se renouuella de telle sorte
qu'on eust dict qu'elle ne faisoit que commencer,
si grande en estoit l'ardeur. Cette seconde es-

preuue dura presque iusques à la nuict, mais
pour cela le Roy ne se desista point du combat,
quelque conseil que luy donnassent les siens de
se retirer. Au contraire il iura de ne point quitter
l'entreprise commencée, et de s'en aller dormir
cette nuict dans l'enclos de ses murailles, ou
bien de faire trancher la teste à tous les Cappitaines qui ne se treuueroient point blessez quand
on feroit la retraitte. Cependant cette opiniastreté luy fut grandement dommageable, car
ayant voulu combattre iusques à ce que la lune
n'esclairast plus, ce qui fut enuiron deux heures
apres la minuict, il fit sonner la retraitte. Depuis
par la reueuë qui fut faicte de ses gens l'on treuua
qu'en cet assaut estoient morts vingt-quatre mille
hommes, sans y comprendre les blessez, qui estoient plus de trente mille, plusieurs desquels
moururent à faute d'estre pansez, d'où s'ensuiuit vne si grande peste dans le camp, tant pour la
corruption de l'air, qu'à cause que l'eau de la
riuiere estoit toute pleine de sang et corrompuë,
qu'à ce que l'on tient, cela fut cause que plus
de quatre-vingt mille hommes moururent, du
nombre desquels furent cinq cent Portugais,
sans qu'ils eussent d'autre tombeau que le ventre
des vautours, des corbeaux et de semblables
oyseaux de proye, qui les demembroient le long
de la coste, où ils estoient estendus.

CHAPITRE CLV.

Continuation de ce qui arriua en ce siege, et du cruel chastiment exercé par le Tyran sur ceux qu'il fit prisonniers.

LE Roy Bramaa venant à considerer que ce premier assaut luy auoit esté trop cher vendu ne voulut plus hazarder ses gens de telle façon, mais il enuoya faire vne grande terrasse pleine de fascines auec plus de dix mille palmiers qu'il fit coupper. Avec cela il fit vn Caualier si haut qu'il s'esleuoit par dessus les murailles de la hauteur de deux brasses. Là il fit pointer quatre-vingt pieces d'artillerie, auec lesquelles battant en ruyne toute la ville par l'espace de neuf iours, elle fut demolie auec la mort de quatorze mille personnes; ce qui abbatit tout à faict le courage à cette pauure Royne, principalement quand elle vint à se representer qu'il ne luy restoit plus que six mille hommes de combat, pource que tout le reste, qui consistoit en femmes, en enfans et en vieillards estoit inhabile au maniement des armes; de maniere que ces pauures assiegez ayant assemblé le Conseil pour y resoudre de ce qu'ils

auoient à faire en de si grandes extremitez , il
fut conclu par l'aduis des principaux , qu'il falloit
s'oindre tous tant qu'ils estoient de l'huile des
lampes de la chappelle de Quiay Niuandel , Dieu
des batailles du champ Vitau ; et ainsi s'offrant à
luy en sacrifice , attaquer le Caualier auec vne
deliberation ou de vaincre ou de mourir , en se
voüant tous pour la deffence de leur Roy , puis
qu'il estoit encore en bas aage , et qu'ils luy
auoient tous faict hommage et presté serment
de luy estre bons et fideles subiects. Cette resolution prise que la Royne et tous les autres ap-
prenuerent pour la meilleure et pour la plus
asseurée , en vn temps auquel toutes choses leur
manquoient , pour mieux s'y fortifier ils promi-
rent tous de l'accomplir de cette sorte par vn serment solemnel qu'ils en firent ; il ne fut plus question que de voir de quelle façon l'on se deuoit
gouuerner en cette affaire. Mais auparauant que
passer outre ils firent Cappitaine de ces soldats
aguerris et determinez vn oncle de la Royne appellé *Manica votau*, lequel ayant faict assembler
tous les cinq mille hommes qu'il y auoit dans la
ville ; cette mesme nuict sur le premier quart de
la veille , il fit vne sortie par les deux portes qui
estoient les plus proches de ce caualier , ou de
cette terrasse. Ainsi tous ioincts ensemble et resolus de mourir , comme faisant courage du deses-

poir, ils combattirent si vaillamment, qu'en moins
d'vne heure le camp se diuisa en plus de cent
endroicts, la terrasse fut gaignée, les huictante
pieces de canon prises, le Roy blessé, la palissade bruslée, les tranchées rompuës, et le Xenimbrum General du Camp mis à mort auec plus
de quinze mille hommes, parmy lesquels estoient compris six cent Turcs. Auec cela il y eust
quarante Elephants pris, sans y comprendre ceux
qui y furent tuez, et huict cent Bramas faicts
prisonniers; de maniere que ces cinq mille determinez firent vne chose de laquelle autres cent
mille soldats des plus vaillans eussent peu venir à
bout difficilement. Apres cela ils firent retraicte
vne heure auant le iour, et par leur reueuë ils
treuuerent que de cinq mille qu'ils estoient, il
n'y en auoit eu que sept cent de tuez. Ce mauuais
succes aigrit tellement le courage du Roy Bramaa,
et lui fit un affront si sensible, qu'en attribuant
la cause à la nonchalance de quelques-vns de
ses Cappitaines pour auoir mal gardé la terrasse;
ce mesme iour il fit trancher la teste à plus de
deux mille Pegus qui estoient ceux qu'on y auoit
mis en sentinelle. Cette aduenture rendit les affaires paisibles par l'espace de douze iours, durant lesquels les assiegeans ne branslerent point.
Pendant ce temps-là vn Cappitaine des quatre
principaux de la ville, nommé *Xemim Meleytay*.

craignant ce que tous les autres apprehendoient
generalement, à sçauoir, de ne pouuoir eschapper de tomber entre les mains d'vn si cruel ennemy qui les tenoit assiegez, traitta secrettement
auec luy, à condition qu'il le laisseroit en toute
liberté dans sa charge, et ne toucheroit à la maison de pas vn de ses amis, adioustant à cela,
qu'il le feroit Xemin de Ansedaa au Royaume de
Pegu, auec tout le reuenu qu'y auoit eu le
Bainhaa de Malacou, qui estoit de trente mille
ducats, moyennant quoy il luy liureroit la ville
et luy en donneroit l'entrée par la porte à laquelle
il commandoit. Le Roy Bramaa accepta toutes
ces conditions, et pour vn gage de cette verité
il luy envoya vne riche bague qu'il auoit à son
doigt. Cette trahison estant concluë elle s'effec-
tua le vingt-troisiesme d'Aoust, à trois heures
apres minuict, qui estoit la veille de sainct Barthelemy en l'année 1545. En quoy ce Tyran
Bramaa se porta auec toute la barbarie et la
cruauté qu'il auoit accoustumé d'exercer en semblables choses. Et pource qu'il me semble que
ce ne seroit iamais faict de raconter ici tout au long
de quelle façon cette affaire se passa, ie n'en diray
autre chose, sinon que la porte fut ouuerte, la
ville liurée, les habitans tous taillez en pieces, sans
pardonner à pas vn, le Roy, la Royne faicts prisonniers, leurs thresors pris, les edifices et les

Temples demolis, et plusieurs autres inhumani-
tez exercées auec vne felonie, dont la creance
va par dessus l'imagination et la pensée des
hommes; et sans mentir ie ne me represente iamais de quelle façon cela se passa, que pour l'auoir
veu de mes propres yeux, ie n'en demeure comme
pasmé et hors de moy-mesme. Car comme ce
Tyran estoit touché bien auant dans l'ame, de
l'affront receu n'agueres, toutes les cruautez qu'il
se pust imaginer, il les exerça contre ces miserables habitans, pour se vanger de la mauuaise
fortune qu'il auoit euë durant ce siege; ce qui
ne put proceder d'ailleurs, que d'vne lascheté
de courage et d'vne basse extraction; car il arriue
ordinairement que la barbarie treuue lieu parmy
telles gens, plustost qu'entre les cœurs genereux
et vaillans, A quoy l'on peut adiouster que c'estoit vn homme sans foy, et d'vn naturel effeminé;
quoyque neantmoins il fust ennemy des femmes,
encore qu'en ce Royaume et en tous les autres
dont il estoit Seigneur, il y en eust de fort blanches et de fort belles. Apres la sanglante ruyne
de cette miserable ville, le Tyran y entra dedans auec vne grande pompe et comme en triomphe, par vne bresche qu'on fit à ce dessein à la
muraille, et par son expres commandement.
Comme il fut arriué au Palais du ieune Roy il se
fit couronner Roy de Prom. Et durant la cere-

monie de ce couronnement il fit tousiours tenir à
genoux deuant luy ce pauure Prince qu'il auoit
priué de son Royaume : Mesme comme s'il eust
adoré quelque Dieu, il leuoit les mains en haut,
et de fois à autre on luy faisoit baisser la teste
iusques en terre, et baiser les pieds du Tyran,
qui cependant feignoit de n'en estre pas consen-
tant. Cela faict, il se mit sur vn balcon qui regardoit dans vne grande place, où il commanda
qu'on eust à porter tous les enfans morts qui gi-
soient de part et d'autre parmy les rues, et alors
il les fit hacher par menus morceaux, et ainsi
meslez parmy du son, du riz, et des herbes, il
commanda qu'on les donnast à manger à ses
Elephans. En suitte de cela par vne autre sorte
de ceremonie bien estrange, au son de plusieurs
tambours et autres tels instrumens, on y amena
plus de cent cheuaux tous chargez de quartiers
d'hommes et de femmes qu'il fit aussi coupper
bien menu, et commanda tout incontinent qu'on
iettast le tout dans vn grand feu qui fut allumé
expres. Comme ces choses furent faictes on luy
amena la Royne, femme de ce pauure petit Roy,
qui comme i'ay dict, n'auoit que treize ans, et
elle trente-six, femme fort blanche, de bonne
mine, tante de son propre mary, sœur de sa
mere, et fille du Roy d'Auaa, qui est le païs
d'où les Rubis, les Saphirs, et les Esmeraudes

viennent à Pegu ; et c'estoit cette mesme Royne
que ce Bramaa auoit enuoyé demander pour
femme à son pere, selon ce qu'on en disoit alors;
dequoy il luy auoit faict refus, disant pour response à l'Ambassadeur, Que la pensée de sa fille
s'esleuoit à vn degré bien plus haut qu'à estre
femme du Xemim de Tanguu, qui estoit la famille d'où estoit sorty ce Tyran : Mais maintenant qu'elle luy estoit tombée entre les mains
comme son esclaue, soit qu'il la traictast ainsi,
ou par vne maniere de mespris, ou pour se vanger de l'affront qu'il en auoit receu, tant y a
qu'il la fit despouiller publiquement toute nuë,
et deschirer à coups de foüets. Apres cet affront
il voulut qu'elle fust menée par toute la ville, où
parmy les huées et les cris des gens de peu, il
l'exposa à d'autres cruels supplices dont elle fut
tourmentée, iusqu'à ce qu'elle rendist l'esprit.
Comme elle fut morte il la fit attacher auec le
petit Roy son mary, qui estoit encor viuant; et
ayant commandé qu'on leur mist à tous deux
vne pierre au col, ils furent iettez ensemble à val
la riuiere ; ce qui fut vne maniere de cruauté fort
effroyable à ceux qui la virent. A ces barbaries il
en adiousta plusieurs autres si inhumaines, que
possible autre que luy n'en auoit imaginé de semblables. Pour conclusion de ces cruautez, le lendemain qui fut le iour de Sainct Barthelemy, il

fit empaler tous les Gentils-hommes qui y furent
pris en vie, et qui estoient quelques trois cent
de nombre, qui furent encore iettez dans la riuiere, ainsi embrochez comme des cochons de
laict ; par où l'on peut voir comme ce Tyran
exerça des iniustices si grandes et si nouuelles en
la personne de ces miserables, que tous nous
autres Portugais en demeurasmes confus et hors
de nous-mesmes.

CHAPITRE CLVI.

Comme le Roy de Bramaa s'en alla assieger la ville de
Meleytay, où estoit le Prince d'Auaa auec trente mille
hommes.

Il y auoit bien quatorze iours que ces choses
s'estoient passées, durant lesquels ce Tyran s'oc-
cupa tousiours à fortifier la ville auec beaucoup
de diligence et de soin, lors que par le moyen
des espions qu'il auoit enuoyé deuant, des nouuelles certaines iuy vindrent, Que de la ville
d'Auaa estoit partie à val la riuiere de Quetor vne
armée de quatre cent voiles de rames, où il y
auoit trente mille hommes Siamois, sans y com-

prendre les gens de chourme ; de laquelle armée
estoit General vn fils du Roy d'Auaa, frere de la
pauure Royne ; car ce frere ayant eu aduis de la
prise de la ville de Prom , ensemble de la mort
de sa sœur et de son beau-frere , s'alla loger à la
forteresse de Meleytay , qui estoit à douze lieuës
de Prom à mont la riuiere. Cette nouuelle estonna
si fort le Tyran , qu'il fallut de necessité que luy-
mesme s'en allast contre ses ennemis, deuant
que d'autres gens de secours le vinssent ioindre,
comme on luy auoit dict. En effect qu'il en venoit quelques huictante mille tous Mons de nation , et qui auoient pour leur General le Roy
d'Auaa. Auec cette resolution le Tyran Bramaa
s'en alla tout incontinent en queste apres ses ennemis qui estoient à Meleytay , amenant auec luy
vne armée de trois cent mille hommes, à sçauoir deux cent mille par terre le long de la riuiere, desquels estoit le General le Chaumigrem
son frere de laict, et les autres cent mille sous
sa conduicte, tous gens choisis, et qu'il fit embarquer dans quelques deux mille Seroos. Comme
il fut à la veuë de Meleytay, les Auaas voulant
monstrer que la resolution auec laquelle ils
estoient là venus, faisoit en eux vne impression
beaucoup plus grande que n'estoit la crainte qu'ils
auoient, et apprehendant d'vn autre costé que les
ennemis n'inuestissent son armée qu'ils auoient

sur la riuiere, ce qui leur eust esté vn grand affront, ils mirent le feu à tous leurs vaisseaux, et
ainsi auec ie ne sçay quelle vanité brutale ils se
resolurent de venger l'iniure qui estoit faicte à
leur Roy. Pour cet effect sans se representer ce
que la chair redoute le plus naturellement, ils
se mirent tous en campagne, et se rangerent en
quatre bataillons, en trois desquels dont chascun
faisoit dix mille hommes, estoient les trente
mille Mons, en l'autre vn peu plus gros toute la
chourme de rame des quatre cent voiles qu'ils
auoient bruslées. Ils mirent ceux-cy à l'auant-
garde, en intention de lasser les ennemis, contre
lesquels ils firent vne cruelle escarmouche qui
dura bien demie heure, en laquelle la pluspart
de ces gens de chourme furent mis en pieces.
Incontinent apres ceux-cy se presenterent les
trente mille Mons tous serrez en peloton, et rangez en trois bataillons qui attaquerent les ennemis auec vne violence tres-grande. Or pource
qu'alors ils les treuuerent lassez, à cause qu'ils venoient de se battre contre les gens de la chourme;
ioinct qu'il y en auoit desia plusieurs de morts et
beaucoup de blessez, et que le combat fut parmy
eux si cruel et si extraordinaire, que pour ne
m'arrester icy à deduire en particulier les choses
qui s'y passerent, d'autant qu'elles pourroient
sembler douteuses à quelques-vns, il me suffira

de dire que des trente mille Mons il n'en eschappa
que huict cent, lesquels tous blessez qu'ils
estoient, et mis en desroute, firent retraicte en
la forteresse de Meleytay; en quoy ce qu'il y
eut de memorable fut, que des deux cent mille
hommes du Roy de Bramaa, il en demeura dans
le champ de bataille cent quinze mille de morts, et
tous les autres presque blessez. Voyla cependant
que le Tyran Bramaa qui venoit le long de la riuiere dans les deux mille Seroos, arriua au lieu
où la bataille s'estoit donnée. Alors voyant l'estrange massacre que les Mons auoient faict des
siens, il en demeura tout esperdu et comme hors
de soy-mesme; de maniere que s'estant desem-
barqué il mit incontinent le siege deuant la forteresse, en intention à ce qu'il disoit, de prendre
tous en vie les huict cent soldats qui estoient dedans. Ce siege continua sept iours entiers, durant
lesquels ceux de dedans luy donnerent cinq assauts, et les assiegez se deffendirent tousiours
vaillamment; neantmoins voyant que la derniere
heure de leur vie estoit venuë, et qu'ils ne pouuoient tenir plus long-temps cette place pour le
Roy comme ils se l'estoient faict accroire, à cause
des gens de secours que le Roy de Bramaa auoit
amenez, comme courageux qu'ils estoient, ils se
resolurent de mourir au champ de bataille, comme
auoient faict leurs compagnons, et venger coura-

geusement leur mort par celle de leurs ennemis,
à quoy ils se portoient d'autant plus volontiers
qu'ils voyoient bien que s'ils demeuroient tousiours dans la place ils ne pourroient iamais se seruir
de leur valeur comme ils desiroient, pource que
l'artillerie du Bramaa les consommoit peu à peu :
cette resolution prise ils firent vne sortie à la faueur d'vne nuict grandement obscure et fort plu-
uieuse. D'abord ils donnerent dans les deux premiers corps de garde qui estoient du costé de
terre, et y taillerent autant de gens en piece qu'ils
en rencontrerent. Suiuant leur dessein ils passerent outre en hommes determinez et que le desespoir aueugloit ; et soit qu'ils le fissent ou pour
monstrer qu'ils ne se soucioient point de la mort
qui les menaçoit, ou pour vn desir de gaigner de
l'honneur, où il n'y alloit que de la perte de la
vie, tant y a qu'ils se comporterent si vaillamment, et seeurent ioindre le Tyran de si prez,
qu'ils le contraignirent de se ietter dans la riuiere
pour se sauuer à la nage, tellement que tout le
camp fut presque mis en desroute, et separé en
plus de cent endroicts, auec la mort de plus de
douze mille hommes, entre lesquels il y auoit
quinze cent Bramaas, deux mille estrangers de
diuerses nations, et les autres tous Pegus. Ce
combat ne dura pas dauantage d'vn quart d'heure,
durant lequel les huict cens Mons furent tous de-

faicts, sans que pas vn d'eux se voulust rendre à
composition. Alors le Tyran Bramaa voyant le
combat finy, et toutes choses paisibles, se mit à
r'assembler ses gens, et ainsi il entra dans la forteresse de Meleytay, où il fit incontinent trancher
la teste au Xemin, disant qu'il estoit la seule cause
de ce desastre, et que celuy qui auoit esté traistre
à son Roy ne pouuoit pas luy estre beaucoup fidel
à luy-mesme, et voyla quelle fut la recompence
que luy fit ce Tyran pour luy auoir liuré la ville
de Prom, ce que toutesfois luy appartint bien
pour le punir de sa perfidie qui l'auoit porté à liurer son Roy, et son païs mesme au pouuoir de
ses ennemis. Ces choses executées l'on se mit à
panser les blessez dont il y en auoit vn grand
nombre.

CHAPITRE CLVII.

De ce qui aduint au Roy Bramaa iusqu'à son arriuée en
la ville d'Auaa, et des choses qui s'y passerent.

Nous passasmes toute cette nuict auec beaucoup d'apprehension, et fismes tousiours bon
guet. Le lendemain si tost qu'il fut iour la pre-

miere chose qu'on fit fut d'oster les morts qui
estoient dans le camp en si grand nombre qu'on
en voyoit la terre toute couuerte. Apres cela nous
fismes reueuë de tous ceux qui auoient esté tuez,
tant en l'vn qu'en l'autre party, et treuuasmes
que du costé du Bramaa il y en auoit cent vingt-
huict mille, et de celuy du Prince fils du Roy
d'Auaa, quarante et deux mille, où estoient compris les trente mille Mons de secours. Cela faict,
apres que le Tyran Bramaa eut fortifié la ville de
Prom, ensemble le Fort de Meleytay, et qu'il
eust faict faire deux autres forts sur le bord de
la riuiere es lieux qu'il iugea plus importans à la
seureté de ce Royaume, il partit amont la riuiere
de Queitor en mille Seroos de rame, dans lesquels
estoient embarquez septante mille hommes. En
ce partement son intention estoit de s'en aller en
personne espier le Royaume d'Auaa, et se monstrer la ville pour en considerer les forces, et iuger par là combien de gens de guerre il y falloit
mener pour la prendre. Ainsi il marcha par l'espace de vingt-huict iours, et passa pendant ce
temps-là par de fort beaux lieux qui dans le
Royaume de Chaleu et de Iacuçalaon estoient sur
le bord de l'eau. A la fin il arriua à la ville d'Auaa,
le troisiesme iour d'Octobre de cette mesme année mil cinq cent quarante-cinq. S'estant rendu
sur le port il y demeura treize iours, et brusla

durant ce temps-là deux ou trois mille vaisseaux
de seruice qu'il y treuua. Dauantage il mit encore le feu à quelques villages d'alentour; ce qui
ne luy cousta pas si peu qu'il ne perdist en tous
ces degasts 8000 des siens, parmy lesquels il y
auoit 62 Portugais : y estant arriuez nous treuuasmes que toutes choses y estoient fort bien pour-
ueuës. D'ailleurs auec ce que cette ville estoit
bonne, tant pour sa situation, que pour les for-
tifications qu'on y auoit faictes, il y auoit dedans
vingt mille Mons, qu'on disoit estre venus depuis
cinq iours des montagnes de Pondaleu, où le
Roy d'Auaa, auec la permission du Siamon Empereur de cette Monarchie s'en alloit faisant des
leuées de plus de huictante mille hommes, pour
s'en aller regaigner la ville de Prom : car si tost
que ce Roy eut des nouuelles certaines de la
mort de sa fille et de son gendre, arriuée comme
i'ay dit cy-deuant, voyant qu'il n'estoit pas assez
fort de soy pour se reuancher des offences que
ce Tyran luy auoit faictes, et se mettre à couuert de celles qu'il apprehendoit de receuoir à
l'aduenir, qui estoit la prise de son Royaume,
comme il en auoit esté menacé quelquesfois, il
s'en alla en personne auec sa femme et ses enfans se ietter aux pieds de Siamon, et luy rendant compte des grands affronts qu'il auoit receus, et de ce qui estoit de son intention, il se

fit son tributaire de soixante mille bisses par an ,
qui valent trois cent mille ducats de nostre monnoye, et d'vne guenta de rubis, qui est vne mesure comme pourroit estre vne pinte, pour en
faire vne enseigne de pierrerie à sa femme, duquel tribut l'on tient qu'il luy aduança le payement pour dix ans, sans y comprendre beaucoup
d'autres pieces de pierrerie et de vaisselle fort riche, dont il luy fit present, estimées plus de deux
millions; pour recompense dequoy Siamon s'obligea de le prendre en sa sauuegarde, mesme de
marcher en campagne pour luy toutes les fois
qu'il en seroit besoin, et de le restablir en vn an
dans le Royaume de Prom, tellement que pour
cet effect il luy donna ces mesmes trente mille
hommes de secours que le Bramaa auoit defaicts
à Meleytay, ensemble les vingt mille qui estoient
en cette ville, et les huictante mille qu'ils attendoient, desquels le mesme Roy d'Auaa estoit General. Le Tyran en ayant eu aduis, et apprehendant que cecy plustost que toute autre chose
qu'il pouuoit craindre, ne fust cause de sa perte,
se mit incontinent à fortifier la ville de Prom
auec beaucoup plus de soing et de diligence qu'il
n'auoit faict auparauant; neantmoins deuant que
partir de cette riuiere où il estoit à l'ancre, qui
pouuoit estre à vne lieuë de la ville d'Auaa, il enuoya son Thresorier nommé *Diocoray* (en la puis-

sance duquel i'ay dict cy-deuant qu'on nous auoit
arresté prisonniers huict Portugais que nous
estions) pour Ambassadeur au Calaminhan Prince
grandement puissant, qui demeure dans le milieu
de cette contrée en vne grande distance de païs,
de qui ie diray quelque chose quand ie viendray
à parler de luy. Le subiect de cette ambassade
estoit de le faire son frere d'armes par vne ligue
et contract de nouuelle amitié, s'offrant pour cet
effect à luy donner vne certaine quantité d'or, et
de pierrerie, et mesme à luy rendre certaines
terres frontieres de son Royaume, à condition
qu'au Printemps suiuant il tiendroit en guerre le
Siamon pour l'empescher de secourir le Roy
d'Auaa, et qu'ainsi il luy donneroit moyen de
prendre plus facilement cette ville, sans que le
secours qu'il apprehendoit si fort, luy seruist
d'obstacle à son dessein. Cet Ambassadeur partit
donc à mesme temps apres s'estre embarqué dans
vne Laulee suiuie de douze Seroos, où il y auoit
trois cent hommes de seruice et de sa garde, sans
y comprendre ceux de la chourme dont le nombre n'estoit pas moindre ou peu s'en falloit. Les
presens qu'il se chargea de porter au Calaminhan
estoient fort grands, et consistoient en plusieurs
riches pieces, tant d'or que de pierrerie, et sur
tout en vn harnois d'elephant qui, à ce que l'on disoit, valoit quelques six cent mille ducats ; et te-

noit-on que tous ces presens ioincts ensemble se
montoient à vn million d'or. A ce partement,
entre les autres faueurs que le Roy de Bramaa fit
à son Ambassadeur, celle-cy ne fut pas des moindres pour nous, de nous donner à luy tous huict
que nous estions, pour estre comme ses esclaues
à l'aduenir. Nous ayant donc bien vestus et pourueus à suffisance de tout ce qui nous estoit necessaire, il nous tesmoigna d'estre fort content
de nous mener auec luy en ce voyage, et tousiours depuis il fit beaucoup plus de compte de
nous que de tous les autres qui le suiuoient.

CHAPITRE CLVIII.

Du chemin que nous fismes iusqu'à ce que nous arriuasmes au Temple, ou au Pagode de Tinagoogoo.

Il me semble à propos, et conforme aux choses
dont ie vay traictant, de m'esloigner vn peu maintenant de ce Tyran Bramaa, auquel ie reuien-
dray quand il en sera temps, pour traicter icy
du chemin que nous fismes pour nous en aller à
la ville de Timplan, capitale de l'Empire du *Calaminhan,* qui signifie, *Seigneur du monde,* pour-

ce qu'en leur langue Cala veut dire Seigneur, et
Minhan monde. C'est aussi ce mesme Prince qui
se faict nommer autrement, Seigneur absolu de
l'indomptable force des Elephans de la terre.
Aussi, à n'en point mentir, ie ne pense pas qu'en
tout le monde il y ait vn plus grand Seigneur que
celuy-cy, comme ie diray cy-apres. Cet Ambassadeur estant donc party d'Auaa au mois d'Octobre de l'année mil cinq cent quarante - cinq,
prit sa route amont la riuiere de Queitor, tournant
la prouë à l'Oüest-sud-est, et en quelques endroicts
du costé de l'Est à cause des tours que faisoit la
descente de l'eau. Ainsi par cette diuersité de
rhombes nous continuasmes nostre voyage sept
iours durant, à la fin desquels nous arriuasmes à
vn canal, appellé Guampanoo, par lequel le Ro-
bamo qui estoit nostre Pilote, prit sa route pour
se destourner du païs de Siamon ; dequoy il auoit
vn expres ordre du Roy. Nous arriuasmes quelque temps apres à vne grande ville appellée Ga-
talday, où cet Ambassadeur s'arresta trois iours
pour s'y pourueoir de quelques choses necessaires à son voyage. Estant party de ce lieu nous
continuasmes d'aller amont ce canal, encore onze
iours, durant lesquels nous ne rencontrasmes et ne
vismes aucun lieu qui ne fust remarquable, sinon
de petits villages, dont les maisons estoient couuertes de chaume, et peuplées de gens fort pau-

ures, ce qui n'empeschoit pas qu'à la campagne
il n'y eust quantité de bestail qui nous sembloit
n'auoir point de maistre; car nous en tuons par
iour vingt et trente à la veuë de ceux du païs,
sans que personne s'en formalisast. Au contraire
ils nous les amenerent de courtoisie, comme s'ils
eussent esté bien aises de nous les voir tuer. Au
sortir de çe canal de Guampanoo nous entrasmes
en vne fort grande riuiere qui s'appelloit *Ange-
gumaa*, de plus de trois lieuës de largeur, et qui
auoit en certains endroicts plus de six vingt
brasses de fonds, auec des courans si impetueux,
qu'ils nous esloignoient bien souuent de nostre
route. Nous costoyasmes cette riuiere plus de
sept iours, et arriuasmes en fin à vne petite ville
bien close et qui s'appelloit Gumbin, au Royaume
de Iangomaa, enuironnée du costé du pais en distance de cinq ou six lieuës, de forests de Ben-
ioim, ensemble de plaines de lacre dont on traf-
fiquoit d'ordinaire à Martabane, et y chargeoit-
on aussi plusieurs vaisseaux pour transporter ces
marchandises en diuerses contrées des Indes, au
destroict de la Mecque, à Alcocer et à Iudaa. Il y
a encore en cette ville quantité de musc beaucoup
meilleur que celuy de la Chine que l'on porte de
mesme à Martabane et à Pegu, où ceux de nostre
nation en acheptent aussi pour en traffiquer à Narsingue, Orixaa, et à Masulepatan. Les femmes de

ce païs sont toutes fort blanches et de bonne
mine. Elles s'habillent d'estoffes de soye et de
cotton, portent des chaisnons d'or et d'argent
aux pieds, et de gros carquans au col. La terre y
est de soy grandement fertile en bleds, en riz,
en bestail, et sur tout en mil, en sucre, et en cire.
Cette ville auec le païs d'alentour a dix lieuës de
circuit, rend tous les ans au Roy de Iangomaa
soixante mille alcas d'or, qui sont sept cent huict
mille ducats de nostre monnoye. De là nous costoyasmes la riuiere vers le Sud, par l'espace de
plus de sept iours, et arriuasmes à vne grande
ville nommée Catammas, qui en nostre langue
signifie *escreuisse d'or*, du domaine de Raudinaa
de Tinbau, second fils du Calaminhan, qui est
comme pourroit estre en France le Duc d'Orleans.
Le Naugator de cette ville receut fort bien cet
Ambassadeur, et luy enuoya plusieurs sortes de
rafraischissemens pour tous les siens; ioinct qu'il
luy donna aduis que le Calaminhan estoit en la
ville de Timplan. Nous partismes de ce lieu vn
Dimanche matin, et le iour d'apres enuiron le
soir nous en allasmes à vne forteresse appellée
Campalagor, bastie au milieu de la riuiere en
forme d'Isle, dessus vn pont de rocher, et enuironnée de bonne pierre de taille auec trois boulleuarts et deux tours de sept estages, où l'on dict
à l'Ambassadeur, qu'estoit vn des vingt-quatre

thresors qu'auoit le Calaminhan en ce Royaume,
dont la pluspart consistoit en lingots d'argent, du
poids de six mille caudins, qui sont vingt-quatre
mille quintaux; et disoit-on que tout cet argent
estoit enseuely en des puits sous terre. Apres cela
nous continuasmes tousiours nostre route par l'espace de treize iours, pendant lesquels nous vismes
aux deux costez de la riuiere plusieurs fort beaux
lieux, dont la pluspart deuoient estre des villes
fort riches, et le surplus consistoit en bois de
haute fustaye, sans y comprendre plusieurs iardins, et des grandes plaines de bleds où se voyoit
encore quantité de bestail, ensemble plusieurs
cerfs, chamois, et rhinocerots, sous la garde de
certains hommes à cheual qui les faisoient paistre.
Sur la riuiere il y auoit vn grand nombre de vaisseaux de rames, où se vendoient en grande abondance toutes les choses que la terre produit, desquelles il a plu à Dieu enrichir ces contrées plus
que tout autre païs du monde. Or d'autant que
l'Ambassadeur tomba là malade d'vne apostume
qui se fit en son estomach, on luy conseilla de
ne point passer outre qu'il ne fust guery; tellement qu'il resolut auec quelques-vns des siens
de s'aller faire panser à vn fameux Hospital qui
estoit à douze lieuës de là, dans vn Pagode nommé
Tinagoogoo, qui signifie, *Dieu de mille Dieux*, et
estant party à mesme temps il y arriua vn Samedy
enuiron la nuict.

CHAPITRE CLIX.

De la situation et du bastiment de ce Pagode de Tinagoogoo, ensemble du grand nombre de gens qui s'y rendent.

L'AMBASSADEUR ayant mis pied à terre, fut mené le iour d'apres à vn Hospital appellé Chipano-
can, où les grands Seigneurs se faisoient traicter
quand ils estoient malades, et où il y auoit quarante-deux corps de logis fort nets et fort propres, en l'vn desquels il fut mis par l'expres mandement du *Puitalcu*, qui estoit comme Gouuerneur de l'Hospital. Là on eut soing qu'il ne luy
manquast aucune chose, et qu'il fust pourueu en
abondance de tout ce qui luy estoit necessaire.
l'obmets les senteurs, la netteté, le soin de seruir, les vaisselles, les robes, les viandes exquises,
les delicatesses, et tous les passe-temps qu'on
pourroit s'imaginer, qui se donnoient là auec
tant de perfection et de curiosité, qu'il n'y auoit
rien à desirer. Là mesme le venoient voir deux
fois le iour des femmes grandement belles, qui
chantoient au son des instrumens de musique, et

luy representoient à certaines heures des farces
de grand appareil, et fort recreatines. Or pour
ne m'amuser à raconter icy tout du long le grand
nombre des choses que ie pourrois dire sur ce
subiect, i'en passeray plusieurs sous silence, desquelles, d'autres personnes qui le sçauroient
mieux dire que moy, feroient possible beaucoup
d'estime. Vingt et huiet iours apres que nous
fusmes arriuez là, à la fin desquels l'Ambassadeur
acheua de se guerir, nous partismes pour nous en
aller en vne ville appellée *Meidur,* douze lieuës
plus auant à mont la riuiere d'Angeguma; mais
pour n'estre point blasmable en ne m'acquittant
pas de la promesse que i'ay faicte cy-deuant, de
parler de ce Pagode de Tinagoogoo, ie laisse
maintenant faire son chemin à l'Ambassadeur, et
m'en retourne au Pagode, affin que de tant de choses
que nous y vismes, i'en die succinctement quelqu'vne pour monstrer le peu que nous autres
Chrestiens faisons pour nous sauuer, à comparaison du beaucoup que font ces malheureux pour
se perdre. Durant les 28 iours qu'employa l'Ambassadeur à se faire guerir, comme nous autres
neuf Portugais qui le suiuions, ne sçauions que
faire non plus que tous les autres, ny à quoy
employer le temps, nous le passions à diuerses
choses, selon ce à quoy chascun de nous se plaisoit le plus; car pour cet effect nous ne manquions

point de commoditez. Ainsi les vns s'employoient
à la chasse de cerfs et de sangliers, dont il y en
a beaucoup en ce païs, les autres à poursuiure des
Tygres, des Rhinocerots, des Onces, des Zevres,
des Lyons, des Buffles, des Vaches sauuages, et
à telles autres diuersitez dont nous n'auons point
ouy parler en nostre Europe; de maniere que les
plus aspres à la chasse s'en alloient tousiours au
bois, et les autres à la campagne où ils s'amusoient
à giboyer des canards, des oyes, et semblables
oyseaux; les autres s'addonnoient à la haute volerie, auec des vautours, et des faucons; et quelques-vns s'en alloient à la riuiere, où ils s'amusoient à pescher des truittes, des bogues, des
meusniers, des muges, des soles, et tout plein
d'autres poissons, dont il y en a de plusieurs
sortes dans toutes les riuieres de cet Empire. Par
mesme moyen nous employons aussi le temps,
ores en vne chose, et tantost en l'autre; et il est
vray que ce à quoy nous addonnions le plus,
c'estoit à voir, à ouyr, et à nous enquerir des
loix du païs, ensemble des Pagodes et des sacrifices que nous y voyons faire auec beaucoup de
crainte et d'effroy. Neantmoins ie n'en feray point
icy relation que de cinq ou six seulement, comme
i'ay faict des autres, pource qu'il me semble que
ceux-cy suffiront pour tirer des consequences de
celles desquelles ie ne traicte point. Ie diray

donc qu'vn de ces sacrifices se fit au iour de la
nouuelle Lune de Decembre, à sçauoir au neuf-
niesme du mois, qui est le iour auquel ces peuples aueugles ont accoustumé de celebrer vne
feste, que ceux du païs appellent *Massunteriuoo*,
ceux du Iappon *Forioo*, les Chinois *Maneioo*, les
Lequiens *Champas*, et les Cauchins *Ampitalor*,
les Siammes, Bramas, Pafuas, et Sacolays *San-*
saporau; de maniere qu'encore que pour la diuersité de ces langages tous ces noms soient differens, si est-ce qu'en nostre langue ils ne laissent
pas de signifier vne mesme chose, à sçauoir la
memoire de tous les morts. Ce fut donc cette
feste que nous vismes celebrer icy, auec de si
grandes diuersitez de choses que nous n'auions
iamais pensé, que ie ne sçay par où commencer;
pource que la seule imagination de cecy meslée
à l'aueuglement de ces miserables, dans le mespris qu'ils font de l'honneur de Dieu, suffit pour
faire demeurer vn homme muet. Car en ce lieu-
là accourent à la foule des gens de toutes les nations de ces contrées, et le nombre en est finy;
ioinct qu'ils s'en viennent à vne foire qui se faict
durant cette feste, laquelle dure quinze iours, qui
sont ceux de la Lune nouuelle, iusques à ce
qu'elle soit pleine. En cette foire se vendent
toutes les choses que la nature a creées sur mer
et sur terre, et ce en vn si haut degré d'abon-

dance, qu'il n'y a point d'espece de choses dont
il n'y en ait dix, douze, quinze et vingt ruës de
maisons ou de cabanes, ou de tentes si longues,
qu'on les perd presque de veuë. Toutes lesquelles ruës sont pleines de marchands grandement riches, sans y comprendre vne infinité
d'autres gens qui se logent le long d'vne grande
riuiere, qui a plus de deux lieuës de largeur, et
qui est pleine d'arbres de toutes les façons,
comme de noyers, chastaigniers, palmiers; ensemble des cocos et des dattes, dont chascun
prend à sa volonté, pource que tout cela appartient à ce Pagode. Le temple de cette Idole est vn
fort somptueux edifice, situé au milieu de cette
campagne en vne colline toute ronde, qui a plus
de demie lieuë de circuit. Elle est toute escarpée
au picq, de la hauteur de quinze brasses, et de
là en haut il y a vne muraille de pierre de taille
de quelques trois brasses, auec ses boulleuarts,
ses donions, et ses tours à la façon des nostres.
Dans l'enclos de ces murailles il y a vn terreplein, faict au niueau, auec les creneaux de la
portée d'vn iect de pierre en largeur, et qui de
mesme que la muraille s'estend tout à l'entour de
la colline, si bien qu'on le prendroit pour vne
galerie à le voir. Là il y a tout du long cent
soixante Hospitaux, en chascun desquels se
voyent plus de trois cent maisons fort basses, et

grandement nettes et propres, où sont receus les
pelerins, Faucatons et Daroezes qui s'y en viennent par trouppes, comme font les Egyptiens en
nostre Europe, auec leurs Cappitaines, chasque
compagnie desquels est de deux ou trois mille
personnes, les vnes plus et les autres moins, selon que les Royaumes dont ils viennent sont proches ou esloignez; ioinct que l'on cognoist de
quelle contrée ils sont natifs, par les deuises qu'ils
portent en leur banniere. Depuis le bas iusques
en haut il est tout enuironné de Cedres et de
Cypres, où coulent aussi plusieurs fontaines de
fort bonne eau; et au plus haut de cette colline
presqu'à vn quart de lieuë de circuit, il y a trois
ou quatre Couuens, et en iceux des Temples
fort somptueux et fort riches, à sçauoir douze
d'hommes, et autant de femmes, en chascun
desquels à ce qu'on nous asseura, il y auoit bien
cinq cent personnes. Au milieu de ces vingt-
quatre Monasteres il y a vn iardin enuironné de
trois enclos de balustres de laiton, auec des arcades de dix en dix brasses, ouuragées de mas-
sonnerie fort riche, où se voyent encore des clochers tous dorez, auec quantité de clochettes
d'argent qui sonnent continuellement par le
mouuement de l'air. Cette Chappelle de l'Idole
Tinagoogoo, qui est le Dieu de mille Dieux, est
à vne custode ronde, qui depuis le bas iusques au

haut est doublée de plaques d'argent, et là mesme
il y a quantité de flambeaux de ce metail; ce
monstre duquel nous ne pusmes iuger s'il estoit
d'or, de bois, ou de cuiure doré, se voyoit tout
debout auec les mains leuées au Ciel, et vne riche couronne sur la teste. Tout à l'entour de luy
il y auoit plusieurs autres petites Idoles aussi à genoux, et qui le regardoient toutes estonnées. En
bas estoient deux hommes faicts de bronze, et
en façon de Geans, de trente-sept empans de hauteur, et qui estoient extresmement laids et difformes, et ils les tenoient pour estre les Dieux des
douze mois de l'année. Hors de cette maison paroissoient encore cent quarante geans, qui rangez
en deux files s'enfermoient tout en rond, et
estoient faicts de fer fondu, tenant des hallebardes
en main, comme s'ils eussent esté en garde de cet
edifice. Entre les vns et les autres estoient penduës plusieurs cloches de metail, attachées à des
verges de fer fort grosses; tellement que toutes
les merueilles de cet edifice ioinctes ensemble,
le faisoient paroistre auec tant d'appareil, qu'y
iettant la veuë on n'en pouuoit assez estimer la
richesse et la somptuosité. Or laissant à part pour
maintenant la relation que ie pourrois faire des
bastimens de ce Pagode, à cause que ce que i'en
ay dict me semble suffire pour donner à cognoistre
le reste, ie traicteray icy des sacrifices que nous y

vismes faire au iour de la feste qu'ils appellent *Xipatilau*, qui signifie, *Rafraischissement des gens de bien.*

~~~~~~

CHAPITRE CLX.

De la grande et somptueuse Procession qui se faict en ce Pagode, et de ses sacrifices.

COMME cette feste de ces Gentils, ensemble la foire qui se faisoit durant icelle, duroient toutes deux quinze iours, auec vn amas d'vne infinité de marchands et de pelerins qui accouroient de toutes parts, ainsi que i'ay dict cy-deuant, il s'y faisoit quantité de sacrifices et de differentes ceremonies, sans qu'il se passast iour auquel il n'y eust quelque nouueauté. Car là se faisoient diuerses sortes de choses de grande despence, et fort dignes d'estre remarquées. Or l'vne des principales fut vn Iubilé à leur mode, qui fut publié le 5 iour de la Lune, auec vne Procession qui auoit plus de 3 lieuës de longueur à ce que nous pouuions iuger. C'estoit la commune opinion de tous, qu'en cette Procession il y auoit quarante

mille Prestres de vingt-quatre sectes qu'il y a en
cet Empire, plusieurs desquels auoient des dignitez differentes, et estoient appellez *Grepos*,
Talagrepos, *Roolims*, *Neepois*, *Bicos*, *Sacureus*,
et *Chanfarauhos*. Or par les ornemens qu'auoient
les vns et les autres, ensemble par les deuises et
les enseignes qu'ils portoient aux mains on en
pouuoit faire la distinction, et ainsi l'on respec-
toit chascun d'eux conformement à sa dignité.
Ceux-cy neantmoins n'alloient point à pied comme
les autres Prestres ordinaires, pource que ce iour-
là il leur estoit deffendu sur peine d'vn grand pesché, de mettre les pieds à terre ; tellement qu'ils
se faisoient porter par des palanquins ou chaires
à bras, que soustenoient sur leurs espaules d'autres Prestres leurs inferieurs, vestus de satin vert,
auec leurs estoles de damas incarnadin, retrous-
sées par dessus le bras. Au milieu des files de
cette Procession se voyoient toutes les inuentions
de leurs sacrifices ; ensemble les riches custodes
où estoient les Idoles, pour lesquels chascun
d'eux auoit vne deuotion particuliere. Les Confreres qui les portoient estoient vestus de iaune,
et auoient chascun vn cierge à la main, où se remarquoit, que de quinze en quinze de ces custodes il y auoit vn chariot de triomphe, tous lesquels chariots ioincts ensemble estoient deux
cent vingt-six de nombre. Ces chariots estoient

tous de quatre estages, et quelques-vns de cinq.
auec autant de rouës de chaque costé. En chascun d'iceux il y auoit pour le moins deux cent
personnes, entre les Prestres et les gardes, et au
plus haut vn Idole d'argent auec vne mitre d'or à
la teste, et tous portoient au col vn fil de perles,
et de fort riches colliers de pierrerie. Derriere eux
il y auoit plusieurs cassolettes pleines de parfums
exquis, où se voyoient encore à l'entour du chariot de petits enfans à genoux, et qui portoient
des masses d'argent sur leurs espaules. Il y en
auoit d'autres aussi qui tenoient en main des encensoirs auec lesquels ils encensoient l'Idole de
temps en temps, au son de certains instrumens
de musique, disant par trois fois auec vne voix pitoyable, « Pautixoru numilem forandachée apo-
lem, » c'est à dire, « Seigneur, adoucy la peine des
« morts, affin qu'ils te loüent paisiblement. » A
quoy tout le peuple respondoit auec vn estrange
bruict, « Tel soit ton plaisir, et qu'ainsi il arriue
« tous les iours ausquels tu nous monstres le So-
« leil. » Chascun de ces chariots estoit tiré par
plus de trois mille personnes qui pour cet effect
se seruoient de cordes fort longues, couuertes
de soye, et gaignoient pour cela pleniere remission de leurs peschez, sans restitution de chose
quelconque. Or affin qu'il y en eust plusieurs qui
participassent à cette absolution en tirant des

cordes, ils y portoient la main l'vn apres l'autre,
et continuoient ainsi iusques au bout, tellement
que toute la corde estoit couuerte de poings fer-
més sans voir autre chose. Or affin que ceux qui
estoient dehors gaignassent cette indulgence, ils
aydoient à ceux qui auoient la corde aux mains,
en portant les leurs par dessus leurs espaules,
puis ceux de derriere en faisoient de mesme, et
ainsi les autres consecutiuement. De cette façon
tout le long d'vne seule corde il y auoit six ou
sept rangs ou files, et en chascune d'icelles plus
de cinq cent personnes. Cette Procession estoit
enuironnée d'vn assez bon nombre d'hommes de
cheual, armez de bastons à deux bouts, et lesquels courans tout du long de part et d'autre s'en
alloient criant fort haut aux assistans dont le nombre estoit infiny, qu'ils eussent à faire place, et à
n'interrompre les prieres que faisoient les prestres. Quelquesfois aussi ils frappoient si rudement
ceux qu'ils attrapoient les premiers, qu'ils en
abbatoient trois ou quatre ensemble, ou les blessoient grandément, sans qu'il y eust personne qui
osast s'en formaliser, ou mesme hausser les yeux
seulement. Auec cet ordre cette merueilleuse
Procession passa par plus de cent ruës, que pour
cet effect l'on auoit couuertes de rameaux de palmiers et de myrthes entrelassez, et où se voyoient
plusieurs estendars et bannieres de soye. Il y

auoit aussi plusieurs intermedes de farses, et
des tables dressées en diuers lieux, où l'on donnoit à manger à tous ceux qui en demandoient
pour l'honneur de Dieu, et mesme en certains
endroicts on leur bailloit des habits et de l'argent. Là mesme les ennemis se reconcilioient,
et les plus riches acquittoient les debtes de ceux
qui n'auoient pas de quoy payer. En vn mot il s'y
faisoit tant de bonnes œuures, et si propres aux
Chrestiens plustost qu'aux Gentils, qu'il me
semble que si elles eussent esté faictes auec la
Foy et le Baptesme pour l'amour de nostre Seigneur Iesus Christ, sans y auoir aucun meslange
des choses du monde, asseurement il les eust
agrées. Mais quoy? le meilleur leur manquoit, et
pour leurs peschez et pour les nostres. Cependant qu'on voyoit ainsi passer à la foule cette
Procession, ensemble les custodes et les chariots où estoient ces Idoles, et ce auec vn effroyable bruict de tambours et autres tels instrumens, voyla que de certaines cabanes de bois
faictes exprez, sortoient tout à coup six, sept,
huict, ou dix hommes tous couuerts de senteurs
et enueloppez de couuertures de soye, et portant pour ornement des brasselets d'or. Tout le
peuple leur faisoit place aussitost, et alors apres
qu'ils auoient salué l'Idole qui estoit au plus haut
du chariot, ils se laissoient cheoir par terre, si

bien que les rouës venant à passer sur eux les
escarteloient, ce que voyant les assistans, ils se
mettoient à crier ensemble, *Pachiloo à furan,*
c'est à dire, *Mon ame soit auec la tienne.* A
l'heure mesme vn des Prestres descendant du
chariot, et dix ou douze autres, prenoient ces
bien-heureux, ou plustost ces miserables qui venoient de s'immoler ainsi, et en mettoient la teste,
les boyaux, et les autres membres ainsi froissez
dans de grandes iattes faictes exprez. Ils les monstroient au peuple du plus haut plancher du chariot où estoit l'Idole, disant auec vne voix fort
pitoyable. « Miserables pescheurs, mettez-vous
« tous en priere, affin que Dieu vous face dignes
« d'estre saincts comme celuy-cy qui est mainte-
« nant mort en sacrifice d'vne odeur agreable. » A
quoy tout le peuple prosterné par terre respondoit
auec vn bruict effroyable : « Nous esperons que
« ie Dieu de mille Dieux le permettra ainsi. » De
cette mesme façon se sacrifierent plusieurs autres
de ces malheureux, dont le nombre, à ce que
nous dirent quelques marchands dignes de foy,
fut de plus de six cent. Apres ceux-cy suiuoient
d'autres Martyrs du diable, qu'ils appelloient Xi-
xaporaus, qui se sacrifioient encore deuant ces
mesmes chariots, et se decoupoient si impitoyablement à grands coups de rasoirs, qu'à voir
comme ils s'accommodoient, on ne pouuoit

croire qu'ils ne fussent comme insensibles. Par
mesme moyen ils coupoient de grands morceaux
de leur chair, et les tenoient en haut les monstrant
au bout d'vne fleche, comme s'ils les eussent voulu
enuoyer au Ciel, disant : « Qu'ils en faisoient vn
« present à Dieu pour l'ame de leur pere, de
« leur femme, de leurs enfans, ou de la personne
« à l'intention de laquelle ils faisoient cette belle
« aumosne. » Or au mesme lieu où venoit à cheoir
ce morceau de chair, il y accouroit tant de gens
pour le prendre, que parmy cette foule il y en
auoit quelquesfois plusieurs d'estouffez ; car ils
tenoient cela pour vne tres grande relique. De
cette façon les miserables se tenoient sur pied,
tous noyez dans leur propre sang, sans nez, sans
oreilles, et sans aucune semblance d'homme, iusqu'à ce qu'en fin ils tomboient par terre tous
roides morts, et à l'heure mesme les Grepos accouroient en diligence du haut du chariot ; puis
leur coupant la teste ils la monstroient à tout le
peuple, lequel les genoux en terre, et les mains
leuées au Ciel, se mettoit à dire tout haut : « Sei-
« gneur, fay-nous arriuer au temps auquel pour
« ton seruice nous puissions faire le mesme que
« celuy-cy. » Il y en auoit d'autres encore que le
diable attiroit là par vn autre moyen. Ceux-cy demandant l'aumosne, disoient : « Minta dremaa
« xixapurtiaparam, » ce qui signifie, « Donne-moy

« l'aumosne pour l'honneur de Dieu, ou si tu ne
« le fais ic me tueray. » Que si l'on ne les contentoit, à l'heure mesme ils se coupoient la gorge
d'vn rasoir qu'ils auoient en main, ou s'en donnoient dans le ventre, et ainsi ils tomboient par
terre tous morts. Alors les Grepos accouroient
incontinent vers eux, et leur ayant coupé la teste
comme aux autres, ils la monstroient au peuple
qui la reueroit prosterné par terre. Il s'y en voyoit
aussi quelques-vns nommés *Nucaramons*, hommes
de tres mauuaise mine, vestus de peaux de Tygres, et qui portoient en main certains pots de
cuiure pleins d'excremens et d'vrine corrompuë,
d'où s'exhaloit vne puanteur si horrible et si insupportable, qu'il n'estoit pas possible que les
narines la pussent souffrir. Ceux-cy demandant
l'aumosne au peuple disoient : « Donne-moy l'au-
« mosne toute maintenant, autrement ie mange-
« ray de ces ordures que le diable mange, et ie
« t'en barboüilleray affin que tu sois maudit
« comme luy. » Ils n'auoient pas plustost proferé
ces mots, que tous accouroient pour leur donner
l'aumosne bien viste. Que si on tardoit vn mo-
ment, ils portoient le pot à la bouche, et prenoient vn grand traict de ce breuuage puant dont
ils barboüilloient tous ceux que bon leur sembloit.
Cependant tous les autres qui voyoient ceux qu'ils
auoient ainsi accommodez, les tenant pour mau-

dits se iettoient sur eux, et les traictoient d'vne si
estrange sorte, que ces miserables ne sçauoient
de quel costé se tourner : car il n'y auoit celuy de
la troupe qui ne les chassast à grands coups de
poing, et qui ne leur contast des iniures, disant :
« Qu'ils estoient excommuniez pour auoir esté
« cause que ce sainct homme mangeast de cette
« villenie comme les diables, et qu'ainsi il demeu-
« rast puant deuant Dieu sans pounoir iamais aller
« en Paradis, ny viure parmy les hommes. » Voyla combien estrange est l'aueuglement de ces
peuples, qui d'ailleurs ne manquent point de iugement ny d'esprit. Ie laisse à part plusieurs autres brutalitez qu'ils commettent, qui sont tellement esloignées de toute raison, qu'elles nous
seruent d'vn tres-grand motif de rendre sans cesse
graces à Dieu pour nous auoir assistez de son infinie misericorde et bonté, en nous donnant la
lumiere de la vraye foy pour nous sauuer.

~~~~~~

CHAPITRE CLXI.

De certains Hermites ou Pœnitens que nous vismes sur
la montagne de ce Pagode, et de leur façon de viure.

———

DES quinze iours que deuoit durer cette feste,
y en ayant desia neuf de passez, tout ce peuple
qui estoit là assemblé, feignant que le serpent
glouton de la maison de fumée, qui est leur lucifer comme i'ay desia dit, s'en venoit voler les
cendres de ceux qui estoient morts en ces diuers
sacrifices, pour empescher que leurs ames n'allassent au Ciel, il se leua parmy eux un bruict si
grand et si effroyable, que les paroles me manquent pour l'exprimer : car auec ce qu'on n'oyoit
de toutes parts que des voix confuses, elles se
mesloient au son d'vne infinité de cloches, de
bassins, de tambours, de cornets de mer, et
toutes ces choses ensemble faisoient qu'on ne
pouuoit s'entendre l'vn l'autre, et qu'il sembloit
que la terre tremblast soubs les pieds, et le tout
ne se faisoit que pour espouuanter le diable. Or
ce bruit dura depuis vne heure apres midy ius-

ques au lendemain matin , et il n'est pas à croire
combien fut grande la quantité des cierges et
autres flambeaux qui furent bruslez cette nuict-
là. Car quelque part qu'on portast sa venë on ne
voyoit rien que feux qu'ils auoient allumez de
tous costez. La raison de cecy estoit parce qu'ils
disoient : « Que le Tinagoogoo Dieu de mille
« Dieux s'en estoit allé en queste du serpent du
« glouton pour le tuer auec vne espée qui luy
« auoit esté donnée du Ciel. » Apres qu'on eut
ainsi passé la nuict parmy ce bruict et ce tumulte
infernal, si tost qu'il fut iour toute la colline sur
laquelle estoit basty le Temple parut pleine de
bannieres blanches, ce que voyant le peuple il
commença d'en rendre graces à Dieu, et pour
cet effect il se prosterna par terre auec de grandes
demonstrations d'allegresse : car les vns et les
autres commencerent à se faire des presens à
cause des bonnes nouuelles que les Prestres leur
donnoient par le moyen de ces bannieres blanches, signal asseuré que le serpent glouton estoit mort. Ainsi tout le peuple transporté d'vne
incroyable resioüyssance, s'estant mis à monter
sur la colline du Temple par 24 aduenuës qu'il y
auoit, pour cet effect s'en alla remercier l'Idole,
et chanter ses loüanges pour la victoire qu'il auoit
gaignée la nuict passée pour la mort du serpent
glouton, à qui il auoit tranché la teste. Cette

foule de gens dura trois iours et trois nuicts, sans
que pendant ce temps-là il fust possible de rompre la presse par le chemin qu'auec vne extresme
peine. Or comme nous autres Portugais estions
là oisifs nous nous resolusmes d'y aller, et de voir
exactement ces abus. Nous demandasmes donc
congé à l'Ambassadeur qui ne nous l'octroya point
pour l'heure, mais il nous dict que le iour d'apres
nous l'y accompagnerions, parce qu'il s'y estoit
voüé durant sa derniere maladie. Dequoy nous
fusmes grandement aises, à cause que nous iugeasmes que cela nous seroit vne grande entrée
pour voir plus facilement tout ce que nous desirions. Le lendemain qui fut le troisiesme iour de
cette assemblée, apres que la plus grande presse
fut passée, nous nous en allasmes auec luy au
Temple de Tinagoogoo, et arriuasmes en fin,
bien qu'auec assez de peine, à la colline où il
estoit basty. Là se voyoient six ruës fort belles
et longues, toutes pleines de balances suspen-
duës à des verges de bronze : en ces balances se
pesoit quantité de gens, tant pour l'accomplissement des vœux qu'ils auoient faict en leurs aduersitez et maladies, que pour la remission de
tous les peschez commis iusqu'à l'heure presente,
et le poids que chacun mettoit en l'vn des bassins estoit conforme à la qualité de la faute que
chascun pouuoit auoir faicte. Ainsi ceux qui se

sentoient coulpables de gourmandise et qui de
toute cette année n'auoient faict aucune abstinence se pesoient auec du miel, du sucre, des
œufs, et du beurre, pource que ces choses n'estoient pas desagreables aux prestres, dont ils deuoient receuoir l'absolution. Ceux qui s'estoient
addonnez aux sensualitez se pesoient auec du
cotton, de la plume, du drap, des vestemens,
du vin, des senteurs, pource qu'ils disoient que
ces choses incitoient à ce pesché. Ceux qui estoient froids en l'amour de Dieu, et peu chari-
tables aux pauures, se pesoient auec de la monnoye de cuivre, d'estain et d'argent, ou auec des
pieces d'or : les paresseux auec du bois, du riz,
du charbon, des pourceaux, et du fruict, et les
enuieux pource qu'ils ne tiroient aucun proffit de
vouloir du mal aux prosperitez d'autruy, expioient
leur pesché en le confessant publiquement, et en
souffrant qu'on leur donnast douze soufflets pour
memoire et à la loüange des douze Lunes de l'année. Quant au pesché de superbe on y satisfaisoit
auec du poisson sec, des balays, et du fient ou
bouze de vache, pour estre des choses plus basses
que toutes les autres. Et pour le regard de ceux
qui auoient mesdit de leur prochain, sans leur
en demander pardon, ils offroient pour cela vne
vache à la balance, ou bien vn porc, vn mouton,
et vn cerf; de maniere que par ce moyen dans les

balances qui estoient en ces six ruës se pesoit vne
infinité de gens ; dequoy les Prestres receuoient
tant d'aumosnes, que de chasque chose il y en
auoit de grandes piles. Quant aux pauures qui
n'auoient rien à donner pour la remission de leurs
peschez, ils offroient leurs propres cheueux,
qui à l'heure mesme leur estoient coupez par
plus de cent Prestres, qui pour cet effect estoient
assis par ordre sur des tabourets, auec des ci-
seaux à la main. Là mesme se voyoient de grands
monceaux de ces cheueux, desquels d'autres
Grepos, qui estoient plus de mille de nombre,
et tous rangez aussi par ordre, faisoient des cordons, des tresses, des bagues, et des brasselets,
que les vns et les autres achetoient pour les emporter en leurs maisons, comme nos pelerins
qui viennent de S. Iacques ont accoustumé d'en
rapporter plusieurs petites ioliuetez. Or affin que
ce que ie dis, et que ie confesse estre vn abus ne
semble point vne fable, ie puis asseurer sans
mentir, que nostre Ambassadeur estonné des
choses incroyables qu'il remarquoit en ce lieu,
s'enquit particulierement des Grepos de ce qui
leur sembloit le plus estrange et le plus merueilleux. A quoy ils luy respondirent de poinct en
poinct, et luy dirent en outre, que toutes ces
aumosnes, et les autres offrandes qui se faisoient
pour diuerses choses, durant les 15 iours de cette

assemblée , estoient d'vn grand reuenu ; et mesme
que des seuls cheueux des pauures on tiroit tous
les ans plus de cent mille pardains d'or , qui sont
nonante mille ducats de nostre monnoye ; par où
l'on peut iuger du grand argent qu'il en reuenoit de tout le reste. Apres que l'Ambassadeur
se fut aresté quelque temps en cette ruë des
balances, passant plus auant par tous les quartiers des sacrifices , des aumosnes, des intermedes, des danses, des comedies, des luttes, et
des concerts de toute sorte d'instrumens, nous
arriuasmes en fin à Tinagoogoo auec assez de trauail et de peine, à cause que la foule y estoit si
espaisse, qu'il n'y auoit pas moyen de la fendre.
Ce Temple estoit d'vne seule nef fort spatieuse et
fort grande, et auec cela pleine d'vne infinité de
cierges de cire de dix ou douze lumignons, qui
estoient en des chandeliers d'argent. Il y auoit
aussi quantité de parfums d'aloes et de benjoin.
Quant à l'Idole de Tinagoogoo , lors que nous y
arrivasmes elle estoit au milieu du Temple, dans
vne riche Tribune en forme d'Autel, enuironné
de quantité de chandeliers d'argent, et de plusieurs enfans vestus de violet , qui ne faisoient
autre chose que l'encenser au son des instrumens
de musique , dont les Prestres ioüoient et s'accor-
doient assez bien. Deuant cette Idole dansoient
au son de ces mesmes instrumens des femmes

grandement belles et bien vestuës, ausquelles le
peuple donnoit ces aumosnes et ces offrandes , et
les Prestres les receuoient en leurs mains. Puis
on les presentoit deuant la Tribune de l'Idole
auec beaucoup de ceremonies et de complimens.
se couchant par terre de temps en temps. La
statuë de ce monstre estoit d'argent, haute de
vingt-sept empans, elle auoit le visage d'vn Geant,
les cheueux d'vn Caffre, les narines grandement
difformes, les leures grosses, et paroissoit auec
cela fort triste et de mauuaise mine. Elle auoit
en main vne hache en forme de doloire de ton-
nelier, mais auec vn manche beaucoup plus long.
Auec cette doloire, à ce que les Prestres faisoient
accroire au peuple, « ce Monstre auoit mis à mort
« la nuict passée le serpent glouton de la maison
« de fumée, pour auoir voulu desrober la cendre
« de ceux qui s'estoient sacrifiez. » Là se voyoit
aussi le serpent emmy la place, et deuant la Tribune de l'Idole, en la figure de la couleuure la
plus effroyable que l'esprit humain se puisse imaginer, et si au naturel, que ceux qui la regardoient en trembloient de peur. Elle estoit couchée tout de son long, ayant la teste coupée, le
col de la grosseur d'vn muid, et de huict brasses
de long. Ce qui estoit representé si bien au naturel, qu'encore que nous vissions que c'estoit
vne chose artificielle, nous ne laissions pas d'a-

uoir belle peur, pource qu'on ne pouuoit presque desaduoüer que ce ne fust vne chose qui
respiroit. Cependant tous les assistans accouroient
à la foule tout à l'entour d'elle, et la picquoient
les vns auec des pointes de hallebarde, et les autres auec de grands aiguillons. Auec cela ils luy
disoient quantité d'injures, et des paroles pleines
de mespris, l'appellant « Turbacan, maxiranée,
« yaloo, 'hapacou, tangamur, cohilousa, » c'est
à dire, « Orgueilleux, maudit, manoir infernal,
« estang de condamnation, enuieux des biens du
« Seigneur, Dragon affamé au milieu de la nuict; »
et ainsi de plusieurs autres iniures qu'ils luy disoient en termes si nouueaux, et si accommodez aux effects de ce mesme serpent, qu'ils nous
faisoient tous estonner. Cela faict, ils mettoient
en des bassins qui estoient au pied de la Tribune
de l'Idole, une grande quantité d'aumosnes,
d'or, d'argent, de bagues, de pieces de soye,
d'argent monnoyé, et des fins draps de cotton,
dont il y auoit en grande abondance. Apres que
nous eusmes veu toutes ces choses nous continuasmes de suiure l'Ambassadeur, et nous en
allasmes auec luy voir les grottes des Hermites,
ou des Penitens, qui estoient au fond du bois à
la portée d'vn canon. Elles estoient taillées dans
le roc à pointe de marteau, et toutes par ordre,
auec autant de merueille, qu'il sembloit que la

Nature y eust plustost trauaillé, que la main des
hommes. Il y en auoit cent quarante-deux, et
en quelques-vnes demeuroient des hommes qu'ils
tenoient pour saincts, et y faisoient vne penitence grandement austere. Ceux des grottes qui
paroissoient les premieres auoient de longues robes à la façon des Bonzes du Iappon, et suiuoient
la loy d'vne Idole qui auoit autrefois esté vn homme,
appellé *Situmpor michay*, qui durant sa vie auoit
enioinct à ceux de sa secte de passer leurs iours
dans vne grande austerité de vie, les asseurant
que le seul et vray moyen de gaigner le Ciel,
c'estoit de dompter sa chair, et que tant plustost
ils se tueroient à force de se persecuter, tant plus
liberalement Dieu leur octroyeroit tous les biens
qu'ils luy pourroient demander. Ceux qui nous
accompagnoient là, nous dirent qu'ils ne man-
geoient ordinairement que des herbes cuittes,
ensemble quelques feves d'aricot rosties, et du
fruict sauuage que leur apprestoient d'autres Prestres, qui estoient comme des pouruoyeurs d'vn
Cloistre, lesquels se donnoient le soin de fournir à ces Penitens les choses conformes à la loy
dont ils faisoient profession. En suitte de ceux-
cy dans vne grotte faicte de mesme nous en vismes d'autres de la secte d'vn de leurs saincts,
ou plustost d'vn diable appellé *Angemacur* ; ceux-
cy estoient en des basses-fosses faictes dans le mi-

lieu du mesme rocher, selon ce qui estoit porté
par le statut de ces malheureux, qui demeuroient
là sans manger autre chose que des mouches,
des fourmis, des scorpions, et des araignes, auec
le jus d'une certaine herbe dont il y auoit là quantité, et qui ressembloit à de l'ozeille. En ce lieu
ils meditoient iour et nuict auec les yeux esleuez
au Ciel, et les deux poings fermez, pour tesmoigner qu'ils ne vouloient rien qui fust du monde,
et de cette façon ils se laissoient mourir comme
des bestes. Ceux-cy sont estimez les plus saincts
de tous, et comme tels apres qu'ils sont morts
on faict des feux, où l'on iette quantité de parfums de grand prix pour les y brusler. La pompe
funebre estant faicte auec beaucoup de maiesté
et de fort riches offrandes, on leur bastit des
Temples fort somptueux, affin d'attirer les viuans à faire de mesme, et pour obtenir cette
vaine gloire, qui est la seule chose que le monde
leur donne pour salaire de leur excessiue penitence. Nous en vismes encore d'autres d'vne secte
du tout diabolique, inuentée par vn certain *Gileu
Mitray*. Ceux-cy ont diuers ordres de penitence,
et en ce qui est de leurs opinions ils s'accommo-
dent en partie à celle des Abyssins d'Ethiopie au
Royaume du Prete jan. Or affin que leur abstinence soit plus agreable à leur Idole pour estre
grandement austere, les vns d'entr'eux ne man-

gent que des crachats gluans et pourris, auec
des sauterelles et de la fiente de poulle, et les
autres des caillots de sang tiré à d'autres hommes,
auec des fruits et des herbes ameres qu'on leur
apporte des bois; à cause dequoy ils ne viuent
que fort peu de temps, et ont si mauuaise couleur qu'ils font peur à ceux qui les regardent. Ie
laisse à part ceux de la secte de *Godomem*, qui
passent leur vie à crier iour et nuict sur ces montagnes, *Godomem*, *Godomem*, et ne s'en desis-
tent point iusques à ce qu'ils tombent par terre
tous roides morts pour ne pouuoir prendre haleine. Ie ne parle point aussi de ceux qu'ils appellent *Taxilacons*, qui meurent bien plus bru-
talement que les autres; car ils s'enferment dans
certaines grottes faictes exprez, fort petites et
bien bouchées de toutes parts, et à force d'y
brusler des chardons et des espines toutes vertes
ils se laissent estouffer à la fumée. Par où l'on
peut voir comme par des façons de viure si rudes
et si differentes tous ces miserables se rendent martyrs du diable, qui pour recompence leur donne
l'enfer pour iamais; et sans mentir c'est vne chose
bien pitoyable de voir la grande peine que prennent ces malheureux pour se perdre, et le peu
que nous faisons pour nous sauuer.

CHAPITRE CLXII.

De quelques autres choses que nous vismes en continuant nostre chemin, iusqu'à ce que nous arriuasmes à la ville de Timplan.

APRES auoir veu toutes ces choses auec assez d'estonnement, nous partismes de ce Pagode de Tinagoogoo, et continuasmes nostre chemin treize iours durant, à la fin desquels nous arriuasmes en deux grandes villes, situées sur le bord de la riuiere, l'vne vis à vis de l'autre, à la distance d'vn iect de pierre, l'vne desquelles s'appelloit *Manauedée*, et l'autre *Singilapau*. Au milieu de cette mesme riuiere qui estoit là vn peu plus estroicte, il y auoit vne Isle que la Nature y auoit faicte en rond, où se voyoit vn rocher de trente-six brasses de hauteur, et de la largeur d'vn traict d'arbaleste. Sur ce rocher estoit basty vn roquet auec neuf boulleuarts et cinq tours. Hors du terreplein de la muraille il estoit enuironné de deux rangs de grilles de fer fort grosses; ioinct que depuis les quatre boulleuarts iusques à l'autre bord de la riuiere il y auoit vne chaisne de fer, pour empescher que les vaisseaux ne passassent

outre; et ainsi il n'y pouuoit entrer aucune chose.
En celle de ces deux villes qui s'appeloit Singilapau, l'Ambassadeur mit pied à terre, où il fut
grandement bien receu par le *Xemimdum*, qui en
estoit Gouuerneur; ioinct qu'il pouruent tous les
siens d'vne grande abondance de rafraischissemens. Le lendemain matin estant party de ce
lieu, accompagné de vingt Laulées de rame, dans
lesquelles il y auoit bien mille hommes, enuiron
le soir il arriua aux doüanes du Royaume, qui
sont deux fortes places qui de l'vne à l'autre par
le moyen de cinq grosses chaisnes de laiton, trauersoient toute la largeur de la riuiere; tellement
qu'aucune chose ne peut passer par là. En ce lieu
arriua vn homme dans vn Seroo fort leger, qui
dict à l'Ambassadeur, qu'il s'en vinst prendre
terre à Campalagro, qui estoit vn des deux chasteaux du costé du Sud, pour luy monstrer la
lettre que son Roy luy auoit donnée à rendre au
Calaminham, affin de voir si elle estoit escripte
auec la forme requise à parler à luy, et qu'on obserue ordinairement. L'Ambassadeur obeyt incontinent, et ayant mis pied à terre fut mené
dans vne grande salle, où il y auoit trois hommes
assis à table, auec quantité de Gentils-hommes
qui luy firent vn bon accueil, et luy demanderent
le subiect qui l'amenoit là, comme personnes qui
n'en sçauoient rien. A cela l'Ambassadeur fit

responce, « Qu'il y venoit de la part du Roy de
« Brama, Seigneur de Tanguu, et qu'il auoit vne
« Ambassade à faire au sainct Calaminham sur des
« choses grandement importantes à son Estat. »
Alors ayant respondu à certaines demandes, que
luy firent par forme de ceremonie les trois principaux qui estoient à table, il leur monstra la
lettre en laquelle ils corrigerent quelques paroles, qui n'estoient pas du style dont on auoit
accoustumé de parler au Calaminham. Auec cette
lettre l'Ambassadeur luy monstra le present qu'il
auoit à luy faire, dont ils furent fort estonnez,
principalement quand ils virent la chaire d'or, et
la pierrerie de l'Elephant, qui au dire de plusieurs lapidaires, valoient plus de six cent mille
ducats, sans y comprendre les autres pieces riches qu'il portoit, comme i'ay desia dict. Apres
que nous eusmes nos despesches en ce Bureau
de la premiere doüane, nous nous en allasmes
à l'autre qui estoit vne lieuë plus auant à mont la
riuiere, là nous treuuasmes d'autres hommes
beaucoup plus venerables, lesquels auec vne autre
nouuelle ceremonie, virent encore la lettre et le
present, et mirent en toutes les pieces des cordons incarnadins de soye torse, auec trois cachets
de lacre ; ce qui fut comme la conclusion de ce
que l'Ambassade pouuoit estre receuë par le Calaminham. Ce mesme iour de la prochaine ville

de Queitor arriua vn homme de la part du Gouuerneur du Royaume, qui enuoya visiter l'Ambassadeur auec vn present de rafraischissemens,
de chairs, de fruicts, et d'autres telles choses à
leur mode. Durant 9 iours que l'Ambassadeur
demeura en ce lieu il fut pourueu en abondance
de toutes les choses qui luy estoient necessaires,
tant pour sa personne, que pour ceux de sa suitte.
Auec cela on luy donna le plaisir de diuerses
sortes de chasses et de pescheries, et luy fit-on
plusieurs festins accompagnez de musique et de
comedies representées par des femmes fort belles
et richement vestuës. Durant ces mesmes neuf
iours nous autres Portugais auec la permission
de l'Ambassadeur nous fusmes voir certaines
choses que ceux du païs nous auoient grandement prisées, à sçauoir des bastimens fort anti-
ques, des Temples riches et somptueux, de fort
beau iardins, des chasteaux et des maisons qui
estoient le long de cette riuiere, faictes d'vne
estrange façon, bien fortifiées et à grands fraiz,
entre lesquelles il y auoit vn Hospital pour loger
les Pelerins, appellé *Manicafaran*, qui signifie
proprement en nostre langue *prison des Dieux*,
qui s'estendoit plus d'vne lieuë en largeur. Là se
voyoient douze ruës toutes voutées, en chascune
desquelles il y auoit deux cent quarante maisons,
à raison de six vingt à chasque costé, qui faisoient

en tout deux mille huict cent huictante, toutes
pleines de pelerins, qui tout le long de l'année
s'en venoient là en pelerinage de diuerses contrées : car, à ce qu'ils tiennent, ce pelerinage doit
estre de plus grand merite que tous les autres à
cause que ces Idoles emprisonnées par des estrangers ont besoin de compagnie, pour n'auoir la liberté de s'en retourner en leurs païs. A ces pelerins, qui selon ce qu'en disent ceux du païs sont
en toute l'année plus de six mille sans disconti-
nuer, l'on donne à manger durant tout le temps
qu'ils demeurent là, et ce des aumosnes et du reuenu de la maison. Ceux qui les seruent sont
quatre mille Prestres de Manicafaran, qui resident auec plusieurs autres dans ce mesme enclos,
en six vingt maisons de Religieux où il y en a encore autant de femmes qui seruent. Le Temple
de cet Hospital estoit fort grand, à trois nefs en
façon de nos Eglises, au milieu duquel estoit remarquable vne chappelle faicte en rond et enuironnée de trois balustres de laiton, fort grosses,
auec des marteaux à chasque porte, faicts de
mesme metail. Au dedans il y auoit quatre-vingt
Idoles d'hommes et de femmes, sans y comprendre les autres petits Dieux prosternez par terre :
car il n'y auoit que les quatre-vingt, et les plus
grandes Idoles qui fussent debout, toutes attachées par des chaisnes de fer auec de gros col-

liers, et quelques-vnes auec des manottes. Pour
les petites, comme i'ay desia dict, elles estoient
estenduës par terre comme enfans de ces plus
grandes, et attachées six à six par la ceinture
d'autres chaisnes plus desliées. Dauantage hors
les balustres en deux autres files chascune de
trois, paroissent deux cent quarante-quatre
Geans de bronze, de vingt-six empans de haut,
auec leurs hallebardes et leurs massuës sur les
espaules comme si on les eust mises en ce lieu
pour la garde de ces autres Dieux qui estoient
captifs. Tout haut en des verges de fer qui trauersoient toute la nef du Temple, il y auoit quantité de luminaires, chascun de dix lumignons, en
façon de chandeliers comme ceux des Indes, tous
vernissez par dessus, comme les murailles l'estoient
aussi, ensemble tout le reste qui s'y voyoit, et ce
pour marque de dueil, à cause de la captiuité de
ces Dieux. Estonnez que nous fusmes tant de ce
que ie viens de raconter, que de plusieurs autres
choses que ie passe soubs silence, comme nous
ne pouuions comprendre ce qu'ils entendoient
par l'emprisonnement de ces Dieux, nous en demandasmes la signification aux Prestres, à quoy
vn d'entr'eux qui sembloit auoir plus d'auctorité
que tous les autres, nous fit cette responce :
« Puisque ie voy qu'estant estrangers vous desi-
« rez apprendre de moy ce que ie sçay bien que

« vous n'auez iamais ouy dire, ny leu dans vos li-
« ures, ie vous diray ce qui en est, et comme
« quoy la chose se passe, conformement au ve-
« ritable recit que nous en font nos histoires.
« Sçachez que la Lune où nous sommes, qui faict
« sept mille trois cent et vingt Lunes, qui sont six
« cent dix années selon la supputation des autres
« nations, depuis le temps qu'vn sainct Calamin-
« ham nommé Xixiuarom Meleutay commandant
« à la Monarchie des vingt-six Royaumes de cette
« Couronne, sur le different qu'il y eut entre luy
« et le Siamon Empereur des monts de la terre,
« s'assemblerent de part et d'autre soixante et
« deux Roys, qui s'estant mis en campagne, tous
« deux se donnerent vne si cruelle et si sanglante
« bataille, qu'elle dura depuis vne heure auant le
« iour iusques à la nuict, si bien que des deux
« costez moururent seize Laquesaas d'hommes,
« chascune desquelles faict cent mille. A la fin la
« victoire estant demeurée à nostre Calaminham,
« sans qu'il luy restast en vie que deux cent trente
« mille hommes des siens, il ruyna dans quatre
« moys tout le païs des ennemis, en laquelle ruyne
« le degast qui s'y fit des gens fut si remarquable,
« que s'il faut croire à ce qu'en disent nos histoi-
« res, et que plusieurs asseurent, il y mourut
« cinquante Laquesaas de personnes. Cette ba-
« taille se donna le neufiesme iour de la premiere

« Lune du temps que i'ay dict des sept mille trois
« cent vingt. Dans ce renommé champ Vitau là
« s'apparut au Calaminham Quiay Niuandel assis
« en vne chaire de bois, lequel s'acquit en ce lieu
« vn tiltre d'honneur plus grand et plus fameux
« que tous les autres Dieux des Mons et des Sia-
« mes, et se fit renommer et recognoistre pour le
« Dieu des batailles; à cause dequoy toutes les
« fois que ceux qui habitent la terre veulent faire
« quelque serment sur des choses qui passent la
« creance des hommes, pour les auctoriser da-
« uantage ils ont accoustumé de iurer par le sainct
« Quiay Niuandez Dieu des batailles du champ
« Vitau. Or à vne grande ville qui se nommoit Sa-
« rocatam, où moururent cinq cent mille per-
« sonnes, tous ces Dieux que vous voyez deuant
« vous furent là faicts prisonniers en despit des
« Roys qui croyoient en eux, et des Prestres qui
« leur seruoient de parfums en leurs sacrifices.
« Ainsi pour raison d'vne si glorieuse victoire,
« tous ces peuples nous demeurerent subiects et
« tributaires à la couronne de Calaminham, qui
« tient auiourd'huy le sceptre de cette Monarchie.
« A quoy il ne s'est point esleué qu'auec beaucoup
« de trauail, et qu'il n'y ait eu bien du sang hu-
« main respandu durant les soixante et quatre re-
« bellions qu'il y a eu parmy tous ces peuples,
« depuis ce temps-là iusques à maintenant. Aussi

« ne pouuant souffrir la captiuité de leurs Dieux,
« à cause que, pour en dire le vray, ce leur est
« vn grand affront, pour memoire d'vn si mal-
« heureux succez ils en font parmy eux de grandes
« demonstrations de dueil, renouuellant tous les
« ans le vœu qu'ils ont faict de ne celebrer aucune
« feste, ny de se resiouyr en aucune façon que ce
« soit iusques à ce qu'ils ayent pouruen à la de-
« liurance de ces prisonniers. C'est aussi pour cela
« qu'en leurs Temples ne se voyent aucuns lumi-
« naires et mesme, qu'ils sont resolus de n'y en
« point allumer durant la captiuité des Idoles
« qu'ils adoroient. » Les plus curieux d'entre
nous s'estant soigneusement enquis de cette affaire, pource qu'elle leur sembloit fort estrange,
le Grepo leur confirma par serment, qu'elle estoit
tres-veritable, et mesme il nous iura, que pour
la deliurance de ces Dieux que nous voyons là
captifs, estoient morts à telle fois plus de trois
millions d'hommes, sans parler des precedentes
batailles. Par où l'on peut voir clairement de
quelle estrange façon le diable tient assubiectis
ces pauures aueugles, et auec combien d'abus et
d'extrauagances il les precipite aux enfers. Comme
nous eusmes bien remarqué toutes ces choses de
ce Temple, nous nous en allasmes voir vn autre,
appellé *Vrpanesendoo*, dont ie m'excuse de parler, pour ne traicter icy de matieres infames et

abominables, de maniere que laissant à part la
grande abondance que nous y vismes de richesses
et d'autres choses, il me suffira de dire, que ce
Temple n'est seruy que par des femmes qui sont
toutes filles de Princes et des principaux Seigneurs du Royaume, qui les y voüent des leur
enfance, affin qu'elles y fassent sacrifice de leur
honneur : car à faute de cela il n'y a point d'homme
de qualité qui les voulust espouser quand on luy
donneroit toutes les richesses du monde. Or ce
sale et sensuel sacrifice est faict auec vne si
grande despence, que plusieurs d'entr'eux y employent plus de dix mille ducats, sans y comprendre les offrandes qui sont faictes à cette
Idole Vrpanesendoo, à qui elles sacrifient leur
honneur. Cette Idole est dans vne chappelle
toute ronde et surdorée. Auec ce qu'elle est faicte
d'argent elle est assise en vne Tribune en façon
d'Autel, enuironnée par le haut d'vn grand nombre de chandeliers, chascun desquels est aussi
d'argent, et chasque cierges a six lumignons.
Tout à l'entour de cette Tribune il y a plusieurs
autres Idoles dorées, de femmes grandement
belles, qui auec les genoux en terre et les mains
haussées adorent l'Idole. Celles-cy, à ce que
nous dirent les Prestres, sont les sainctes ames
de quelques ieunes filles, qui ont là finy leurs
iours au grand honneur de leurs parens, qui

estiment plus cela que ce que le Roy leur sçauroit donner. Ils nous asseurerent que cette Idole
auoit de reuenu par an trois cent mille ducats,
sans y comprendre les offrandes et les riches ornemens de leurs sacrifices abominables qui valoient bien encore dauantage. En ce Temple
diabolique sont enfermées en religion dans plusieurs maisons que nous vismes, plus de cinq
mille femmes, qui sont toutes vieilles, et la plus
part grandement riches, si bien que venant à
mourir elles font donation de leurs biens à ce Pagode, et ainsi ce n'est pas merueille s'il y a le reuenu que ie viens de dire. De ce mesme lieu nous
en estant retournez à la doüane où nous auions
laissé l'Ambassadeur, nous nous en allasmes voir
les compagnies des estrangers qui s'en venoient
là en pelerinage de la façon que i'ay dict. Ces
compagnies estoient quarante-six de nombre,
chascune de cent, deux cent, trois cent, quatre
cent, et cinq cent personnes, mesme quelques-
vnes estoient plus grandes de nombre, et toutes
logées le long de la riuiere, comme si ce eust esté
vn camp. Parmy toutes ces troupes d'estrangers
nous rencontrasmes fortuitement vne femme Portugaise ; de quoy nous fusmes plus estonnez que
de toutes les autres choses que nous auions veuës
par le passé, de maniere qu'ayant voulu sçauoir
d'elle la raison d'vne si estrange nouueauté, elle
nous dict auec les larmes aux yeux, qui elle estoit,

quel subiect l'auoit là conduicte, et comme elle
estoit maintenant vefue d'vn de ces pelerins auec
qui elle auoit esté mariée vingt-trois ou vingt-
quatre ans. A ces paroles elle adiousta, que pour
n'oser aller viure parmy les Chrestiens à cause
de son pesché, elle continuoit en son malheur
iusques à ce qu'il plust à Dieu la faire arriuer en
quelque païs, où deuant que finir ses iours, elle
pust faire penitence de sa vie passée, et qu'encore
que nous la vissions en cet equippage de gens
voüez au seruice du diable, elle ne laissoit pas
pour cela d'estre tousiours vraye Chrestienne.
Nous demeurasmes assez estonnez d'vne si estrange nouueauté, et assez tristes aussi de voir et
d'entendre à quel poinct de malheur estoit re-
duicte cette pauure femme, de maniere que nous
luy en dismes nostre sentiment, et ce qui nous
en sembloit; ce qui fit qu'à la fin de nostre discours elle conclud de partir dans dix iours d'auec
nous pour s'en aller à Timplam, pour de là s'en
venir auec nous à Pegu, et de ce lieu faire voile
à Choromandel, pour y finir ses iours en la ville
de sainct Thome. Nous l'ayant ainsi iuré nous la
quittasmes, ne pouuant croire qu'elle voulust
perdre vne si bonne occasion de se retirer des
erreurs où elle estoit, et de se remettre dans vn
estat où elle se pust sauuer, puis qu'il auoit pleu
à Dieu permettre qu'elle nous rencontrast en vn

païs si esloigné de ce qu'elle pouuoit esperer.
Elle n'en fit rien neantmoins, et iamais depuis
nous ne la pusmes rencontrer ny en auoir des
nouuelles, ce qui nous fit croire qu'il falloit necessairement, ou qu'il luy fust arriué quelque
accident qui l'eust empeschée de nous venir treuuer, ou que pour son obstination en ses peschez
elle ne meritast point de faire son proffit de la
grace que nostre Seigneur luy auoit offerte par
son infinie bonté et misericorde.

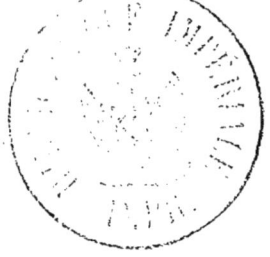

FIN DU SECOND VOLUME.

TABLE DES CHAPITRES

CONTENUS

DANS CE VOLUME.

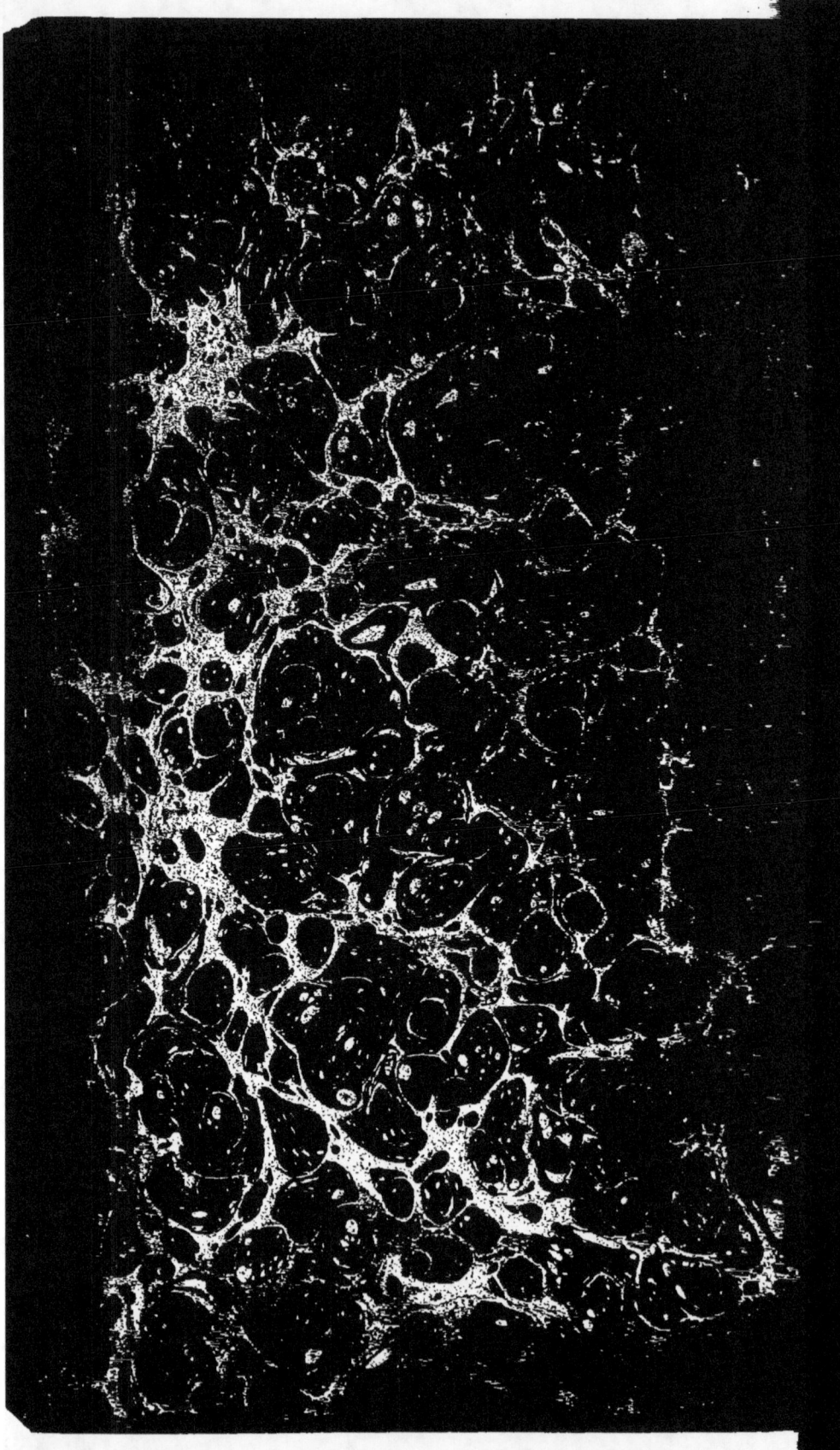

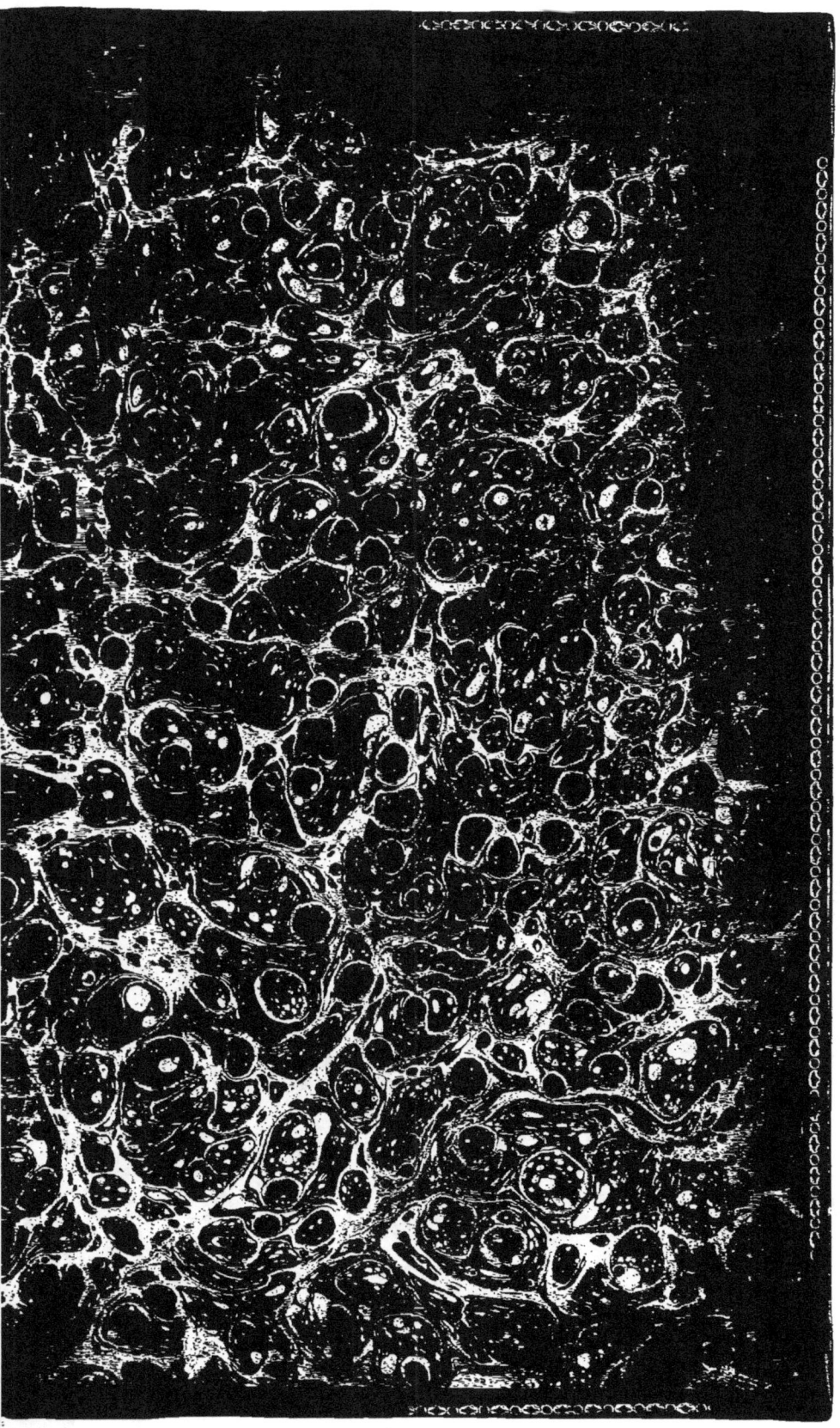

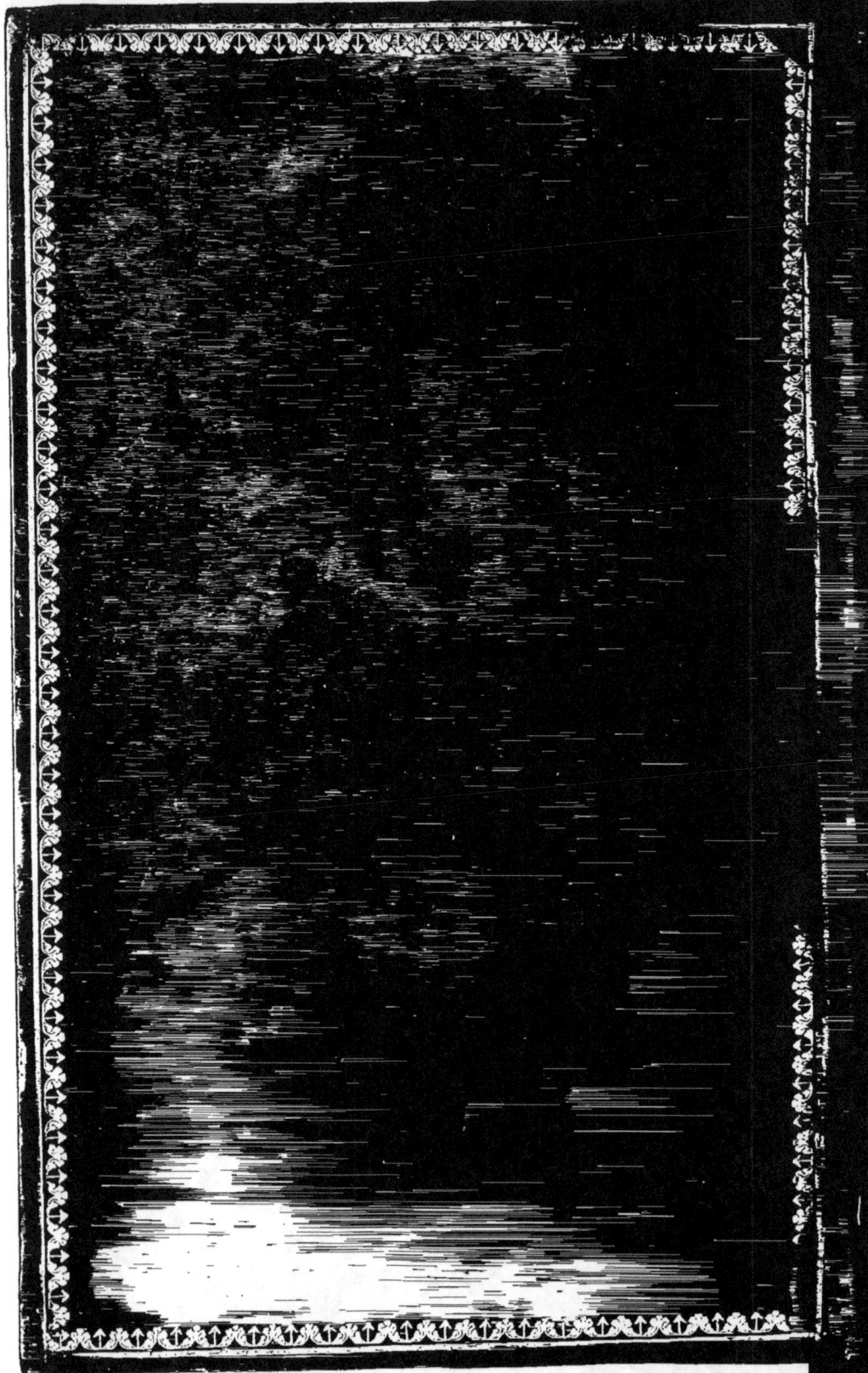